中国科普作家协会资助项目

王晋康文集
第21卷

耕者偶得

王晋康 著

科学普及出版社
·北 京·

图书在版编目（CIP）数据

耕者偶得 / 王晋康著 . -- 北京：科学普及出版社，2023.2

（王晋康文集；21）

ISBN 978-7-110-10466-8

Ⅰ. ①耕… Ⅱ. ①王… Ⅲ. ①随笔 – 作品集 – 中国 – 当代 Ⅳ. ① I267.1

中国版本图书馆 CIP 数据核字（2022）第 121290 号

策划编辑	王卫英
责任编辑	王卫英
封面题字	张克锋
装帧设计	中文天地
责任校对	焦　宁　张晓莉　邓雪梅　吕传新
责任印制	徐　飞

出　　版	科学普及出版社
发　　行	中国科学技术出版社有限公司发行部
地　　址	北京市海淀区中关村南大街 16 号
邮　　编	100081
发行电话	010-62173865
传　　真	010-62173081
网　　址	http://www.cspbooks.com.cn

开　　本	710mm × 1000mm　1/16
字　　数	7460 千字
印　　张	470.25
插　　页	1
版　　次	2023 年 2 月第 1 版
印　　次	2023 年 2 月第 1 次印刷
印　　刷	北京中科印刷有限公司
书　　号	ISBN 978-7-110-10466-8 / I · 641
定　　价	2888.00 元

目　录

墙头之上看科学

创作谈

时　文

访谈与讲座

其 他

附 录

墙头之上看科学

克隆技术与人类未来

1997.9

时钟滴答作响，我们已经逼近了“生物学的广岛”。

——阿尔文·托夫勒

克隆是英语 CLONE 的音译，意即无性生殖。生物体的每一个细胞里都包含着复制自身的全部信息，只是在除精卵细胞外的其他细胞中，这些信息大都被关闭了，这些细胞都被特化了，只能分裂成肝细胞、肾细胞或皮细胞等。不过，一旦这些信息被激活，那么一截发丝、一粒皮屑中的细胞都能复制出一个完整的个体。由于它只含有父母单方的基因，因而它是对亲代不失真的复制。

20 世纪 60 年代初，美国康奈尔大学的斯图尔特培育出了克隆胡萝卜；60 年代末，英国牛津大学的格登博士培育出了克隆非洲爪蛙。1978 年，美国作家罗维克敏锐地看到了这些科学发展，写出一部科幻小说《人的复制》。由于他的生花妙笔，在美国公众中造成了轰动，以为这次复制是发生在南美丛林中的实事。

实际上，当时科学家们并未认真对待这种前景。他们对克隆技术怀着深深的发自本能的恐惧，因而乐于欺骗自己，认为克隆人的出现可以被“无限地推迟”。但 1997 年 2 月 23 日，英国爱丁堡的罗斯林研究所宣布了克隆羊“多莉”的诞生。他们从一只雄性绵羊身上抽取了乳腺细胞，将细胞核用显微手术植入一个已用电击法除核的空卵泡内。在卵子环境中，该细胞核中的遗传信息被唤醒，在实验室环境中分裂成胚胎，再植入另一只母羊的子宫，产出一只与“父亲”完全相同的克隆体。主持该项研究的科学家维尔穆特声称，如果去做的话，“两年内可以培育出第一个克隆人”。

在此之前，各国科学家已培育出了多种克隆哺乳动物，像克隆猪、克隆牛、克隆白鼠等。但这些克隆体都是从胚胎取得的细胞核，而多莉绵羊则是使用成年羊的体细胞核，因而一朝公之于世，立即在全世界引起了极强烈的反应。美国总统克林顿称：“鉴于我们最为珍视的信仰和人性的观念……克隆人必将引起深深的忧虑。每一个人的生命都是独特的，是诞生在实验室之外的奇迹。我们必须尊重这种深奥的礼物。”以色列首席拉比说：“克隆人受到犹太教律令的禁止。犹太教律法允许医生治愈伤痛，允许体外授精，它被视为治疗行为，但不允许侵犯造物主的作用。”众多生物学家、生物伦理学家也异口同声地反对人的克隆技术。处于漩涡中心的维尔穆特也说：“克隆人是不人道的。我们将全力支持以最有效的方式去禁止克隆人。”享有盛名的黑斯廷医学伦理研究中心的帕伦斯说：“只有傻子才不感到震惊。”美国、意大利、法国、阿根廷、丹麦、以色列、日本、马来西亚、欧盟等国家和组织均发布官方命令或通过法律，禁止克隆人技术或禁止提供经费。

的确，一旦克隆人降临这个世界，必将引起数不清的道德法律问题：克隆人有无法律地位？是否可分割遗产？亲代豢养克隆人以备自己更换器官是否人道，是否合法？克隆出一万个爱因斯坦或希特勒会引发什么社会后果？如果某个工厂主克隆十万个低智能克隆人作为驯服的低价劳力？……

其实，更为深刻的因素是，这项技术将彻底粉碎人类对自身生命的敬畏。这个过程从试管婴儿降生就已初露端倪。目前克隆技术尚保留着不少“自然”的痕迹：它需要卵细胞的环境来唤醒细胞核，细胞核分裂成胚胎后仍需植入母羊的子宫。但人们早已认识到这些绝不是不可逾越的障碍。相信不久的将来，人类就可以用人造信息素来唤醒细胞核，用人造子宫来孕育婴儿，甚至用纳米技术直接“刻印基因”也只是一个时间的问题。果真如此，人类的独特性、神秘性和人类对自身生命的敬畏将被毁灭尽净，它必将导致人类信仰的总坍塌。

一个潘多拉魔盒已被打开。

问题是，打开的魔盒还能关闭吗？打开的魔盒里只能飞出来灾难而绝对没有希望？

在反对克隆技术的大合唱中，只有极少数科学家的声音略为不同。美国达特茅斯学院的生物伦理学家伯杰说："克隆人迟早要发生，我们现在必须探讨反对克隆人的理论根据。"美国宾夕法尼亚大学伦理学家麦吉说："我们正从父母生育子女时代转向父母制造子女的时代。"也有科学家指出，对于血友病、假肥大性肌营养不良、葡萄糖-6-磷酸脱氢酶缺陷症等与下代性别有关的遗传病症，可以用克隆技术精确确定下代性别来防止。

其实何止这些，克隆技术的潜在利益太多太大，以至于人们不敢正视。比如用严格的克隆技术来消灭人类所有遗传疾病；克隆出成千上万智体力特异者，从而加速和引导人类的进化；用克隆器官备件极大地延长人的寿命，在严肃的西方思想期货市场里，已经把"2050年实现永生"列为风险决策；等等。

但是，这样异化的人类还能称作"人类"吗？

其实，人类的异化无时无刻不在进行。且不说类人猿、类猿人了，我们只取两千年的短间隔来做一回顾。如果孔夫子、释迦牟尼和耶稣重生，他们是否承认这些"不肖"子孙？这些人用硅酮填充乳房，用美容术拉平皱纹——要知道人的衰老是上帝的意旨！他们身上可能有猪的心脏，有大肠杆菌制造的胰岛素，有转基因烟草制造的血红蛋白；他们"残忍"地将先天畸形儿在腹内引产，畸形儿难道没有降生的权利？他们用种种"非自然"的手段损坏上帝赐予的自然生殖方式；他们甚至把人类基因比如白细胞抗原HLA-Ⅱ注入猪的受精卵，以达到生产对人类无抗异性的可移植器官的功利目的，这实际是生物伦理学家所深恶痛绝的人兽杂交。要是更严格地外推，那么早在"柳枝接骨""安装假牙"时起，这种破坏人类纯洁性的"罪恶"就开始了。

自从多莉羊诞生，科学界到处可以触摸到一种深深的恐惧。因为克隆人对人类信仰的冲击太可怕了。更可怕的是，这种技术实际无法禁止。为了医学上的、农业上的、经济上的巨大利益，不可能禁止对动物包括哺乳动物的克隆研究。但哺乳动物的克隆技术将无可逃避地使克隆人一朝出现。因为在上帝的解剖学中，人类和动物的身体结构是一脉相承的，并没有伦理学家希望有的那种不可逾越的界限。一旦克隆人技术瓜熟蒂落，一旦它与巨大的商业利益结合起来，那么再严厉的措施也休想制止它。

如果有人对此不相信，请回头看看兴奋剂、毒品、器官走私的泛滥吧。

人类几千年的异化是渐进的，是极其缓慢的量变过程。但是到了 20 世纪末，只要对科学发展做一个较全面的鸟瞰，就能感受到暴雨前的腥风。1978 年第一个试管婴儿的诞生曾引起一场轩然大波；飞速发展的基因工程技术使不少人忧心忡忡，正在进行的对人类所有基因的解读工作同样会有效地摧毁对人类生命的敬畏；电脑技术一日千里，使科学家担心终有一天人工智力将超过和部分取代自然智力；人脑植入电脑芯片已提上议事日程，而一旦做到这一点，人和机器之间就不再有绝对的界限。

近 20 年来，恰恰是那些在基因、克隆、人工智能等前沿科学领域中最有成就的科学家常常陷入一个怪圈，处于两难境地。他们射出的科学之箭不仅劈开客观世界，也常常掉转方向射向人类自身，他们所信奉的生物伦理学戒律常常是逻辑混乱的，令人无所适从。

但是，如果我们能跳出自然人的立场？如果我们相信，在历史老人看来，自然人——用自然方式繁殖的、使用自然智力的、原则上不依靠更换器官来延长寿命的人类——迟早会成为一个过时的名词，而新人类的定义可以大为拓宽？

只要做出这一步跳跃，那么，所有道德的桎梏将被打碎，目前前沿科学研究中无处不在的怪圈将自然化解。

不会有人喜欢“自然人灭亡”的前景，但我们不妨做一个假设：

假设有一个思想敏锐的类人猿科学家，他首先学会了用火，他的寿命以十万年计，可以旁观浓缩类人猿点点滴滴的进化。他会恐惧地看着不争气的后代在变：脑袋在变大，额角在增高，身上美丽的皮毛逐日脱落；他们磨蚀了祖先的强悍而日渐衰弱，靠药汤药片来抵御疾病；他们甚至不敢吃美味的同类之肉；他们舍弃了自由自在的群婚；他们打仗，吸毒……而这些异化又是从第一堆篝火开始的，那时他会痛悔吗？会不会熄灭第一堆篝火以求中断历史进程？我们今天又该如何好笑地评价他的迂腐？

我想在这儿做一个预言：人类“革命性”的异化已经不再是海市蜃楼，不再是科幻作家的异想天开，相信在几个世纪内就会出现。试管婴儿和即将出现的克隆人则是自然人类衰老的第一块老人斑，又是新人类诞生的第一声宫啼。

同时逼近的还有人类信仰的大转变。当然，人类千万年来建立的信仰绝不会突然断裂，它会延续渗入到新人类的信仰中去。但不要指望自然人所有的观念，甚至是我们十分珍视的某些观念一定能延续到将来。比如说，在克隆后代与器官移植成为现实后，关于人道主义的范畴肯定有显著的改变。人们视之为邪恶的某些观念如人兽杂交，也将有新的解释。

这绝不会是一个轻松愉快的过程。但是，只要人类不自此刹住科学之车——刹住是不可能的——这个变革就无可逃避。科幻作家罗维克以《人的复制》预报了20年后的事实，使人类在心理上多少有所准备。恐怕这正是我们今天不得不做的工作。

本文最初发表于《金秋科苑》1997年第5期。

人工智能能超过我们吗?

2003.5

一、上帝的魔术可以还原成精巧的技术

自然界中存在着太多的奥妙，比如：

海蚌的螺线，向日葵籽盘的盘绕轨迹，都精确地符合某一数学曲线。那么，DNA 中也有数学语言吗?

蝴蝶的繁殖经过卵、蛹、幼虫和蝴蝶四个阶段，上代下代蝴蝶永不谋面，但却能一代代重复数千千米的迁徙路线。这些行为指令在 DNA 中如何传递?

等等等等。

这些深奥的问题超出人类的理解能力，只好用“黑箱”把它们罩起来，命名为：本能、上帝的神力、灵魂、生命力……

不过，科学慢慢揭开了这些黑箱。它们是上帝的魔术，但上帝的魔术都可以还原成精巧的技术。不妨拿电脑作类比。今天的电脑技术已近乎魔术了，伽利略定会把它看成是上帝的神物。其实它的原理非常简单。你相信吗？电脑很笨，只会 0 和 1 的加法，其他运算都是化为加法进行。但“0 和 1 的加法”充分发展后，就变成令人眼花缭乱的魔术。

哺乳动物的乳房是生物进化中一大进步，但爬行动物怎么会做出如此巧妙的“发明”？其实，结构精巧的乳房是偶然产生并逐步发展的。澳洲最原始的哺乳动物针鼹，能从皮肤的凹处渗出乳汁供幼兽舔食，相信这是乳房的原初设计，后来，在无数代的舔食中最终发展成乳房。

二、三个飞跃

技术向魔术的发展是循序渐进的，但量变导致质变，导致生物进化的三次飞跃。

第一次是从无生命物质向生命的飞跃。普通原子经过复杂的自组织，变成了生命DNA。其实，DNA的自组织并不是自然界的孤例，宇宙大爆炸的粒子汤"繁衍"出氢、氦原子，水分子会"繁衍"出一模一样的雪花……但只有当自组织的产物足够复杂、能够进行自我复制和新陈代谢时，才产生生命的飞跃。

第二次飞跃是智力的产生。不妨把智力定义为：生物针对外界刺激做出非本能反应的能力。智力并不为人类独有，黑猩猩能制造工具、海豚能学习单词并组句，它们都具有智力。

第三次飞跃是由"自在之物"转到"具有我识"。"我识"也非人类独有，黑猩猩能从镜子中辨认自己，如果额头上有红点，它会努力擦去这"不属于自己"的异物。不过，如果不那么严格的话，可以说自然界中唯人类具有我识。

三次飞跃造就了今天的世界，造就了诸如智力、情感、直觉、创造力、信仰……这类东西。请记住，这些精神层面的东西都建基于物质缔合模式之上。

三、整体论

几十只灯泡组成IBM三个字的广告，便赋予它高出物质层面的意义。只要保持同样的缔合模式，那么，把红灯变成绿灯，或变成石子，所表示的意义都不变。蜜蜂个体的神经系统非常简单，几乎不具备智力，但只要它的种群达到一定数量，就会自动产生整体智力，会建造精巧的蜂巢并遵循复杂的社会规则。

人脑有140亿个神经元，每个神经元的构造非常简单，只能根据外来的刺激产生一个神经脉冲。但140亿个神经元缔合成复杂的立体网络后就产生了智慧，产生了"我识"。如果我们问：爱因斯坦哪根神经元中藏着他的"我识"？显然是愚蠢的问题。

足够复杂的缔合必然产生高层面的东西，称之为“复杂性涌现”，这就是“整体论”的观点。究竟如何产生？不知道。人类目前只观察到输入和结果，对中间过程一无所知。它暂时是一个牢牢封固的黑箱。

四、电脑能赶上人脑吗？

所有读了并接受上述观点的读者，都能够轻易地回答这个问题：

既然智力来源于复杂的物质缔合，与缔合模式有关而与组元的性质无关，那为什么电脑不能赶上人脑？

当然能！

不少科学家顽固地认为：电脑永远不可能具有人类的创造性、直觉和灵感，更不可能有信仰、情感和我识。这些人是人类尊严的热血卫士，要全力守住“人类天赋神权”的最后一块阵地。

那么他们能否回答：“创造性”“直觉”“灵感”“我识”究竟来自何处？独立于物质大脑吗？是上帝专门赐予人类的神物？当然不是。所以，不要武断地断言电脑赶不上人脑吧。随着电脑的复杂程度赶上人脑，它一定会具有人脑的所有功能。

那么，它能超过人脑吗？

五、更高层面的超智力

众所周知，人类的智慧来源于劳动和社会协作。但蜜蜂和蚂蚁早在一亿年前就建立了有效率的社会，有了分工严密的劳动，为什么其智力终结于很低的层面上？

原因是它们的神经系统太简单，无法承载高等智力。即使其种群缔合出了远超个体的整体智力，但其绝对值还是很低的。如此说来，我们真该为 1400 克的人类大脑而庆幸——可是，人类大脑是否也有局限？

人类大脑的缺陷之一在于它的有限容量。但人脑的增大已达极限，人类婴儿头颅的大小已是女人骨盆的最大尺寸，以致进化不得不选择一个折中办法——让婴儿在大脑未长足时就出生，这在动物界中绝无仅有。可以断言在今后的进化中大脑的增大极为有限，赶不上科学发展的需要。

第二点，生物神经脉冲的传递十分缓慢，其中有髓鞘神经元传递最快，也不过每秒百余米，而电子信息为每秒30万千米！

第三点，人脑的信息输入是间断的，即使宝贵如爱因斯坦的大脑，也会因肉体的死亡而报废。新一代科学家只能从0开始，重复老一代人的学习过程，这是多大的浪费！

第四点，人脑中信息的输入是依靠眼耳鼻舌身等感官，非常低效，不同个体之间更难以做到完全的信息共享。10G硬盘的拷录是一秒钟的事，但若想向一个人灌输10G硬盘容纳的信息——想想该多么艰难吧。

……

在文明早期这些缺陷还不太明显，但现在人的学习阶段越来越长，竟超过人生的三分之一。如今再没有像伽利略、牛顿这样的全能科学家，因为每一个细小专业就够学习一生了！而失去统观大略的大师，科学的发展就可能迷失方向。

而电脑几乎具有一切优点：近乎无限的思维速度、容量和信息共享性。至于创造性、直觉、灵感这类东西，早晚它们也会具有的。电脑中会产生爱因斯坦那样的科学家吗？——何止如此！既然智力简陋的蜜蜂个体缔合之后能产生智力飞跃，功能简单的神经元能缔合出人类的智慧之花，那么，无数智力超群的、信息无限共享的电脑个体通过网络缔合在一起——会产生什么？

不是能否产生电脑科学家的问题，而是将产生更高层面的整体智力，不妨称之为第四级文明。这种文明将超出人类的理解力，即使爱因斯坦也不行，正像最聪明的蜜蜂也无法理解人类文明。

真不愿承认这一点，但是，只要我们不背叛人类的理智，遵从公认的逻辑规则，那么上述结论就是必然的。

不过，我们尽可达观一些。高层面的文明会覆盖低级文明，正像人类文明覆盖了猿人文明，这是自然之大道。第四级文明是在人类文明的沃土上长出来的，人类文明将在它之中延续。

本文最初发表于《科幻世界》2003年第5期。

超级病菌

2003.6

少年时代我偶然发现一个意义深远的现象：自然界中凡是比较容易传播的病原体一般都不大凶恶，如感冒病毒就比较温和，即使不吃药也会在七八天内痊愈。大肠杆菌广泛生存于人的肠道内，一般并不为害；而凶恶的病原体一般都比较脆弱，像炭疽杆菌就十分脆弱，日晒和 5% 的石炭酸溶液都能杀死它，38 度以上的温度能使其停止生长，不过它的芽孢倒是相当顽强，在土壤中可以存活 30 年。

而人类恰好在“凶恶者不易传播，易传播者不凶恶”的夹缝中才得以生存——天哪，真庆幸人类还有这一条夹缝。这会不会是上帝特意的安排呢？没说的，上帝肯定偏爱他的子民。

有时会忽发奇想：万一自然界进化出一种超级细菌，既像感冒病毒或大肠杆菌那样容易传播，又像狂犬病毒或破伤风杆菌那样凶恶，横扫人类，无药可医，我们该怎样逃过这样的劫难？这种前景让一个黑暗中遐想的少年心中寒凛凛的。想想历史上几次大灾疫，这种想法并不是没有根据。黑死病曾使欧洲十室九空，天花在 18 世纪夺去 1.5 亿欧洲人的生命。就连我们习以为常的感冒病毒，初次随欧洲人传给澳洲土著人时，也是必死无治的凶险疾病……

且慢！话说到这儿看出点门道了——劫后幸存的澳洲土著民族今天已经不大怕感冒了呵。为什么？原来人的免疫系统也会逐步进化，死亡之筛筛除了无抗病能力的个体，留下了有抵抗力的个体。以天花在中国的为害为例，它是公元 1 世纪由战俘从印度传入中国的，故被称为“掳疾”，但经过人与病毒十几个世纪的搏杀，汉族人的抗天花能力就明显高于新入关的满人。清朝皇室选嗣时，“是否出过天花”是一条硬杠杠，比现在的文凭还管用，康熙就是因为少时得过天花才有幸成为一代明君。所以，我刚才对那个现象的描述并不准确——事实没说错，但视角错了：并不是“凡是凶恶的病毒就比较脆弱”，而是：凡是比较脆弱的病毒，因为没能造成大的流行，人类还没有适应它，所以一旦流传就可能比较凶恶。而那些比较容易传播的病原体，原先也可能是非常凶恶的，但由于人类特异免疫力的进化，就逐渐变得比较温和了。

但这些道理还是没有彻底回答那个问题：到底有没有可能进化出一种人类无法抵御的超级病原体？回答是：可能性很小。这不是因为上帝对他的子民的偏爱，而只是基于这样一个平衡：人类是自然界进化之战中的胜利者之一，当然具备抵御环境其他生物进攻的强大能力。借句天文物理学的名词，这叫“人择原理”——自然界在我们的观察中为什么如此如此，只是因为我们恰巧是自然界进化出的能够思考这一切的生物。人类既然发展到今天，说明她已经与环境建立了平衡。这是一种动态平衡，但其强弱之势比较稳固。病毒在进化，人类的免疫系统也在进化，它们竭力在百米道上奔跑，最后大致跑成了平手，相错也就那么零点几秒。可能今天你快一些，明天我快一些，没有哪一方能占绝对优势。病原体中会不会忽然冒出个百米只跑五秒的超级选手，把人类选手嘁里喀嚓扫地出门？不能说完全不可能，但是可能性非常小非常小。这一对冤家还会这么见不得离不得，一直纠缠到世界末日。

不过，先别急着放宽心，人类还有个真正凶恶的敌人呢，那就是——

我们自己。

刚才说过，人类已与环境建立了动态的平衡，但这种平衡也有可能被打破，因为科学发展是如此急剧地改变了我们的环境。现在，任何关于自然界的描述中，首先要把人的因素考虑在内。既然平衡已经被打破，那么太岁星就可能下凡了。

可能性之一：因为人类生活区域扩大，原来受禁于局部区域的病原体被释放，如非洲密林、外太空或南极冰帽。这已不是可能性而是现实了，艾滋病病毒很可能就是从非洲密林的绿猴那儿传出来的，它的为害甚至超过黑死病。现在世界上已有6000万人患艾滋病，2000万人死亡，有一个估计说：在今后20年内，死亡人数要超过6800万——连黑死病也只造成2500万人死亡啊。在医学高度发达的今天，这个数字实在让科学家羞愧。

或者是人类对“常规”的改变导致某些新的疾病，比如疯牛病的起因就是因为农场主给牛喂食粉碎的动物内脏，初看起来这是个多么有益无害的革新呀，如果当时有人说，让吃草的牛吃肉违犯自然之道，有可能造成意外的灾变，相信那时的科学家们一定会斥为迂腐之谈吧。他们那时绝对想不到，这种迂腐之谈里也含着合理的内核。

可能性之二：科学增强了病原体的毒性或干脆创造新的微生物。

据说超级大国曾尝试过制造超级细菌武器，如肉毒杆菌与大肠杆菌嵌合。恐怖分子也在努力获得这种超级致病物。这都是些“坏人”，且不去说他们，但愿随着人类的成熟，这些坏人会逐渐消亡。但是那些“动机良好”的科学家们呢？最近见到一则报道，说有些科学家甚至想制造“五个字母的生物”。大家知道，所有生物的DNA都是由鸟嘌呤、腺嘌呤、胸腺嘧啶、胞嘧啶四种碱基组成，而这些科学家想试试能不能增加碱基的种类，他们可真是一群大无畏的开拓者啊，全然不怕这样的怪物会造成什么后果。当然，一般来说，这种新生物即使成功，也不容易融入原来的生命系统；但如果它真的融入了，说不定就是个超级元凶，因为人类的免疫力无法适应这种“左撇子选手”。

我们生活在一个动态平衡的生态系统中，人类千万年的进化已经适应了这个系统，不会突然冒出一个超级细菌让人类灭绝，但你也甭想取得对病原体的全胜。人类对这个系统已经有了很多了解，但远不能说透彻，所以，不要轻易去撩拨它，贸然打乱原来的平衡。

当然，并不是让人类回到原始人的时代，那是迂腐之见，那个时代永远回不去了。但我们在掌握科学利器的同时，应该永远保持对自然的敬畏。土人打猎之后，会以某种仪式来祈求神灵的原谅。我们应该学习这种谦卑，当我们不得不打乱自然界原有的平衡时，我们必须做尽可能的补救工作，以求得自然的宽恕。

本文最初发表于《科幻世界》2003年第6期。

超人类时代宣言

2003.9

一、人类异化的分界岭

20世纪后期，科学技术的超速发展强烈摇撼着人类社会的柱石，极大地改变了人类的生活环境、生存方式、行为方式乃至伦理道德。目光敏锐的学者已经提出“后人类”的概念，认为人类历史的发展到了大变革的前夕。

但学者们大都把目光聚焦在思想、伦理、生活方式这类变化上，却忽视了人类最基本的变革——科技对人类物理层面的变革，亦即对人体的变革。

人类步入文明之后，科学技术一直在异化着人体。这种异化源远流长，从圣经时代的阴茎（阴蒂）割礼就开始了，嗣后有安装假牙、盲肠与扁桃体切除、输血、文身整容隆胸、植入心脏起搏器、猪心移植、盲人电子眼、试管婴儿，直到即将出现的克隆人。不过在21世纪之前，它们尚属缓慢的量变过程。而且具有反讽意味的是，这些异化的目的却是“去异化”，是为了弥补上帝工作中偶然的疏忽，使病人恢复到正常人的标准，而不是为了“改进”上帝的设计。隆胸术只会让乳房丰满，不会增加成四个乳房。所以，即使它发展到极致，也不过是复现上帝造物的完美。千百年来，这些异化之所以为伦理学界所容忍，正是基于这种潜意识的安全感。一位以色列的首席宗教拉比说得比较透：“犹太教律法允许医生治愈伤痛，允许体外授精等治疗行为，但不允许侵犯造物主的作用。”

以上所举例证，唯有克隆技术不属于“补足”，而是对上帝造物术的改进。不过，它改变的仅仅是“过程”，而不改变终端产品。这一点有象征意义——它正好处于“补足式异化”到“改进式异化”的分水岭。

但人类是不会满足的。她已经学会纠正上帝的工作疏忽——干得很不错呢。现在，她羽翼丰满了，自信心空前膨胀了，难道不想比上帝干得更好?没错，她不但要改正上帝的疏忽，甚至想改进上帝的原始设计。

从近期来说，这种改进式的异化将首先在两大领域里实现。

第一，基因技术。比如，已经有科学家警告，很快会有人用病毒转录法改造运动员的基因，使其肾脏分泌高水平的红细胞生长素，增加血液的携氧能力。这种技术在我们的有生之年就可能出现；这些违禁的手段比兴奋剂更难检测，它们使用的是非天然的办法，但其结果却是完全天然的，真假莫辨。

第二，人脑的电脑化。本世纪内很可能实现的一个重要突破是人脑嵌入芯片的实用化，用它来强化人脑功能，首先是记忆功能；或越过键盘，实现人脑与电脑的“透明式”交流。

上述科学进步已从科幻范畴转入科学家的近期工作计划了。

二、超人类

这种改进式的异化非常可怕，可怕之处在于——它不再囿于上帝定下的造人标准，因而也就没有了上限。如果电子眼能使瞎子恢复视力——那为什么不让他们看到 X 射线呢？这步跨越在技术上非常容易实现；如果能改变血液基因来培养超级运动员——那为什么不培养出能在低重力环境长期工作而不会肌肉萎缩的太空人、能在水下呼吸的鱼人乃至有超级思维能力的巨脑人？又假如人脑智力可由嵌入的芯片来改善——那么嵌入部分为什么不能反客为主呢？也许某一天，嵌入人脑的核桃大的人造脑会成为我们智能的主体。

目前这还属于科幻的范畴，但一旦科学家们迈过从“补足”到“改进”这条道德红线，它们的实现就只是一个时间问题了。那时地球上将出现一个新的物种——超人类。这个变革同猿人向人类的进化具有同等的分量，不同的是，猿人到人类的进化是由于大自然几百万年的选择；而人类向超人类的进化则是依赖科学技术的力量，是人类用自身之力异化了自身，很可能在几千年内完成。

这个变革的高潮似乎是遥遥无期的事，不过，人类大厦倒塌的第一条微裂缝很可能在本世纪就出现，甚至现在就已经出现啦。所以——瞪大眼睛去发现这条微裂缝，去发现从“补足”到“改进”的一小步跨越吧，那时，你将成为新时代的发现者。

三、恐惧

从近年的文献中，到处可以触摸到一种世纪末的恐惧。恰恰在科技发展最前沿的领域比如基因嵌接、克隆技术、人工智能等领域里，科学家们常常处于进退两难的境地。他们虽然不一定能清晰辨析出“补足式异化”与“改进式异化”的区别，但都从直觉上感觉到了大变革前的腥风。科学技术，这个威力无比的飞去飞来器，本是用以改造外部世界的，现在它掉转头来扑向人类啦。它正从物理层面上变革人类，一点点割去人类对自身生命的敬畏，而这个“敬畏”正是人类所有道德、伦理、宗教赖以存在的基础。

生物伦理学家忧心忡忡。假如克隆真成为人类的主要繁衍方式，那么性爱和母爱还能长存吗？要知道，这些被文学家歌颂了千百年的永恒之爱既不神圣也不神秘，只不过是有性生殖方式的衍生物而已。我们十分珍视的人类纯洁性还将存在吗？也许人兽基因杂交和人机杂合将变得常见……

更可怕的是，这种人类剧变不可逆转，除非自此刹住科学之车——但具有讽刺意味的是，它是刹不住的。科学之车的每一步前进都依赖于人类艰难的推动，似乎我们只要歇一口气它就会停止，就会倒转，但这种情况永远不会出现，它会一往无前，荡平一切障碍，直到隆隆地轧过人类的头顶。

四、跳出三界外

假如有那么一个猿人智者始终关注着从猿到人的变革，那么他的目光必然是悲怆的，因为，在变革过程中，它十分珍视的许多“猿性”无可逆转地消失了：失去了美丽的体毛，弱化了能引起异性快感的体味，失去了在树枝间纵跃如飞的能力；抛弃了符合自然之道的四肢行走方式，而直立行走方式导致了许多常见病如乳房下垂、胃下垂、脊椎病、关节病、高血压等；抛弃了上帝规定的背后性交方式，除了人和倭黑猩猩，所有哺乳动物无不遵守这个规定；改变了只在发情期发情的良好习惯而变得淫欲无魇；再不能在战斗胜利之后围着篝火狂欢，分食美味的人肉……

站在那位猿人智者的角度，这些都是“合理的”伤感。但站在人类的角度，没有人会表示认同吧。

今天，新的人类剧变就要到来，人类智者忧心忡忡，进退两难，高瞻远瞩的政治家们在努力加固道德伦理堤防……但千年后的超人类会如何看待这一切？也许在后代眼里，今天的人类智者和那位猿人智者同样可笑。他们是在逆天而行，竭力修筑注定要被冲垮的堤防。今人笑前人，后人复笑我们。关键是要跳出“旧人类”的圈子，承认这个变革不可避免，承认我们珍视的许多观念不得不被淘汰——那么，许多道德的怪圈将自动化解。

不要把这样的异化看得过于可怕。历史不会截然断裂，人类今天的理念还将延续到超人类中——但也不要奢望它会保存得全须全尾。人的本体都变了，体之不存，毛将焉附？

本文最初发表于《科幻世界》2003年第9期。

环境保护与熵增定律

2003.8

少年时不知道熵增定律，但已能感受到宿命的感伤。我的作业本、铅笔、精巧的玩具、可口的食物……最终都变成乱糟糟的垃圾，再也不能复原。如果冥冥中有一个有洁癖的上帝，努力把人类毁坏的一切全部复原，他老人家一定累得吐血，因为，事物变乱非常容易，变得“有序”可就十分困难了。你可以在一秒钟内把一支日光灯管扔到垃圾堆上，但是当碎玻璃碴散布于农田中之后，得花多大力气才能全部分拣出来？看着一车车城市垃圾被送往城外，我总免不了悲天悯人：是不是到了某一天，世界上每一寸土地都埋满了垃圾？今天我们在拉动内需，大兴土木，山一般的建筑垃圾毫不怜悯地破坏了原始土层，那可是大自然亿万年才积攒出来的呀，这种破坏是不可逆转的。人类就像贪婪的蚕，一路吃着绿叶，当然也会结下美丽的茧壳，但更多的是留下一路粪便。

美国海洋学家蕾切尔·卡逊在 1962 年写了《寂静的春天》，吹响了环境保护的号角。现在，西方国家的环境恶化已初步得到遏止，但从世界总体来看，生态仍在继续恶化。我常常怀疑，在人类加快发展的步伐时，能否完全恢复大自然的生命力？

生命是高度有序化、组织化的过程，与熵增定律背道而驰，所以，从理论上说，与生命化过程伴随的，必然是更大程度的无序化。茧壳的产生注定会带来更多的粪便。但为什么在工业化之前的大自然中，生态能够维持平衡？河水川流不息，生物繁衍进化，土壤保持肥沃。大自然保持着自净能力和再生能力，保持着良性循环。这似乎与熵增定律不符啊。其实一点也不矛盾。这是因为地球并非孤立系统，系统外的太阳公公不停息地为地球输入着能量。因此，从总体上说，虽然宇宙沿着熵增即无序的方向无可逆转地下滑，但地球由于太阳的赐予，得以维持一个局部的伊甸园。

“非平衡态热力学”揭示，一个局部系统能够逆熵增之势而行，达到有序化，但必须以外界能量流入为前提。典型的例子是别洛索夫—扎鲍京斯基反应，一种包含三种成分的溶液在保持原料的不断加入或存在温度梯度等非平衡态时就会自动出现美丽的花纹，并按一定的规律重复。这个简单的实验揭示了自然界最为深刻的机制之一——自组织。当然不要忘了它的前提：外界能流。

太阳能几乎是地球唯一的外来能源，表现为水能、风能和光能，据计算为173000TW，相当于每秒500万吨煤。它不是一个小数字，但毕竟是有限的。还有一项外来能源是引力能（潮汐能），其实也是太阳提供的。我们常说太阳能是干净能源，但恐怕很少有人理解“干净能源”的本质含义——它们是从系统之外输入的，使用它们不会增加地球这个系统的熵值。其他能源就不同了。矿物燃料是储存的太阳能，核能和地热能是星体演化时储存的能量。既然这些能量以“物质”形态存在于地球上，它们就属于这个系统了。它们的使用必然伴随系统的熵增，造成酸雨、致癌微粒、光化学污染、温室气体，等等。熵增和环境污染不是同义词，但本质是一致的。尤其是核能利用所伴随的核废料，至今没有绝对安全的处理办法，它们或被埋在深海，或被埋在稳定地层中，都是顾了今天不顾明天的不负责任的做法。核废料的半衰期很长，从几千年到几十亿年，可以说，当它们被人类从潘多拉魔盒中放出来之后，就再也无法重新囚禁了。

西方国家的环境保护已有显著进步，除先进的环保意识外，重要原因是他们有钱，翻译成大自然的语言就是“能量”。在地球这个系统内，各局部系统能量的分配严重不均。某些局部系统比如西方国家或大城市因为有较大的外来能流，就能造成该系统的有序化，它是以第三世界国家或城外的环境恶化为牺牲的。

但我们并不关心局部而是关注全人类。以上帝的视角来审视一下：在怎样的条件下才能保持地球系统的有序化？它将取决于外来能流的强度。人们谈环境污染时，总把它看成是孤立的现象，看成是人类觉悟的问题，似乎人们一旦认识到它的必要性，问题就会迎刃而解。这是很幼稚的想法。对于地球这个系统来说，一定的外界能流只能维持一定强度的动态的生态平衡，超过这个限度，从整体上说地球系统就会走向无序。自然之力有穷，人类的索取不可太贪婪。

本文最初发表于《中国科技纵横》2003 年第 8 期。

医学与遗传灾难

2003.9

达尔文进化论揭示了生物进化中两条最重要的机制：

一、生物DNA的遗传是一种稳固的信息传递，没有这种相对的稳固，生物世界就会变成完全无序的抽象画；但DNA又会随时产生变异，这些变异绝大部分不利于物种繁衍，我们把它叫作遗传缺陷，少部分有利于物种适应环境。

二、生物繁殖的后代数量，远远多于能存活的后代数量。这是一个残酷高效的死亡之筛，它筛除了不利于物种繁衍的基因，保存了良性基因。

多么简单的机制！冰冷坚硬，不带感情。但如此简单的机制非常有效地推动着生物的进化，造就了今天绚烂多姿的生物世界。当我们与上帝熟识之后，我们会知道，“简洁”和“深刻”正是他老人家的一贯风格。

如果细分的话，生物的进化包括“后卫”和“前锋”两个方向的工作：

“后卫”要坚持不懈地淘汰随时产生的大量遗传缺陷。其中那些在育龄前就表现出性状的遗传病基因最容易被淘汰，也不是绝对的，比如说“婴儿猝死率”就保持在千分之一左右。那些育龄后才表现病状的遗传病，如老年痴呆症，则不会在生育过程中被淘汰，但死亡之筛能控制它们在族群中的比例。

“前锋”则要强化生物对环境的适应能力，造成生物器官和机能的高度精巧化。想想低级生物的感光细胞，再看看我们无比精巧的眼睛；想想树懒的笨拙，再看看非洲猎豹的矫捷；我们就会对进化的威力有深刻的感受。顺便说一句，上面所说的“精巧化”只是一种象征的说法，实际上，寄生虫感官的退化也是一种很好的适应。

今天的人们大都接受了进化论，不再羞于当“猿猴的子孙”。不过，他们常常想当然地认为，人类进入文明社会后这种进化机制已经失效。他们会问，万物之灵仍要受进化论的约束？我们与摩西或黄帝时代的人并无明显的差异嘛。是的，这种机制永远不会失效，不过，因为文明社会的历史至今只有几千年，而进化却常常以十万年、百万年为单位，所以，几千年来人类的进化很不明显。最明显的进化是人类的抗病能力，由于致病微生物的进化非常迅速，人类免疫能力的进化也只能以快制快。比如说，感冒病毒曾对澳洲土著人是致命的，但在十几代人的进化中，澳洲土著人已经产生了抵抗能力。非洲黑人有一种镰状红细胞的遗传缺陷，对个体的携氧能力不利，但由于它对疟疾有较强的抵抗力，而在非洲疟疾又非常普遍，所以这种“歪打正着”的缺陷反倒在进化谱系中占据一席之地。

前面提到的都是自然进化之路，而现在，科学尤其是医学的发展为人类进化注入了新的因素。在医学的帮助下，人类迅速膨胀，足迹遍布世界每个角落，个体总数达到60亿，平均寿命从原始人的20岁提高到70多岁。这些成就足以使人类傲视上帝，但沾沾自喜的人类忘了，它们也导致了大自然悄悄的报复——医学的方向可是与自然淘汰完全背道而驰啊，人类的自然进化之路被基本中止了。现在，除非洲少数落后地区外，大部分人都能终其天年。遗传病患者不再早夭，因为先天心脏病可以搭桥，糖尿病患者只用每天服胰岛素即可长寿，苯酮酸尿患者只要服用特制的无苯丙氨酸食物即可不发病。这是不是进步？当然是，谁说不是谁是疯子，谁反对这样的进步就让他得病试试。但问题是，就人类整体而言，伴随着病人的存活和生育，种种遗传病基因也溜过死亡之筛向后代传递。上面提到的镰状红细胞，在没有疟疾的美国，应该算是不良基因了吧，但由于文明社会里已经没有了死亡之筛，它仍在安安稳稳地延续着。还有亨廷顿基因、血友病基因，都是在人类进入文明社会之后出现的遗传缺陷，它们在人类的遗传谱系中稳稳地占了位置。

今天的人类依靠计划生育来控制人口总数，不少社会学家呼吁重视对独生子女的溺爱。不过，不客气地说，这只是低层面的忧虑，而深层面的隐忧是：这种“一根独苗、务求全活”的生殖方式，已经非常彻底地堵死了人类的自然进化，连一点缝隙都没留。

人类的自然进化被医学中止了，它会给人类带来什么影响？刚才所说的

“前锋式”进化被中止后暂时无妨，那本来就是非常缓慢的变化，而且人类已经有能力在一定程度上控制我们的环境，所以，以现有的器官水平足以应付万儿八千年，也许大脑是个例外。但“后卫式”的进化呢？我们已经说过，遗传变异随时都会产生，其中绝大多数是不良变异，如果失去了筛除的手段，它会以几何级数增长，在一个不太长的历史时期内比如一千年以内就充斥地球，使人类的卫生体系不堪重负而崩溃。

怎么办？令人沮丧的是，这个问题是无解的。意气风发的年轻人总是相信没有人类智慧解决不了的难题，这只是盲目的乐观。人类的智慧至今没有解决战争、暴力、卖淫、强奸、犯罪、吸毒，恐怕在相当长的历史时期也解决不了。上述的遗传灾难也是由深层次的机理所决定的，无法把它同医学进步剥离，因而也无法解决。

也许有人仍不服气：我们有威力无比的科学啊，尤其是随着基因技术的发展，人类终将进入自由王国，可以随心所欲地剔除遗传缺陷，甚至到某一天能够定向选择人类的进化。这个观点从某个层面看是对的——既然科学对人类进化的干涉不可逆转，那么也只能用科学来做一定的补救；但从另一层面看，它又是错误的——当进化的权柄从大自然转到人类手中时，谁能保证人为的选择恰巧就符合“天意”？谁能保证它是正确的？打一个比喻，人为的优生就像是中央指令的计划经济，它有时候确能起到巨大的促进作用，但更多时候它是僵化、低效、莽撞和方向错误的代名词。

人们已经习惯了对这个问题装聋作哑——既然无解，何必提出来让人心烦呢。但是，那些危险的定时炸弹仍摆在那儿，并不因为我们闭上眼睛就会消失。总得有人去思考这件事，把它拎到众人的视野里，然后从不懈的摸索中慢慢发现几丝光亮。我想，最终的解决办法必然是“中庸式”的，即在“个体的生存权利”和“种族的健康繁衍”之间，在“自然进化”和“科学的干涉”之间，找出一个最佳的平衡点。这牵涉到对“人道主义”深层次的理解，远非一篇短文所能回答，就此搁笔吧。

本文最初发表于《中国科技纵横》2003年第9期。

熵增与宇宙生命

2003.10

一位科学家说，科学探索可以分为“合理的假设”和“轻狂的猜想”，而本文就属于后者。读者阅读时权当是一次智力体操吧。

罗素说，有史以来，科学所做的最阴郁的预言，就是热力学第二定律——熵增定律所预言的宇宙末日。所有恒星终将熄灭，宇宙在不可违抗地走向能量平衡，不再有能量的流动，因而必然走向无序，信息流与能量流密不可分。人类成就的整座殿堂必将埋葬在宇宙的碎片之下。这个可怕的定律实际得之于最普通的物理现象：任何比环境温度高的物体，都会把热量向低温环境散发，直到系统内温度平衡。如果没有外界能流的引入，绝不会出现热量重新富集的反向过程。

熵增定律太雄辩太明晰了，谁也无法用逻辑来推翻它。不过，这个定律总是给人一种不舒服的感觉。因为，除它之外的所有物理学定律都能在时间轴上反演，物理学家艾米·诺特尔曾指出，能量之所以守恒，其实质原因就是物理定律关于时间对称。但熵增不可逆定律在时间对称性上撕了一个很大的缺口。尤其令人不安的是，把熵增定律应用于我们这个至今存在的宇宙，必然得出一个结论：它是从一个很特殊的、高度负熵的状态下开始的。这个特殊的负熵状态从哪儿来？只有一个说得通的来源：上帝。

物理学家们当然不愿让上帝复辟。但他们信仰真理的普适性，如果不得不承认我们的世界来源于一个非常特殊非常偶然的状态，那和相信上帝有什么不同呢。

后来物理学家发现了自组织定律，自组织的一个典型例证是别洛索夫—扎鲍京斯基反应，几种化学溶液掺混之后就会自动产生非常美丽的、周期性变化的花纹，这个小杂耍之所以重要，是因为它的“组织化”完全是由内部原因产生，并没有一个外来的设计者或管理者。但物理学家们说自组织产生的一个前提是必须有系统外输入的能流，这个结论恐怕不一定正确，至少说，在宇宙这个封闭系统中，自组织一直是存在的。

其实，自组织定律渗透到宇宙的每一个角落每一个时刻，是与熵增定律同等重要的两大定律之一,一个管宇宙的死，一个管宇宙的生。

从宇宙肇始，自组织就登台了。宇宙爆炸，变成一锅高温的均匀的粒子汤。我们不知道在大爆炸“最早的瞬间”所产生的“最原始的粒子”是什么，也许根本不存在什么最基本的粒子，在能量向粒子转换的边界，可能是能量和物质共存的模糊状态。但为了叙述方便起见，我们就称它为“原始粒子”吧。原始粒子非常均匀，按照熵增定律，它应该在宇宙向外膨胀时变得稀薄而更加均匀，绝不会产生物质富集的现象。但是，当熵增开始耀武扬威时，宇宙大舞台上的又一个主角——力——同时出场了。宇宙中已知有四种力：强力、弱力、电磁力和引力，比较公认的说法是，四种力其实只是一种，在大爆炸的极端状态它们会合而为一。不过力的具体组成与本文中的观点并无关系，反正有力就行了。力使原始粒子互相结合，经过尚未知晓的某种粒子层面，再结合成六种夸克，再结合成轻子、强子、介子，再结合为丰度为3∶1的氢氦原子。在这些过程中，强力、弱力和电磁力都起了作用，但引力尚未走上前台。

物理学家已经能精确描述这些粒子的生成过程，但好像还没人指出，它们实际是熵增的逆过程。因为，按照爱因斯坦的质能公式，任何物质微粒的形成都是能量的富集和组织化，与“能量平衡”和“无序”相逆。也就是说，在宇宙大爆炸的最初的“滴答”内，熵增和熵减就已经并行不悖了。

在宇观层面，轮上引力出场了。若按照熵增定律，早期宇宙中的氢氦原子将在膨胀过程中变得更稀薄均匀，而不会出现质量富集的趋势。但引力却与熵增定律唱对台戏，当原子汤因量子效应出现偶然的涨落时，引力会使其产生雪崩效应，进而聚集成星云，星云中产生星体，星体生长，直到引发核反应，于是，在局部地区的“高能态”产生了，并造就了此区域的能量流，这些能量来源于上述的质量富集化。从宇观上说，宇宙仍保持熵增的方向，宇观的熵增与小区域的熵减并行不悖。

星系小系统内也同样有熵增过程，恒星的热量向空间传播，向热平衡的方向前进；但在另外的层面，熵减过程也在不停息地进行。行星从星云中诞生，行星上产生了岩石圈、大气、河流、季风、泉水、矿藏，这些都是组织化的过程，是对无序的反抗。这种有序化、组织化进程的顶峰，便是生命的产生：DNA 团块、单细胞生物、多细胞生物、植物和动物，一直到最精巧的组织化结构——人类大脑。像熵增一样，自组织也是一个无尽的不可违抗的过程，它从宇宙爆炸开始，并一直延续到宇宙末日。而它得以进行的因素是力。不同的力在不同的层面上起作用，比如，原始粒子的生成是强力和弱力的功劳；在我们处身其中的环境里是电磁力在变戏法，它造就了生命结构和金木水火土；而在宇观范围内是引力在起作用，它造就了星体和黑洞。天行者卢克的老师尤达大师曾把“力”作为对抗黑暗的唯一力量，他真是一个伟大的科学家，道出了大自然的本质。

其实，“自组织”有一个更恰当的名称：生命化。这儿的“生命”一词是广义的。宇宙大爆炸的浓汤里生出来无数一模一样的粒子像夸克、重子、轻子等，然后是原子“自发的复制”，再生出模样相同的星云和星体；云朵中生出一模一样的六角形的雪花；在金伯利岩脉中生出结构相同的钻石……这些全都是自然界的“生育”啊。有人说，生物生命何等精巧何等神秘，现在把“生命化”拿来定义夸克、强子、原子、星体等“非生命体”的生成，未免不伦不类。不，这个定义的推广绝不牵强，它们的本质是一致的。

当然，生物与非生物还是有分别的，生物生命是高等的自组织，需要一个复杂的模板，而这种模板来之于自然界长期演化中一个难得的机缘。所以我们大致可以肯定，人马座的外星人与我们绝不会相同，因为由“机缘”得出的生物模板不可能雷同；而人马座的雪花却必然是同样的六角，因为雪花的“生育”不需要特殊的模板。还有一点不同是，生物生命中的自组织只和电磁力有关，而粒子、星体等的自组织与强力、弱力、电磁力和引力有关。

不管怎么说，它们的本质是一样的，都是与熵增相逆的、由“力”引发的自组织。自打宇宙肇始，熵增和生命化两个相逆的过程就并行不悖，互相缠绕，多层渗透。一边是热平衡、均匀化、无序；一边是能量和质量富集、组织化或有序化。而两者的综合则是一个零熵的世界。

这么一来，物理学家可以安心了。原来，我们的宇宙并不是肇始于一个很特殊的负熵状态，而是非常普通的一个零熵的“点”。由于量子世界的偶然涨落，这个点爆炸了，从空无一物中产生了能量和负能量，正物质与反物质，有序与无序，熵增与生命化。宇宙从零熵开始，以零熵延续，也将以零熵结束。在这种理论结构中，所有物理定律相对于时间轴都是可以反演的，物理学家的心腹之患，那个不可逆的时间之箭，在这儿被轻松化解了。

不过，说出这个结论未免早了一点儿——还没考虑宇宙的结局呢。自打宇宙爆炸假说得到基本证实，宇宙会灭亡也就没人怀疑了，有生就有死，有死就有生，尽管对它是亡于无限的膨胀还是亡于向内塌缩还在争论。那么，在宇宙灭亡的时刻，熵增与生命化两种力量又会如何角力呢。

我们先考虑那种向内塌缩的结局，整个宇宙将塌缩成一个超级黑洞，一个死亡之洞。黑洞是个绝顶贪婪的家伙，吃骨头不吐渣，所有进入黑洞的物质都再无出头之日。黑洞无毛，黑洞是绝对的高熵，熵增过程在这儿达到了极致。那么，在这个大过程中，哪是逆向而行的宇宙生命化？原来它悄悄并存在这个死亡之洞里。恰恰在这里，宇宙的质量富集化或曰组织化过程也达到了极致，因而为下一次大爆发做好了准备。

不过科学家们说，宇宙不一定亡于向内塌缩，也可能亡于“无限膨胀”。“零熵”机制并不排除这种可能，只是要求：在建造“宇宙无限膨胀”的构架时，必须仍有熵增和生命化两个相逆的过程，让熵的总和继续为零，否则这个理论就是错的。

本文对“熵增”和“生命化”并未做量化的论述，怎么就贸然得出“熵的总和为零”这个结论？造物主似乎偏爱守恒，有能量守恒，质量守恒，动量守恒，动量矩守恒，正负电荷守恒，CPT 守恒，如此等等。过去的理论中，只有熵不守恒、正反物质不守恒和宇称不守恒。有科学家怀疑，在更深的层面里宇称是守恒的。“熵守衡”比较符合人们的直觉，至于这个等式是否成立，只能有待证实了。

再说点题外话。我对中国的太极图非常欣赏，它简直是宇宙的河图洛书，一个简单的“零边界”的黑白两体图形包含了守恒、转化、对立统一。如果某一天“零熵”大厦得以建成，太极图就是最恰当的徽章。

本文最初发表于《科幻世界》2003 年第 10 期。

科学的“坏账准备”

2003.11

科学给了人类太多的恩惠，带来了汽车、飞机、电视、电脑、激光、空调、抗生素和疫苗、宇航、手机电话、互联网、杂交水稻、电子游戏、整容技术……实在是数不胜数啊。可以说，每一个人的每个毛孔里都浸透着科学的恩泽。

科学是两个金光闪闪的大字，它通体透明，没有一丝阴影和瑕疵。从脖子戴上红领巾的时候，我们就成了科学教的虔诚信徒，这种虔诚一生一世不会褪色。不过，年岁渐大后，我也看到了光明之后的阴影。科学同样带来了核弹、毒品、兴奋剂、疯牛病、电脑病毒、生化武器、臭氧空洞、环境污染、温室效应、不堪入目的黄碟和色情网站、同性恋的泛滥等。关于同性恋我得申明观点，我不排斥它，更不会歧视它。但就人类繁衍这个头等重要的目标而言，社会中有一定比例同性恋的存在是自然的，而同性恋比例畸形增加是一种社会病态。数千件核武器在虎视眈眈，随时准备把人类抛回到蒙昧时代之前。今天的世界上共有数千万人吸毒，数千万人患艾滋病，这么大的数字，甚至超过黑暗的中世纪……

原来，科学并不是通体透明啊。当我们不得不小声说出这句话时，感情上实在难以接受，就像在每个孩子的心目中，母亲都曾是世人中最完美的形象，可是某一天醒来，忽然发现我的母亲原来只是一个普通的民妇，除具有博大圣洁的母爱外，也有诸多缺点：自私、狭隘、偏心、见识短浅，甚至长相也不漂亮……

有人辩解说：科学是无罪的，就像你拿刀子杀人，不能说是刀子的罪过，上述种种弊端都源于人类本身，是因为人类中的“坏人”像战争狂人、科学狂人、罪犯等作恶，或者是科学家不谨慎所犯的错误。人类终将进入大同社会，再不会有坏人，再不会有核弹、细菌武器这类坏发明。而且，科学终将进入自由王国，完全料知和排除任何副作用。

这是美好的愿望，可惜，它永远不会实现。

上述关于刀子的辩解其实是文字游戏，不值得认真反驳。因为从客观效果看，科学确实降低了灾难发生的阈值，放大了灾难的程度。一架飞机失事常伴随几百个冤魂，一个现代化农场的疏忽能造成全欧洲的食品污染，一个密封圈的损坏能造成一艘航天飞机的失事。不妨看看 9·11 事件，那是一件令人发指的兽行，但是，单从战略策划的角度来看，它实在是一件杰作——处于文明低层次的恐怖分子，利用高科技社会的教育系统去学驾驶，然后驾着高科技的飞机，去撞高科技的摩天大楼。它说明，生活在高科技社会的罪犯，即使手无寸铁，也能充分利用科技的威力去制造灾难。这就使文明社会对恐怖主义的防范成本太高，实际上不可防范。这并非是因为社会体制的缺漏，而是由大自然的深层机制所决定的——大自然是个心怀叵测的权术大师，它憎恶清一色。每当麾下某一方占据绝对优势时，他就处心积虑地为它留下阿喀琉斯之踵，使其从绝对优势上跌落。

科学家的谨慎是否能完全避免科学的副作用？不可能。进步与灾难因为深层次的机理而互相缠绕，永远解扯不开。回过头看看，即使在人类先民刚刚冲出蒙昧、现代科学尚未诞生的早期，这种“双刃剑”的作用就显示出来了：人口增加后，人类由分散居住改为集中居住，从而放大了疫病的概率；农作物的集中种植放大了病虫害的概率。只要“集中”模式不改变，这当然是不可能改变的，人类不可能回到渔猎采摘时代，那么这种“放大”趋势就无法扭转。人类只有用抗生素和农药等手段去克制病原体和害虫；但药物增强了病原体和害虫的抵抗能力，需要开发更强的药物；它又激发了后者更强的抗药力……这是一个盘旋上升的双螺旋阶梯。何时是阶梯的尽头？何时人类能毕其功于一役，永远消灭病原体和害虫？可以给出一个准确的、斩钉截铁的答案：

永远不可能。

何况，人类永远不可能完全了解自然机理，因而从理论上说也无法做出彻底的预防。发明 DDT 时，怎么可能预料到它在自然界的累积中毒？发明冰箱时，怎么可能预料臭氧空洞？在用骨粉做牛饲料时，怎么能预料到它会导致疯牛病？电脑病毒是更典型的例证。电脑——这是人类迄今以来最伟大的发明之一，谁能想到它会与电脑病毒纠缠不清？而且那些才气过人的黑客并不是通常意义的“坏人”，没有卑鄙险恶的动机，甚至不以此谋利，他们就是想炫耀自己的智力。按说他们只是一些偶尔走上歪路的“可教子女”嘛，爹妈费心劝劝，社会多教育教育，今后就再不会有电脑病毒了——可惜，谁都知道这是不切实际的幻想，所有公司账单上永远少不了病毒防范的成本和病毒侵袭的损失。

今天我们看到了“昨天的科学”埋在深层的副作用，但这种事后诸葛是没用的。你能对“今天的科学”在“明天”的得失做出准确的剖析吗？比如，越来越多的太空行动会给大气层带来什么危害？人类全歼天花和脊髓灰质炎病毒会不会打乱病毒世界的平衡？空中日益增多的无线电波会不会影响人类的DNA遗传？我们对外星文明的召唤会不会引狼入室？能量越来越高的粒子对撞会不会导致“假真空”也即自然界的崩溃？人工智能的超速发展会不会带来大灾难？上述担忧可能是正确的，也可能是无稽之谈，但有一点是肯定的，那就是人类不可能料事如神。随着科学的发展，人类对自然界的认识会越来越深入，但同时会面对越来越大的未知。

其实就是能够料知——你能避免它吗？温室效应的机理已基本定论了，但人类中的某些人还顽固地因私利而去火上加薪。科技最发达的美国拒签关于控制温室气体的《京都议定书》，实在让我们对人类的本性感慨万千。克隆人的副作用也基本定论了，各国政府、科学界、思想界、宗教界几乎众口一词地反对，但它能被制止吗？克隆人技术已经是个熟透了的桃子，总有人会把它摘下来，包括动机光明的科学家。

不必把灾难的罪责归结到人类中的“坏人”上，也不能把希望寄托在人类的成熟与明智上，人类当然会逐步走向成熟——至少世界上已经没有食人部落和乱伦婚姻了嘛，这就是文明的两个进步。但不要指望人类能永远把牢科学发展的方向盘，不走歪路。请大家记住下面这句话：

个人有自由意志，而人类作为一个整体来说没有自由意志。

科学是一枚有正反两面的硬币，只有一面的硬币在真实世界中是不存在的。所以，我们不如干脆明白地承认它的副作用，在人类的财务报表中事先列出它的“坏账准备”，这才是稳妥的做法。这个坏账损失是相当大的，而且随着科学的进步，科学灾难的绝对值会越来越大。据估计，20 年内艾滋病将会造成 6800 万人的死亡，而中世纪的黑死病也只死了 2500 万！古人说天下五百年有一劫，舍弃它的迷信内容后，实在是对文明发展大势的准确概括。不要指望科学发展到某个程度后就会永远消除周期来临的“劫”，不会的，间断式的发展是事物的永恒规律，进步中总是嵌着倒退甚至灾难，甚至灾变。下一次的灾难大爆发可能是：高科技战争；温室效应；超级病原肆虐；由于医学干扰自然进化而造成的人类遗传灾难；转基因灾难；人工智能灾难；等等，但更可能是今天无法预料的灾难。

当然，由于科学带来的正面效应更大，人类的发展趋势仍然是昂扬向上的。那么，灾难会不会在某一天会超越进步？人类社会会不会来个大崩溃大倒退？从总体上说大概不会。这个结论并不是因为上帝偏爱我们，对我们做过什么许诺或者有什么先在的“灾难有限性定律”。而仅仅是基于万年人类文明史的统计。尽管科学曾造成种种灾难，但历史的总趋势是在走向进步，这是任何人都不能否认的。只有在某些历史时刻科学灾难居于上风，比如在第二次世界大战期间，科学制造的武器造成了 3800 万人的大屠杀，远远甚于 13 世纪成吉思汗的“黄祸”。又比如艾滋病和疯牛病在高科技时代的肆虐。所以，对于这个问题——科学灾难会不会超越进步——无法给出准确的断言。万年的文明史还太短，尤其是人类文明还只是宇宙中的孤例，无法就此做出可靠的综合分析。这样说，还基于自然界一条铁律：人类可以依据已经证实的科学规律，依据正确的逻辑推理，对将来做出正确的预言——但只适合有限的外推。如果时间段无限延长，事物的复杂化程度逐渐增加，过了某个临界点之后，看似清晰坚实的逻辑之链肯定会断裂。或者说，科学只能预测近未来而不能预测远未来，理论上也不可能。而人类只能在短期的“目的性行为”和长期的“试错性探索”两相纠缠中，跌跌撞撞地走下去。

本文最初发表于《科幻世界》2003 年第 11 期。

关于长生的讨论

2004.1.25

人类的长生真的能实现吗？一位西方科学家说，科学的探索由三部分组成：业已被证实的真理，但要注意，这种真理常常只适用于某个范畴，比如牛顿力学只适用于低速宏观世界；合理的假设，比如黑洞的存在，它已经接近于被证实；还有证据不足的甚至是轻狂的猜想，比如虫洞旅行。今天我也对“长生”这个话题来一点“轻狂的猜想”，读者不必过分认真。

恐怕首先要对“长生”下一个定义。我们知道，单细胞生物的细胞分裂是无限进行的，所以，它们中除了那些意外死亡如被吃掉的个体，所有活到今天的单细胞生物可以说是长生不死的。不过这只是非科学意义上的表述，如果严格定义，这种分裂后的细胞是不是能作为本体的延续尚不能做定论。

不少人在谈论长生时，首先会把着眼点盯在“肉体”的长生上。实际上这并不是生物最本质的属性。生物在一生中一直在进行着新陈代谢，组成个体的砖石即各种原子无时无刻不在更换。所以，单从物质组成的角度看，今日之我已非昨日之我。不变的是这些原子的缔合模式，其实有缓变，衰老就是一种缓变。也就是说，生命的本质仅仅是信息的传递。

而所谓“长生”，则应是某个体所包含信息的永久的、基本不失真的传递。假如秦始皇真的得到不死药，当我们看到一个峨冠博带的“秦始皇”出现在21世纪时，我们如何来确认他的身份？外貌是次要的，最主要的是检验他的意识，而意识又完全基于他的记忆。如果他知道秦朝所有的历史事件，尤其是，知道一些后代历史学家所不知道而且又能用某种方法确证的信息，又不能对他的其他叙述证伪，那我们就不得不相信他是真正的嬴政。但如果这位老兄说："我确实是秦始皇，我的外貌与DNA都经得起验证，只是患了失忆症，有关我做皇帝的事一件也记不清了。"那么，我们只能把他当成一个拙劣的骗子。当然，一个人不可能记住一生的所有经历，人脑的信息库是动态的，一直在吐故纳新，但不管怎样，记忆的主干必须保留而且有延续性。这里所说的信息包括：它的身体特点、面貌、行为方式等，尤其重要的是，应该包括关于它一生经历的记忆。神话中哪吒割肉剔骨还给他薄情的父亲，然后借莲叶藕节重塑自身，复活过来后就去找父亲寻仇，表明他仍保持着记忆的主干，这就是一个"生命即信息"的神话版本。

而单细胞生物是过于低等的生物，我们无法验证它对"经历"的记忆。所以，虽然它的"肉体"用无限分裂的方法一直延续到现在，恐怕还是不能算作真正的长生。

最容易对意识做出验证的是万物之灵——人。那么，人能长生吗?

绝对的长生当然是不可能的。连宇宙还有生有死呢。宇宙诞生于大爆炸，这一点已经基本得到确证了。至于它的结局，或是亡于无限的膨胀，或是亡于向内塌缩，反正灭亡是免不了的。还有质子的湮灭呢，如果说原子是人类身体的砖石，那质子则是砖石的砖石。当宇宙和质子都不存在时，何谈人类个体的长生?

不过读者且慢失望，我的潘多拉魔盒里还藏着一个"希望"呢……长生虽然不可能，那么，准长生呢?

首先需要辨明的是，"准长生"和"长寿"不能混为一谈，两者不属于一个数量级。简而言之，如果用修修补补的医学手段让人的寿命慢慢增加，加到100岁，150岁，200岁……甚至500岁，这都属于长寿的范畴。不过我在这儿泼点冷水：单用修补的手段是很难把寿命大幅度增加的，比如说，很可能它的极限是300岁。至于什么是"准长生"，放到后边再说。

长生是人类自古就有的愿望，很多人孜孜不懈地追求它：海上访仙、炼丹、辟谷、气功、瑜伽，等等。人类科学的发展中，至少化学是直接受惠于炼丹术，是追求长生的副产品。无数次的失败之后，人类终于认识到：生死交替是万物要遵循的规律，长生是不可能的。这当然是一个科学的观点，可惜人们把它绝对化了。绝对的长生固然不可能，但“准长生”是否也是应该泼出去的脏水？

自然界的客观规律中包含着许多严格的禁令，比如，根据能量守恒定律，绝不可能实现永动机。这些禁令是如此严格，以至于在千姿百态的世界中找不到哪怕仅仅一个经得起验证的反证。

那么，自然界里是不是也有一个客观规律严格地限制准长生的实现？不，迄今科学家并没发现这一条规律。植物中寿命最长的可活四万年，那么从理论上说，动物也能活到这样的岁数。科学家已经知道，短寿的动物之所以会在几十年内就衰老死亡，主要是因为，它们体内的细胞只能分裂若干代就因某种机制而停止分裂，对于人来说这个数字一般为50代。但这只是生物进化中“自愿”选择的方式，并不是因为上帝的禁令。前面说过，单细胞生物中并没有这样的限制。在多细胞生物比如人类中，有两种细胞也能避开这种限制——生殖细胞能自动把生物钟拨回零点，癌细胞会因端粒酶的作用而无限分裂。有一个典型的例子，现在各国病理实验室里都有一种叫“海拉”的不死的细胞，是50年前美国一个黑人妇女子宫里的癌细胞，在营养皿中一直分裂至今。科学家们甚至能让普通人体细胞在体外培养时也“忘掉”只能分裂50代的指令，无限分裂下去。

所以说，生物对体细胞分裂代数的限制只是一种“约定”，并不是缘于上帝的禁令，并没有客观规律的限制。章鱼有一个死亡腺体，母章鱼生殖后该腺体就发出死亡指令，于是它就不吃不喝静待死亡的到来，如果割除这个腺体，它就会重新萌发生机；这种腺体在其他动物中也有发现。科学家已找到某些低等动物如线虫主管寿命的基因，修正这个基因就能把它的寿命延长若干倍。乐观地说，何时科学家完全掌握了主管寿命的基因，就能取消死亡指令，随心所欲地延长生物的寿命，一千年，一万年，十万年，甚至与天地同寿——这正是中国古代方士们的目标啊，看来中国人还是比较知足的，并没有提“寿逾天地”，毕竟，如果一个人能孤孤零零地活到宇宙灭亡之后，那倒真是生不如死了。

好，死亡指令取消了，细胞分裂代数对人寿的限制可以推到一边了，但是，还有没有其他对人寿的限制因素？有的，至少说还有两条：

一、横死。今天文明社会的人们大部分可以善终，所以，意外死亡不是影响人寿的主要因素。但是，任意指定一个10万人的群落，可以肯定其中必有一定比率的人死于疾病、车祸、凶杀，甚至被一颗掉到气管里的蚕豆呛死。把相同的概率移植到一个能活10万个人生的个人身上，也可以肯定地说，他在这10万个人生中必遭横死。因为，在这样的条件下，横死不再是意外，而成了必然。

二、信息漂移。刚才说过，生命的本质其实是原子的缔合模式，它是动态的，其组成砖石一直在不停地更换，而这种更换并不影响模式本身。不过，信息的传递总归是会出错的，这一点无可避免。在人类的正常寿命中，错误的累积还不太严重，但一万岁呢，十万岁呢？总有一天，长期累积的错误会使该个体面目全非。这时，一般来说就是个体的死亡，变异绝大部分不利于生存，即使侥幸未死，他也失去了记忆的主干，按前面说的定义，不能算是本体的永生了。

别的不说，单只这两条就限制了生物体不能“与天地同寿”。好在虽然有这两条限制，但它们并没有对寿命的长短做出规定。也许，只要我们尽量减少横死和信息漂移的概率，就可以把寿命延长到一万年，十万年。从理论上说这并非不可能。

所以，我们不要太贪心无魇了，虽不能与天地同寿，但只要在科学的帮助下活到一万年，十万年，那我们也心满意足啦！这就是我所说的准长生的概念——彻底取消人体基因中关于“定期死亡”的指令，让个体寿命延长到一个远高于百年的数量级上。理论上它甚至可以是一个非无限的任意大的数。

这些前景太美好了，如果秦始皇读到这篇妙笔生花的文章，一定会高兴得血脉偾张，立即赏作者高官厚禄，拨付黄金万斤，“快把这项法术给朕鼓捣出来”。但聪明的读者可能有了疑问：既然准长生能在自然界实现，为什么所有生物“不约而同”地都选择了生死交替？它们对死亡有偏爱？还是都高风亮节，以自己的死亡为后代腾位置？当然不是。说穿了其实很简单，今天的短寿世界只是因为一个完全反面的因素：遗传错误。生物在遗传中必然会发生信息传递的错误，这种错误不能太多，否则生物尽繁殖一些“不肖子孙”，这个物种早就灭绝了；但也不能没有，因为有变异的生物才能进化。用分裂法繁殖的单细胞生物，其“出错率”就太低，几亿年了，它们还基本保持着老祖先的模样，因而也不能在今天的生物世界里唱主角。而那些寿命较短的，尤其是有性生殖的生物，其“出错率”比较合适，所以得到飞速的发展。我们可以大胆假定，自然界中曾出现过体细胞能无限分裂的准长生的生物，但这种生命方式不适应环境的变异，包括生物世界内部的竞争，很快就灭亡了，而今天的世界就成了短寿生物的天下。

所以，准长生并不是不能实现，但它不利于生物的生存，这么说，即使科学家们做到了这一点，比如培育出能活一万年的线虫，也不能在自然界生存，因为它们竞争不过迅速更替的短寿命同类。也许有人说，人类是否是个例外？人类已经能在很大程度上控制环境，所以人类并不依靠身体的变异来适应环境的变化。这在某种程度上是对的。但即使人类不需要“身体的变异”，也还是需要“意识的变异”。如果牛顿活了十万年，他能抛弃牛顿力学而发现相对论吗？他能发现“建立在深刻的佯谬之上”的量子力学吗？要知道，量子力学甚至打破了物理学家奉为金科玉律的因果律，把量子世界变成了一个疯人院！更进一步地说，他能抛弃相对论和量子力学而去发现今后的某某力学吗？无疑是不可能的。所以长生的牛顿只能选择自杀，没有别的路好走。

读者说，这篇短文说了半天尽是车轱辘话，你给我们吹了一个希望的肥皂泡又把它戳破。这不，又归结到“准长生不能实现”上了。不过这不是对本文的准确总结，准确地说，本文表达了这样的观点：

一、长生不可能，但准长生从理论上说是能够实现的，并没有哪一条自然规律限制它。准长生并没有理论上的上限。

二、准长生不利于生物的“适者生存”，所以它不大可能成为有效的生存方式。

这是个既不悲观又不乐观的结论。它让读者知道了一种可能又不至于想入非非，所以，不会有师长们来起诉我蛊惑青少年。目前科学界对“寿命基因”的研究方兴未艾，当然基本是局限在“长寿”的范围，但其实质意义已经开始触到“准长生”的边缘。

本文中没有涉及另外一种可能：既然生命的本质就是信息，为什么不把一个人的全部信息输入到电脑中，让他虚拟化永生呢。确实，这是一条容易得多的途径。今天已经有了诊病的专家系统，它已经是一个虚拟的医生了。相信在很短的时间之内，就会造出一个完整的虚拟人，包括他的所有记忆、感情、信仰和痼习。不过，渴求长生者一般对“电子人”的前景不感冒，仅在这儿一笔带过吧。

本文节选自《长生不老：一个轻狂的猜想》，全文最初发表于《科幻世界》2005 年第 1 期。

上帝的核心机密

2004.1.25

我是中央电视台《动物世界》栏目的忠实观众，虽已年近花甲而乐此不疲，而且我发现，与我持同样爱好者大有人在。这一点没什么好奇怪，我们都是自然之子，尽管都市生活已经把我们与荒野远远隔开，但每个人的基因深处仍保留着野性的呼唤。

自然界所有生命的存在都是天地大舞台中最绚丽最壮美的正剧。所有生命都遵从冥冥中的一个指令：尽力保存自身，繁衍后代。这是大自然中最强大的咒语，无时不在，无处不在。两个目标既矛盾又统一，演化出千姿百态的生物行为。在它冥冥的控制下，雌章鱼会燃尽自己的生命来照顾后代；雄螳螂在交配后心甘情愿地被雌螳螂吃掉；孤岛上奄奄一息的雀鸟能在一两代之内演化成吸血种族；非洲严酷的旱季中，成年野鸭在确实无望的时刻会毅然抛掉幼鸭高飞而去；刚出生的杜鹃幼鸟会非常努力地把自己的义弟义妹们推到鸟巢外摔死；新登王位的雄狮会残忍地杀死所有幼狮以使母狮可以发情，而悲伤的母狮为了生育后代竟转眼间就去向凶手求爱；被地震埋在废墟里的人类母亲用鲜血喂养幼儿，谱写出一曲最悲壮的哀歌……

这条咒语控制着所有生物的行为，没有一个例外。咒语的正式名字是：生物的生存欲望，或曰生存本能。对于它的存在不会有任何人怀疑，因为有关的例证俯拾皆是。但是，它是从哪儿来的？是如何起作用的？上帝的法力？超自然的魔力？

在人类从蒙昧向文明前进的过程中，曾有很多此类解不开的谜团。无力解答的人类就用“黑箱”把它们暂时封固，把它们看成非物质的、超自然的、人类智力永远不能理解的东西，像我们常说的“智力”“意识”“直觉”“灵感”等都是如此。不过，现代科学已经逐步撬开了这些黑箱，没有发现任何超自然的东西，所有上述种种全部来自普通物质的复杂缔合模式，只要缔合足够复杂，这些超物质的东西都会自然而然地产生。

今天我们有一个最具说服力的例证：电脑。电脑智能发展到今天，已经能辨认人的面貌、认识汉字、战胜人类棋王、求证连一流数学家也无能为力的数学定理，等等。完全可以说，电脑已经有了足够的智力。假以时日，它肯定也会具有“直觉”“感情”“信仰”这些人类的专属品。不妨做一个假想：如果伽利略突然得见今天的电脑会有什么想法？相信他一定会惊骇莫名，把它看成上帝的魔术。而我们之所以承认它为“技术”，只是因为这代人经历了电脑从简单到复杂化的全过程。我们都知道，电脑所能达到的令人眼花缭乱的功能，其实仅仅是缘于 0 和 1 的组合序列，缘于程序，而且归根结底来源于原子的复杂缔合。

好，承认“电脑智能”是技术而不是魔术，这一点没人会反对了。但“生存欲望”呢？这么一种虚幻的、神秘的、冥冥中不可捉摸的东西，也能用“技术”来解释吗？没错，正是如此。生物的生存欲望同样来源于普通物质的复杂缔合，如此而已，它的产生也是一种技术过程，没有任何超自然的成分。当然它是非常复杂非常精致的技术，是上帝保守最严的核心机密。但从理论上说，人类科学的发展终将破译它。

那么，生物生存欲望的载体是什么？答案也非常明确。生物的生存欲望不是“习得”的，即使幼体生下来就与亲体隔绝，它仍天然地具有求生避死的欲望，所以，这种“行为程序”必然存在于遗传物质中。我们知道，能够透过生死之界向下一代传递信息的物质只有DNA，所以可以毫不含糊地指出，生物的生存欲望必然编码于 DNA 之中。

但我们的认识暂时只能到此为止，至于生存欲望究竟如何具体表达，我们就不得而知了。生存欲望可以是很简单的程序，比如一些毛虫受惊会跌下来装死；也可以是非常复杂的程序，比如人类的自私与博爱、残忍与善良、强权与自我牺牲等其实都是围着“保存自身，延续后代”这个看不见的圆心打转。一个小小的受精卵怎么能容纳如此复杂的程序？没人知道，它超出今天的科学水平和认识水平。有一些科学家大胆猜想，生存欲望可能存在于 DNA 的次级序列中，这只是非常含糊的猜想，基本等于没说。人类打开了一重重黑箱，但会遇见更深层次的黑箱，这个过程永远不会完结。

不过我们不必自卑，不必灰心。刚才说过，今天的计算机程序已经能让一个“无生命之物”战胜人类棋王，如果把程序的原理讲给两千年前最杰出的科学家阿基米德和墨子，他们能够理解吗？显然不能。但随着人类认识的进步，这个“超出人类理解力”的难题已经变得很浅显了。所以我们不必太性急，只用把“生存欲望”这重黑箱四周的掩埋物清理干净就行——也就是说，把它同“超自然力”“上帝”“不可知”这类概念彻底割裂，只承认它和“普通物质的复杂缔合”有关——能做到这一点，就是人类认识的一个飞跃了。至于这重黑箱的撬开则留待后人吧，说不定是一千年或一万年后的后人哩。

我坚信人类能破译这个上帝最核心的机密，也盼着这一天早日来到。不过，上帝是一个睚眦必报的家伙，科学对其权威的剥夺总要引来他的报复，这是不可避免的。比如说，人类历史上已经有了殷鉴——当男女之爱可以靠性药和性激素来激发时，可以用荷尔蒙的浓度来描述时，人类之爱就没有原始人那样纯洁和激情了。如果某一天生存欲望的秘密完全破译了，变成老妇幼童都能理解的程序，那时的人类还会像我们这样对生命充满热爱吗？要知道，即使今天尚未理解生存欲望的人类也有相当高的自杀率，这可是完全违反自然之道的呀，其他动物中就从来没有自杀现象，一些关于动物自杀的报道均不可信！

还有一点最好也提一提。当我们承认“生存欲望”来源于物质缔合而不是“天赐之物”时，势必会得出另外一个推论，那就是：智能机器人终有一天也会具备这种生存欲望。也许某位具有反叛精神的科学家会把破解的程序偷偷输进机器人体内；但更有可能的是，随着电脑智能的复杂化，生存欲望会自发地产生，就如它在生物体内自发产生一样。不过我并不是在预言人类与机器人的战争，有了生存欲望的机器人不一定与人类势不两立。科学的发展总是在弱化着野蛮，相信高度文明的两种人类会很好共处，既有合作也有竞争。不过，现在谈论这些为时尚早，就此搁笔吧。

大自然不需要上帝

2004.12

我在人生之路上接受过不少非科学的东西：神话、宗教、巫术、人体特异功能……但我最终舍弃了这些而笃信科学。这是因为，科学有极大的理性感召力，只要一走进无比壮丽的科学殿堂，你就会流连忘返。

科学崇尚简洁。所有科学定律都是简洁优美的，爱因斯坦甚至拿“是否优雅”来判断一个公式的正误。化学元素的世界曾是一团乱麻，但门捷列夫周期表把它们分列得整齐有序：原来元素的不同性质只是由于质子和外层电子数目的不同！麦克斯韦用四个简洁的公式构建了电磁学的大厦，相对论可以用简洁的质能公式和洛伦兹公式来概括。这样的例子举不胜举。随着科学的发展，这种趋势越来越明显，各种科学分支像物理、化学、生物学等加速向一起靠拢，形成一门叫作“大物理”的学科。研究宇观和胀观宇宙的天体物理学，与研究微观与渺观世界的量子力学，在向相反的方向尽情驰骋后，竟然在宇宙的最远端——大爆炸前的宇宙初始时刻走到一块了。今天的物理学家们已经在谈论，能否把宇宙终极公式用一张餐巾纸完全写出来。

科学是一个逻辑严密的自洽体系。真理的发现十分艰难，是穷尽心血的黑暗中的摸索。但真理一旦浮出水面，它就会放之宇宙而皆准。150 亿光年外的星体仍和太阳系有同样的物质构成，用分光光谱就能了解它们的化学成分；它们同样严格遵循引力定律，可以依据某个星体运行轨道的异常，推算出它身边的黑暗伴星；宇观尺度的星云涡旋和微观尺度的黏菌的集合形状，还有让化学溶液自动变色的别洛索夫—扎鲍京斯基反应，都源于相同的自组织过程；圆周率，这个用割圆术艰难算出来的无理数，可以用一个非常简单的无穷数列 1−1/3+1/5−1/7+1/9……来给出精确值，它清楚地表明数学“深处”

的联系；宇宙大爆炸时的极端条件已被物理学和数学所征服，现在，物理学家们可以用电脑模拟出大爆炸的 10^{-35} 秒后的物质构成，算出氢氦的丰度是 3∶1，算出大爆炸 150 亿年后宇宙将冷却为 2.7 开氏度，而计算结果都已被观测证实……

科学的伟大之处还在于它着力培养对自身的反叛。某种理论再严密，再权威，只要有一个过得硬的反证，这个学说也就寿终正寝了。相比之下，哪个宗教敢这样做？宗教信仰必然伴随盲从和奴性。

也有一些科学家相信上帝，牛顿就是其中之一。他们认为，宇宙法则如此简洁优美，适用于宇宙的每一角落，如果没有一个高高在上的管理者，似乎有点不可思议。所以，他们在无奈中皈依了上帝。

其实，宇宙有如此简洁的法则并不神秘。我们不妨先看看地球上的生命系统。这也是一个巨系统，其复杂性堪与宇宙相比。在 1953 年之前，即使最为激进的唯物主义科学家，也不敢奢望能用四种代码的组合把亿万种生物串起来，但 DNA 发现了，忽然之间，极端复杂的生物世界的进化脉络变得一目了然。“灵魂”“生命力”“意识”这类超自然的东西再没有存身之地，科学家通过 DNA 这部简洁的无字天书，可以追溯到人和黑猩猩、海豚和偶蹄目动物的亲缘，连病毒和人类也有明显的亲缘关系。生物彼此间的联系是如此密切，以至于动物细胞和病毒细胞之间、植物细胞和动物细胞之间都能轻易地做融合手术。为什么会这样？上帝为什么创造一个如此有条理的而不是杂乱无章的生物世界？是心疼生物系学生的课业负担太重吗？其实原因很简单——生物世界是由单一的源头、沿着相同的规则发展而来。有了这两点，你想让它们杂乱都办不到。

归根结底，生物的进化只是化学键玩的戏法。化学键造就了原子团，再加上点机遇，产生了能自我复制的 DNA，进而是单细胞，多细胞，器官分工，直到神经元的复杂缔合产生了能讨论这一切的智慧。并没有一个外在的设计者和管理者，没有一张事先就绘好的设计蓝图，更没有高高在上的上帝。

宇宙的形成其实也是一种自组织进程，与生物系统不同的是，它的起点更远，而且不单单只有电磁力，还有弱力、强力和引力参与到它的演化过程中。弱力和强力造就了夸克，造就了强子、轻子、介子，电磁力的参与又造就了原子，引力造就了星云和星体，等等。宇宙生命化的进程是一个多米诺骨牌式的递进约束，递进设计，是一个自我激励的封闭系统。

因此，像生物世界的进化一样，宇宙也是一个单一源头按相同规则进化的产物，当然也要加上点随机因素。有了单一源头、相同规则这两点，就不难解释大自然为什么崇尚简洁和优美——但它并不需要上帝的设计。

人类会灭亡吗?

2004.12

八九岁时我忽然有了一个感悟：我肯定会死的，死后世界将继续存在，但永远不属于我了。而且最可怕的是，死亡是绝对的无可逃避，无论父母多么爱你，无论你多么努力。这点感悟让我泪水长流——当然，我并没有为此轻生，第二天朝霞升起时，仍然蹦跳着上学去了。

我对人类灭绝的感悟则来得晚一些。从小所受的教育是：人类是永存的，人类将逐步认识和控制自然，永远前进没有终结。后来我忽然从非正规渠道中听到一个论断：人类有诞生，当然就会有灭亡。我至今记得当时的感受，就像一下子揭开了真相之上的蒙布。是啊，万物都有死有生，唯独人类能例外吗?

这个道理实际非常明白，人们不接受它只是因为潜意识中对“死亡”的恐惧。我们不妨把“人类是否会灭亡”放到宇宙末日这种极端情况下来审视。科学已证明宇宙是动态的，它诞生于大爆炸，现在仍不停地膨胀，最终不论是无限膨胀还是向内塌陷，总归要灭亡的；还有质子的湮灭呢，质子寿命虽然有 10^{31} 年，但终归有尽头。当宇宙和质子都消失之后，人类还会存在吗?

覆巢之下，安有完卵。

好，我们已站在高山之巅遥遥望见人类的归宿，再收回目光看看具体的行程——人类会如何灭亡? 什么时候灭亡?

也许人类能逃脱去西天途中的种种灾难，一直繁衍到宇宙末日，神仙方士们也不敢奢想寿逾天地。虽然最终仍是灭绝，但这无疑是最佳选择了。不过这一点很难实现，前边还有九九八十一难在等着我们哩。

西班牙的罗莎·希尔总结了人类灭绝的十种可能：小行星撞击，伽马射线爆炸，漂移的黑洞与地球相遇，太阳大爆发，地球超大规模火山爆发，地球变暖，世界性灾病，核战，机器人主宰世界，太阳变成超新星。但这肯定没有包括潘多拉宝盒中的全部内容。我想换一个说法：把所有的可能性分成两个类型。

第一种可能：人类亡于无法抵抗的外部灾难。

两千年前那位忧天的杞人一直遭后人嘲笑，其实他是一个先知先觉者。相对于浩渺的、近乎无限的宇宙来说，人类连蝼蚁也算不上。当大自然推着时间之车高视阔步时，想来他不会在乎误伤一只蝼蚁。过去我们总是说，科学会使人类日益强大，从而战胜所有宇宙灾难。人类当然会日渐强大，不过即使千百万年后，相对于宇宙而言仍是弱者，何况，灾难并不会等人类足够强大后才姗姗而来。可能 200 年后人类已经有能力防范小行星的撞击——但如果那时来的是一颗黑洞呢？

并不是说人类一定会亡于天文灾难，毕竟足以毁灭地球的灾难非常罕见。但必须承认一个基本的观点：人类的存亡很大程度上取决于上帝的骰子。

第二种可能：人类亡于内因，亡于人类发展的内部机理。具体说有以下可能性：

其一：生态动力学的崩溃。

众所周知，宇宙中最强大的机理是熵增定理，沿着时间之箭的方向，宇宙在不可逆转地走向无序。生物的进化却是高度的有序化、组织化，是逆势而行，所以是不稳定的，就像在桌上逐层往高处垒棋子，总有一次棋子会哗然崩溃。地球上凡是高度进化的生物没有一个能永久存在，相反，倒是最原始的生物种族，生命期更为长久一些。不要指望科学能逆转这一过程。科学只能发现规律而不能改变规律。

其二：环境的崩溃。

生命的有序化必然伴随系统内环境的无序化，系统的有序化必然以存在外部的能量流入为前提。地球系统的能量流入只有太阳能一个来源，当人类对净能量的使用超过外界的能流之后，就地球整体而言，环境必然会走向无序。

当然，人类所处的生存系统并非绝对静态，可以向太空拓展疆域，也可以从系统外如从月球上取得核燃料。但对于拓展后的新系统，上述结论仍然不变。

其三：科学造成的遗传灾难。

达尔文进化论两个最重要的机理是：一、生物在繁衍过程中会产生随机变异。二、生物繁殖的数量远多于能够存活的数量。这是一个冷酷高效的死亡之筛，生物因而能剔除不良变异，逐步积累有利变异。但医学的发展却与此背道而驰，它使遗传病患者也能繁衍生息并终其天年，因此不良变异不再被筛除——须知它的产生概率要远远大于良性变异啊。终有一天，它会造成人类的大灾难。

令人沮丧的是，这个问题是无解的。人类定会坚持我们珍爱的人道主义，救死扶伤——同时在人类的进化之路上埋下定时炸弹。

其四：科学造就高于人类的智能。

人类大脑中并没有“灵魂”之类超自然的东西，无非是神经元的复杂缔合而已。它有种种先天的劣势，如神经冲动的传播速度太慢、人类寿命短暂、个体间交流低效等。随着人造智能的日益复杂化，它终将赶上和超过人类智能。但这一天并不等同于人类的忌日，人造智能仍将传承人类文明。不妨说，那时灭亡的是“狭义人类”，人类发展的一幕结束了，而全剧仍在进行。

上述灭绝方式都与科学技术的发展有关，当“规律”中掺杂了人为因素后，难免不为读者信服——难道人类不会改变自己的行为来矫正它？这种想法太天真了。科学本身的发展也是在客观规律的约束之下，没人能停住科学之车和人类发展之车，或改变车行方向。人有自由意志，而人类就整体而言没有自由意志。

在物质层面上，人类的灭绝无可逃避，但精神能永存吗？仍然可以用极端法来判定：宇宙无论是亡于无限膨胀还是亡于向内塌缩，结局都是绝对的混沌，不会有任何能量的流动，也就不允许任何信息的传递，因为信息传递依赖于能流，而生命的本质即是信息。按量子力学的观点，那时还会有量子范围内的能量涨落，但那种涨落是无序的，不能传递有序的信息。

鲁迅曾说过，谁如果说邻家的婴儿“将来一定会死”，肯定会挨打，本文就是傻子说的真话。不过，什么时候人类能坦然面对自己的必然归宿，“他”就是大人了，成熟了。人类终将爬上巅峰而遥遥向归宿走去。不过，人们仍将心境坦然，继续享受大自然赐予我们的乐趣和责任。悲观主义和乐观主义都太肤浅了。对于成熟的人类而言，只有一种态度是正确的：达观。

上帝的怪癖

2004.12

上帝是一个古怪的老人，他辛辛苦苦地管理着宇宙的运行，又牢牢隐匿着行踪。而科学家们则是一群尽职的猎犬，趴在地下嗅闻着向他逼近。现在，人类远不能吹牛说已掌握他老人家的行踪，但至少已勾勒出他的部分行事风格。

上帝有一个怪癖，他乐意在所有的“大厦”的基础中埋下微裂缝。这些微裂缝平时不易被觉察，也不影响大厦的牢固，但当事物发展到某个临界点时，裂缝就会显化，扩大成断裂带，甚至使整个大厦倾颓。这个老家伙简直是心术不正，刻意留下这么多隐患，让人类在前进之路上永远心怀惕怛。

19 世纪末，在经过多少代人艰苦的努力之后，经典物理学已经成为一座无比辉煌巍峨的大厦，著名物理学家威廉·汤姆逊在世纪初发表《新年贺词》，断言这座大厦已经构建完美，今后要做的只是小数点几位之后的完善工作了。当时大厦的基础上仅有两条微不足道的裂缝，“静止以太的不存在”和“黑体辐射的紫外灾难”。没人想到这两条微裂缝会推倒整座大厦——量子力学推翻了“连续的物质和能量”，相对论推翻了“平直的物理时空”。今天，我们对经典物理学的倾颓已经不惊奇了，但当年的物理学家们是何等惶惶不可终日啊。比如爱因斯坦，他曾是量子力学的开拓者之一，但后来顽固地反对它，坚称“上帝不掷骰子”。

数学是逻辑最为坚实的科学，除少数不需证明的公理外，所有定理的推导都是绝对严密的。你说在数学大厦下也存在微裂缝？简直不可思议。但事实正是如此。欧氏几何的基础建立在“平行线公理”上，偏偏这个“公认的真理”并非绝对正确，由相悖的公理推导出了非欧几何。代数的发展历史中也时时产生着裂缝：正数范围内的减法会产生负数，有理数范围内的开方会产生无理数甚至虚数。这些裂缝都曾引起数学家的困惑甚至恐惧。数学史上曾有过这么一出闹剧，当古希腊的希帕索斯证明$\sqrt{2}$是无理数时，他的老师毕达克拉斯为了维护“有理数大厦”的完整，竟然凶残地把希帕索斯投入大海。今天，在我们讪笑毕达克拉斯的愚昧时，不要忘了，他可是一代哲人啊，他的可笑仅仅缘于他对科学的虔信。

人类的伦理大厦和道德大厦有没有微裂缝？当然有。“血亲不为婚”已经是文明社会的公理了，很少人能记得，它产生于“近亲结婚，其生不蕃”这条生物学规则，并非因为血亲结婚天然是罪恶。那么，万一人类走向克隆繁殖，这条伦理准则会不会失效？还有，人类的所有法律和道德实际上建基于两条公理：人的定义和人对自身生命的敬畏。为什么杀人有罪而杀猪无罪？这个简单的问题实际是不能证明的，只是被人们普遍认可而已。但随着基因工程的进步，这条微裂缝也会扩大：如果人体内嵌入动物基因或动物体内嵌入人类基因，他是否还符合“人的定义”？这条生命的价值是否应得到同样的尊重？可否培育专门提供可移植器官的克隆人？这些问题在现在是无解的，它们是萦绕在20世纪末所有伦理学家心中的噩梦。

人类穷其智力所构筑的所有大厦竟然布满裂缝——这个事实不免让人忧心忡忡。其实不必担心，因为那些裂缝，那些人类智力所不能回答的种种悖论，在历史跨前一步时，都会自动消解。前边说过的$\sqrt{2}$灾难曾逼得一代哲人狗急跳墙杀人灭口，到现在谁还会把它挂在心上呢。“以太灾难”和“紫外灾难”在新的学说中也得到了圆满的解释。不过话又说回来，上帝可不愿让咱们睡安稳觉，咱们脚下的微裂缝永远别想全部消除，咔咔嚓嚓的断裂声还在前边等着咱们哩。即如在20世纪大获全胜的相对论和量子力学，其中肯定仍有微裂缝：相对论的“光速不变”只是一个人为的假定，缺乏坚实的理论基础；量子力学更是“建立在深刻的佯谬之上”。总有一天裂缝会扩大，让大厦倾颓。最可恶的是哥德尔不完备定理，它证明：永远不可能建立完全自洽的绝对严密的数学体系，这就彻底砸碎了人类“建树绝对真理”的愿望，连数学都不可靠，遑论其他学科呢。人类智慧所建筑的所有大厦将建了再毁，毁了再建，永远没有完结。

当然，这种毁与建不是彻底推倒重来，它与先前的体系有继承关系。相对论公式在低速范围内等同于牛顿力学，普朗克的黑体辐射公式在低频范围与经典物理学相符，量子力学的波函数在宏观范围内就会“缩编”……但有一点是肯定的，那就是人类构建的任何一座大厦都不可能仅用“加固”方法便能永续长存，到一定阶段，一定会来一个阶跃，来一个断裂，来一个革命。我们的上帝是个彻底的革命者，革命意志到宇宙末日都不会消退。

这个“微裂缝”规律不仅适用于精神层面的东西，也适用于宇宙间万事万物的发展，宇宙、星体、粒子、生物界、科学大厦、道德伦理体系，一切的一切，也包括我们最不愿承认的：人类。不久前还同一位朋友争论，人类的发展之路上是否会有断裂。他认为不会，因为人与其他生物不同，人可以用行为的改变来适应环境，如果明天地球冰期来临，那我们穿上电加热的衣服，再用温室来种植农作物不就行了嘛。我想，他的目光看得还不够远。人类的适应弹性当然远远大于动物，但由于内在、外在的原因，总有一天会走到它的弹性极限，人类之途肯定还会有阶跃和断裂，就像曾经有过的从猿人到人类的断裂一样。下一个断裂也许是智力的突变，也许是环境突变，没人能准确地预估，只有一点是肯定的：人类之河不会永远平稳地流下去。

不由想起秦始皇。他是千古一帝，雄才大略，但他至少办了两件蠢事：妄想求得个体的长生和朝代的永续，这两件事都是对上帝的忤逆。我想，在他一本正经地定出始皇、二世、三世这样万古流传的谱系时，上帝一定在九天之上暗暗摇头呢。今天我们已经知道了上帝的怪癖，不会再奢望任何一座大厦会永存，我们会随时伏在地上，侧耳倾听那些微裂缝的咔嚓声。而且我们不会再惶惑和感伤，因为当微裂缝扩大并导致旧大厦倒塌时，实际那是上帝赐予我们的新机遇。

性本善与性本恶

2004.12

春秋战国时代是中华民族唯一的童年期，那时有一些文士哲人的童心尚未泯灭，讨论着一些不求实用的哲理性问题。比如关于人性之善恶，孟子主张“性本善”，荀子则主张“性本恶”，两人热热闹闹地阐述着自己的主张。自那个时代之后，中国人就失去了这样的童心。没想到，这场讨论在两千年后又被西方人接续下来。

上个世纪80年代，英国生物学家理查德·道金斯写了一本书《自私的基因》，有力地揭示了基因的极端自私性。当然，所谓“自私”并不是说“基因”具有意识，有道德操守，而是客观地指出如下的事实：如果某个基因能导致它寄居的生物个体有较多的生存机会，那么该基因就会在差级繁殖的作用下迅速占据进化优势。无疑，凡是强梁霸道、自私自利的个体都将获得较多的资源和生存机会，因而自私基因就会成为族群中的主体。

这个结论未免让虔信“真善美”的人类精英们心中不舒服，不过，不舒服也得信啊，因为这是由自然界深层次的机理所决定的，并且有太多太多的例证。人类中就不用说了，看看动物吧。鬣狗的幼崽生下来就会互相残杀，而小鲨鱼的互相残杀甚至在母体内就已开始；黑鹰的长子会趁父母不在家时，努力把自己的弟妹推到窝外饿死晒死，以便独享父母的哺育。当我在《动物世界》栏目中看到懵懵懂懂的小黑鹰锲而不舍地做这件事时，真为造物主“本质的丑恶”而震惊。

看来孟子输了，荀子赢了——不过且慢！自然界中还有完全相反的例证呢。雁哨在发现危险时会嘎嘎乱叫，牺牲自己来保全同类；章鱼母亲不吃不喝地照顾它的卵粒，当幼章鱼出生后它就力竭而死；吸血蝙蝠乐意照料其他蝙蝠的幼崽，还会向偶尔没有找到食物的同伴反哺；海豚会把受伤的同伴顶出水面呼吸；工蜂会勇敢地为保护蜂巢而牺牲自己，蜜蜂蜇人后就会死——我对此的体会可是太深刻了，童年时随小姐姐到果园玩耍，我惹恼了蜜蜂，蜜蜂群起而攻，小姐姐脸色惨白，哭着为我驱赶蜂群，结果自己被蜇伤。这件小事对生物的利他主义恰恰是一个很好的注解。

但为什么会是这样呢？为什么这些容易导致自身死亡的“无私基因”没有被淘汰？原来，这正是奇妙的造化之功。同巢工蜂的基因相似率为 75%，所以，一个牺牲自我的蜜蜂只要能保全两个同胞姊妹的生命，它的基因就会得到更大程度的保全。看，自私的基因被放在群体进化的炉火中冶炼，竟然也能炼出公而忘私、舍生取义、母爱、友爱这些闪光的东西。

英国生物学家史密斯提出了 ESS 策略，即“进化稳定”策略，从微观上解释了这种现象产生的原因。善良的人都会盼望：生物包括人类社会完全由“鸽型”个体所组成，整个社会互谅互让，互帮互助，团结友爱，其乐融融，那该多好啊。可惜，“纯鸽型”社会是一种不稳平衡，注定不会长久。现在假设，“鸽型”社会中偶然出现一只强梁霸道的鹰型个体，它肯定会取得较多的生存资源和机会，于是平衡被打破了，鹰型基因在族群中迅速繁殖，鸽型基因迅速萎缩。不过，也不必担心邪恶会充斥天地，因为随着鹰型个体的增多，鹰与鹰也不可避免地照面，发生争斗，互相造成严重伤害。这就决定了鹰的数量不能无限增加。就像相声《小偷公司》中的一句至理名言：“都是小偷了，偷谁去？”最终，鹰与鸽的比例会稳定在某个数值上，具体数值取决于互谅行为的得分与对抗行为的失分两者之间的比值，这时，就整个族群来说平均得分最高，从而达到进化上的稳定。

另一个社会学家罗伯特 · 阿素诺德写了一本书《协作的演化》，从另外的角度分析了这个问题。他提出：在一个无法预知对方动向的博弈中，为了求取最大的自身利益，什么时候我该合作，什么时候我该对抗？有趣的是，他并没有闭门苦思，而是摆下一个电脑擂台，邀请不同领域的十几个学者来打擂，按照某个既定规则，以循环制来互相对拆，最后算出各自的平均得分。各位学者都设计了最精巧的策略，但一场大混战之后，最后的胜者却是一个十分简单的“以牙还牙”的策略：

对方一直合作我则一直合作，绝不率先损害对方；对方若损害我，我下一次则损害他；但只要对方幡然悔悟，我也迅速回到合作的轨道上。

看吧，这个策略是否颇符合一般人的为人之道？阿素诺德不太相信这个结果——也许它的胜出只是侥幸？他摆下第二次擂台，把上述策略作为靶子，让参加者尽力攻打。但结果是，无论怎样精妙的策略也无法胜过它！

一个纯数学运算的结果，而且是最简的结果，竟然符合大多数人的道德规范，这个结论确实值得深思。

看史书时，常为五代十国那样的乱世扼腕，那时是普遍的道德沦丧，武人们有奶便是娘，谁给钱就拥谁为天子，文臣毫无气节，百姓中人心浇薄，饥人相食，有些军阀公然以车载盐渍死尸为军粮……哲人说，由治入乱易，由乱入治难。当道德沦丧成为普遍的社会现象时，它怎么可能会重新回到正道上来呢？因为“由善入恶”的动机是很显然的，但什么是“由恶入善”的动力？谁若说它是来自圣人的教诲，那是狗屁。这个问题曾经困惑我多时，直到看了道金斯等人的书后才有所领悟。“恶”是不能全歼的，但它决不会永远成为社会的主流。这只是基于一个最简单的机理：尽管每个个体都可能因为恶行而获得暂时的利益，但从长远来说，泛滥的恶必将损害大多数人的利益，因而会被群体所淘汰。弄清了这一点，就会对人性之善恶具有审慎的乐观。比如，今天中国社会的“不诚信”就呈泛滥之势，社会学家痛斥为“流氓意识的社会化”。不过不必担心，当它威胁到绝大多数人的利益从而为多数人深恶痛绝时，“诚信”也就呼之欲出了。

关于长篇小说《十字》的科学性的讨论

2007.11

拙作科幻长篇小说《十字》发表前，为了尽量避免硬伤，我请姬十三先生并转请赵超和严竞然先生来挑毛病。三位先生在百忙中抽时间通读了全文，并做了如下的讨论。我原来请出版社编辑务必把这则讨论稿附于书后，可惜由于种种原因未能实现，后来加印时附于书后。为此，我对三位先生十分歉疚。现在把它列于我的文集中，算是对三位先生有一个交代。

要说明的是三位先生是来挑技术上的硬伤的，与文中的观点没有什么关系。而且，即使文中仍然有未被挑出来的硬伤，也只能由我自己负责。

赵超（以下简称赵）：毕业于复旦大学上海医学院，病原生物学博士，专业方向是病毒与宿主关系

严竞然（以下简称严）：复旦大学生命科学学院博士研究生，专业方向是微生物遗传，日月光华 bbs 科幻版版主

姬十三（以下简称姬）：毕业于复旦大学，神经生物学博士，自由科学作家，后创办科学松鼠会

一、减毒和低毒的区别

姬：病毒学我是外行，今天代表作者，跟两位聊聊《十字》中的科学问题，听听专业人士的意见。作者一再表示：科幻不等同于科学，一个观点，也许它是错误的，但只要现有科学无法明确证伪，就可以作为硬科幻的科幻构思。所以请你们尽管坦率地发表意见。

严：我觉得一个问题是,《十字》中那个减毒活病毒和弱毒疫苗似乎没啥

区别。这个概念早有应用，沙门氏菌就是直接用减毒活疫苗的，直接投放，至少在动物上用。

赵：对，还有脊髓灰质炎病毒（polio），就是现在小朋友吃的糖丸。一个人吃了，整个幼儿园都可能会产生保护作用。因为是活的减毒病毒，它能在孩子们的消化道复制，经粪排出，再经粪口途径传播。其实文中提及的疫苗、毒株、群体预防等观念都已经存在，在理论和实践中也有很多应用。只是很多条件下，不是这么简单而已。

姬：《十字》中也提到了 polio："中国从 1964 年使用脊髓灰质炎病毒活疫苗以来，由于无害的疫苗病毒实际就是上面说的弱毒病毒经粪便排到自然环境中，现在它已经在很大程度上挤走了原来的病毒。可惜天花的消灭因为是靠牛痘病毒，所以没有出现这样的状况。"

赵：对，但是说"现在它已经在很大程度上挤走了原来的病毒"，不敢苟同。

姬：那么事实是？

赵：不是挤走。很多病毒或其他病原存在着保种宿主的，就像 SARS Corona Virus，即便人群中没有或很少感染，它也存在于一些自然宿主中。到一定时候感染人，那后果不堪设想。

严：病毒会在动物中伺机而动。

赵：对，这个词用得很贴切，伺机而动。挤走没有意义，而是要先于感染的保护性反应。

姬：但活疫苗占优势之后，基数小了，也就减少了原生病毒感染的概率。对不对？

赵：从这个角度上看，是对的。

姬：那么脊髓灰质炎病毒活疫苗的作用在于什么呢？

赵：就是预防接种或者叫预防免疫。

严：活疫苗好比炮灰，让免疫系统实战演习一下，于是真的病毒就打不过免疫系统了。但活疫苗也就牺牲了。

姬：那这个活疫苗跟普通的疫苗有什么区别呢？

赵：这个其实也是一种普通疫苗。

严：普通疫苗除了活疫苗，有些可能只是病毒的某个蛋白片段。不具备完整功能。通常使用的都是这种蛋白疫苗，或者是灭活疫苗。

赵：对于一般大众这的确不普通，BCG，卡介苗，普通吗？也是减毒活疫苗。

姬:《十字》中也提到，就在法庭那一段，一开始梅咬定是减毒活疫苗，后来梅承认是低毒天花病毒。

严：但我觉得，梅说的那个，就是减毒活疫苗。

姬：这两个有什么不同呢？

严：我觉得没有区别。

赵：梅博士的确用的是减毒活疫苗，与低毒病毒没本质区别。所以，她在法律上咬住这点，的确可以取胜。法律条文在这儿有灰色区域。

姬:《十字》中说："先说活疫苗。与死疫苗、抗毒素、类毒素这类免疫方法相比，活疫苗有很大的优势：它在病人体内能够自我繁衍，发挥生命体的优势，免疫效果比较长久。但是，'生命体'的优势在活疫苗身上尚未充分发挥，因为它首先必须在工厂里培育出来，也需要人工储藏和分发，所以仍相当低效，不得不受制于'人'，无法形成自然界的稳定平衡。比如说，如果战争切断了疫苗生产、储存和分发的链条，疫病就会复燃。而低毒病毒就不一样了，它们在自然界有较强的生存能力，能够排挤原来的强毒病毒，形成低毒的优势种群，使接触者获得对原病毒的免疫力。总之一句话，培养低毒病毒、主动投放到自然环境中，用这个方法可以加速病毒的温和化，打破危险的天花真空。"

是不是说，他所说的"低毒病毒"比"减毒活疫苗"的毒性高一些？所以会导致死亡？

赵：减毒活疫苗也会存在致死的问题。

姬：致死性会差一点吗？

严：嗯，从文中看，梅博士搞的那个低毒病毒可能毒性稍微高点。但从实际致死率看，也没那么高。

赵：减毒就是毒力减少，减少到多少也没说啊，呵呵，低毒不就是减到比较低吗？

严：低毒也好，减毒也好，不在于本身毒力高，而是万一回复突变成高毒，致死率就大幅提升了。

姬：那么我们回到现实：脊髓灰质炎病毒活疫苗在当初投放时，实际效果又如何？

严：实际效果非常好。

姬：那么也就是肯定了文中的这种思路了？

赵：polio一直在接种，但我不认为脊髓灰质炎活疫苗一直幸福地自由自在地生活在自然界。

姬：但资料上说，野外普查确认脊髓灰质炎活疫苗已经成为自然界的优势种。

赵：事实嘛倒不错。但原因可能是减毒株人为不断投放，并对个体来说先于致病株感染，婴儿两个月时就开始吃糖丸。我的意思是：减毒株不一定比致病株生命力强，它们在自然界中很脆弱，虽然基数大了，但地位不一定稳定，需不断被巩固。

严：文中这种免疫的思路方法是对的，但和强毒竞争啊什么什么的，就有点过了。

赵：要比现实过一点，所以是科幻。

姬：那这种减毒活疫苗的使用，比其他的非活疫苗效果会更好些吗？

严：嗯，效果会更好，因为减毒的更接近于自然毒株，刺激的免疫反应更全面更彻底。

姬：那么作者在本文中的大思路还是对的。我再问一个问题，为什么别的病毒没有采取这种方式呢？

严：因为有回复突变的危险。一旦回复成强毒株，那么就和恐怖袭击的效果是一样的。另外就是，减毒活疫苗也不是那么容易得到的。

赵：担心回复突变只是其中一种原因吧。为什么科学家要搞那么多类型的疫苗，像灭活疫苗、重组疫苗等，因为不同疫苗都有各自的优势。

姬：你说“减毒活疫苗也不是那么容易得到的”。关于这个具体说说？

严：比如以前都是大规模诱导突变，然后再慢慢筛选，纯粹靠运气，周期很长，还有就是运输问题。

姬：所以《十字》中选择在蛋糕中投放、飞机上投放。小说的中心意思是说，用比平时用的疫苗更大毒性的，更有活力的病毒，主动投放到环境中，激发更全面的免疫能力，甚至不惜死亡个别人，为了群体的存活。

赵：这个观点从哲理层面看没有错，问题是无法为社会所接受。

二、关于温和病毒是否会自动成为优势种

姬：现在的问题是，你们认为这种病毒和以前用的脊髓灰质炎活疫苗没有区别，事实上原作品中也不否认这一点，不过他的意思是，需要有意识地主动投放，并让它们在自然界大量繁衍，以代替目前的疫苗计划接种。

赵：对。作者有一个观点我是认可的：毒性更大并不代表活性更大，减毒不意味着复制速度慢、传播慢。考虑宿主与病毒关系，一方面是病毒活性，另一方面是宿主容许性。毒性过大，宿主容许性会有可能比较低。就是说，宿主不太容忍病毒放肆，倒是那些温和的病毒更容易存留。

姬：文中说到了这个问题：“自然界病毒的进化趋势一般来说并不趋向于增强其烈性，烈性病毒会造成传染途径的过早中断，并不利于它的自身繁衍。另一种说法是：凡是因昆虫等传播的传染病病毒不会自动温和化，而靠人际传播的病毒则有这个趋势。另外有资料说，抗药能力强的细菌由于其额外的付出，也常常竞争不过一般细菌，所以如果没有人为的高浓度药物环境，若干代后它们就会被普通病菌淘汰。也就是说，从大的趋势上说，如果人类不过于暴烈地改变环境而是尽量与环境和谐相处，并顺势引导，那么人与病原体的关系就会趋于缓和。”所以他说要用温和一点的病毒主动投放。

赵：例如单纯疱疹，几乎每个人都感染，却在一般情况下没症状，作者的一些观点是很好的雏形，对一般大众不错，但是说得有点过。

抗药能力强的细菌由于其额外的付出，也常常竞争不过一般细菌。在一定程度上也没什么大问题，可是又不完全是这样。

姬：就是说不完备?

赵：不是说他只说了事情一个方面，忽视了另一面。而是他可能不知道这两方面的具体条件。比如有些抗药基因本身就是细菌自身生长需要的，这种菌也许生长速度更快。当然他说的情形也存在，一些抗药细菌通过抗药质粒遗传抗药特性，当这种质粒复制和传递速度小于细菌增殖速度时，抗药细菌比例自然会下降。这只是一个例子。就是说他说的太简单了，考虑问题片面了。但从大的趋势上说，病毒会逐渐温和化，这个观点可能是对的，至少还没被证明是错误。

严：我和赵在这方面的观点有所不同。对于竞争问题，我不觉得人工培育的低毒病毒，在自然环境下的生命力会优于野生株。从目前用的那些活疫苗来看，是竞争不过野生株的。减毒意味着活力下降。毕竟人家野生的是那么那么多年进化下来的。温和病毒不等于有竞争优势。假设温和病毒的复制速度慢、传播慢，那么就竞争不过野生的了。

赵：但我觉得这不是谁更有优势的问题。这种假设没问题。

严：嗯，我只是举个例子。说明弱毒并不一定具有竞争优势。病毒的毒力和生存能力是两个不同的概念。先说毒力存在的原因。有很多种，比如病毒在从宿主细胞内破出时造成细胞死亡，病毒竞争性消耗了宿主的核酸蛋白质能量、造成宿主正常功能缺陷等。在某种程度上，对细胞的毒害作用是病毒生存的必要副产品。但反过来，宿主细胞的死亡，又限制了病毒的存活。因此，就在于两者之间的平衡。例如，复制能力强的病毒，不见得有更大的竞争优势，因为复制过程剧烈，造成更大的毒害作用，使得宿主过早死亡，病毒没有足够时间充分成熟，反而无法很好地传播扩散。

在漫长的自然进化中，可以认为，每种病毒都找到了其最合适的毒力。或许有些会对人类造成巨大伤亡，但对病毒来讲，那是最优选择。高于或者低于这种毒力大小均会降低该毒株的适应力。从现有的弱毒活疫苗来看，都需要人为对每一个免疫个体投放，而无法在自然界独立维持，独立扩散。也就是说，它们显然竞争不过自然毒株。

姬：作者的观点似乎不是这样。他认为：凡是曾大规模传播的病毒一般都趋于温和化，有很多历史例证，如感冒病毒、天花病毒的温和化等，也许狂犬病毒是个例外，从大势上说不用怀疑，不必拘泥于细节。他提倡的只是把历史上已经有过的自然过程用科学手段强化。而人类中大疫病的流行，一般都是在某些封闭性局部生物圈发生碰撞时，如埃博拉、艾滋、新大陆初期接触天花和感冒病毒时，此时病毒表现为强毒力，并不意味着这是对它的生存最合适的水平。

严：在漫长的自然进化中，病毒与其所处的环境和宿主已经达到了某种平衡，即我说的最合适毒力。但环境改变，如从旧大陆进入新大陆，宿主改变，如感染黑猩猩的转而感染人，也就是作者所说“某些封闭性局部生物圈发生碰撞时”，病毒原毒力可能在这种骤变后的新环境下表现出更强或更弱的毒力。于是，新的一轮自然选择开始高效运作，一段时候后，重新形成平衡，找到新环境下新的最适毒力。

在各种外部条件不变的情况下，病毒趋向于最适化，将毒力维持在某一值，而不是趋向于毒力为零的温和化。在外部条件骤变后，病毒重新最适化，将毒力维持在另一个值。这个值和原来的值并不一定是谁大谁小。

姬：那么你和作者的意见基本是一致的，他并没说温和化就是毒力为零。其实你们两个说的都是毒力的最适化。

赵：减毒只是毒力因子少。

姬：那么减毒了以后，如果病毒复制快、传播快的话，就可以实现他说的竞争优势了？

赵：不需要。只要不断投放，并且和宿主更容易相处，自然会成为优势种，就像疱疹病毒潜伏下来一样。我觉得《十字》的这些观点没什么大问题。

三、温和病毒会不会突变成凶恶的病毒

姬：我们回到前面的问题，温和病毒会不会突变成凶恶的病毒，更准确地说，它发生这种突变的概率与原生病毒相比，是否更大？

赵：不会更大。

严：对，这种突变概率和野生病毒一样。同一病毒的突变概率应该是

一样的，无论是温和还是烈性。突变是随机产生的，因此突变成凶恶病毒的概率也是一样的。但有个基数的问题，如果人工大规模施放病毒，即使它是温和的，那么就相当于增加了病毒的数量，也就是增加了恶性突变出现的机会。

而且凶恶的病毒一旦出现，会迅速产生明显的危害，但由于上一个问题中说到的理由，这种毒株也不是优势种，随着时间的流逝，很快自然病毒株会重新占据优势，而凶恶的变种会渐渐消失。对于宿主来说，除非一下子被灭绝了，否则还是可以渐渐逃离凶恶病毒的魔掌，重新恢复宿主病毒的平衡。

赵：但是一个人没经医学治疗而病重病死，和一个人经过医学治疗仍病重病死，显然后者更难以被社会接受，即便后者概率比前者小很多。目前社会上在用的疫苗都相当安全，但对具体一个个体来说如果出现不良反应甚至死亡，那意味着什么？

姬：所以作者的文章中，通过人工投放病毒去寻求自然界的平衡，哪怕有一定的致死率，这种观点也很难被接受，是很激进的。

赵：也许人们本来不会感染这种疾患，但如果真遇到了战争、恐怖袭击呢？和平环境下，大家可以通过去医院防保组接种疫苗，成本不会比飞机播撒大。人工投放病毒并不一定有较高的覆盖，显然没有全面计划接种来得有效。但紧急情况下，作者说的天花低毒气溶胶方式看起来还不错。只是目前技术上估计也有难度，但是他这种想法还是要肯定的。

四、病毒之间的关系

姬：作者认为，病毒之间肯定互相影响，比如有人说天花的绝迹有利于艾滋病毒的肆虐。这一点还没有可靠的证据，但我想这种互相影响肯定是存在的。又有一种说法，对天花疫苗稍作改造也可能用于艾滋病的免疫。

赵：这个观点没很多根据，也就是尚未被科学证实。但是，从逻辑上可以理解，并且可能是对的。

赵：牛痘载体可以改造用于各种基因工程疫苗，也可以用于 HIV 疫苗，作者也许混淆了天花疫苗和痘病毒载体。

最近一期 Nature 杂志倒有观点直接支持这种可能性，我转给你疱疹病毒感染也可能有好处。关于疱疹病毒感染的传统观点是，它们要么是活跃的和有害的，要么顶多是潜伏的、只是眼下无害。对小鼠所做的研究表明还存在另一种情况：慢性疱疹病毒感染可能对宿主有直接的好处。被其潜伏感染后，实验鼠会对各种不同的细菌病原体、包括李斯特菌和鼠疫杆菌产生长时间的交叉保护。这种保护是由 γ - 干扰素诱发的系统巨噬细胞激发的结果。潜伏的病毒因此会确定先天免疫的水平。潜伏状态不仅是一种活跃的免疫状态，而且这种活性还能提供共生好处。（*Nature*，2007，447：326—329.）

五、科学闪光点

赵：总体来说，我觉得《十字》中还是有不少思想闪光点的。

姬：上帝的医学这种观点，其实是整体医学。

赵：整体医学没错，准确地说就是现代医学观点，作者很好地把现代医学观点通俗地展现给大众。

姬：那么现代医学在这种整体科学上，有什么措施呢，比如说？其实疫苗就是，是吧？利用人体自身的免疫力来抵抗。

赵：现代医学重视疾病自身的同时，强调人是个整体，也强调人还有心理需要，和疫苗是两个问题，比如患者眼睛不好，可能是眼疾，也可能是其他引起，比如眼底血管病变，可能就是糖尿病引起，不是头疼医头。

姬：嗯，就是一个协同的治疗，而不是割裂开来看。

赵：一方面现代医学分支越来越细，另一方面也越来越看重整体，不光是治疗，更主要是诊断，也许有些症状根本不用治疗，找到源头，纠正了根源就好了。中医和现代医学都重视群体预防。

严：我觉得，从《十字》中所提倡的观念来看，不是应该人工诱导病毒来抗争病毒，而是应该什么也不做，顺应自然的选择，来维持人和病毒的平衡。

姬：关于这一点，作者倒是有明确的论述，也许可以看作《十字》的文章之核："并不是要人类回到角马那样的自然状态，想回也回不去了，人类自从掉了尾巴也就断了后路。人类只能沿'这条路'继续走下去，这是进化的宿命。但至少我们在变革大自然时要保持一颗敬畏之心，要尽力维持原来的平衡态，学会与大自然和谐相处。"

十问苍天

2016.9.4

早在2300年前，中国诗人屈原就发出了著名的天问，问的问题很多，其中有关宇宙天体的问题如：曰遂古之初，谁传道之?（请问远古开始之时，谁将此态流传导引？）上下未形，何由考之?（天地尚未成形之前，又从哪里得以产生？）明明暗暗，惟时何为?（明暗不分混沌一片，谁能探究根本原因？）等等。尤其他还问道：阴阳三合，何本何化?（阴阳参合而生宇宙，哪是本体哪是演化？）惟兹何功，孰初作之?（这是多么大的工程，是谁开始把它建筑？）这就把好奇心直接指向宇宙的深层机理，指向造物主了。

这篇《天问》可以说是中华民族童年好奇心的集大成。虽然这些问题未免稚拙，也有点杂乱，但他问得很认真，很激情。我在上小学和中学时也是爱胡思乱想的，对于神秘的天地有很多疑问，也许正是这种好奇心驱使我在45岁的中年，在工程师之路上走得好好的却忽然掉头，走上了科幻创作之路，一直走到今天。可惜尘世碌碌，柴米油盐，我没能专攻物理学或宇宙学，也就没把这种好奇和探询深化。说起来很难为情的，在我走入古稀之年，我对宇宙的疑问仍然保持在初中生的水平。今天我就把这些“初中生的疑问”提出来，与在座的中学生共享。

这些问题是：

一、宇宙或者说时空是无限的吗？自从大爆炸理论诞生并逐步站稳脚跟，人们都知道，至少“我们的宇宙”不是无限的，时间上空间上都是如此。那么我的问题也就变为：我们的宇宙之前和之外是什么？书上说，没有之前，因为宇宙大爆炸即是时间的开端；也没有之外，因为空间的物质性是它最重要的属性，所以没有大爆炸所产生的物质也就没有空间。这些概念肯定很正确，但对于一个“中学生脑袋”来说，总觉得它们太空泛，像在玩概念游戏。在我的直观中，还是认为我们的宇宙有“之前”和“之外”，我们的宇宙只是无限时空中偶然诞生并随之消散的一个小泡泡，这种小泡泡的生生灭灭是无限多无限久的。所以，这个问题仍要坚持问：

在我们“这个”有限的宇宙——我称之为母宇宙——之外，有没有一个无限的宇宙，不妨称之为元宇宙？

二、承认我们“这个”宇宙有限，又有随之而来的众多问题，比如，有限的东西就肯定有几何中心，那么这个母宇宙有中心吗？中心在哪儿？母宇宙到底有多大，多久？我们所观察到的有 140 亿年历史和 140 亿光年距离的可观察宇宙就是母宇宙的整体吗？或者可观察宇宙只是母宇宙的一部分？如果是一部分，那么可观察宇宙是位于母宇宙的中心还是边缘？母宇宙是可观察宇宙的两倍大，还是一百倍大，还是十亿倍大？如果可观察宇宙只是母宇宙的一小点，会不会我们眼下认为的“宇宙各向同性”只是一种错觉，就像古人认为地是平的？

三、宇宙各部分有瞬时性的联系吗？宇宙大爆炸理论说，宇宙诞生后有一个暴胀期，抹平了时空的褶皱，造成了今天宇宙的各向同性。但在膨胀 140 亿年之后，宇宙各部分已经失去了联系，它们为什么还是各向同性的？当代宇宙学家们一直在讨论宇宙的结局，讨论它是转向收缩还是无限膨胀，但无论哪一种假说，有一个潜在的设定是：他们都认为宇宙是同步变化的，不会一半收缩一半膨胀，但这种“宇宙同步”的设定有根据吗？混沌理论中有蝴蝶效应，初始条件上任何微小的差异，在经过充分演化之后，也会变得天差地别，所以，宇宙至今仍保持各向同性的唯一原因，就是宇宙整体因某种原因还保持着同步。很可能是缘于某种神秘的超距作用，它不受光速限制。但我们知道，只有孪生光子这样的量子级别的现象可以有这种神秘作用，那么，这种神秘的超距作用在宏观级别也存在吗？它是来自于高维世界吗？

四、宇宙可知吗？辩证唯物主义说，人类将无限逼近绝对真理但永远不能穷尽它，这是稍加限制的可知论。但我提这个问题，是基于以下两点：第一，科学和玄学的区别是科学有实验室，所有科学假说必须得到重复验证，而玄学没有实验室。第二，科学和宗教神迹的区别是：科学的理论必须可重复验证并且不允许有一个能经得起重复验证的反例，宗教神迹肯定满足不了这种严格的限制。也正是因此，我终生信仰科学而不信仰玄学和宗教。但科学发展到宇宙学的阶段，实验室没有了——只有一个，那就是宇宙本身。但是，我们无法看到明天的实验结果，而且它肯定无法重复验证。当然，通过某些事实可以侧面证实，比如微波背景辐射和宇宙各向同性都支持宇宙爆炸理论，但从哲学本原上看，缺乏真正直接的重复的验证，终究是不可靠的，是一个大大的缺憾。如果确实有高维宇宙，我们更无法把高维宇宙的机理拉到三维世界来验证，理论上也不行。

五、真空的本质是什么？关于真空的本质有众多说法，比如狄拉克的“充满负能态的电子海”，比如“物理真空是指不存在任何实物粒子、同时场的能量又处于最低值的一种空间状态”，比如真空是一种“弦网液体”，等等。但这些说法无法在我的初中生大脑中建立起直观的概念。想问以下稚拙的问题：真空有深层结构吗？有真空能吗？从理论上人类可以利用真空能吗？被抽取了真空能的真空是什么样子？是否有更高阶的真空？万物都有寿命，包括物质最基础的砖石——质子，那么，真空也有寿命吗？真空有特异性吗？星系有特异性，我们可以根据星系的排列等种种参数来确定“宇宙坐标”，但星系无时无刻不在运动和变化，所以，直观地说，这种坐标系是针对“车辆”建立的，并非针对静止的大地，先不考虑地球本身的运动。那么是否有一天，科技也能确定“这一片真空”与“另一片真空”的不同？换句话说，在排除星体后，空间本身是否能建立坐标？能否说：暂不考虑空间膨胀的话，那么，在恒星的运动中，空间是静止的，只是随星体的到来而产生动态的翘曲，星体过去后又恢复原状？将来的太空观察站可否这样记录：太阳绕银心旋转，刚刚经过了 X1Y1Z1 空间，此刻到达 X2Y2Z2 空间……

六、惯性的本质是什么？希格斯的理论说，希格斯场引起自发对称性破缺，并将质量赋予规范传播子和费米子。希格斯粒子是希格斯场的场量子化激发，它通过自相互作用而获得质量。宇宙空间中的各处都充满了希格斯粒子或者说希格斯场。希格斯粒子被认为是生成基本粒子的“质量”之源。质量应该是反映“物质运动状态变化的难易程度”的物理量，也即“改变物质运动状态的难易程度”的物理量，这也就是我们常说的惯性。

不过这些解释过于理论化，无法在初中生大脑中变成直观印象。倒不如从宏观上去看，也能看出惯性与空间的依存关系——由于宇宙膨胀，远处的星体相对于我们获得了一个红移速度，它正比于星体与我们的距离，甚至能超过光速。但这是空间的相对变化而引起的，所以完全不牵涉到加速、驱动力、相对论限制、惯性等东西。这也反证了惯性必然基于空间。那么，未来的人类能否开发出一种全新的空间对空间的宇航方式，不需要能量、不要驱动力、不受相对论限制、不存在加速度？

七、光速确实不变吗？从宇宙大爆炸到今天，它都是一个定值？从类星体来的光线经过百亿光年的漫漫征途，真的一点儿都不会疲劳？遥远星光的红移果真是因为宇宙膨胀而不是因为光的疲劳？因为像膨胀红移一样，疲劳红移也正好与距离严格成正比，无法区分！还有，在膨胀空间、静止空间和收缩空间中，光速有无变化？我们测得的标准光速是否得加一个定语“在膨胀率为 × 的膨胀空间中的光速”？在我们这个缓慢膨胀的宇宙，一束光线从太阳射向 10 光年外的 A 星，它能在 10 年时间到达 A 星吗？要知道，在这 10 年中，A 星与太阳的距离因为膨胀的原因而拉长了。从逻辑上说是能准时到达的，因为当空间膨胀从而带动 A 星距离增大时，射去的光线同样也被膨胀空间“拖”着向前“滑行”，相当于有了一个额外的速度。但 10 年后再有一束光线射向 A 星时，就需要 $10 + \Delta$ 年了，这种“牛顿式”的解释对不对？

八、宇宙膨胀时，度量光速的尺子膨胀否？如果同步膨胀，那就无法测得光速的变化。科学家说，空间膨胀时，受引力约束的天体是不参与膨胀的，或者说，度量光速的尺子是不膨胀的。那么，原子中的电子轨道半径膨胀否？太阳和地球的距离膨胀否？稀薄星云的星际分子之间的空隙膨胀否？河外星云和银河中心的距离膨胀否？说到底，膨胀与不膨胀的分界线在哪儿？

九、熵守恒吗？众所周知，物理规律中唯有时间和熵是单向的，不可反演。我们的宇宙来自一个低熵开端，但这个低熵状态从何而来？逻辑上说只有两种可能：第一，这个宇宙不是封闭的，与其他宇宙有一个狭窄的通道，是另一个宇宙向我们送来了低熵——但这只是把疑问向前推了一步，因为接下来的问题是：向我们送来低熵的那个宇宙的低熵又是从何而来？所以这无法作为答案。第二，有一个超越自然规律的上帝，可以用手一指：要有低熵！它就来了。

我们不想要上帝，那么，唯一的也是最好的解释是：在我们这个封闭宇宙中熵是守恒的，熵增永远与自组织相向而行，但存在于不同的层面上。这种解释实际就是中国太极图的精髓，它能否成为宇宙的最终答案？

十、上述关于熵的问题实际还可等价转换为另一个问题——对于科幻作家来说，也许最终极的疑问是：宇宙为什么是有秩序的？我们信仰科学，因为科学揭示了大自然精巧的、简洁的、普适的深层机理。但这个信仰的前提是：宇宙中确实先天存在着深层秩序！当然从科学的发展看，事实正是如此。但——这种秩序是从哪里来的？不会是上帝。科学已经废黜了上帝，我们不会让他老人家轻易复辟。

正如分形几何指出的，万物同理。宇宙的演化可以从另外两个复杂系统来类推：生命的诞生或人类身体的发育，它们都是一种元胞自动机，从一个非常简单的元结构开始，按照最简洁的规律或称元算法，逐步自我复杂化，一直到最终结果。宇宙的演化应该也是如此，而所谓的物理规律不过是上述元结构和元算法的自我递归，是其次级表现。但宇宙初始状态的元结构是从哪里来的？如果认同多宇宙理论，那么，无数多个宇宙都有同样的元结构吗？或者各自的元结构取决于不可知的量子涨落？有没有一个共同的、高踞于普通物理规律之上的、各宇宙普适的元算法，抑或连元算法也各不相同？

即使有同样的元结构和元算法，但在经过充分复杂的“折叠”后，其结果会一样吗？按照混沌理论中的蝴蝶效应，应该是不同的。那么，也许另一个宇宙中光速可变，又一个宇宙中能量守恒而动量不守恒……毕竟，宇宙的形成来自希格斯场的对称破缺，但那颗破缺的小石子不可能永远停在啤酒瓶底的同一位置。也许大多数宇宙是混乱无序的，只有极少数碰巧有秩序的宇宙中足以产生智慧，产生一个科幻作家，让他以朦胧的认知深情讴歌着大自然精巧、简洁和普适的秩序……

作为科学的信徒，我不相信会如此。我相信如果有其他宇宙，在其他宇宙中科学的旗帜仍然无往而不胜。这样的乐观也是有小小的依据——作为可以类推的现象：人类的从小小受精卵开始的身体建造也是一个足够复杂化的过程。但尽管 DNA 传递中肯定有量子效应的存在，人体的最终结果仍然是恒定的、可预见的，只有一些偶然的遗传疾病和畸形。但愿宇宙的发育也是一样，但愿其他宇宙除了少量畸形宇宙之外都和我们的宇宙一样健康。

与之紧密相关的另一个终极问题是：生存的意义是什么？随着科学的发展我们已经知道，宇宙最本元的基础不是物质，不是能量，而是信息。宇宙、生命、文明和科学的发展，归根结底都是信息的复杂化和信息的传递。但无论“元宇宙”是否无限，我们的宇宙肯定是有限的，肯定会灭亡，而且在它灭亡之时，任何信息都不会留存——正像其他宇宙文明的信息或本宇宙中其他文明的信息没有在我们这儿出现一样。既然这样，生存有意义吗？数万年数亿年甚至数百亿年的拼搏努力，最后一下子归零，变成一片白噪音？

还好，分形几何的规律在这儿仍然适用，我们不妨为宇宙的生死找一个现成的类比：人的生死。每个人都会死，最多活不过四万天，每活一天就向坟墓迈进一步。但这并不妨碍我们高高兴兴地迎来每一天的朝阳，送走每一天的晚霞。我想，对于宇宙文明或宇宙智慧来说同样如此。当然，当我们有智慧提前看到人类遥远的归宿时，难免有些悲怆，有一些宿命的苍凉。

创作谈

答王浩威同学对《替天行道》的质疑

2001.11.4

王浩威同学：

你好，感谢你的来信，有人能认真地讨论这篇小说中的观点，无论是赞成还是反对，都证明作者的心血没有白费。因为它能引导人们去讨论“大智慧”而不是追求浅薄的时尚。你的很多观点都很正确——和我的观点一样正确。这不是和稀泥。古人云：此亦一是非，彼亦一是非。世界是多层次的，在这个层次正确的东西，在另一个层次就可能是错误的。而你我一些观点的相左，只是因为我们着眼的层次不同。下面想谈谈我的一些看法。

一、你说人类使农作物不能产生种子不是稀奇事，说得完全正确。我还可以在你所举的例子中再增加几条，如无子西瓜、骡子等。但存在就是合理吗？其实我在文中已借西班牙作家之口说出了我的观点：人类在自己的进步中弱化了很多物种的生命力，对于这些物种来说，这绝不是一件幸事。人类过于强大了，常常忘了大自然并不是专为人类而设的，在人类出现之前它已存在了几十亿年，人类灭亡后大自然还要存在，而那些依附于人类的农作物就要为人类殉葬。我并不是主张今天就抛弃这些农业技术，没人会做这样的傻事，因为我们都要吃饭，不吃饭就会饿死，饿肚子时谁还会讨论人类灭亡之后的事呢。但这并不妨碍有些人去讨论人类对自然的戕害。还有一件事也是“很不稀奇”的，那就是：随着人类扩大地盘，已经有几千万种生物灭绝，并且灭绝的步伐还在加快。尽管已有很多人大声疾呼地反对，但我说句悲观的话吧，只要人类在继续繁衍，这个趋势就是不可逆转的，最多不过是程度不同罢了。但这种存在是合理的吗？该不该去反对？

再说一遍，我不会迂腐到去反对无子西瓜和骡子的存在，但这只是一种无奈，是站在人类利己主义立场所做出的选择。正如再激进的动物保护主义者也不去反对屠宰猪羊——但为什么海豚就该保护，甚至狗也该保护，法国人在中国申奥时曾对中国人爱吃狗肉大加嘲讽，而猪羊鸡鸭就该死？谁能不加一点儿诡辩地掰清这个理儿？没人能掰清。这本身就是一种悖论。西方人也就是这百十年来才去保护动物，中国人正努力地赶这个潮流。不管怎么说，这是一种进步。这里有一道线，有一个度。什么时候才该去画这道线，这是个不大容易说清的事。但我以为，自杀种子就越过了这个度，就该去反对。你我的观点有差异，这种差异无所谓谁对谁错，就像中国人吃狗肉而法国人不忍心吃一样。

二、关于你说的“自杀基因不大可能扩散”，非常同意你的观点。实际上，我在文中也提到过“自杀功能会自动中止”“大自然有强大的自救能力”。在这篇小说的创作中，“编造”自杀基因的扩散途径是我最头疼的工作，也是本文中我最拿不准的事。但为了小说的情节能走通，我不得不把“自杀基因扩散”的可能性加重。

如果抛开小说谈我的观点，可以总括为这么几句话：

自杀基因扩散的可能性很小；

但在大面积长时期的种植中，谁也不能断言自杀基因不会扩散；

但即使扩散了也不会不可挽救。

顺便说一句，对自杀种子持反对态度的科学家和平民百姓在国外大有人在。

三、关于你说的“锁头是人类社会中合理的内耗”，完全有理。谁能消灭锁头呢，我每次出门也会认真地锁好两重保险锁。但你举的例子太小，简直不值一提，因为人类社会中还有远远超过它的内耗——武器。武器当然也是合理存在，可以想一想，如果中国没有原子弹，甚至没有一支枪，那会乱成什么样子。那就不是美国炸我驻南联盟大使馆，而是随便什么国家去炸天安门了。作为一个中国人，我绝对赞成于敏、钱三强他们为中国造原子弹——但这并不妨碍我作为一个和平主义者谴责一切核武器。就像爱因斯坦、奥本海默后期对原子弹的态度一样，我认为这是人类的内耗，是该诅咒的、早晚会被人类摒弃的不祥之物。看着各国那些睿智的政治领导人为自己的核研究振振有词地辩解，我常常哭笑不得。

自杀种子已经出现了，它不会因为一个中国科幻作家的反对就消失，它会在一个历史时期存在下去。但我想，也应该有人去大声疾呼地反对它，反对越来越强大的人类文明所滋生的人类沙文主义。

四、你说“现代科技是以事实为基础，用严密的逻辑相互贯通”，这话对不对？错了。这正是我年轻时的观点，那时我相信科学是万能的，是无懈可击的，今天我才知道，科学中充满矛盾，充满悖论。最严密的数学和逻辑学也是建立在哥德尔不完备论和罗素悖论等裂隙之上的，量子力学同样如此，比如孪生光子佯谬和猫佯谬。我提到过一种观点，那就是随着科学的发展，事物深层次的不确定性会向宏观级扩展，造成无法解决的矛盾。举几个例子。比如抗生素，它的使用是正确还是错误？谁都离不了抗生素，谁都不会在儿女重病时拒绝抗生素。但作为人类整体来说，抗生素的使用截断了自然选择，它是绕开人类的免疫系统直接和病原体作战。总有一天，人类会为此付出惨重的代价。人类已消灭了天花和小儿麻痹症病毒，这是好事还是坏事？当然是好事，谁也不愿家人患上这两种病。但我曾在清华大学的演讲会上说，也许有一天我们会像保护野狼一样保护病毒。言犹在耳，已经有科学家说患过天花的人不易患艾滋病，病毒也是互相克制的。

《类人》创作谈

2002.12.10

有两种小说的作者只能谦虚地自称为第二作者。一种是历史小说，因为它的第一作者是历史，是时间。时间冲去了琐碎和平庸，凸显和浓缩了事件、情节、人物和性格，历史小说作家只需有足够广博的历史知识和足够敏锐的目光，挑选出精彩的素材，他的小说就有了百分之六十的成功。另一种小说是科幻小说。它的作者是客观上帝，是科学，是科学所揭示的自然的运行机理，它们是三位一体的。科幻作家只需有足够的智力去理解这些机理，有足够敏锐的目光去发觉科学的震撼力，他的成功就有了百分之六十的把握。所以，科幻作家应该把百分之六十的稿酬献给上帝。

科学发展到今天，已经超出了多数民众的理解力，以至于在某种程度上，它也成了高高在上的宗教。但我们笃信“这个”宗教而不信仰其他的宗教，为什么？因为科学所揭示的是真理，放之宇宙而皆准。牛顿的万有引力定律可以用来计算150亿光年外星体的运动，DNA的简洁构成甚至超过上个世纪最坚定的科学信仰者的期待。充分发展的技术能够变成魔法，而上帝的魔术正逐渐被人类还原成技术。各民族的先民们曾创造出上帝造人或女娲造人的神话，那是人类对自身秘密最原始的探索。仅仅几千年后，人类已经可以用体细胞核来激发出一个真正的生命！我想，如果真有一个大能的上帝，他也会掩面长叹，甘心让出自己的王位。

《类人》这部小说描写了两种未来的技术，人造生命和群体智慧。它们稍显遥远一些，也许会被某些人看作呓语。不过作者可以向你保证，它们一定会变成现实：人造生命可能在几百年内实现，分散的电脑智力会以某种方式整合成一种文明或智慧。那时，人类何以自处？人性会怎样变化？被作家们讴歌了千百年的人类之爱还能否存在？没有人能完全准确地料知。作者在文中表现的，只是个人的一些探索而已。而且，为了与今天人们的理解力相衔接，书中很多描写是过于保守了。

科学使人睿智，使你把握自然运行的脉搏，洞察历史的走向。可惜，很多中国人对科学比较隔膜，不能体味科学和思维王国的乐趣。我们的主流作家善于向后看，向脚下看。他们对过去和现实的思考很深刻，很可贵。但一个民族若只有这样的目光，则未免显得过于迟钝和短视。但愿这篇小说能够让读者稍稍抬一下目光，如此，作者就满足了。

《养蜂人》结集后序

2002.12.16

科幻文学是一种特殊的文学体裁，相对于主流文学来说有它独特的优势。它以博大的科学为源文化，所以能为作者提供最广阔的想象空间，让作者自由设置事件的背景，把矛盾极端化，从而浓缩情节，凸显人物。它能提供上帝般的视角，把握社会的脉搏，洞察大自然运行的深层次机理，剖示科学发展对人性的异化。这些优势是其他文学品种不能代替的。

侦探小说则是另一个品种，它实际上是一种智力体操，让读者在对案件的层层剖析中得到思维的愉悦。我是侦探小说的爱好者，在我的分类法中，它可以分为两类：盆景式的和实景式的。前者以克里斯蒂的小说为典型代表，它的环境常常是人为设置的，或者是一座庄园，或者是一列火车，与外界相对隔绝，从而可以把故事的边界简化，然后在这个数学般严密的环境中展开缜密的推理。后者如《豺狼的日子》，写一位无名的杀手刺杀戴高乐总统的故事。它的背景十分真实，有很强的感染力，以至于有些读者开玩笑说：读了这本小说，非常遗憾他竟然没有刺杀成功。这两种类型的侦探小说我都喜欢，不过更偏爱后一种。

科幻文学也可按上面的分类法分类。盆景式的科幻小说如《冷酷的方程式》，写一位姑娘偷偷上了飞船，而飞船上的载重量是精确限定的。为了飞船的安全，驾驶员狠着心肠把姑娘抛出去。故事的背景当然是人为的，这种特别构建的极端化背景更凸显了生存的冷酷。实景式的小说我想举一个最简单的例子：克拉克的《神的食物》。故事非常简单：一家生物公司造出了非常美味的人造食物，另一家公司被逼到绝境，不得不在法庭上揭露出这种人造食物的成分——人肉。为什么我把它归到实景式小说中？因为，本文的构思基础——科技总有一天能造出完全“逼真”的人造人肉——是绝对真实不容怀疑的。那么，如果这一天真的到来，人们食用“人造”的人肉是否道德？这是个两难的问题，构思的真实性强化了道德上的震撼力。

《养蜂人》这个集子收了我的八篇小说，我想也可以照上面所说把它们分为两类。盆景式小说如《魔环》《三色世界》《黑钻石》等。以《魔环》为例，文中有一件非真实的道具——魔环，借助它，主人公可以自由地回到过去，去解救不幸溺死的爱人，但他最终发现生存是无奈的，即使有魔环也不行。实景式小说如《替天行道》《养蜂人》《善恶女神》，其中的背景或构思都是真实的，或“可能”真实的——自杀种子早在多少年前就成为美国孟山都公司的商品，缺的只是对它的是是非非做哲理上的思考；蜜蜂的群体智慧是科学界公认的事实，甚至电脑的群体智力也有不少科学家论述过，而我只是把这种有震撼力的自然机理用小说的形式再现出来；在《善恶女神》一文中，我对消灭天花病毒的历史功绩重新作了审视，提出“保护野病毒”的呼吁。我相信，在若干年后，这种似乎荒诞不经的观点会得到科学界的重视。

在这些“实景式”的小说中，科学不再仅仅是一种道具或一种推进情节所需要的舞台背景，而是一种信仰、是对自然机理的顿悟、是上帝般的视野、是心弦的震颤。我对自己所有的作品都倾注了感情，但两类小说中我更偏爱后一种。

在天津大学的一次讲座中，曾有大学生问我最喜欢哪种读者，我说，我愿意我的作品为各种读者所接受，但如果一定要我回答这个问题的话，我可以说，我最喜欢那些有清晰的理性思维的读者，他们对科学本身所具有的震撼力有锐敏的感受，更易于与我的实景式小说发生共鸣。

科幻小说的创作很苦，尤其当你苦思终日、构建一部小说的整体骨架之后，常有被抽干精血的感觉；科幻小说的创作很快乐，尤其当你以锐敏的心灵领悟到自然的深奥机理，并把它变成文学形象之后。如果读者与你的小说发生了共鸣，这种快乐更是加倍的。我从来不奢望科幻文学会成为文学的主流，但它是一朵色彩独特的紫色小花。它会在文学花园的角落里寂寞地开放，但永远不会凋谢。

《一生的故事》创作谈

2005.6

久未提笔了，看过美国华裔科幻作家特德·姜的《你一生的故事》，触发了灵感，写出了一篇《一生的故事》——标题仅一字之差。写作灵感的触发是一种很奇怪的事，不大好捉摸，比如这次，我就说不准究竟是文中哪点触发了我。

也许首先是因为：特德的这篇故事是典型的哲理科幻，与我的写作路子相近，所以我对其写作脉络很熟悉，有天然的亲近感。作者首先是对一种自然机理有了感悟，然后才开始搭建故事构架，我也历来如此。特德在篇后记中说得很明白："我对物理学中的变分原理的喜爱催生了这个故事。"文中提到光的折射原理：光线从A点经空气达界面B点，在水中发生折射到达C点，这是遵循因果关系而完成的事件；但其折射曲线必定是从A到C所有可能路线中耗时最少的路径，这又悄然转向目的论了，就像上帝在命令光线：令尔等以最短时间完成尔等使命，而为了做到这一点，光线必须从开始出发时就预知途中的一切！它所反映的自然深层机理确实有很大的震撼力。

故事情节如下：女主人公费尽心机破译了外星人的口头语言，随即又发现了与口头语言完全无关的书面语言，奇特的是，这种书面语言是整体性的，书写一篇文章就是把单词拼装成一个复杂的大团块，而且书写者在写下第一笔时必须知道结尾。女主人公在学习这种书面语言的过程中，也学会了外星人感知世界的方式，可以同时感知过去、现在和未来。

作者构建了一个饶有趣味的故事，以至于读者把它当成星际语言学的小说来读，而忘了作者的本意。其实他在推进故事时，时时没有离开哲理内核的阐述，那种书面语言"预知未来"只是为了衬托光线的"预知未来"，是为了建立一个目的论占主导的物理世界。在这方面，他也恰恰犯了哲理科幻作者常有的毛病：故事情节过分服务于哲理阐述，因而故事的构建难免受到削弱，这一点我就不多说了。

这篇小说是复线结构，另一条故事线写了主人公女儿的一生。读者可能以为两条故事线缺乏关联。其实关联是有的，在于深层的哲理上的联系，可惜这种联系并不能完全令人信服。不妨理一下作者的思维脉络：

> 故事的哲理内核：物理学中的变分原理；
>
> 引出物理世界的因果论和目的论，而目的论也可表述为“光线预知未来”。当然不可能真的预知未来，但作为一种叙述角度是没有错的；
>
> 从物理世界的预知未来，转向人类社会中的预知未来；
>
> 预知未来又不能挽救女儿的生命，从而走向宿命论。

这四个步骤，前两个是天然正确的，是缘于变分原理本身的震撼力，所以作者的阐述非常厚重，耐得起咀嚼；但从中引出人类社会的“预知未来”，尤其是向宿命论的转化，则显然缺乏厚重的逻辑基础，不能仔细考究。比如我就想不通，为什么已经能够预知未来的女主人公，明明知道女儿会在25岁那年死于国家公园的攀岩，偏偏就不能设法救她一命？这不是死抬杠，因为其中涉及的恰恰是那个解不开的结：预知未来就不可能有自由意志，有自由意志就不会有可预知的未来。作者硬要把互相对抗的二者纳入同一个故事框架，由此生发的情节必然不能令人信服。

这也是哲理科幻作者常常遇到的一个问题：如果你所阐述的确实是客观规律，像本文中的变分原理，你就会左右逢源。但若阐述的哲理本身就存在悖误，你在组织情节时就会左支右绌。

作者非常聪明，他把耐得起咀嚼的东西作为明线，浓墨重彩；而把耐不起咀嚼的东西作为暗线，若隐若现，读者一般不会注意到其中逻辑上的薄弱。毕竟读者看小说是为了阅读上的愉悦，不是上逻辑课。姚海军先生在导读中说:“小说采取第一人称和第二人称交替推进的手法，字里行间洋溢着科幻小说特有的奇异感，读者能感受到一种缘于宿命的忧伤，那忧伤融合着诗一般的意象，最终凝聚成女主人公的感叹——‘一瞥之下，过去与未来轰然并至，我的意识成为长达半个世纪的灰烬，时间未至已成灰。’”这番评论深得文章的精髓。

好，现在可以说说我的灵感从何而来了：第一，我看到了一篇很亲切的纯粹的哲理科幻，它所阐述的自然机理拨动了我的内心之弦；第二，作品弥漫着宿命的忧伤，但这种宿命观经不起咀嚼；第三，作品的技巧非常高明，足以弥补上述的不足。

所以，我想借鉴特德的高明手法，写一个“真正宿命”的故事，要比特德的故事更经得起咀嚼——这点狂妄使我最后写成了这篇故事。我的小说也有两条故事线，第一条写自然界中的宿命，我相信这一条完全耐得住咀嚼；第二条写人世上的宿命，我想这一条基本经得起咀嚼，时间旅行的悖论除外。当然，我知道这两句吹牛也就竖起了两个箭靶，我等着读者来攻打。

为了感谢特德的启迪，也明白指出我此篇小说的师承由来，我有意采用了和他只有一字之差的标题。顺便说一句：特德·姜是当代最优秀的华裔科幻作家，虽然只发表了八篇作品，却让他捧回了包括雨果奖、星云奖、斯特金奖、坎贝尔奖在内的所有科幻大奖的奖杯。他的《巴比伦塔》非常出色，早已为中国读者所熟悉。《科幻世界》那儿有他的结集，书名即“你一生的故事”。不过我可不是为杂志社做广告，透露一点吧，结集中一半以上的作品，中国读者可能不会感兴趣。不过对我来说，结集中有《巴比伦塔》和《你一生的故事》，已足够我捧读了，前者我读了五遍，后者我读了八遍——够痴迷了吧。

科幻作品中民族主义情绪的宣泄和超越

2007.8

作为一个科幻小说作者，我相信悖论无处不在，从自然界运行的核心机理到凡间万事，包括科幻小说的写作。比如说，我崇尚博爱、民族融合和世界大同，信服一位中国科幻作家刘慈欣的观点——科幻小说中的主角应该是人类，一个整体的人类；相信另一位中国科幻作家郑军的观点——民族主义的科幻作品没有普遍性，注定是短命的。我自己常说的一句话是：科幻作家应该以上帝的视角来看世界，这种目光当然是超越世俗、超越民族或国别的。但在我的实际创作中，并未能禁绝民族主义情绪的宣泄。

西方文明已经开出了灿烂的善之花，但它却是从恶的粪堆上长出来的：羊吃人、对印第安人和大洋洲土人的民族灭绝、对其文化及宗教的灭绝、黑奴贸易、种族歧视、鸦片战争、迫害华工，等等。白人殖民者正是以这些恶得无以复加的手段，完成了其种族和民族的基因大扩张，建立了今天的世界格局，建立了他们的强者地位。善恶无报，上帝并不是个奖善罚恶的好法官。这是历史的真实。好在这二三百年来，西方社会艰难地、一步步地摒弃着“恶”而使善之花盛开，尤其是在老欧洲，博爱精神已经扎根很深。

无疑，21世纪的人类应该摒弃民族宿怨，从历史的阴影中走出来。今天的西方人，作为个人来说，并不承担祖先的罪责；但毋庸讳言，作为苦难民族的后代，与胜利者的后代，其基因中刻印的“种族记忆”不会完全相同，它势将影响到今天我们对现实的看法。举一件小事，在汉城奥运会期间，西方媒体讥笑韩国人和中国人爱吃狗肉，就激起我的反感。西方社会的进步包括经济上的富裕已经把人道主义拓延到宠物，这是好事。但是如果其他民族尚未达到这个进步，还保留着旧的民族习惯，即使它是陋习，也大可不必横加斥责。这种做法是西方人优越感的下意识体现，是一种隐蔽的种族主义。毕竟——比如说，印度人崇拜神牛但并未对西方人吃牛肉指手画脚。

我写过一个短篇《三色世界》，就是有感而发。这篇小说中设定了一个极端条件——假设上帝构建了一条种族主义的自然法则，使得只有黄种人具备某种超常智力，因而使白人即将沦落到弱者地位。那么，习惯了以强者身份向世界普洒博爱的白人精英们，会不会从博爱立场上后退？对这番道德拷问，文中人物给出了不同的答案：有的美国人要杀死发现者以阻断白人沦落的趋势，有的陷于良心上的挣扎，也有一些美国人坚持人类之大爱。不妨在这儿问一句：如果这不是科幻而是真实？！

90年代后中国科幻作品中有不少民族情绪强烈的作品。类似作品中较有影响的如刘慈欣的《全频带阻塞干扰》，写俄罗斯人如何在一场必败的战争中勉力坚持；还有刘慈欣的《西洋》，假设是郑和发现美洲，中国成了日不落帝国，而后逐渐衰落，不得不向英国归还爱尔兰。文中主角是一个民族沙文主义的青年，以他的目光来看待这个“日落”过程。与《全频带阻塞干扰》相似，我的另一篇作品《终极爆炸》也写了一场中国必败的战争，某位中国科学家不忍心旁观民族的灾难，不得不违背科学的良心而使用终极武器，他妻子则同另一位美国科学家一道阻止了这场灾难。这些作品中都有一个共同的特点：有强烈的民族主义情绪，但并没有民族沙文主义的喧嚣，没有网络“愤青”的张狂。充斥着郁郁不平之气，悲凉，沉重。在这些作品里，作者们其实仍是以上帝的视角来看世界，只不过上帝并非白皮肤，而是一位曾饱受苦难、满面沧桑的黄皮肤中国老人。

这些作品在中国年轻读者中激起了比较强烈的共鸣。

科幻小说作为“未来”的文学，作为人类整体的文学，按说应该与民族主义绝缘，其实是办不到的。美国黄金时代的科幻小说中也有强烈的民族主义，那是以“救世主”情结为主要表现方式，这个救世主总以白人男性的形象出现。俄罗斯和印度的一些新作中也有类似作品，比如印度人写中国侵略印度。这种民族情绪强烈的作品不应是科幻文学的“正道”，肯定是短命的，短足的，是暂时的局部的现象；但它的出现又是必然的，是特殊政治环境的产物。这儿也存在着一个悖论：似乎一个苦难民族只有在走上复苏期间后，这类作品更容易出现，如中国和印度。大概是因为民众不必在饥饿线上挣扎，有闲暇来痛定思痛，忆起历史的苦难，民族意识有了真正觉醒。尤其对中国来说，现实政治也在给这种民族情绪火上加油，比如中国的大使馆被炸，中国战机与美国战机在中国边界附近而不是在佛罗里达相撞，日本高官对靖国神社的参拜和对历史问题的频繁“失言”，美国已经具备历史上任何霸主国从未有过的军事优势，还在加紧研究太空武器和新型核弹，却对中国增加军费说三道四，等等。

我不知道国外的科幻同道，尤其西方社会的同道，对类似中国作品如何评价？理解，还是反感？但无论如何，它在中国出现并有广大的受众，既属必然，也有其正当性。它是中国民间情绪的一个温度计。随着中国社会的进步，民族自信心的增强，总有一天会对此做出超越。但在社会心智未达到那个高度之前，不妨心平气和地接受这个现实。

以上是从大势而言，大势不可避免但个人有自由意志。所以，从个人角度来说，中国科幻作者从现在起就要努力超越，不要陷入悲情意识而不能自拔。凡事有度，像网络上中国“愤青”的很多言论就太过激了，实在有违大国风范，有损中国人的形象。我个人一直在尽力做出对民族主义的超越。我的一篇作品《西奈噩梦》中写道：一个假扮犹太人的阿拉伯间谍在时间之河中来回奔波，想挽救必败的西奈战争。在这个过程中，他对犹太人的民族仇恨非常强烈也非常正当；但他没有料到，在时间旅行中他本人却变成了犹太人，这不奇怪，两个民族都是古闪族的分支。现在，他对阿拉伯人的民族仇恨也非常强烈和正当！两种非常正当的仇恨叠印在一起，就充分显现了民族仇恨的悖谬，这也正是科幻写作的优势所在。我的一篇近作《泡泡》可以说是对民族主义情绪的善意调侃，它写道，在中国的一次新概念武器试验中，两个中国孩子被抛到孤寂的外宇宙，在那儿，即使能碰上一个扛着三八大盖枪的日本兵，也会感到亲近；但等他们回到旧宇宙、掉到日本岛上之后，往日的敌意又立即恢复，恢复得非常顺溜。文中也写了一位睿智的、诗人气质的中国领导人，他生活在“看不透的世界里”，不得不苦恼地按“看不透的原则办事”。文章最后给了一个大团圆的结尾，中国人和日本人都抛弃了宿怨来共同对外——开发宇宙。

天哪，如果世界果真如此，该有多好！

有人把我的《替天行道》也划定为民族主义的宣泄，则不符合我的原意。文章主旨是一种道德拷问：科学极度昌明后的人类，有没有权力绝对掌握其他物种的生死？现实世界中，美国孟山都公司为了商业利益，给植物良种的种子加上死亡开关，从商业社会的道德上说是正常的，但在上帝眼里则是不道德的。我在文中为上帝赋予中国老农的外貌，只是想让“工业文明道德”与“农业文明道德”的对比更强烈一些。实际上，换成埃及或印度老农也是可以的。

总的来说，西方科幻作家们已经完成了对民族情绪的超越，更多的是对于历史的自省，比如美国人对于黑奴时代或迫害印第安人的自省在科幻作品中随处可见。我对纽约时报上的一段话感触颇深，该报针对日本否认历史罪恶的一篇社论中说：“每人都希望自己的民族历史清白，没有丑恶，但这是不现实的。成熟的负责任的民族应该有自省意识。”确实，西方社会能占据道德上的制高点，其内在力量就来源于这种自省意识，勃兰特总理的一跪让他比世人更高。坦率地说，中国科幻作品中的民族自省远远不足，姜云生的《长平血》批判了中国人根深蒂固的奴性，是一个例外。科幻作品并不是必须承担诠释政治的义务，也不是必须承担民族自省的义务，但话说回来，即使是一种面向“未来”的文学品种，民族意识和社会情绪也必然渗透其中，是避不开的，倒不如去正面面对。华夏民族的历史上有灿烂和光明，同样也有丑恶和污秽：奴性、孱弱、僵化、迂腐、民族内和民族间惨烈的杀戮、对外侵略等，需要我们去反省和忏悔。能够忏悔的民族才有未来。中国科幻作品作为民间情绪和民众素质的温度计，我希望，它终会逐渐淡化民族情绪的宣泄，而跨越到对历史的自省。

《蚁生》创作谈

2007.8.16

我常常被问道:“你个人最满意或最看重的作品是什么?”这个问题一直不好回答,但现在我可以回答:是《蚁生》。《蚁生》说不上是我最满意的作品,但却是我最看重的作品。这是一篇比较独特的小说,虽说属于科幻,其实是我的半自传,不过我把个人经历分给颜哲和郭秋云两人了。当我在电脑上写出“蚁生”这个标题后,三四十年前的生活经历就汩汩向外涌流,欲罢不能,以至于我不得不努力抑制自己的倾吐欲,这在以往的创作中是不常见的。《蚁生》中丰富的众生相,其实多半是生活中的真实存在,比如:那个曾经喜爱《春江花月夜》、生性静雅的学生凶手,他确实是我那个学校中唯一忏悔的学生凶手;在批斗前就事先做好自杀约定的老师,生活原型不是一对夫妻,而是一对男性好友;在所谓“主席受迫害”那个疯狂之夜踢了老师一脚随即清醒的学生是我本人;盯梢、告密的人格变态者庄学胥由三个真实的原型合成;当着一个14岁女知青的面与另一个女知青性交的农场场长;因在少女时代目睹了太多丑恶而最终堕落的孙小小;由于对老农发五元秘密津贴而引发的农场风波;心机深沉但不脱良善的胡场长;等等。甚至文中一些小的细节,如被女知青带到床上的蚂蟥;被蚂蟥害死的南阳黄牛;带头提前上班后又回到女厕所蹲上一两个小时的女知青;秋云关于公牛胯间两个蛋蛋的傻话,等等等等,都真实存在于生活。在我写作时,这些情节似乎有了自己的生命,按捺不住地要跳到文章中。我忍痛舍弃了不少鲜活的情节和细节,但文章的终稿仍有些超重,超出了为展开故事所必需的分量。从技巧上说,这是《蚁生》的第一个缺点;但从小说的内在力量上说,我认为这又是《蚁生》的第一闪光点。

文章写了人性之恶，并把它置于更广阔的上帝的视野中。小说用近乎真实的描写，构建了一个虚幻的故事：一个立志救世的知青颜哲，借助于科学，努力创建了一个纯洁的利他主义社会。需要说明的是,《蚁生》不是硬科幻。蚁生中所使用的技术手段比如如何制取蚁素、蚁素如何让众人变纯洁等等都不值一笑。曾有一位看惯了我的“硬科幻文风”的女性科幻迷写信对我说，由于人和蚂蚁的生理结构差别太大，蚁素不大可能对人起作用。她说得完全正确，但未免钻牛角尖。《蚁生》的力量不在于技术细节，而在于哲理层面上的真实。它指出了自我感觉良好的人类精英们常常忽略的自然界中的如下真实：渺小的蚂蚁在族群内部是完全利他主义的，每个个体都是无私、牺牲、纪律、勤劳的典范。蚂蚁的利他主义完全来自基因，生而有之并保持终生，不需要教育、感化、强制、奖励和惩罚，不需要宗教、法律、监狱和政府，没有任何社会内耗。由于蚂蚁个体的利他主义是内禀稳定的，因而其社会也是稳定和连续的典范，亿万年来一直延续下来，没有任何断裂。反观人类呢，百万年人类蒙昧史和万年人类文明史大半浸泡在无序、丑恶、血腥、私欲膨胀和道德沦丧中，圣人的“向善”教诲抵不过人们的丑恶本性，好容易建立起来的治世就像流沙中的城堡，转眼间分崩离析。

如果我们擦去人类沙文主义的眼屎，看清这个事实，万物之灵们真该羞愧无地。

但文章的力量还不限于指出了这个让人类脸红的事实，而且通过一位女知青秋云，颜哲的女友兼信徒，通过她的眼睛和心灵，无奈而感伤地让一个结论逐渐显现——颜哲以蚂蚁社会为楷模所创建的理想社会是注定要失败的，尽管它是那样的美好、纯洁和透明。其失败甚至不是因为外界的原因，而是内部的异化。一个无私的、独自清醒的、宵旰焦劳的上帝，放牧着一群浑浑噩噩的幸福蚁众——这并不是多么美好的模式。曾经是美德化身的颜哲就在绝对的权力中被逐渐异化，最终走火入魔。而秋云以痛心地劈面一啐，结束了她对颜哲的信仰和情感。在小说中，对人性进行剖析的解剖刀已经伸到人类灵魂的最深处，即人的生物学本性中天然存在的恶。由于这个深刻的原因，也许人类社会最终都会与丑恶相伴，直到人类的末日。当然，在小说最后一章，即主人公由第一人称变为第三人称的那一章里——我有意用这样的技巧造成一定的疏离感——秋云的信仰，还有颜哲的生命，又在某种程度上复活了。这也不奇怪，毕竟，颜哲的梦想也是千百年来人类精英的共同梦想，如果判定其彻底死亡，未免太残忍；毕竟，“人之初性本恶”的人类，经过几百万年的进步或者说进化，还是多了一点善而少了一点恶。我们不必对人性完全失望。

《蚁生》的后半部分比前半部分难写，因为作者要表达一些哲理思考时，很可能流于概念化。我尽力把它溶化于鲜活的生活细节中，比如招工、评工分、战洪水、女知青生孩子等。顺便说一句，本文是以我所在的知青农场为舞台的，那个农场在我离开不久后确实毁于洪水。这场现成的洪水为《蚁生》后半部提供了一个恰当的舞台，那个十分拥挤的蚁巢，即容纳了 70 人的洪水中的库房，有点类似于一个话剧舞台，让纯洁的利他主义在这个特殊环境里产生最强烈的正反馈，因而在其毁灭前发出最强的一次闪光。

我历来激赏西方国家尤其是英美作家那种冷峻简约的文风，并曾努力效法，可惜总是做不到。比如在《蚁生》中，我其实应该做一个冷静的第三者，只讲出小说中属于故事层面的内容，而把思考全部留给读者。但实际上我没做到，文中喋喋不休的哲理层面的叙述是这部书的致命缺点，不客气地说，这也正是二流作者和文学大师的区别。对此我只能来一点自我安慰：也许，对于西方的绅士们来说，他们有足够的闲暇坐在别墅中品味极品名茶，品出其中若有若无的余味；而对于中国人，在精疲力竭的劳作之后，急需一碗味道浓酽的大碗茶来提神，现在我们还没有闲心去“精致”。

再回到那个科幻迷的来信上。她说，《蚁生》中表达了作者对那个特殊年代“蚁生”的厌恶，其实如今的年轻人给老板打工的生活何尝不是一种“蚁生”？我当时一笑置之：这些年轻人说话未免太轻巧了，他们怎么能体会我们当时的痛苦！不过，从另一个角度上看，她的话也是对的。也许，在更高级的观察者眼中，人类与蚂蚁之间并没有我们所认为的那么大的区别。人生即蚁生，哪怕是在十万年之后！

个人阅读与社会环境

2007.11

一个人一时的阅读取决于个人选择，而一生的阅读更多取决于社会环境。我一生中有三次阅读高峰，便是如此。

我家应该算作世家大族，书香门第，但由于“逃老日”、“土改”和多次搬家，等我记事时已经家徒四壁。我记忆里，家中只有账本和一本中华民国地图集。那时蒙古国还在中国版图内，我曾把地图让同学看，结果落得一场“民族沙文主义”的批判。可以说，我家的文化之脉那时已经齐根截断了，一点儿丝缕都不留。这在中国北方是很普遍的现象，南方似乎好得多。那时，我的教师父亲工资较高，但养活一家七口之外，没有余力再买多少书。小学时我一直订有《儿童时代》或《少年文艺》，是我比其他贫民子弟唯一优越之处。正是这两本杂志培养了我对书的热爱。

1960 年，15 岁的大姐因“地主出身”未能考上高中，又被爱才的母校校长留校，成了最年轻的图书馆员。那年我正好小学毕业，便在大姐的图书馆里消磨了整个暑假。记不得当时为什么阅读的净是中国书而很少外国书，反正《红楼梦》、《三国演义》、《水浒传》、《西游记》、“三言”、唐诗宋词等都是那时看的。像文言味儿较浓的《聊斋志异》，也半通不通地啃下来。当时属于“饕餮大嚼”，再加上年少，很难说有什么收获。但有一点是肯定的，就是树立了对中国文学的热爱。记得高中时还认真地傻傻地同朋友争论，是中国古典文学水平高还是西方文学水平高。等我开始创作时，少年看过的东西会自动蹦到作品中来。

还有一点花絮可博一笑：我最初的性启蒙便是从“三言”和《聊斋志异》中得来的，这也是那个“清教徒时代”的特殊情况吧。

中学六年期间也爱看书。那时从学校回家吃饭，步行需近 20 分钟时间，来回六趟。除了晚上天黑无法看，我一般是边走路边看书，还学会了用眼角余光熟练地躲避行人车辆，那时机动车很少，几年下来，落了个终生的近视。那时读的多是中国当代书籍和俄国文学。但总的说，这六年应该是阅读的淡季。

1966 年“文革”开始，然后我下乡、上山，到矿山当矿工。有些作家正是靠这个时间完成了阅读的原始积累，但对我而言，这几年是绝对的阅读空白期。下乡三年，不幸下在一个政治禁锢很严的农场，记得当时唯一敢拿出来看的杂书是一本音乐书《和弦》。矿山同样是文化沙漠。后来调回南阳柴油机厂，环境好了些，但工资太低，从 1971 年的月薪 21 元到 1978 年的 38 元，又忙于养家糊口，读的书很少。人生理解力和记忆力最好的 12 年就这样水一样流逝，现在回想起来，还是我心头的痛。

1978 年我考上西安交通大学。时隔 12 年才得到上大学的机会，当时学习的劲头可想而知。说个笑话，我的宿舍旁一块荒地上有位学生上吊自杀，脚下还有一本手抄的英文单词本，那便是当时我们拼了命学习的留影。不幸，由于弦绷得太紧，二年级下学期时得了严重的失眠症，只好彻底放弃学习。上午听完课，下午就去图书馆看杂书。那两三年中，可以说西安交大图书馆里所有的文学期刊我都看遍了，一期不落，也看了不少西方名著。那是我一生阅读的第二个高峰。这两年的阅读有个特点：由于阅读量太大，也由于失眠造成的记忆力严重衰退，脑海中如乱马践踏，现在回想起来，很难准确回忆起当时读过的作品和作者。

1982 年我大学毕业，直到 1994 年，这 12 年我主要是在石油机械设计专业上下功夫，而且做得也蛮不错，是本单位的学术带头人。文学阅读倒是一直没断，但总的说量不大，也属于阅读的淡季吧。1993 年因偶然原因闯进科幻文坛，头两年写作是靠吃老本，后来痛感要加强营养，于是开始大量购书和阅读。与前两次阅读高峰不同，这次是主动的，阅读范围也是自己选择的。我读的主要是三类书：一是西方科幻作品，因为我并非“门里出身”的科幻迷，虽然在大学时也读过一些科幻作品，但不算多。现在既然要当科幻作者，只能恶补了。二是当代国内主流文学作品。因为我的英文不行，看外国作品只能通过译文，而译文与原文相比难免粗糙，读久了就有些营养不良。所以我有意多看一些当代国内作品，特别是那些文字和结构比较精致的作品，以便吸收一些本土的维生素。三是阅读科普和“科学人文”的文章，像《科学大师佳作系列》、卡尔·萨根的作品、《达尔文医学的新科学》、《时间简史》、《可怕的对称》等。我最喜爱的是那类从“科学平台”上稍稍跨前一步去进行哲理思考的文章，它们几乎彻底改造了我的人生观——更准确地说，它让我原来一些粗线条的、零碎的观点系统化条理化了。我也尽量把我学到的、经我自己多少深化了的观点，在作品中交给读者分享，这也就是常有人称我的作品是“哲理科幻”的缘故。当然，一些激进观点也惹起一些风波，比如《替天行道》发表后在网上引起一番争论，关于病毒的一些文章在网上引起一番论战，这是题外话了。

第三次阅读高峰中还有一点不同的是：我加大了精读的分量。年龄渐长，理解力强而记忆力差，时间也有限，不可能大量阅读，便有意以“精读”来做补偿。我对文学风格的选择比较偏食，对一些比较对我脾味的好作品，我可以反复阅读甚至十遍八遍。随便举几个例子：余华的《活着》和《许三观卖血记》、阿来的《尘埃落定》、毕飞宇的《哺乳期的女人》、金庸的武侠小说，等等。

由于偏食，也有一些公认的经典作品而我不能品味。不怕暴露鄙陋，也随便举几例，作为本文的结束吧。

马尔克斯的《百年孤独》。谁都知道这是一本魔幻主义的经典名著，其语言和叙事的老辣是不用说了，但我不喜欢其中的非理性，不喜欢它情节与手法上的过分繁杂和玩弄技巧，我是耐着性子才把它读完的。

戈尔丁的《蝇王》。我觉得本书的寓言化写作缺少现实的根基，其实是一部概念先行的作品，水平只能算一般。西方先锋派作家最推崇的“隐喻”，也有同样的毛病。

范仲淹的《岳阳楼记》，此乃中国的千古名篇，而且就是在我的家乡写的！其实这篇文章是典型的概念先行，文章的起承转合颇为生涩和勉强。但千百年来,“先忧后乐”的情操欣赏蒙住了中国文人的眼睛。有一次与同乡周同宾老先生闲聊起本篇,才知道他也是同样的观点,原来这样的“吹毛求疵”并非我一人。

科幻小说的“硬伤”和“软伤”

2013.7.25

与其他任何品种的小说不同，科幻小说有一个独特的问题：硬伤。如果小说中出现了硬伤，即那些明显违犯科学知识和逻辑的错误，立即会有一万个眼尖的科幻迷迫不及待地指出来。其实从总体上说，科幻小说中的硬伤是免不了的。作者并非天人，不可能通晓世上所有知识。一部小说中出现个把硬伤，只要不影响阅读快感，读者自可一笑了之。当然，从作者一方来说能避免则当尽量避免，这是作者的责任。

举几个例子吧。这些例子以我的作品为主，这样不必得罪人。

我的一部长篇科幻《海豚人》写道：灾变毁灭人类后，残存的科学家把人类改造成海人和海豚人。他们自由自在地生活在无垠的海洋中，天人合一，绝圣弃智，绝巧弃利。他们主动限制自己的权利，不去干涉虎鲸和鲨鱼吞吃海豚人的“天赐之权”，又因这种有效的自然淘汰而保持着种群的健康，完全摒弃了医学。他们享用自然食物又没有其他物欲，完全摒弃了工业，没有环境污染。海豚人社会中没有竞争也就没有杀戮和战争，全部精力和智力都用在体育上和哲理思考上。天哪，这真是一个理想的社会，读者一定会被它的美丽纯洁所感动——只是不要问一个小问题：

如果出现第二次灾变呢？

在第一次灾变中，人类科学家用科学的力量改变了人类本身，使其能适应新的环境。所以，这种老子式的理想国其实是建基在现代科学的力量之上。而文中所描写的理想国主动自残，弃绝科学之力，也就无法应付第二次灾变。这正是大自然的悖论：科学技术助人类昌盛和强大，但又带来很多副作用。人类对科学是又爱又恨，见不得离不得。如今很多反科学主义者只强调后者而忘了前者。我在本部小说中为了追求艺术感染力，也基本上表现为反科学主义者，立论因而难免片面，是经不起驳难的。

这还算不上是硬伤，只能算是“软伤”。但无论如何也是不足。我的教训是：如果创作时过分追求尖锐鲜明以取悦读者，常常会影响作品的厚重和公允。

再举个硬伤的例子。拙作《活着》中有这样的科幻构思：业余天文学家楚天乐突然发现牛郎星呈现每秒14千米的蓝移速度，从而推断出宇宙已经由温和膨胀转为急剧收缩，进而预言了一个宇宙级的劫难。作为科幻小说，这样的假定完全没问题，有问题的是文中这样一段话：

“要是牛郎星以14千米每秒的速度向中心塌陷，34万年后就会和地球撞在一起。”

这里犯了一个低级错误。要知道，牛郎星的蓝移速度是由宇宙均匀收缩而引起的假象，并非真实的速度，星体相对本域空间其实是静止的，自然不会以这个速度撞向地球。在宇宙急剧收缩过程中，牛郎星和地球确实会互相靠近，其接近速率即宇宙的收缩率，这可以由牛郎星的蓝移速度推算出来。但除非宇宙收缩为一点，两个星体就不会因蓝移速度而相撞。

这个错误是不该犯的，只能说写这句话时没走脑子。后来我自己发现了这个错误，有点汗颜，也因此萌生了另写一部小说以作校正的念头。这就是今年将出版的《逃出母宇宙》——但在新作中是否又会冒出其他硬伤？肯定会有的，眼尖的读者不妨找一找。

无独有偶，刘慈欣的《死神永生》中有一处与我性质相同的硬伤。他以天马行空的想象力提出了这样的科幻构思：在应对“黑暗森林”的努力中，地球人最终发现了有效的“安全声明”，即开发曲率驱动技术，该技术有双重功能：既能使飞船达到光速以便逃生，又能降低本空间的内禀光速从而造成“黑域”，以地球人的技术自残来求得森林猎人的宽恕。

就构思本身而言无可非议，只是逻辑上有点漏洞——没有考虑到星体和空间并非一体。所有星体在空间中都有高速运动，比如太阳绕银心旋转的速度是250千米每秒，而银河系相对周围恒星、地球相对太阳也都在运动。这种速度是真实速度，并非前文所说的因空间胀缩而形成的假速度。那么就会有一个合理的推断：在某星体附近产生的黑域马上会被该星体抛在后边，留在静止的空间。类似在静水中定向游动的乌贼，其喷出的墨汁将会在身后形成一条长带。这样的带状黑域无法藏起地球，更无法起到安全声明的作用，因为地球总有一天会冲出带状黑域，森林猎人会觉得还是毁了你最安全。

这个硬伤属于结构性硬伤。所谓结构性硬伤是指：如果舍弃它，小说情节就无法继续。在这种情况下，作者可以舍车保帅，仍旧以这个构思来组织情节而把硬伤藏到水面下。前面说过，只要不影响读者的阅读快感，小说中有个把硬伤不是什么了不起的事——我想恐怕没有太多读者发现这个硬伤从而影响了阅读快感吧。当然，不管怎么说，只要有硬伤就多少是个遗憾。

说过举例不涉及别人的，还是涉及了。一笑。

本文最初发表于《文艺报》2013 年 11 月 22 日第 7 版。

我读《不朽神皇》

2011.3.11

郑军的《不朽神皇》可以说是《星球大战》的后传，是在原故事的平台上新构建的故事。这种写法有一定风险，由于作者的中国人身份，再加上读者潜意识中一些无法言明的情结，他们会以格外挑剔的目光来阅读这种中西合璧的小说，感情上有先天的疏离——直到小说以其内在的力量来克服这种疏离感。就我本人而言，我是在读到小说的三分之一处时才进入了小说的意境。

《不朽神皇》秉承原著的宗旨，在浩瀚的宇宙背景下，构筑了一个波澜壮阔的英雄传奇。作者善于组织情节，设置悬念，使小说的张力一直保持到最后。小说中随处可见机智的情节，比如，当面临善恶的最终决战时，那位不朽神皇，一个小人出身的假枭雄，无法以自己半瓶醋的“原力”来对抗真正的杰迪武士玛希塔，于是他便处心积虑地设置了一个黑暗的陷阱，以自己多次转生后留下的活尸来围攻对手，这样的魔鬼心计实在是匪夷所思，而玛希塔的破解之术同样出人预料——而且完全在情理之中！作者熟悉武侠文化，并把它天衣无缝地编织进科幻小说中。比如小说中有“化功大法”——一个中国读者十分熟悉的名字，但在本小说中它被赋予新的科幻含义，是指物质和能量之间的转换。于是一个旧名词便有了一个妥帖的新含义。《不朽神皇》中随处可见中国武侠小说的影子，我认为这是一次比较成功的尝试，因为，银河传奇故事和中国的武侠文化有天然的相通，两者都不追求科学和逻辑上的坚硬，不关心那种无所不能的神通广大的“原力”究竟是什么玩意儿，而是以瑰丽奇崛的想象来征服读者。像郑军这样把武侠文化活化活用于科幻小说，大大丰富了后者的内涵。当然，对于不熟悉武侠文化的国外读者来说，恐怕就难以体悟到这些精妙之处。

《不朽神皇》人物众多，形象栩栩如生。这里有小人出身的假枭雄，有正气浩然的新一代杰迪武士，有默默无闻的殉道者安达，有心地不脱良善的江湖骗子银河天女，有在暴政下愚昧麻木的民众，有政坛上的老油条，也有只会在科幻小说中出现的形象，诸如隐身人、气体人、人机转化者，等等。作者在带领读者进行想象力的狂欢时，也时刻记着一些比较沉重的东西，那就是对道德和责任的追求，对自由、光明和正义的追求，对暴政、愚昧和黑暗的鞭挞。这就使小说有了坚实的思想之核。

就我本人的阅读体验来说，觉得小说的前半部分节奏慢了一点。其实这也可以理解，作为《星球大战》的后传，必然要对前文有所交代，使前后能够有圆满的衔接，只是这个“过门”稍长了一些。我觉得本文最大的不足之处是缺少真正的英雄（枭雄）。凡是喜爱银河传奇的读者都有相对固定的阅读期望，那就是看到一个正气浩然的英雄，或者是邪气浩然的枭雄。而在本小说中，除“过门”中出现的莱娅公主和帕尔帕丁外，后来的人物都嫌分量不足。对本书中的主人公，杰迪武士的传人玛希塔，作者虚写的比重过大而实写的比重过小，其丰满度稍嫌不足。而且当她以宗玛的名字出现时，其形象与以后的玛希塔有一定的距离，作者在描绘人物与设置悬念之间的两相兼顾方面尚未做到完美。至于那位从小人转化为“不朽神皇”的安努，其形象相当立体化，从文学上是成功的。但这种形象猥琐的小人物不符合读者对“传奇”的阅读期望，无法担起《不朽神皇》这个书名。不过据作者说，本书只是一个系列长篇的第一部，因而故事还远远未展开。相信作者在后几部中会对我的疑问做出圆满的回答。

漫谈核心科幻

2011.6

何谓科幻小说？何谓硬科幻和软科幻？这些概念性问题至今众说纷纭。其实这不奇怪，因为科幻小说是个包容性很强的文学品类，它的边缘部分与奇幻小说、侦探小说、推理小说、探险小说、惊险小说、恐怖小说、言情小说乃至纯文学作品并无清晰的边界；或者说，科幻小说并非绝对的同质集合体而是一个模糊集，所以，想对科幻下一个严格的定义其实是缘木求鱼。当然，科幻之所以为科幻，是因为在这个模糊集的核心是这样一类科幻：它有着突出的“科幻”特质，也很容易区别于其他文学类型，我把这部分作品称之为“核心科幻”。它就像一个螺旋星系的中心，容易给出比较准确的界定。

一、核心科幻的特点

依据我个人多年的创作经验，核心科幻应该具备如下特点：

第一，宏大、深邃的科学体系本身就是科幻的美学因素。按科幻界的习惯说法：这些作品应充分表达科学所具有的震撼力，让科学或大自然扮演隐形作者的角色，这种美可以是哲学理性之美，也可以是技术物化之美。

第二，作品浸泡在科学精神与科学理性之中，借用美国著名的科幻编辑兼科幻评论家坎贝尔的话说，就是“以理性和科学的态度描写超现实情节”。

第三，充分应用科幻独有的手法，如独特的科幻构思、自由的时空背景设置、以人类整体为主角等，作品中含有基本正确的科学知识和深广博大的科技思想，以润物细无声的方式向读者浇灌科学知识，最终激起读者对科学的尊崇与向往。

至于科幻小说的文学性，其所承载的人文内涵和对现实的关注等，可以说与主流文学作品并无二致。实际上，由于核心科幻的上述特点，它往往更宜于表达作者的人文思考，表现科技对人性的异化。

从如上三个特点可以看出，我所指称的核心科幻比较接近于过去说的硬科幻，但也不尽然。像宗教题材的《莱博维茨的赞歌》，就基本符合上面三条标准，应该划入核心科幻。核心科幻与其他科幻作品同样没有清晰的边界，是按科幻作品这个模糊集合的隶属度大小而形成的渐变态势。粗略说来，如果隶属度高于 0.8，就可以作为典型的核心科幻作品。

核心科幻与非核心科幻仅仅是类别属性的区分，作品本身并无高下之分。实际上，在科幻发展史上不少名篇更偏重于人文方面而缺少“科学之核”，划归不到核心科幻范围，如《1984》《五号屠场》《蝇王》等。当代国内著名科幻作家刘慈欣、王晋康、何宏伟的大部分作品能归入核心科幻，而韩松的作品则大多偏重于人文方面而不属于核心科幻。

虽然就个体而言核心与非核心作品并无高下之分，但如果就群体而言，就科幻文学这个品种而言，则一定要有一批，哪怕是一小批优秀的核心科幻来做骨架，才能撑起科幻这座文学大厦。否则科幻就会混同于其他文学品种，失去了其存在的合理性和必要性。

虽然核心科幻的定义接近于硬科幻，但依我看来，前者要比后者来得精确，因为后一种提法将软硬科幻并峙。实际上，从功能上不能并列，核心科幻是骨架，从数量上也不能并列，软科幻的数量要多于硬科幻。尤其是，核心科幻的提法更能突出“科学是科幻的源文化”这个特点，更能反映“科幻是一个模糊集合”的属性。

二、核心科幻与科幻构思

核心科幻与其他科幻之不同是，它特别依赖于一个好的科幻构思，这也正是科幻与主流文学作品最显著的区别。如拙作《生命之歌》就建基于这样一个科幻构思：生物的“生存欲望”这种属于意识范畴的东西其实产生于物质的复杂缔合，它存在于 DNA 的次级序列中，就其本质而言是数字化的。

什么是好的科幻构思？个人认为有几点判别标准。

第一，它应该具有新颖性，具有前无古人的独创性，科学内涵具有冲击力，科学的逻辑推理和构思能够自洽。

第二，它和故事应该有内在的逻辑联系，对故事情节的发展有内在的推动力。

第三，科幻构思最好有一个坚实的科学内核，能符合科学意义上的正确。这儿所谓的“科学意义上的正确”是指它能够存活于现代科学体系之中，符合公认的科学知识和科学的逻辑方法，不会被现代科学所证伪，但不能保证它能被证实。换一个说法：科幻文学是以世界的统一性为前提的神话故事，它建立在为所有人接受的某种合理性的基础之上。

上面说的第三个要求就比较高了，因为科幻说到底是文学而不是科学。但如果能做到这点，作品就会更厚重，更耐咀嚼，更能带给读者以思想上的冲击。

创作核心科幻，成功的前提就是对科学持有炽热的信念。当代很多中国科幻作家的作品中，能随处触摸到对科学大厦和大自然的敬畏之情，虽然对科学的批判和反思也是科幻文学永远的母题，但这些批判实际都是建立在对科学的虔诚信仰之上的。

三、科幻园地的生态平衡

在上世纪九十年代，中国科幻建立了几个重要的概念：科幻就其本质来说是文学而不是科普，客观上虽然具有科普的价值，但不直接承担宣传科学知识的任务，小说中包含的科学元素或科幻构思不必符合科学意义上的正确。这些认识打碎了往日的创作桎梏，使得科幻真正作为一个文学品种蓬勃发展起来。但事情总有两面性，如果一味强调这一面，科幻的“科”字就会被消解，科幻小说就有被奇幻（魔幻）或其他兄弟文学品种所同化的危险。在今天的中国科幻作品中，科学的影响力在下降，作品越来越魔法化，空洞化。新作者们生长在高科技时代，但也许是“久入兰室而不闻其香”，不少人只是把作品中的科学元素当成让人眼花缭乱的道具，作品成了视觉的盛宴但缺少了科学精神，缺少了坚实的科学内核。作为作者个人来讲，写这样的作品无可非议，前边说过，科幻是个包容性很强的文学品种，完全应该包含这类作品。读者是多元的，这样的作品自有它的读者群，其数量甚至多于核心科幻的读者群。核心科幻的作品也可以是畅销书，但那主要得益于故事性等文学元素，因为能够敏锐感受“科学本身的震撼力”的读者常常是少数。但从科幻文学整体来讲，这个趋势的过度发展必将过度消费科幻文学的品牌力量，异化科幻的特质，失去科幻独特的文学魅力。

从某个角度说，这不是科幻作者应该关心的事，他们尽可按自己的爱好和特长自由自在地写下去。至于如何保持科幻园地的生态平衡，保持科幻文学不同于其他文学的特质，那应该是编辑们、科幻理论家和出版界的职责。但如果科幻作家们能够自觉地意识到这一点，也许会更有利于科幻园地的生态平衡。

四、科幻与科普之关系

科幻与科普历来有着千丝万缕的联系，尤其在中国，科幻文学更是直接脱胎于科普，所以早期中国科幻作品带有很强的科普性质和功能取向。今天在为科幻大声疾呼的声音中，也多是推崇科幻文学“能激发青少年的想象力和创新思维，浇灌科学知识，培养科学理性和科学方法”。如果今天我们说“科幻不是科普”，说“科幻不直接承担宣传科学知识的任务，作品中包含的知识元素或科幻构思不必符合科学意义上的正确”，从感情上说真的难以被人们所接受。

对科幻的这种希冀的确能够满足不少读者的精神需求，但在总体概念上不能将科普与科幻混淆，因为科幻就其本质来说是文学而不是科普，这一点毋庸置疑。像前文所述的《1984》《五号屠场》《蝇王》及韩松的《地铁》等作品，如果硬叫它们承担上述职责，那就如逼公鸡下蛋一样可笑。换句话说，如果硬拿上述标准来苛求科幻，那么科幻文学史上就会丧失相当一部分经典作品。不过，科幻文学确实能承担上述社会职责，但这要由科幻文学中最核心的那部分，亦即核心科幻来承担。

所以正确的提法是：就科幻文学的整体而言应该推崇“大科幻”的概念，

不要去刻意区分科幻奇幻、软科幻硬科幻，不要把“符合科学意义上的正确”作为科幻作品的桎梏，不必刻意强调科幻的科普功能，这样才能给科幻文学以充分的发展空间，广泛吸引各种口味的读者，促进这个文学品种的大繁荣；另外要强调核心科幻在科幻作品中的骨架作用，强化其社会责任，这样既能强化科幻文学的生命力，对社会而言也是功德无量。

当然，我们不必在用词上过于刻板雕琢，但今后科普理论家们谈论“科幻文学能激发青少年的想象力，培养创新型思维，浇灌科学知识，激发对科学的兴趣”时，心中应该有一个明确的定位——他所说的科幻文学实际是指“核心科幻”。

本文最初发表于《科普研究》2011 年第 3 期。

科幻与现实，东方与西方

2013.5

科幻文学应该是最为世界性的文学品种，因为科幻文学的源文化之一是科学，而科学是唯一的，没有所谓东方科学和西方科学之分，没有所谓的中国物理学和美国物理学之分。但科幻作家是有国籍和族别的，他们一生生活在某个族群中，耳濡目染，潜移默化，形成了特定的观点、信仰、习俗，甚至连思维方法也不尽相同。这些特色当然会在作品中表露——尤其是对于我们这一代的中国科幻作者，因为我们有太多的独特的人生经历。

我青少年时经历了“文化大革命”，“文革”对国家和民族来说是一场劫难，但对我来说同时也是一段宝贵的经历，是锻冶心灵的熔炉，是创作素材的源泉，这是其他国家尤其是西方国家的作者无法比拟的。我的长篇科幻小说《蚁生》就是这段经历的沉淀，文中除了一点科幻元素——小说主人公发明的蚁素，能让服用者产生如蚂蚁般的利他主义——其他全是我个人的亲身经历。文中说：“我最反感这样的机制：一个独自清醒的、高高在上的、宵旰焦劳的上帝，放牧着一群幸福的、浑浑噩噩的蚁众。我既不想成为这样的蚁众，也不想成为这样的上帝。”这正是“文革”之后我的反思。它结晶于扭曲的生活经历，结晶于作者个人的血泪、痛苦、迷茫、迷失的激情、崩溃的信仰，等等，因而其分量就重于那些纯粹从纸面上得来的感悟。中国的科幻作家，尤其是我们这个年龄段的作家如刘慈欣、韩松、何夕和我，作品常常与现实有割不断的联系，那是因为，现实给我们的感受太痛切了。

现在回想起来，“文革”前我所受的教育，在“文革”后还能保存下来的主要有两点。

一是那些教育中对宗教的批判。我认为这些批判是犀利的，基本上是公正的，因而成就了我彻底的无神论和对科学的信仰。我们这一代的中国科幻作者大抵都是如此。因为这些观点和信仰，中国科幻作家更能“轻装”思考，少了一些宗教的、道德伦理上的桎梏。中国科幻作品中并非没有宗教情绪，并非没有上帝，但我们的上帝只是大自然的别称。我的一个短篇《替天行道》中就有上帝登场，他判令那些发明了粮食种子自杀基因的美国社会精英堕入地狱。上帝斥责说，“你们的行事虽然符合人间的规则，即以商业利润来推动科技的发展，但不符合天道。人间的规则只能短期有效，而天道永恒。”这个上帝是斯宾诺莎的上帝。

我的作品中，对科学的自省、反思和批判占了很大比重，但归根结底，这些批判建基于对科学的信仰之上，是爱之深而恨之切。

我青少年时代所受的教育保留下来的第二部分，其实基本归属于儒家思想，像社会责任感、对仁善的信仰、对权威的尊重、集体主义，等等。

1977 年，中国的“文革”结束，邓小平领导了改革开放。我那时已经 30 岁，当过三年下乡知青，八年工人，在离开学校 12 年后进入大学。虽然我的专业是工科，但四年当中我浏览了西安交通大学图书馆里的所有杂志，也看了不少书。大学毕业后的几十年，特别是写科幻之后，又恶补了一些科学人文方面的著作。中国古典名著《西游记》中说，孙猴子偷吃了太上老君的仙丹，有生有熟，又经过八卦炉的煅烧，最终炼就了金刚不坏之身。我们这些人间的猴子也是遍吃了各种仙丹，经过凡间几重劫火的煅烧，最终煅烧出了我们对世界的认识，这当然会反映到作品中。

比如我的长篇科幻小说《十字》就来自一个中国科幻作者的独特思考。从希波拉底时代开始，西方医学就与人道主义密不可分。西方医学建基于对个体命运的关切之上，医学的目的是一行大写的金字：救助个体，而不是救助群体。但我在阅读了有关“达尔文医学”的介绍之后，觉得它的观点——医学既要救助个体，也要考虑人类的整体利益——更适合东方人的气场，或者说东方人的思想体系。经过十几年思考后，我创作了长篇科幻小说《十字》，文中的科学家反对把天花等恶性病毒斩尽杀绝，认为人类从长远上说不可能生活在病毒真空中，因为这种病毒真空一旦形成，势必成为人类头顶的达摩克利斯之剑，主张人类与病毒以某种方式和谐相处。小说中说："上帝只关爱群体而不关爱个体，这才是上帝大爱之所在。"我认为这正是达尔文进化论的精髓，是进化论的文学表达。因为在自然界的动物种群中，上帝是以对个体的无情淘汰来保证种群的整体抗病能力，这与人类医学的宗旨正好相反。这些观点可能不符合今天社会尤其是西方社会的主流思想，但我认为它不失为有益的严肃的思考。

我在前年写了一部长篇科幻《与吾同在》，扉页的题字是：上帝与吾同在，善恶与吾同在。小说宣扬的是这样一种观点：人性本恶。恶才是历史前进的驱动力。但在群体进化的过程中，大恶的粪堆上也能长出一枝善之花。随着文明的进步，人类内部会逐渐建立一个个共生圈并逐步扩大，圈内是以善和利他主义为主流。但无论如何，共生圈外肯定是以恶和自私竞争为主流。善恶永远与人类同在，这可以说是人类社会学的第一公理。这些观点不大见容于社会的主流，但我认为，这才是对历史的准确提炼，也是对当今世界政治现实的准确阐述。

二十世纪八十年代，整个中国科幻文坛曾遭遇过一场不公平的批判，被冠以"伪科学"的帽子，使这个文学品种几乎被连根拔除。直到今天，中国科幻仍基本活在社会主流之外，是一朵独自开放在荒野僻壤的小花。不过，也许这种地位更适于科幻作家静下心来思考一些问题。由于历史的原因，中国科幻与世界科幻的交流也太少，更准确地说，交流大体上是单向的，这些年来，中国作家能及时全面地欣赏国外的科幻作品，以美英作品为主，而国外比较难于了解中国的作品。这中间的梗阻主要是因为中文，它对于外国人来说太难了。其次是因为经济基础，尽管中国在崛起，但作家的直接感受是：就目前中外的收入水平来说，我们付不起国外一流翻译家的翻译费。不过，这种情形已经逐年改善，相信到不远的将来，中国科幻作品也能大踏步地走向世界，也许会成为美国之外的另一个世界科幻重镇。

从斯诺登扯到科幻

2013.7

科幻作家都能扯，今天我要从斯诺登扯到科幻。

斯诺登孤身一人上演了一场惊天动地的大戏。我一直好奇，这哥们儿的作案动机中究竟有多少比例为保护公民隐私权而战的信仰，有多少比例的好玩和想出名。不过，即使有后两者的成分，他在我心目中也是一个大英雄。毕竟我本人不是圣人，也不会苛求其他人必须是圣人。

看不懂的倒是这个世界，尤其是这个世界的主流部分。斯诺登所捍卫的，不正是西方世界一直奉为圭臬的东西吗？为什么这位殉道者反倒成了西方世界的魔鬼？美国政府以很不客气的语气让中俄两国交出罪犯，那种道义上的优越感实在让我佩服。他们全然没有打个颠倒想一想：俄罗斯刚从斯诺登口中得知本国总统曾被西方特工窃听，在这种情况下他们会老老实实把斯诺登交出来？能这样做的总统未免太软弱。此后斯诺登在美国的超强压力下走投无路，只能求助于任何愿意收留他的国家，这时又有美国人跳出来振振有词地说，他向独裁国家靠拢，表明他的原始动机就不纯。这种论述正应着一句中国古话：欲加之罪，何患无辞。

西方国家在斯诺登事件中表现了空前的团结，这些曾顶着中国的强大压力接踵与达赖会面的政要们，此时突然对“道义”这俩字同步失忆。没有哪个西方政要支持斯诺登，更有几个国家为讨好美国而不惜拒绝玻利维亚总统入境，这样的处事方式已经越出了外交的底线，把玻利维亚及南共市国家得罪苦了。但美国和玻利维亚哪头轻哪头重，那几个当事国心中自有掂量。

中国香港处理此事的手法非常成熟：趁事情没闹大时请斯诺登赶紧走人，得以早早避开这潭浑水。当然，从这种做法中只能看到政治操弄的娴熟，看不到什么道义的光辉。斯诺登刚到俄罗斯时，普京曾说过一些掷地有声的话，令我心生钦敬。但普京很快改口，说斯诺登留下的条件是“不再伤害我的美国伙伴”，让我怏怏地收回了此前的钦敬。如果他说“斯诺登老弟啊，我很想留你，但身为总统我得照顾大国关系，不能把美国彻底得罪”，那我肯定会理解他。他眼下说的这句话，怎么看都透着虚伪。

总之一句话，斯诺登所激起的人性大暴露，让我们这些痴迷于人权、自由、隐私权保护、普世信仰的傻哥们儿很迷茫，很汗颜，很不适应，因为现实把我们心目中很神圣的一些东西毫不怜惜地摔碎了。

好，现在我要往八竿子打不着的科幻上扯了，如果以下的话有为自己作品做广告的成分，也请大家宽容我的不纯动机。在拙作长篇科幻小说《与吾同在》中阐述了这样的观点：人性本恶，但在群体进化的过程中也会产生利他主义，大恶的粪堆上会开出孱弱的善之花。历史的主流是邪恶，恶是推动历史前进的动力。但在恶的海洋中也会出现善的小岛，我称之为“共生圈”。共生圈内以善、和谐、利他为主流，在圈外则是以恶、争斗、利己为主流。随着人类文明的发展，共生圈逐渐扩大，从个人、族群或家族逐步扩延到民族、国家乃至泛国家。但只要共生圈未能涵括整个人类，那么圈与圈之间的丑恶就不可避免。

眼下人类离大同世界还远着哩。现实政治中，西方世界形成了一个最大的共生圈，在这个圈内也确实是以善、和谐和利他为主流，有民主、人权、自由、隐私权等一大堆好东西。这就使西方政治家们说话有底气，常常以道德裁判自居。但这个共生圈并未涵盖整个人类，没有包括中国、俄国、南共市国家、伊斯兰国家等。而在各共生圈之间，占主流的还是丛林原则，是政治权术、钩心斗角、沆瀣一气、翻云覆雨以及一些小偷强盗的干活。奥巴马对记者承认，监听窃听是各国的政治常态，他说得一点都不错。错的是，既然承认这样的现实，就不要总摆出道德楷模的样子。当了性工作者就不要再立牌坊。

刚才说过，过于痴迷人权、自由、隐私权、普世信仰等好玩意儿的傻哥们儿，会对斯诺登事件所揭示的脏世界感到迷茫。但如果以我的“共生圈”

观点来剖析世界，脉络是不是立马明晰了？有些中国人很为美国不在钓鱼岛风波中说公道话而愤然，这种愤然未免幼稚。美国总统绝不会为共生圈外的人仗义执言，他也没义务这么做，他首先要护的是自己圈内的小兄弟。而且这样行事的并非只有美国，各国都是如此。世界政治中，涉及主权的问题历来最难解决，其根源就是：要想解决主权问题只有一种办法最彻底——让争执双方进入同一个共生圈，也就是实现世界大同。这当然不是一两天就能实现的。而在世界大同没有实现之前就不可能有普世信仰，至少说，没有全世界都承认的道德法官。

这么说来，我们不必对西方世界在斯诺登事件中的恶劣表现而义愤。斯诺登尽管捍卫的是西方的信仰，但他对美国的国家利益尽管是脏利益伤害太重，已经被扫地出门，变成西方共生圈外的人了，当然得全“圈”共讨之，而“普世信仰”之类的好东西只能暂时封存。中国香港政府、俄国总统的作为也都是为了本集团的最大利益，虽然不值得钦敬，也不必指责。我佩服的是那些为斯诺登仗义执言的西方知识分子，他们是世界政治粪堆上长出的善之花，虽然孱弱、分散，但他们是未来实现世界大同的希望。

科幻作品中的“科幻构思”

2015.5.6

科幻文学是文学，需要遵循一般的文学创作规律；但它又是特殊的文学，既以生活为源也以科学为源，因而具有一般文学所没有的特殊性。其中有一条最重要的、不同于其他任何文学品种的创作手法，就是所谓的“科幻构思”。在科幻小说的创作中，尤其是在那些被称为“核心科幻”的科幻作品中，“科幻构思”是不可或缺的东西。

所谓科幻构思，就是小说中一种与科学有关的设定。这种设定基于科学基础和科学理性，它将参与构建小说的整体骨架，成为推动情节发展的内在动力。举例来说，英国科幻作家克拉克的《岗哨》中的主要科幻构思是：在月球发现了一个外星人留下的黑色长方体，形状简单但却蕴含着极高科技，后来发现它是高级文明留在地球的岗哨。这个构思不仅是本篇故事情节的推动力，也是哲理内涵的象征，因为，极简和极美正是科学家们对大自然绝妙机理的描述，是科学家的信仰。一位英国科幻作家鲍勃·肖的名篇《昔日之光》中，构思了某种能留住时光的慢玻璃，从而铺陈了一个凄美的爱情故事：一位在车祸中痛失妻女的男人在此后几十年中，一直靠观看窗玻璃中所展示的几十年前的生活场景而活下去。国内作家何夕的短篇科幻《小雨》中有一个非常新颖的科幻构思，说一个为情所苦的女子基于电脑的分时制原理而“同时”与两个恋人共同生活，而这两个生活都是由无数个时间片断所拼凑出来的貌似完整的生活，等等。以上列举的是短篇科幻，一部短篇科幻中一般只有一个科幻构思，或一个主要的科幻构思。长篇科幻同样离不开科幻构思。美国科幻小说家克莱顿的《侏罗纪公园》中，一个主要构思就是：可以用琥珀中蚊子腹内的血来提取恐龙基因，从而复制出活的恐龙。我的一部小长篇《生死之约》中的科幻构思是：科学家发展了一种修补基因端粒的技术，实现了人类的准长生，但这位世上唯一的长生人为了不造成人类社会的崩溃，怀揣着这个秘密而自杀。与短篇科幻不同的是，长篇科幻小说中常常不止一个科幻构思，如中国著名作家刘慈欣的《三体》中，各种科幻构思接踵而来：智子、水滴、曲率驱动、慢光速等，令人目不暇接。

对于科幻作家来说，一个出色的、前无古人的科幻构思是非常难得的天赐之物，可遇而不可求。科幻构思的优劣对科幻小说的文学感染力非常重要，尤其是对于短篇核心科幻作品，有一个出色的独特的科幻构思，这部小说就成功了一半。

好的科幻构思有以下的特点：

一、它应该具有新颖性，具有前无古人的独创性。科幻不是科学，按说不存在“首创”的问题，但其实不然。由于科幻作品主要是其中的核心科幻作品同科学有剪不断的联系，因而不可避免地具备科学的某些特质，比如，科幻构思是否“首创”就直接影响到作品的感染力。克拉克在《太空喷泉》《太阳风帆》两部作品中首先提出了“太空升降机”“光帆驱动式宇宙飞船”的技术设想，虽然据考证这两种技术创意并非他首次提出，但却是他首次用于科幻作品，并把这些设想传播得人尽皆知。那么，在科幻文学领域中，可以认为他的这两种科幻构思都属于首创。拙作《生命之歌》是基于这样的科幻构思：所有生物普遍具有的生存欲望是一首大美的生命之歌，但它其实是数字化的，隐藏在所有生物基因的次级序列中。它可以被破译，输入到机器智能中，使机器人也具有生存欲望，从而成为真正的人。这种科幻构思也是前无古人的，因而对读者有较大的冲击力，受到读者广泛的好评。

关于科幻构思的“首创”性质，我在这儿说一点花絮。我曾提出“终极能量”的科幻构思：科学家发明了一种方法，可以让任何普通物质甚至人体自身都释放出符合 $E=mc^2$ 量级的巨大能量。我以这个科幻构思创作过两部短篇，《终极爆炸》和《爱因斯坦密件》，后者以笔名“野狐”发表。两部小说的故事和人物是完全不同的，如果作为一般的文学作品毫无问题。但因为两者都使用了“终极能量”的构思，一位铁杆科幻迷读者甚至向杂志社投书，说野狐剽窃了王晋康。这件趣事从侧面说明了读者对科幻构思首创性的看重。

二、它应该是有冲击力的，能够表达科幻本身所具有的震撼力。我常说科幻作家只是半个作者，另外半个作者是上帝，是大自然，是大自然的精妙机理，是揭示了这些精妙机理的科学。科幻作品如果能够向读者传达大自然和科学本身的震撼力，就会与读者的心灵发生共鸣。而一个好的科幻构思，恰恰是表达“科学本身的震撼力”的最重要手段。

看过《三体》的人，大概都不会忘记文中关于“水滴”——一种基于强作用力的超级武器的描写，这个科幻构思就很好地表达了科学本身所具有的震撼力。这种震撼力可以是视觉的、感性的，也可以是非视觉的、理性的。拙作《养蜂人》向读者介绍了一种被称作“整体论”的哲学观点。由于这种观点本身所具有的深刻的理性力量，这篇作品也拨动了很多读者的心弦。

三、科幻构思最好成为推动情节发展的内在动力，而不仅仅是作为道具和背景。首先要说明一点，科幻因素完全可以仅仅作为道具或者背景，这样的成功作品比比皆是。在那些“偏软”的、更偏重人文内涵的经典作品中，诸如《1984》《五号屠场》《地铁》等，科幻常常只是背景。在科幻文学的一个重要门类——“太空歌剧”中，科幻也基本只是背景。

但在核心科幻作品中，科幻构思一向是故事发展的内在动力。如果抽掉它，整个小说就完全塌架了。上述例子中,《太空喷泉》的故事中无法抽掉太空升降机的构思,《昔日之光》的故事中无法抽掉慢玻璃的构思,《小雨》中无法抽掉“分时制”的构思，因为它们与故事情节血肉相连。

科幻构思对作品的推动作用，有时仅限于对故事情节的推动，如拙作《三色世界》中的读脑术，何夕《伤心者》中的微连续理论；有时不光推动故事情节，甚至直接参与故事主旨的阐释，如拙作《生命之歌》中的“所有生物都具有生存欲望”的构思，对作品的主旨的推动力就是内在的，深层次的。总的说来，当一篇科幻小说的科幻构思真正成了小说的内核和骨架时，就更能充分表现这个文学品种所独具的优势，能够充分表达科学本身所具有的震撼力，以科学的感性之美和理性之美来打动读者。

四、科幻构思并不一定符合科学的正确，但在作品中必须自洽——但如果能够符合科学的正确则更好。首先要说明，这儿所谓“符合科学的正确”，只是指这个构思能存活在现代科学体系中，符合公认的科学知识和科学的逻辑方法，不会被已有的知识所证伪，但也不要求它能被证明，只是“有可能正确”的。

从总体来说，科幻小说绝不是科学论文，并不要求科幻构思符合标准科学意义上的正确。只要它的科幻构思能在全文中自洽，那就足够了。美国著名作家贝斯特在《群星我的归宿》中假定人们能够“思动”，脑中一想就可以身在亿万光年之外；还有主人公在情绪受激时就会出现老虎面孔，这些假定更接近于神话玄幻而非科幻，但它同样是一部名作。又如，科幻作品中关于时间机器的作品汗牛充栋，但时间机器这种构思，至少以当今的科学水平来说是不可实现的，不符合科学的正确。

如果一味强调科幻必须符合科学的正确，必将给科幻发展套上人为的桎梏。中国科幻发展史上就曾有过一段悲剧，某些科学界人士以某些科幻作品不符合科学性为由，对科幻大加挞伐，几乎使科幻陷于灭顶之灾。

但事情都是两面的，话又说回来，如果科幻构思大体符合科学意义上的正确，或者至少它比较符合科学，能给人以科学上或思想上的启迪，那就更为难得。前面说过的克拉克的两个科幻构思：光帆和太空升降机，已经成了科幻史上最著名的例子。这两部作品之所以成功，不仅在于科幻构思的首创，而且在于它们完全符合科学的正确。这两种技术设想当年属于科幻范畴，但现在则已经初步实现或已经提上了科学家的工作日程。上面说的是技术性的构思，也可以是哲理性的构思。科幻读者，尤其是核心科幻作品的读者，都是一些对理性思维嗜痂成癖的人，如果他们觉得作者的科幻构思既“出人意料”，又“埋所当然”，那么，他们就会在阅读中获得智力的快感。比如对于我来说，当我阅读到特德·姜以“预知未来”这个角度重新阐释人所共知的光线折射定律时，当我阅读到刘慈欣以改变空间张力来进行曲率驱动的构思时，我都会感到智力的快感；相比之下，当我阅读贝斯特的“思动”时，就没有这种如饮醍醐的感觉。

今天的科幻杂志上最多的是这样的作品：它们写得中规中矩，文笔流畅，结构合理，情感细腻，人物都站得住，也能让读者获得阅读的愉悦感。但它们缺少过硬的科幻构思，在时间的冲刷下，它们很快就会在读者的记忆中变得模糊，变得“千人一面”。只有那些有坚硬骨架的作品，虽然也会被时间冲蚀掉大部分的肌肤，但那个骨架还会顽强地留在读者的记忆中。这个骨架可以是上面说的独创的科幻构思，可以是让读者产生仰视感的哲理内核，它也可以理解为哲理性的科幻构思，可以是翔实、新颖、他人未曾道过的技术细节，也可以是出色的故事结构，出色的逻辑机锋，等等。但毫无疑问，科幻构思在其中起着独特的可以说最重要的作用。总之一句话，作为与科学有密切关系的一种特殊的文学品种，科幻作品应该自觉地利用自己的独特优势，自觉借用科学的力量，这样才能创作出优秀的核心科幻作品。

《百年中国科幻小说精品赏析》导言

2013.9.25

一、科幻小说的定义、文学分类、审美价值和文化价值

什么是科幻小说？国内外学者下的定义林林总总，但都无法完整准确地覆盖所有科幻作品。科幻小说是一个包容性很强的文学品种，确实无法用一个准确、严格的定义把它与其他文学品种截然分开。所以说，这本身就是一项注定无法完成的西西弗斯任务。但是，科幻小说又必须有一个定义，或者说作为一个文学品种来说，它必定有独有的特质，有不同于其他文学品种的品性，否则这个文学品种就没有生命力，没有存在的必要。

其实，对于那些最具有这个文学品种特质、最核心的科幻作品，确实是能做出准确定义的。我们认为，美国著名科幻作家艾萨克·阿西莫夫那个相对简单的定义就适用于科幻作品的核心部分，它应能经得起历史的考验：

科幻可以界定为处理人类回应科技发展的一个文学流派。

这个简洁的定义表明：①科幻小说属于文学，所以它的主要社会功能并非向大众传播科学知识或进行科技预言，因而不能把科幻和科普相混淆。并非说科幻小说拒绝这些功能，但它仅是次一级目标；②科幻小说的主要社会功能，是以文学手段处理人类如何回应与科技发展有关的种种问题。

从这个定义推演，还可列举出科幻小说所具有的其他特质。以下所说的特质均针对核心科幻，非核心科幻作品并不一定具有或不一定全部具有它们。比如：

科学是科幻的源文化；

科学理性是科幻文学永远强劲的贯通性主线；

科学与大自然之美本身就是科幻作品的美学因素，与文学上的美学因素并列；

科幻作品常常是以人类为种族，以整体的人类为作品主角。科幻常常把关注人类起源、人类生存目的和人类终极命运作为主命题；

科幻在关注现实和历史的同时，更多地关注未来；

科幻小说常常有一个符合科学理性的、新颖的科幻构思，它应是故事情节的第一推动力。这是核心科幻作品与其他文学作品的显著区别，等等。

美国大师级科幻编辑小约翰·伍德·坎贝尔说，科幻小说就是“以理性和科学的态度来描写超现实情节”，他对理性的推崇与上文所说的特质是一致的。另一位大师级编辑雨果·根斯巴克说：“描写彩云和落日是旧小说家的事，而描写科学器械和手段才是现代科学侦探作家的事。”这句话以今天的认识来看则有失片面。科幻小说家不仅描写地球上的彩霞和夕阳，而且描写宇宙和生命起源时的彩霞，描写宇宙和生命寂灭时的夕阳。这种美比一般小说家心仪的自然之美更为宏大、深邃、瑰丽和奇异，并蕴含着与生俱来的苍凉。只不过，理解这种美既需要敏锐的心灵，又需要一定的科学知识。并非所有读者都能欣赏到这样的美——正如并非所有人都能欣赏文学的美。在中国散文名家刘亮程的作品中，随时可以撷取到自然中美的露珠，这种美是晶莹纯净的、浅白的、零散的，是出自孩童的视野；而科幻作家心目中的自然之美是坚硬的、深刻的、精巧无比的、浑然天成的，是出自“上帝”的视野。

科学技术的高度昌明已经深刻地影响了人类社会，甚至人类本身。著名文学评论家雷达先生在《论新世纪文学》中说：“……现代高科技已经改变了人们的传统生活方式，科学的触角已经伸向人们社会生活的方方面面，科学创造出物质的同时改变了古典的以信仰和道德为重心的精神世界，也极大地改变了作家的创作心理。”诚如斯言，科学技术深刻地改变了物质世界，改变了人类社会的道德伦理，赋予作家观察宇宙、生命、人生等全新的眼光。科学技术甚至开始侵蚀人类的古典定义：试管婴儿挑战了上帝最核心的权威，即关于生命如何延续的程序；而克隆人、人机杂合人、人兽杂合人技术甚至将在物理层面修改人的定义。“人性”一直是文学的永恒主题，但进化论的胜利其实早就扬弃了不变的、纯粹的人性，人性只能放到更广阔的生物性中去考察。“真善美”也是文学永远歌颂的主题，但科学以对“真”的有力强化而部分否定了其他二者。科学是在人类的手中发展起来的，但当它反过来异化人类时，没有任何力量能中止这个过程。而且随着时间的推移，这个过程只会越来越迅猛、广延和深化。

在这种全新的社会态势下，作为专职“处理人类回应科技发展”的文学品体裁，科幻文学当然具有其他文学品种所不具备的优势，包括思想方法的优势、心态的优势和艺术手段的优势，后者包括：上帝的视角、可以自由设置的背景、时空倒错、以整个人类种族为小说主角，以科幻构思推动情节、宏叙事、展示哲理的力量、展示技术之美，等等。从这个方面说，中国科幻文学经过百年积淀而在 21 世纪开端达到一定的繁荣，是与中国社会的发展基本同步的，是历史的必然。

从世界范围看，科幻文学是一个非常年轻的文学品种，虽然古希腊、古印度和古中国等古文明都有类似科幻的作品，但真正的科幻文学是随着工业文明一起诞生的，而且它在各国的繁荣都以科技昌盛为必要条件，虽然各国的工业文明高峰并非一定会带来同样高度的科幻文学高峰。雷达论文学现代性时说，它的“主要内涵是理性精神、科学精神、契约精神和批判精神”——可以一字不差地搬到科幻文学上。

由此可以乐观地说，科幻文学是一个有长久生命力的文学体裁，自从它随着工业文明呱呱坠地以来，就注定会永远存在下去——除非科学技术衰亡，那也是人类文明的衰亡。当然，它不会永远处于高峰，同样也不会永远处于低谷。波浪式周期性的发展是所有事物的普遍规律。

上面主要说到“最具科幻特质”的核心科幻作品，那么与此相对，当然有非核心科幻作品。需要强调的是，二者仅是分类学概念，完全不包括正统性、质量高下等概念。科幻萌生伊始，便有由三大宗师分别代表的两种科幻。儒勒·凡尔纳的作品比较接近于核心科幻，而玛丽·雪莱和乔治·威尔斯的作品比较接近于非核心科幻。美英一些作家，如艾萨克·阿西莫夫、阿瑟·克拉克、迈克尔·克莱顿等的作品可以划归于前者，更多的大师级作品属于后者，而罗伯特·海因莱因的作品则无法准确划分。国内科幻作家中，20 世纪 50 年代至 80 年代的大部分作家属于前者；新生代和更新代作家如刘慈欣、王晋康、何夕、绿杨、郑军、星河、江波等也属于前者，而韩松、刘维佳、潘海天、钱莉芳等人属于后者，其他更多作家如赵海虹、夏笳、迟卉等则不好准确划分。其实根本没必要去硬性划分。不去争论科幻作品是软是硬，已经是中国科幻文坛形成的共识。

核心科幻的读者群相对较窄，用一句虽然不甚严格但也算准确的话来说，多是有理工科背景的人，他们常常更偏重于理性而非感性。反过来也就是说，非核心科幻作品往往有更大的受众群。而且，由于非核心科幻更易与其他文学体裁杂交和渗透，而且创作起来更为自由，没有那些隐性条规的束缚，其实更易出现优秀作品甚至经典作品。著名的反乌托邦三部曲：叶·扎米亚京的《我们》、阿道司·赫胥黎的《美丽新世界》和乔治·奥威尔的《1984》，虽然也可认为是“人类回应科技发展”的作品，但文中的科技发展常常是隐性的、象征的，只是政治性的隐喻。所以，它们都更接近于非核心科幻。中国当代科幻作家韩松同样以其诡异、颠覆性、景象惨烈的隐喻性乌托邦作品在知识分子中获得了声誉。

世界万物其实都在深层次下藏着某种悖论。作为作家和读者，完全不必刻意区分科幻作品的上述属性，但若就一个文学品种整体而言则必须有自己的准确定义，有最能代表该品种特质的作品作为该“种群”的骨架。有了这个骨架，然后尽可能包容所有与科幻有某种渊源、含有某种科幻元素的作品，融百川而成大海，才能更有效地推进科幻文学的繁荣。

这里也想涉及一个“闲话题”：科幻文学属于俗文学还是雅文学？这个话题说闲也不闲，它牵涉到对科幻作品进行评论和欣赏的视角。在英国，科幻小说最早诞生时就有浓厚的知识分子情结，显然应划入雅文学的范畴。苏联和中国也大致类似，有较浓的雅文学特征。而在美国，科幻小说最早诞生于廉价杂志，是标准的大众快餐，只是在繁荣后才增强了其中雅文化的成分。中国香港倪匡的科幻作品基本是走大众文化快餐这条路。

如果要给科幻文学一个较为全面的定位，应该说它更接近通俗文学，主要以想象瑰丽的传奇故事来打动读者，受众主要是有一定文化的普通民众，特别是青少年。在20世纪80年代初，中国科幻遭受了不公正的批判，自此中国科幻走上野生野长的发展之路，这反而让它获得了比其他文学品种更加强韧的生命力。它之所以能生存至今，就是因为走大众路了，是普通读者的滴滴泉水滋养了它。不过，正如坎贝尔所说，尽管科幻读者以青少年为主，但一般来说，凡是喜欢科幻的青少年，其思想常常较同龄人成熟，所以科幻小说的大方向应定位于成人。这个观点是正确的。以我们的经验，中国的青少年科幻读者往往更爱读那些在思想上更为“成人化”的作品，正是有了作者和读者在认知上的差异，才更能激发读者的阅读兴趣。而且正如前面所言，对于这个文学品种来说，它“天然地”倾向于以下的思辨性主题——向读者传达科学本身的魅力，描绘大自然的精妙秩序，思考人生的终极问题，审视科学对人类的异化，如此等等，也就天然地具有了雅文化的强烈特征，包括思想特征和美学特征。黄子平等人在《论二十世纪中国文学》中说：“……悲凉之感，是20世纪中国文学所特具的、有着丰富社会历史蕴含的美感特征。”而中国科幻新生代之后的作品中，这种悲凉美感表现得更为浓烈，而且它不仅包括社会历史的丰富内蕴，还蕴含着人类对于宏大宇宙和漫长时间的敬畏和无奈，是一种多少带有宿命意味又不失雄阔的苍凉，这在所谓新生代科幻界领军人物刘慈欣、王晋康、韩松、何夕的作品中表现得尤为明显。所以，从总体上说，科幻文学应界定为含有强烈雅文化特质的俗文化，以引人的故事包含着坚硬的哲思，雅俗共赏是作品的最高境界。

既然说到悲凉美感，就想借此提一提中国科幻对科学的反思。这种反思在中国科幻发展的前三个时期也有散见，但不多，反思集中表现于新生代之后。20世纪90年代之后，当中国内地科幻从绝境中挣出活路、并在完全市场化的艰难之路上开始走向繁荣时，科幻作品既富含对科学的深情讴歌，也几乎同步地开始了对科学的深刻反思和对科学伦理的思考，其触角伸向科学的方方面面，如工业技术造成的环境污染、科学对人类的异化、转基因技术的违反“天道”、强科学主义的荒谬，等等。这些批判和反思既是建立在对科学的虔诚信仰之上和对具体科技的正确了解之上，又有文学手段的精美包装，因而也就特别有力。可以说它影响了一代读者的思想定式。这些反思的犀利和广泛，不仅国内主流文学难以望其项背，即使在国内思想界也属先行者。可惜科幻圈外人，甚至多数圈内人还没有认识到这些思考的意义。科学的最高信仰便是对权威的自我批判，以科学为源文化的科幻也天然地具有这种批判精神，这也正是科幻文学最重要的社会功能之一，是一个民族成熟的标志。中国人由于几千年对权威的崇拜、对实用主义的推崇，对这种比较“玄虚”的伦理思考一向不重视。唯其如此，中国科幻文学在这方面的贡献就更为可贵。相信终有一天，这些贡献会被铭记在文化思想领域的凌烟阁上。

从历史传承看，苏联和中国的科幻文学源出科普，与科普有很深的渊源。中华人民共和国成立初期的科幻作家大多源出科普系统，至今中国科普作家协会中仍设有科学文艺委员会。再从内容和社会功能看，科幻文学尤其是其中的核心科幻，也与科普有天然的血缘。科幻文学能在青少年读者中以“润物细无声”的方式传播科学知识，培养他们的理性思维方式和激发他们的想象力，这两方面科幻与科普互为同道，可以并列入“科学传播”的范畴。但科幻作品尤为重要的、科普所不能替代的功能是：它可以对知识饰以精美的文学包装，克服一般人对科学的陌生感和疏离感，激发青少年对科学技术的兴趣，建立发自心灵的热爱。而少时的“心灵之爱”往往是一个人走向科学的最重要动力，终生不殆。在美国，一流的科学家中很多都拥有童年的科幻情结，这是不争的事实。今天中国的学子中，不少人因为少年时代接触科幻而决定了大学的志愿，这样的现象也已经司空见惯。

20 世纪五六十年代的中国科幻由于过于重科普而轻文学，曾大大限制了其作为文学品种的发展空间，其后童恩正等人率先对其修正，在 80 年代确立了“科幻文学从总体来说不负担科普功能”这一理念，这是时代的进步。但事情都是两面的，如果一味重文学而轻科学，完全拒绝科幻文学的科学传播功能，那也是另一种误区。因为，科幻文学本身就是科学与文学的联姻，父精母血，缺一不可。

二、百年中国科幻小说总揽

下面我们对百年中国科幻小说发展史做一个粗略的梳理。大致分为四个时期：

（1）中国科幻小说的草创期：晚清至中华人民共和国成立前（1904—1949）；

（2）中国科幻小说的开拓期：十七年科幻小说创作（1950—1966）；

（3）中国科幻小说的复苏期："文化大革命"后至1984年科幻小说创作（1976—1984）；

（4）中国科幻小说的发展期：新生代科幻小说创作（1991—2011）。

由于政治上的区隔，港台科幻小说与大陆有明显的区别，不在上述四个时期之内。

在主流文学界，近来比较流行的观点是以一个"通"字来贯通过去人为划分开的当代文学史和现代文学史，认为两者虽然有一定的断代特征，但主体特征（内在的关联性和延展性）是"同"多于"异"。这个观点如果用于中国科幻小说史则不一定合适。相对主流文学来说，中国科幻小说有很多迥异之处，比如：科幻在中国没有深厚的古典文化基础，而是直接受哺于西方，受哺于现代工业文明；又因种种原因（朝代更替、解放初期的政治运动、"文革"、对所谓科幻是伪科学的批判等）造成了这条文化之河太多太深的断裂甚至断流，所以总体说来，四个时期的中国科幻是"异"多于"同"。

当然，四个时期的中国科幻小说也有一条一以贯之的主线，那就是对科学的依附，而科学是一个唯一的体系，有着最严格的内在继承性。世界上没有西方科学和东方科学之分，没有旧科学与新科学之分，比如说，相对论颠覆了牛顿力学，却并不否定后者在宏观低速领域的正确。但在除此之外的文学性表征上，中国科幻小说在四个时期都有各自不同的特色。

1. 晚清至中华人民共和国成立前

晚清以降，中国第一次向国外打开国门，国人以新奇的眼光看着外边的五彩世界，而工业文明在中国也开始发展。随着国外文学大量引进，包括儒勒·凡尔纳、押川春浪、乔治·威尔斯（稍晚）等人的科幻作品，国内也出现了一个小小的科幻创作和出版高潮，一些作品甚至达到了相当的高度。这个时期有以下特点：

中国科幻作家直接师承于法、英等西方国家；

作家多是散兵作战，其作品水平直接取决于作者本人对国外文学的理解和积淀。科幻评论、作家社团和科幻小说特有的读者社团即科幻迷组织比较薄弱或干脆阙如。不少作家写科幻小说是偶一试水，没有形成连续创作；

作品更多关注于技术层面，其中顾均正对科学思想和科学理性比较关注，明显高于同时代其他作家。

2. 十七年科幻小说创作

中华人民共和国成立后，由于政治上的巨大变革、国内建设的热潮勃发和国人的昂扬激情，科幻小说也有了全新的面貌。总的来说，“文革”之前的十七年科幻小说有以下特点：

从作家构成来看，与上一时期基本断代（除顾均正等极少数作家外。顾在 1949 年后也更多从事科学小品而非科幻小说的创作）；

伴随着“向科学进军”的号角，政府主导作用强化，作品主要定位于科普和儿童文学；

作家主要师承苏联科幻作品，当然英法等国的古典科幻也是重要的源头。而对前一个时期的中国科幻作品没有太多的继承性；

科幻作品的主题昂扬向上，纯净化，少儿化，民族化；

由于时代的局限，也部分因为过于偏重于科普和少儿，科幻作品的文学技巧比较稚拙。

3. “文化大革命”后至 1984 年

十七年文学被“文革”齐腰斩断，造成了文化和心灵的极度荒漠。拨乱反正之后，“科学的春天”来临，民众对科学的热情空前高涨，科幻小说也极为迅猛地出现了一个高峰。其中，叶永烈的《小灵通漫游未来》发行数百万册，在中国科幻小说史上前无古人。主流文学杂志上刊登了童恩正的《珊瑚岛上的死光》、叶永烈的《腐蚀》，人民文学出版社出版了郑文光的《飞向人马座》，其中《珊瑚岛上的死光》还被拍成了电影。其他作家如金涛、刘兴诗、肖建亨、魏雅华、王晓达、宋宜昌等也是佳作不断。这个时期有以下特点：

作家队伍构成上第一次有了继承性，其实本时期一些作品本身就是“文革”前创作的。

“文革”的创痛和对新生活的激情共同表现于作品，其思想深度、文学触角、文学技巧都有了很大提高。童恩正、郑文光等人已经有意识地走出“科普”的藩篱，重视小说的文学性。不过，“文革”后广泛引入的外国文学作品尚处于学习阶段，还未能完全化入中国科幻作品，所以从总的来说，其文学技巧尚未臻炉火纯青。尤其是“文革”的思想桎梏在作品中仍有所体现。举一个典型的例子，童恩正在扩写《古峡迷雾》时强化了以下主旨，即把那些“认为中国古代西南的文化不是土著文化，其原生地是东南亚地区”的外国学者处理为别有用心的反派，这种观点显然落后于“把人类作为种族”的科幻文学的普遍宗旨（实际上，这些外国学者的观点今天已经被基本证实）。

科幻理论研究已经开始，尤以童恩正、郑文光等人贡献较大。作家社团已经形成，但读者社团基本阙如。

总的说来，这一时期中国科幻作品的文学高度和思想高度尚未能同国际接轨。任何文学品种的发展都需要积累，这些不足本来可以在创作中逐渐改进，可惜一场极为粗暴的批判几乎完全斩断了中国科幻的发展之路。

4. 新生代科幻小说创作

1984年后，中国科幻之河基本断流，所有出版阵地除四川的《科幻世界》外全部失守。杨潇、谭楷等少数人的拼死苦守为中国科幻保留了唯一一条细脉，这使中国科幻的复苏至少提前了十年时间。20世纪90年代，中国的现代化建设已经初见成果，教育的发展也培育了大量潜在的科幻读者。国外文学十几年的引进已经被读者和作者消化，主流文学界已经早一步开始了繁荣，其对文学技巧的实验也影响了科幻小说作家。总体来看，科幻发展的各种外部条件已经具备。“夫人情不能止者，圣人弗禁。”真正有生命力的东西是行政干预无法永远禁绝的。从1991年后，中国科幻开始从复苏走向繁荣。

有人把这个时间又细分为新生代和更新代，其实更准确地说，应为“短篇时代”和“长篇畅销书时代”。短篇时代以王晋康为领军人物。他初出道时已经 45 岁，有了足够的生活、知识、文学技巧和思想识见的积淀，作品苍凉厚重，故事精巧，悬念迭起，民族性异常鲜明，绝少对西方科幻的模仿，尤其对人生、科学及大自然有着深刻的哲思洞见，所以其作品常被称为哲理科幻。其他如何夕、韩松、星河、柳文扬、赵海虹等人也喷薄而出，一时群星灿烂。

这个时期有以下特点：

（1）作家队伍基本又是一次大换血。上个时期的作家，除刘兴诗、绿杨等少数人还坚持科幻创作外，其他或去世、或改行、或沉寂。新作家是在“野生环境”下自然成长的，基本处于体制之外，也无形中切断了同科普界的历史纽带。

自此之后，中国科幻有了更明显的继承性。此后的年轻作家是在本土作品的熏陶下成长起来的，他们在文学技巧、思想倾向等方面除了仍强烈地直接师承西方，也开始了对本国作家的师承。

（2）该时期的科幻作品，文学面貌已经基本同国外接轨，不少优秀短篇已经接近和达到国外一流水平。这段时期也有长篇问世，但影响力远小于短篇。在科幻作品的思想领域，比如对科学的反思、对科幻品种特性的认识等也同国外接轨。

（3）科幻迷组织如火如荼，为科幻的繁荣提供了肥沃的土壤。

世纪之交，另一颗更为耀眼的明星升起在中国科幻的天空。刘慈欣创作了众多优秀短篇，为上述短篇时代做出了贡献。但他最大的贡献是以一部史诗式作品《三体》系列开启了中国科幻的长篇畅销书时代，并率先实现对纯文学文坛的突破，对科幻圈外读者的突破，对国外的突破，甚至可能还有影视的突破（这里专指以主流科幻作品为原作的科幻影视）。刘慈欣重视市场，重视通过网络等手段同读者互动，甚至“磁铁”们（刘慈欣的粉丝）在网上的崇拜一时成了一种文化现象。在他之前，钱莉芳的历史科幻作品《天意》也相当畅销，不过相对来讲，《三体》的科幻特质更为浓烈，更能反映一个时代的开始。

科幻由短篇时代向长篇时代转变是自然规律，是多年积淀的必然爆发。继刘慈欣之后，王晋康、韩松、钱莉芳、郑军、江波、陈楸帆、已故的绿杨和柳文扬，都有优秀佳作出现，形成了长篇的集体井喷。一些作品已经达到国际一流水平。只是由于英语文化和汉语文化的强弱态势，这些作品一时还难以形成国际影响，但这只是时间问题。

参照美国的科幻发展，科幻一般遵循杂志（以短篇为主）→长篇单行本→科幻影视→科幻产业的渐进过程，相信这也是中国科幻必走之路。美国影视界也曾长期漠视主流科幻作家的作品，直到二三十年后才发现了这座宝库。中国原创科幻已经积累了丰富的文本库存，相信转为影视作品指日可待。科幻的后续产业化比如动漫、电子阅读、玩具、电子游戏等在中国已经起步，距离繁荣也已为期不远了。而长篇畅销书、科幻大片和科幻产业化又将反过来扩大科幻的影响，使其处于良性循环。中国人常常“君子不言钱”，实际上，能有足够的稿酬养得住专业科幻作家，使其能大量产出及磨出精品，乃是科幻发展的第一推动力。中国科幻作家群中至今鲜有专业作家，寥寥几位如郑军、星河等都曾饱尝生活困苦。现在这些专业作家已经有了不错的收入，这也是科幻繁荣的重要标志之一。

刘慈欣已经带头实现了对纯文学文坛的突破，但中国科幻在文坛的总体影响还相当有限。中国科幻作品，无论短篇还是长篇都有众多佳作，就其文学技巧的精致与先锋性、思想的深刻犀利、人文关怀的厚重来看，完全可以跻身于纯文学文坛而无愧色。我们不愿指责主流文学界的守旧和狭隘，只能说寄望于时间，时间会冲破旧的藩篱，而使中国科幻文学在整个文学界享有它应得的地位。

在西方国家，科学家与科幻作家的互动非常紧密。阿瑟·克拉克常常是美国宇航局的会议贵宾，很多科学家的科学之梦是从少年时代阅读的科幻作品开始，功成名就后仍然从事科幻文学创作。甚至经济发展程度不如中国的印度，科幻作家的会议上也会有大批科学家的身影。而在中国，尤其是在科幻被放逐体制之外野生野长之后，科学家与科幻作家的交往变得十分稀少。

中国著名科学家中创作科幻作品的仅有已故的潘家铮院士，他成了一飞冲天而后继无人的孤雁。前文已经说过，中国科幻曾同科普界有很深的渊源，但自 1984 年之后，两者之间的联系也名存实亡。这是令人痛心的现象。科幻文学由于其天性中的幻想特质，与思想的自由奔放有天然的血缘，而思想的自由奔放对科学研究尤其是前沿科学有着极其重要的推动作用。科学是科幻的源文化，没有哪位科幻作家狭隘地认为科幻是科学的推动力，反倒从更大程度上说，科幻是受惠于科学技术的发展。但事情都是两面的，反过来说，一个整体与科幻隔绝的科学界肯定是不正常的，是守旧僵化的，能够出现工匠而难以出现大师。现在这种情况已经略有松动，比如物理学家李淼教授就积极参与科幻写作活动。相信随着时间的推移，这种不正常的状况终将改变。在中国，20 世纪 90 年代的大批科幻迷已经成长，有不少走进了科学家的队伍。随着这些当年的科幻迷掌握话语权，中国科学（科普）和科幻的互相渗透和紧密联姻很快就会实现。

前面已经说过，科学是科幻文学的源文化，而科学体系在世界上是唯一的，没有所谓西方科学和东方科学之分，所以科幻文学应该是世界上最为全球化的文学品种。当然，既然是文学，那它就不可避免地带着各个民族的烙印，包括文学上的差异和思想上的差异。中国科幻发展到今天，已经开始形成自己的特色，虽然尚处于朦胧之中。这些特色大致包括：

（1）从发展历程看，中国科幻基本没有出现廉价杂志时代，雅文化的成分较重，也更注重“文以载道”，有较浓的士大夫意识。中国香港的倪匡和黄易则主要走大众快餐路子。

（2）从作品总体状况看，核心科幻作品的影响力更强一些。

（3）鉴于中国辉煌的历史和深重的百年苦难，中国科幻作品有强烈的民族主义情绪，包括悲情意识、民族自信心的复苏等。

（4）作品置身于无神论的海洋中，这在全世界是独此一家。这一点倒不影响作品的宗教情结，因为宗教只是把人类蒙昧时代对大自然的敬畏转为对人格神的敬畏，而科幻可以越过宗教这个中介，直接抒发对大自然的敬畏。当作品关注宇宙和人类的命运时，不可避免地具有宗教的追求。这在中国科幻作品中有强烈的表现。但无神论思想肯定会影响作品的思想倾向，比如，中国科幻在注重个人价值的同时，也推崇集体主义；在崇尚性灵和自由的同时，也推崇权威，基本是走中国独有的“中庸之道”——而且，也许中庸之道恰恰符合世界的真谛?

由于没有宗教禁忌，中国科幻作品中有一些相当锋利的观点。刘慈欣的“灾变时刻零道德”，韩松对“人性恶”的极度强化，王晋康提出的“人性本恶，但在共同进化的过程中，大恶之上会长出善之花”，都超越了古典的人道主义，而把人性置于进化论、动物性这个更广阔的背景下进行剖析。对这些观点不能以“社会达尔文主义”的标签简单否定，因为它们也许更符合社会和历史的真实，尤其是，也符合当代世界政治的真实。

中华民族有博大的民族体量和文化体量，有文以载道的士大夫传统，有飞速发展的现代科技文明，相信在这些雄厚的基础上，中国科幻的前景无可限量。近年来，有很多国外的科幻作家来国内参加活动，一致惊叹中国科幻读者的热情，有不少国外作家已经把自己未来作品的受众定为中国读者，而像大卫·赫尔这样的美国作家干脆是先在中国闯出名声。雷达、赵学勇、程金城主编的《中国现当代文学通史》中说，重铸民族自信是中国当代作品的一个重要特点，而中国科幻文学在这方面的贡献绝不弱于主流文学。所谓“春江水暖鸭先知”，科幻作家以其敏锐的触角最先体悟到春水之暖，科幻作品中洋溢的大国心态和大国风范已经默默播撒于青少年读者的心田中，这是空泛的思想教育难以做到的。前文说过，由于英语文学和汉语文学的强弱态势，中国科幻作品在国外还未造成足够的影响，虽然已经有了好的开始，但还不足以展现中国科幻的实力。这要寄望于时间。不妨以科幻作家的职业优势来做一个预言：等中国经济总量跃居世界第一时，也许世界科幻文坛将是中美两国双星闪耀。毕竟在近 2500 年的世界历史中，中国占据第一的时间长达 1800 年。而当世界青少年开始崇拜中国科幻大片中的英雄时，中国才是真正的具有文化软实力的世界强国。

在这里，还想谈一些文学之外与科幻有关的话题，因为编辑、评奖、社团、评论等内容是科幻文学整体繁荣的重要组成。

美国的大师级编辑坎贝尔和根斯巴克以其编辑思想规范了美国黄金时代科幻之河的流向。而在中国的新生代科幻时期,《科幻世界》的杨潇、谭楷、田子镒、吉刚等编辑以其对作品的选择，不露痕迹地规范了中国的科幻之路。到今天,《科幻世界》仍是国内最权威的科幻杂志，几乎处于一花独放的地位。这是历史造就的局面，当然这种“一花独放”局面也是科幻界的缺憾。该杂志在极端困窘的80年代还坚持举办“银河奖”活动（银河奖主要针对短篇，对长篇佳作也有兼顾)，现在它虽然只是一个杂志的奖项，但早已被公认为国内最权威的评奖。以该杂志举办的创作笔会为中心，中国科幻作家已经形成了紧密的联系。

现任杂志副总编姚海军，是一个从偏僻的东北林场走出来的科幻迷。当年，他靠作家们的微薄捐款，呕心沥血地出版油印了《星云》杂志。今天，《星云》已经成了科幻评论和长篇原创的阵地，而姚海军、杨枫、刘维佳等人也组成了新一代科幻编辑的中坚。

山西的《科幻大王》近年改名为《新科幻》后，一直在勉力发展。可惜的是，另一本办得相当不错的杂志《世界科幻博览》已经停刊，未能赶上中国科幻的又一次繁荣。

世界华人科幻协会理事长董仁威“半路出家”，以花甲之年投入科幻，成功举办了星云奖（包括作家奖、长篇奖等多种奖项)，影响越来越大。

各学校的科幻爱好者协会遍地开花，虽然比20世纪90年代有所退潮，但仍然保持着旺盛的活力。

科幻研究已初步形成气候，江晓原和吴岩分别在上海交通大学和北京师范大学招收科幻专业的博士和硕士，中国科普研究所也从有限的科研经费中安排科幻研究专项，这套《百年中国科幻小说精品赏析》便是其成果。

美国有培养科幻作家的“黄埔军校”，对新人的成长起了重要作用。中国主流文学界的鲁迅文学院作家培训班也同样如此。中国科幻界则一直没有这样的机制，只有每年一度的《科幻世界》创作笔会，虽对加强科幻作家的联系发挥了一定作用，但由于活动时间仓促，在文学切磋方面的作用有限，这不能不说是中国科幻界的一个结构性缺陷。要想真正为新人提供便于发芽的土壤，未来还是应该举办长期的作家培训班，它可以是商业化的，也可以是非商业化的。

三、本书编选原则、评判标准和学术期望

本书兼顾文学价值和史学价值，选择作品时首选当时有影响的作品，首选各位作者的代表作。尽管由于时代局限，这些作品或许有这样那样的缺点，但既然它们能在当时造成影响，也就说明它们连通着当时人们的情感之湖，契合当时的审美潮流。选篇时也兼顾作品的文学水平，兼顾各种风格。一般为每位作家选取一篇，有代表性的作家选取两篇，长篇采用节选方式。

篇目的最终选定是在专家全会上讨论决定的。

本书中的作者与作品评述由几十位研究者分别撰写，又经二十名专家做双盲式审定。本书秉持多元观，审定过程中虽然有主持人的协调，但并不强求撰写者观点和专家意见统一于统稿者。我们认为，有一些观点的碰撞也许更有利于读者的阅读和思考，他们会做出自己的判断。不过，由于多位专家的共同参与和引导，也就自然形成了一种大致普适的标准，尽管它可能比较宽松，不那么严格。

总的说来，这是一次对中国百年科幻的认真梳理，虽然仅是作品赏析，实际也为更为学术性的《百年中国科幻小说史》奠定了坚实的基础。相信这本凝结了数十位专家心血的书籍的问世，对于促进中国科幻的繁荣、鼓励新老作家的创作、加强科幻评论的指导作用，都会小有裨益。

结　语

商品社会、快节奏生活、网络文化等已经成为当今社会的显态，不少主流文学家哀叹文学的必然衰亡，哀叹文学的“去精英化”和快餐化，哀叹快感阅读取代心灵阅读，消费阅读取代审美阅读，娱乐文学取代教化文学，电子媒体取代纸质出版。科幻文学作为文学的一个分支，当然也面临同样的困境，但相对纯文学而言，中国科幻文学的状况要好得多。首先，因为它从1984年后就完全走向市场，具有较强的生存能力。再者，它本身就定位于俗

文学（含有较强雅文学特征的俗文学），因而所受的冲击要小一些。以《科幻世界》为例，虽然其销量比起 20 世纪 90 年代极盛时期已有萎缩，但在原创文学杂志（不包括文摘类杂志）中仍雄踞前列。但冲击仍然是客观存在的，如何在新形势下保持科幻文学的繁荣而不放弃原有的风骨，只能在实践中慢慢摸索了。

科幻文学是一种求新求变的文学，在美国科幻文学发展史中，其主流倾向也曾一变再变。眼下中国科幻的水平和品性大致类似于美国科幻的黄金时代（包括其短篇时代和长篇时代），本导言所宣示的思想主调也是这一时代的反映。但眼下更多新人进入了中国科幻作家队伍，他们的视野比老一代远为开阔，思想更加无羁，作品更加灵动，但也许还缺乏一些厚重和深刻。他们将如何铸就中国科幻的新面貌，甚至改变科幻的旧定义，将由时间来证明。

67年回眸

2014.4.2

几年前吴岩老师提出让我去北师大讲一次课，促使我用点心思梳理了自己的科幻创作生涯，捎带着梳理了我的大半个人生。后来因故未去讲，今天就把这个讲稿稍作修改，拿到大连理工大学来讲吧。我并非想对自己“盖棺论定”，因而今天的讲话并非我与科幻文坛的告别辞。但有一点是无疑的——我的创作高峰期已经过去，虽然67岁对作家来说还不算太老，但我不同，我的脑力已经严重衰退了。不久前陈楸帆来了一封邮件，对《逃出母宇宙》给了过誉。我回了一封感伤的信，说作为科幻作家，67岁已经太老了，灵感快枯竭了。至少就信息量来说，我绝对写不出楸帆的《荒潮》。

今天在座的都是自家人，我将以最坦率、最客观的态度来一个自我剖析。当然，这句话本身就有毛病，一个人从主观上不可能完全客观地认识自身，那我只能说，我会以我能达到的最客观的态度做这件事。其中少不了自夸自矜自吹自擂的成分，大家尽可付之一笑——黄鼠狼说自己娃儿香，刺猬说自己娃儿光，屎壳郎说自己推的粪蛋最圆。这是所有人的通病，老王乃一介俗人，当然不能免俗。

今天是漫谈式的，想到哪儿说到哪儿。

一、半个聪明脑瓜儿写科幻

我少时相当聪慧，上学时除了体音美是中流水平，其他各科一向在全班甚至全级名列前茅。上小学时各科平均成绩没下过99分；上初中时，平面几何是最能考验学生智力的，我是绝对的全班第一。有次期中考试一时疏忽，平面几何得了80分，期末考试得了100分，几何崔老师给平均成99分。那天和一个朋友去崔老师那儿领作业，朋友开玩笑说：“王晋康的80分加100分平均成99分，崔老师你是咋算的？”崔老师付之一笑：“那也要看实际水平嘛。”“文革”后我在火车站偶遇崔老师，老师问我现在干啥，我说是木模工。老师又问一句：“木模工程师？”我说：“不，是工人。”两人相对唏嘘，直到分别没有再说话！初中时代非常赏识我的还有代数刘毅谦老师。我在列方程时常常追求最简形式，刘老师也常在作业本上批一个“好”再加三个大大的感叹号，这样的奖励挑逗得我更加用心去标新立异。但这个嗜好也吃过亏，有次期末考试是另一个老师改卷，他看不懂我的最简方程，虽然结果对，但他把这题给判了零分，当然分数最后还是改过来了。电影《后天》中有个情节，那位天才儿子考试不及格，因为老师看不懂他的思路，这事情就曾真实发生在我身上。高中时一位数学老师王钟山评价我是全年级最聪明的两人之一。有一次做因式分解，做完后代数老师孙光禄问我是不是留级生？因为老师还没讲“配方法”我就用了。我当时确实不知道什么叫配方法，只是觉得那样能做，就顺手做出来了。除了数学，物理也非常棒。物理中除最基本的公式外，我一般不大记忆公式，需要的时候，考场上推导一下就出来了。而且我最自负的是，我善于以直观方式来理解物理概念，而不是干巴巴地背一些公式，做一些题。因为脑瓜聪明，学习后有余力去胡思乱想。我在短篇科幻《天火》中写的林天声的一些奇思，实际就是我青少年时的经历。由于“文革”，我在高中毕业后时隔11年才去考大学，还能考个1977年全市第一，因政治原因没能走，1978年全市第二，可见我的实力。

中学时我是以未来的科学家自许的，而且最想当的是理论物理学家，当一个能掌握自然界运行机理的天界政治局常委。我后来没有走上这条路大致有三个原因。第一是“文化大革命”，它整整耽误了一代人；第二是我个人性格上的缺点，凡事得过且过，没有强烈的上进心和离经叛道的勇气。比如说，依我当年的成绩和实力，在小学中学蹿个两级绝对不成问题，那样我就可以在“文革”开始前就考上大学，人生就大不相同了但我压根儿没有产生过跳级的想法，后来我考大学那年正好赶上“文化大革命”。下乡当知青及回城当工人那11年，虽然条件确实有限，但如果铁下心来自学深造，也不是办不到，但我没有。结果，人生中最富才华的11年就那么一天一天、柴米油盐地混过去了。一句老话说得好，失去的才知道珍惜，至今回想起荒废的11年岁月仍然心痛不已。第三是从高中起就失眠，相当严重，我那时是老师特许可以不上晚自习、不在学校住宿的。这个失眠痼疾在当知青和工人那11年中没有犯过，但上大学又犯了，而且更为严重，以致我不得不放松学业，也彻底放弃了搞科学研究的人生之梦，后来才阴差阳错地闯进科幻文坛。一个偏僻城市中长大又并非科幻迷出身的家伙竟然在45岁这个年纪成了有点名气的科幻作家，这本身就带点科幻色彩吧。

长期失眠严重损坏了我的记忆力，我的记忆力之坏是一般人无法想象的。比如在大学期间，我放松学业后大量阅读文学书籍，西安交大图书馆的文学期刊我是每期一扫光。但如果要我回忆起那时看过的具体文章和作者，我就很难办到了。我在生活中凡涉及记忆力的地方就相当低能，不记路，不记人，记不得车次和商品价格。上次回母校西安交大办讲座，学生们问起我当年的生活琐事，比如住哪儿，经常在哪个大教室上课，我基本回忆不起来。可以说，我的大脑是自动剔除了很多生活琐事，把有限的记忆力用到最需要的地方了。而且，记忆力的严重衰退恐怕不光是因为长期失眠，也许还有遗传因素？我父亲高寿而逝，但去世前七八年深受脑萎缩之苦，由老人一天天变成无知的孩童，最后成了植物人。我曾在病榻前伺候了整整三年，因此对智力衰退的痛苦有切身感受。脑萎缩是不治之症，也有遗传倾向，我至今一直不敢去做脑CT，就因为怕走上父亲的老路，而且最怕的是“已经”走上父亲的老路！西方科幻名篇《献给阿尔吉侬的花束》，在阅读时激起我极强烈的共鸣，因为那位主人公在获得超常智力又逐渐失去的过程，几乎是我个人的写照，尤其是书中描写的对失去智力的恐惧我是感同身受！这在我的两个短篇《失去它的日子》和《血祭》中有细腻的描写。我今天主动来这里谈自己也含有一个想法，那就是效法小说里的主人公，在脑萎缩前给后人留下一个清醒的自我剖析。大学过后，我曾对妻子开玩笑说：“我其实已经是残疾人了，四肢健全但只剩下半个脑瓜。”这个玩笑其实满含辛酸。聊以自慰的是：剩下的这半个脑瓜仍然相当管用，我一向自负的是思路特别清晰，凡事能抓到关键。我在工厂里是专业带头人，而且最擅长到一线去解决生产中的疑难杂症，这在全厂是出了名的。比如有一次钻机就要出厂，庞大的支援车队已经整装待发，但主机上的进口发动机却突然无法启动。工人技师急得满头是汗，忙了很久也不行，只好把我喊来。我判断是限烟器的毛病，把一根气管卸开，用一分钟时间就摆平了，发动机轰轰隆隆就响起来了。那会儿，在车间里几十双钦佩目光中我自我感觉相当不错！从事技术工作是这样，写科幻时我也始终保持着清晰的理性。对某个问题如果自己没有捋清我是不会动笔的，比如写《活着》，为了把人类可观察到的空间暴缩区域与时间和距离的关系弄清，我用了很大力气推导出了一个二元二次函数，之后才开始动笔。清晰的理性——这应该是我作品的一大优点。但记忆力的严重衰退，加上英语不好，我大学之前学的是俄语，再加上青少年时代非常封闭的社会环境，严重地限制了我的视野，而一个作家的视野必然要表现在他的作品尤其是长篇作品中。这种先天不足是很难弥补的。

吹了这么多的牛，不是为了自我炫耀，我的一生基本已经盖棺论定了，不过是一个小小的科幻作家，再吹嘘少时如何聪慧，又能怎样呢。但要想客观评价我的作品就得了解这些，我的文风与它们密不可分。我的作品就是这半个聪明脑瓜儿写出来的，因此带有它的独特优点比如才气，也带有先天的缺点比如目光相对狭窄。

二、站在墙头看科学

我这一生没能当上科学家，没能当上我最想当的理论物理学家。但我总觉得，我和科学有一种特别的缘分。我虽然没能走进科学的殿堂，但已经爬上了科学围墙的墙头，可以一窥其中的精彩。我不像科学家那样终日浸淫于其中，他们过于注意细节，已经久入兰室而不闻其香；但与一般人相比我离科学要近得多，能看到一般人看不到的东西，容易产生情感上的共鸣。正是这种特殊的立足点，成就了我的作品。

曾有不少初高中的粉丝给我写信，对我的广博学识表示钦佩，他们错了。实际上，由于记忆力的严重衰退，我的肚子里没装太多东西。但我善于从一般的科普文章中看到闪光点，善于从海量信息中找到关键点，这种目光上的敏锐是一般人达不到的。比如我写《生命之歌》，就是从一篇西方的文章得到启发，原文的名字我已经忘了。那上面也就简单提到：生物都有生存欲望，它们很可能存在于 DNA 的次级序列中。这段话说了其实也是白说：什么叫次级序列？如何存在？但不管怎样，这句短短的话在我心弦上拨出了清亮的一响。于是就有了《生命之歌》这篇作品。我写《养蜂人》，就是看了美国托马斯写的一篇很短的科普文章，谈整体论的，从中我感到了这个理论所具有的震撼力，在思考一两年后才找到了把它转化为小说的办法。我写的长篇《十字》则糅合了更多的东西，从安徽蒙城一位老中医写的《我的平衡医学观》，到阿西莫夫的观点"医学干扰了人类的自然进化"，到一位美国科学家宣扬的达尔文医学，再到一位法国科学家的"以低烈度纵火破坏灾难的临界状态"，等等。

大刘的小说中经常有一些精致的隽语，比如《三体》中说到"文革"时的一句话："这就是历史"，虽然寥寥五个字，但内蕴厚重。他的隽语多是针对人生，而我的文章中更多是针对物理世界的运行机理，侧重点不大相同。比如我的长篇科幻《癌人》中有这么一段，一位赞成克隆人类的科学家写了一篇讽刺文章，说在一个从来没有出现过双胞胎的 S 世界里，科学家刚刚开发出了双胞胎技术而很多卫道士大肆反对，S 世界的克林顿总统说："人类是诞生于实验室外的奇迹，我们应当尊重这种深奥的礼物。"以色列宗教拉比说："犹太教教义允许治愈伤痛，允许体外授精，它被视作治愈行为，但决不允许向上帝的权威挑战。"这两句确实是克林顿和一位以色列宗教人士的原话，当然是针对克隆技术说的。以下的引语都大致如此。生物伦理学家格兰特愤怒地说："同卵孪生技术破坏了人们拥有独特基因的权利，而从本质上说，这种独特基因正是独立人格的最重要的物质载体。"心理学家科克忧心忡忡地说："彼此依赖的孪生子很可能造成终生的心理残疾。"基因学家维利说："生物的多样性是宝贵的，每一种独特基因都是适应未来环境变化的潜在财富。从这个意义上说，孪生子是无效的生命现象，是对人类资源的浪费。"等等。每种反方观点都极具逻辑性和说服力。唯其如此，才让真实世界的人感到啼笑皆非——在这儿，孪生现象从上帝创世时就存在了！

这段话并非仅仅是语言和叙述上的机智，而且是哲理上的深刻。它以机智的类比反驳了伦理学家们对克隆人技术煞有介事的担忧，有很强的说服力。我想恐怕没人能驳倒它吧，因为它确实是正确的。而且——这段机智的驳难是一个科幻作家而非生物学家独创的。

还有我写的《豹》，在法庭论战中，被告方律师突出奇兵，说田延豹杀的谢豹飞不是“人”，虽然谢体内只嵌有万分之一的猎豹基因。他说：“我想请博学的检察官先生回答一个问题：你认为当人体内的异种基因超过多少他才失去人的法律地位？千分之一？百分之一？百分之二十？百分之五十？百分之九十？这次田径锦标赛的百米亚军说得好，今天让一个嵌有万分之一猎豹基因的人参加百米赛跑，明天会不会牵来一只嵌有万分之一人类基因的四条腿的豹子？不，人类必须守住这条防线，半步也不能后退，那就是：只要体内嵌有哪怕是极微量的异种基因，这人就应视同非人！”

这同样不仅仅是语言和叙述上的机智而是哲理上的深刻。人之为人，其实只是一种公理，并没有严格的定义。平时人类对“人”的定义习以为常，没有人产生疑义，但本文中使用了归谬法，把这个公理放在科学的新发展背景中，使它内部的微裂缝再不能蒙混过关了。这段驳难展示的是“真正”的大自然的深层机理，同样没人能驳倒。

类似的哲理上的闪光点在我的作品中很多。它们具有科学意义上的正确，有很强的逻辑力量，使作品的观点显得厚重。坦率地说，这样的感悟并不是随手可得的，它缘于作者的聪明脑瓜，缘于作者与自然机理之间一种心灵上的共鸣。不妨在这儿吹一句牛，单就对自然界运行机理的敏锐感觉和深刻理解而言，眼下中国科幻作家群中我是走在前列的。这种特质对一般文学作家来说算不了什么，但对科幻作家来说是可贵的，这些闪光的哲理能够激起科幻迷中擅长理性思维的那个群体的心灵深处的共鸣，甚至让他们牢记终生。

自然界的自组织定律使我受到的震撼最深。我觉得它是与熵增定律并列的物理世界最重要的两大定律之一，熵增使宇宙不可逆转地走向无序，而自组织是宇宙一切秩序包括生物的出现、智力、人格等的来源。我曾多次说过一段话：宗教信徒相信“上帝造人”其实并不能带来心灵的震撼，因为上帝有神力嘛，所谓神力就是人类不能理解的东西嘛，你糊里糊涂崇拜它就是了。但对科学信徒来说，看到宇宙因为简单的自组织原理而变得如此绚烂多彩、精致奇崛，那才会产生真正的敬畏之情。在我的短篇《三色世界》中有这么一段叙述：

女主人公江志丽已是第五次观察低等生物黏菌的自组织过程，但她仍有一种喘不过气的敬畏感。在这种原始的生物中，群体和个体的界限被泯灭了。她记得第一次观察时，导师乔·索雷尔曾对新弟子们有一次讲话，讲话中既有哲人的睿智，也有年轻人才有的汹涌激情——要知道他已经55岁了——志丽几乎在听完这段讲话后立刻就爱上他了。教授那天说：“请你们用仰视的目光来看这些小小的黏菌。这是宇宙奥秘和生命奥秘的交汇。这种在混沌中所产生的自组织过程，是宇宙及生命得以诞生的最根本的机制。黏菌螺旋波和宇宙混沌中产生的旋涡星云的本质是相同的，只是尺度不同而已……”

原文我就引用到这儿。严格说来，这段话其实犯了写作的大忌，它用墨过重，但自组织机理与本文的故事结构并无深层联系。我平素会很自觉地删削这类赘余内容，但在本文中没舍得删去。为什么？我只是觉得自组织定律太震撼了，总想找个机会表达一下对它的款款衷情。今天都是自家人，我想在这儿谈谈我同一位科幻理论家的一点小小分歧。这位老师在评论这篇小说时，说他把索雷尔的话读了几遍，都体会不到江志丽那种敬畏感！我觉得，这也许就是理科思维与文科思维的区别？我并不是说前者强于后者。韩松在评我的《新安魂曲》时说，男女主人公为了独力应对环宇宙航行，取得了几十个学位，但竟然没有一个是人文方面的！我看韩松的评论时猛然一惊，确实这句话点到了我的死穴，我这个无意识的错误表达了“理科思维”对“文科思维”潜意识的轻视。同样的，那位老师不理解自组织定律的精致、博大和深刻，是否也是因为文科思维的局限？今天我把这件事提出来，希望它对中国的科幻研究能起一点参考作用，我有个比较随意的印象，似乎在中国科幻研究圈子里，文科思维的比重过大一些。科幻不同于一般文学，在对科幻作品的批评中，科学因素与文学因素应该并重也必须并重。所以今天我的谈话中主要涉及的就是作品的科学因素。并非我不看重文学因素，但这一点已经有很多人讲，我就不班门弄斧了。

三、科学是道具还是信仰

我不大上网，听一位同学转达刘慈欣的话，大刘说在他的作品中科学是道具而在我的作品中科学是信仰。我不知道这位同学转达的是否准确，但这段话的大致意思我是赞同的。大刘有一句名言："科幻要让人们在尘世的纷扰中，能静心片刻以仰视星空。"他的作品中，随处可见对大自然的敬畏之情，随处可见宇宙的壮美，这是我真心钦服的。但就具体的科幻构思而言，他更多是把科学技术作为道具。比如那个无所不能的水滴武器、那个无所不能的智子、比如死后还能以量子态现身的女科学家。这些部分，特别是水滴和智子写得十分出色，有极强的艺术感染力。但是作者不会相信它们真的可以成为现实。

而我的作品则不同，我的作品中也有一些把科学当道具的，如《三色世界》中的读脑术,《天火》中的穿墙术、《西奈噩梦》中的时间机器。但在我更多作品中，我是在诚心诚意地宣扬物理世界的真理，或物理的真实。《生命之歌》中提到的生存欲望是通过 DNA 传递的，是数字化的，终将被人类所破译。我至今对此深信不疑。确实，只要我们承认生物有生存欲望或称生存本能，再承认世界上没有超自然力，没有上帝，那么就只能得出我上面说的结论，这是个简单的筛选法问题。我在科幻小说中宣扬的许多观点，如自组织是宇宙及生命现象中所有秩序的来源、电脑的发展终将产生超智力、基因技术何时把对人类身体的"补足"升格为"改进"则新人类就已经诞生等，都是我个人的信仰。

科幻创作中的这两种方法：大刘的把科学作为道具，和我的把科学作为信仰，哪个更好？没办法比较。如果硬要比，那大刘的方法才是正路。科幻作家不是科学家，不能强求作品符合科学意义上的正确，否则就是自缚手足，也容易走火入魔。但不管怎么说，我一直是沿这个路子走下来的，由于少年时代就深种心中的科学情结，我无法不听从来自内心的呼唤。单就“在科幻作品中把科学当成信仰”这一点来说，在眼下的中国科幻界，不说郑文光、叶永烈那代人，我还没有发现哪位比我更虔诚。而且，这样的作品并非没有优点，那就是更为厚重和深刻，关于这一点后边还要讲到。大刘说他是在创造科幻的天空而老王是在创造科幻的大地，说得极好。天空和大地都是自然界不可或缺的东西。

四、关于核心科幻

我在几年前一篇文章里曾提到“核心科幻”这个概念，获得了不少编辑和作者的赞同。我觉得它比软硬科幻的旧提法更能反映事物本质。软硬科幻的提法把两者并列了，实际上两者是不能并列的，从功能及数量上都不能并列。而且“核心科幻”的提法比“硬科幻”更能突出“科学是科幻的源文化”这个特点。科幻是一个包容性很强的文学品种，就其外围作品来说，与主流文学、奇幻文学、推理小说、惊险小说等并无明晰的界限。但科幻作品中一定有一些是不会与其他作品混淆的，这个部分我称之为核心科幻，它就像星云涡旋中心的黑洞。

我对核心科幻的希望是：它们能充分表达科学本身所具有的震撼力，或者说，科学因素本身就是它的美学因素。它们浸泡在科学的理性之中。它的科幻构思虽然不一定符合科学意义的正确但必须能自洽——如果它能有坚实的科学内核那就更好。作品中应该有基本正确的科学知识，能激发读者对科学的兴趣。

核心科幻与非核心科幻单就作品本身而言并无高下之分，实际上，科幻史上大多数名篇更偏重于人文方面，划不到核心科幻的范围，如《1984》《五号屠场》《我们》《蝇王》等。黄金时代三大巨头，克拉克和阿西莫夫的作品大致应划在核心科幻之内，而海因莱因的作品就在之外，但我对海因莱因作品的喜爱更甚于阿西莫夫。韩松的作品都非常优秀，尤其在“文科读者”中有众多忠实的粉丝，它们也大多不属于核心科幻。以上说法是就个体而言，但就群体而言，就科幻文学这个品种来说，一定要有一批，哪怕是一小批优秀的核心科幻作品来做骨架，否则这个文学品种就会混同于其他文学品种，失去了存在的合理性和必要性。

核心科幻作品与其他科幻不同的是，它特别依赖于一个好的科幻构思。其他科幻即使没有出色的科幻构思仍然可以成为优秀作品甚至经典作品，《五号屠场》和《蝇王》有什么科幻构思？但对核心科幻作品来说这就基本意味着失败。什么是好的科幻构思？我个人有以下几点判别标准：

一、它应该具有新颖性，是前无古人的，具有冲击力的，在作品中能够自洽。

二、它和故事应该有内在的逻辑联系，是故事发展的内在动力而不仅仅是背景。

三、科幻构思最好能符合科学意义上的正确。这儿说的“正确”只是说它与现有的科学体系不矛盾，不能被证伪，但不一定能被证实。

第三个要求显然是过高了，因为科幻说到底是文学而不是科学。纵观西方科幻文学史，能够符合这个要求的作品也不多。但如果能做到这一点，那就是可遇而不可求的珍品了。最典型的例子当然是克拉克，他首创的“同步卫星”并非出现在科幻作品中，咱们且不说它。他提出的“太阳光帆”和“太空升降机”两个科幻构思则是出现在科幻作品中的，而且符合科学意义上的正确，已经被或即将被实现，也有人说这两个构思并非他首创，这两个构思是偏重于技术性的。他还有一些偏重于哲理性的构思，比如《神的食物》中说，人工制造的人肉已经完全与真的人肉不可区分，但人能否食用这种人工制造的“真”的人肉，在伦理上难以逾越。在这个构思中，他所做的假设虽然在短期内可能不会实现，但从长远来说毫无问题，而这种技术一旦实现，带来的伦理上的悖论也是完全真实的。所以，这样的作品显得更加厚重，阅读它时不仅能获得阅读的愉悦感，还能受到心灵的冲击，提高读者的见识。而他另一个中篇《童年的终结》的科幻构思是说：未来人可以影响现在人的想法，就仅仅是一种机智的构思而不符合科学意义上的正确。

吴岩老师曾转达中国香港科幻作家们对我的评价，说见解极为分歧，有人说我的作品超硬，有人说我偏于人文。实际上，两者都没说错。在我的很多作品中，科幻构思都符合上述的三条标准，尤其是最难的第三条。比如《生命之歌》中关于“生物的生存欲望存在于DNA中，是数字化的，人类最终可以破译并输入到机器人大脑中”，《养蜂人》中宣扬的整体论，《十字》中宣扬的对医学的反思和低烈度纵火理论，《替天行道》中的种子自杀基因和对其的批判，《豹》和《亚当回归》中构思的“人类嵌入兽类基因或电脑芯片”及由此引起的人性异化等，这些都符合科学意义上的正确，换句话说，它们都是超硬的科幻。

以上所述我的科幻构思都是偏重于哲理性的，偏重于技术性的很少，《十字》中提到的“在自然界放生温和病毒”是技术性构思的一例。这个技术设想当然不一定能实现，但它同样是现代科技不能证伪的，所以也可认为它也符合科学意义上的正确，是超硬的科幻。

符合“科学意义上的正确”的作品比较耐咀嚼，能够对读者有思想上的冲击，而且由于它先天的合理性，不论故事如何深化，一般不会出现逻辑上的困难。相比较而言，比如大刘作品中的设定：“外星人都是藏在黑暗森林中的沉默猎人”，或“由完全封闭的面壁人来领导世界”，或“能洞察一切信息仅人类大脑思维除外的智子”等。这些构思绝巧，都是对人们思维惯性的巨大颠覆，因而能对读者造成极大的冲击。但它们并不具有先天的合理性，随着故事的深化就容易出现难以克服的逻辑困难。我的作品虽然不少挨骂，但一直有一批忠实的读者，原因即在于此。有一位清华女生告诉我，她把我作品中的一句话放在她个人微博的首面，即《一生的故事》中的一句：

> 我们常说：随着科学的发展，人类终将完全认识人类文明的发展规律——这句话是什么意思？翻译过来就是：人类殚精竭虑，胼手胝足，劈开荆棘，推开浮沙，终于找到了正确的文明之路，平坦，坚实，用整块花岗岩铺成。上面镌着上帝的圣谕：此路往达自由王

国，令尔等沿此路前行，不得越雷池半步——这就是我们追求的自由？一个和宇宙一样大的玩笑。

上面这段话同样是“符合科学意义的正确”的宇宙机理，而一个科幻作家的作用就是把它用文学语言表达出来。我很感激这位女生，感激类似她的读者，他们读懂了我的作品。

一个科幻作家有如此大量的超硬作品是不容易的。这部分是缘于这样一个比较取巧的原因：我的科幻构思偏重于哲理性，哲理性构思比较容易“正确”，只要现代科学不能证伪即可，而技术性构思就很难。

再重复一下我的观点，并非说符合我说的这三条标准，作品就是优秀或经典作品。但至少，对于从整体上理解科幻、对于研究核心科幻这个最重要的科幻流派来说，目前中国科幻理论界还没有人指出这一点的意义。在对我的批评和评论中，我还没有听到从这个角度出发的有分量的分析。网上流行的对我的批评多是：题材重复，人物平面化，涉及性爱较多，文笔缺少变化，等等。这些批评并非都不正确，但依我看来他们忽略了我最重要的特色。

因为我的构思偏重于哲理性又偏重于生物学，所以比较容易承载人文方面的内容，将“超硬”的科学内核和人文思考结合起来，诸如《生命之歌》《转生的巨人》《替天行道》《豹》《五月花号》《蚁生》《兀鹫与先知》《十字》《水星播种》《西奈噩梦》等皆是如此。这些作品就其思想深度来说并不弱于主流文学作品。这儿只说说《转生的巨人》。本篇发表后似乎没什么反响，也没得奖，但我个人比较喜欢它。宋明玮先生选它作为我的代表作译成英文，我觉得很有眼光。本篇对人类贪婪本性做了最无情的鞭挞，有其普世价值。作品主人公以日本首富堤义明为模特，文中大部分细节来源于对他的真实新闻，深化了其社会意义。而且，这种很写实的批判配上一个奇崛但可信的科幻构思，强化了作品的感染力。它既是典型的科幻小说，又完全可以作为主流文学来读。有句话说“工夫在诗外”，类似《转生的巨人》《蚁生》这样的作品，包含了作者的人生阅历和眼界，并非每个大学生作者都能写得出来的，也并非每个中学生科幻迷都能读懂的。说起《转生的巨人》还有一个小花絮，发表时没用我的本名，因为那时我有点听腻了那些击不中要害的批评，想开个玩笑，看看我用另外笔名发表的作品会收获什么样的批评。我很感谢星河，他敏锐地发现了这个名叫“石不语”的“功力不凡的新作者”，并把《转生的巨人》选入当年的年选。星河的年选一般每个作者只取一篇，所以那年年选中唯有我是入选两篇。

我在作品中表达的思考都有一个特点，那就是基于科学的真实而只向前迈出一步，所以不具有哲学家“玄而又玄”的眼光，但由此而生发的思考更为真实，有较强的感染力。我见过一些关于我的评论，但非常遗憾，没有听到关于“超硬的科幻内核”对人文思考所起作用的评论。

五、哲理科幻的先天不足

曾有一次和星河谈各自的写作方法，我说我常常是先有一个哲理上的闪光点，再依此来构建人物组织情节，星河当时说：他绝对想不到科幻还可以这样写！的确，这种写法是比较独特的，既有它的优点，也有先天的不足。依我看来，我的作品有以下不足：

一、由于我把重心放在哲理的阐述上，无形中忽略了人物和情节的充实丰满。比如《沙漠蚯蚓》《终极爆炸》和《兀鹫与先知》等很多篇，都可以在情节上大大充实，甚至写成个长篇也够分量，但我在自认哲理构思已经用足的时候就不耐烦再写下去，使文章理性有余而生活气息不足。有次听姚海军讲了何夕的一个新长篇的内容，我对何夕说这部长篇抄袭了我的一个短篇《长别离》，让他着实吃一惊！当然这是玩笑，实际只是两个构思的无意撞车。但也说明：我把一个足够写长篇的构思浪费了。还有，我为了配合哲理的阐述，常把人物设定为科学家、士大夫，是生活在理性世界中的人，再加上我对科学本身的感情和认识，科学是我终身的信仰但我最终发现了它的局限，主人公的内心世界常常是苍凉的。由于这些原因，我作品中人物形象比较单一。《蚁生》这部有所不同，因为有丰富的“文革”和知青生活积淀，所以小说中有丰富的众生相，但在作品后半部老毛病又犯了，男主人公颜哲基本缩回到理性世界了。前年和某位电影导演谈《生命之歌》，他的观点我是绝对想不到的，他说这一篇写得“太美太理想化”，离老百姓比较远。所以不适合眼下的观众。如果放到 15 年前，即《生命之歌》发表的那一年也许就比较适合。他还说，我的作品中人物都过于完美，太正统，而眼下观众更喜欢的是那些带缺点但色彩鲜明的人物，比如大刘《三体》中那个老公安或《亮剑》中的李云龙。所以，从某种角度说，说我作品人物“平面化”并不准确，更多是因为他们多属于“正剧”中的正常人物，是平面镜中的真实形象而不是哈哈镜中的漫画形象。这是由一个作者的写实风格所确定的，不好改。

二、我对某些科幻构思过分喜爱，因而在作品中反复应用。比如，关于生存欲望我写过两篇:《告别老父》和《生命之歌》，关于超圆体宇宙和环宇航行我写过两篇:《新安魂曲》和《侏儒英雄》，关于终极能量也是两篇:《终极爆炸》和《爱因斯坦密件》。

不过坦率说来，我本人对这个缺点不太看重。对一个科幻作家尤其是硬科幻作家来说，某些构思重复使用不算稀奇，特别是短篇扩写为长篇的就更多，美国的例子比比皆是。因为真正全新的科幻构思并非是地里的韭菜，隔几天就能收割一茬的！如果某作家用一个科幻构思写了两三个故事而只有一个是上品，把其他两个忘掉就是了，算总账的话完全值得。要知道，这仅仅是相同的科幻构思而不是文学构思，换句话说，它们仍然是不同的故事。当然，如果能够避免重复的科幻构思则更好。大刘这方面相当自律，能写长篇的构思就绝不写短篇。他的自律我很佩服。尤其是在信息发达的网络时代，构思最好不要重复使用。

不过，我还是希望读者和批评界对待这个问题宽容一些。举一个主流文学的例子，阿来的《尘埃落定》是我最欣赏的当代长篇小说之一。作者用诗性的语言，平静如小河般，表达了作者观察历史长河所特有的沉静和大气。我反复拜读不下十遍。此后我看了他早先的一些短篇，才知道《尘埃落定》中有相当一部分素材他已经在短篇中写过了，像文中的卓玛、那个“叮咣叮咣”打银器的银匠等。主流文学界有没有批评过阿来的重复？反正我没见过。文学作品的这类重复是不可避免的，它并非简单重复而是类似于“百炼成钢”的过程。我相信阿来如果没有在短篇中的积累和准备，就不会有最后的《尘埃落定》。以我个人而言，没有《告别老父》这个小短篇，就不会有《生命之歌》；没有《生死平衡》《善恶女神》这些中短篇，就不会有《十字》；没有《蚂蟥》《夜行》等短篇就没有《蚁生》。所以，如果批评者这样说：“我们才不管你素材重复不重复呢，但你为什么至今没有写出《尘埃落定》那样的惊世之作？”那我就只有惭愧无地心悦诚服了。

三、既然是半个聪明脑瓜写科幻，再加上生活圈子较窄，阅历有限，信息量不足和视野偏窄是我的致命弱点，也因此而从不敢对自己期望过高，比如说，从不敢期望自己成为大师。我自己评价，我的短篇优于长篇，因为短篇中这个缺点可以通过某些技巧绕过去，长篇就不行了。《十字》单就思想上的分量而言并不弱于一些经典作品，但我毕竟功力不足，不能把好的骨架变成流畅丰满的生活流。有人说《十字》中关于女体盛的描写显然是从有关文章中抄来的，也有人说《豹》中对雅典的描写有太多旅游介绍的味儿，这些批评都很准确。靠中国当前的稿费水平，我肯定不能为了写一篇小说而去日本享受女体盛或到希腊考察。

六、带红薯味儿的科幻

上世纪90年代中期，我的名头儿正响时，一位年轻科幻作家对《科幻世界》编辑部抱怨说：自从我成了杂志的主力作者，杂志就带着一股河南的红薯味儿。这话我是听一位老编辑当笑话说的，我今天也当笑话讲给你们。

其实这位年轻作者说的不错，不过我的作品不是河南的红薯味儿，而是中国的红薯味儿。我的作品有鲜明的民族风格，我想任何人看了我的作品，都不会怀疑作者的中国人身份。与此相联系的是作品中的民族主义情绪，即如《终极爆炸》《泡泡》这样以和平反战、人类大同为主旋律的作品，细细品味，其中也带着挥之不去的民族主义情绪，包括：民族的悲情意识、民族自豪感及正在形成或者可以说是刚刚复苏的大国心态等。在中国的科幻作家中，与我在这一点上最为接近的是大刘。曾有人告诉我，说美国《新闻周刊》上评论大刘是法国勒庞那样的极端民族主义者而我是相对温和的民族主义者。我没见过这篇文章，不知道转述者说得是否准确。这种情愫也许与我俩的年龄有关但也不全然如此，比如绿杨先生年纪更大，但他作品中这些东西就不太明显。郑军有一个观点：民族主义的科幻作品是短足的，无法走出国门，不容易在国外读者中引起共鸣。我认为他说得很有道理。科幻作品是一种比较特殊的文学品种，本身就是超越国界的，因为它所依托的科学就是绝对无国界的，我们可以有“中国特色社会主义”但绝不会有“中国特色物理学”。但尽管我认同他的观点，我仍然愿意保持自己的风格。中华民族近几百年来灾难深重，如果再狭义一点，汉民族自北宋以来的灾难则更为深重。华夏民族文化无比灿烂，但过于精致和脆弱，几次毁于野蛮民族的马蹄。这些沉重的历史已经溶化在我们这一代的血液中，不吐不快。我的观点是：作为一个作家，我可以不把所有心里话都说出来，但至少要保证说出来的是心里话。至于在当代商品社会中成长起来的90后读者，民族主义情绪恐怕已经大大淡化了。也许这正是历史的进步？毕竟我们不能永远生活在过去的阴影中，毕竟科幻文学更是一种向前看的超越国界的文学品种。但不管怎样我还是希望，当我、大刘这一代作家退出科幻创作之后，国内科幻作品中类似的声音不要成为绝响。

七、对我几篇作品的自我剖析

作品一经问世就不属于作者个人，读者的评价不可能与作者本人的评价相同，甚至很多作品公认的评价与作者本人的看法相差较大。这是众所周知的规律。但我还是想借今天这个机会，谈一谈外部评价与本人意见不甚相合的几篇作品。

第一篇是《黑钻石》。这是看了一位美国女作家佐林写的《宇宙热寂》之后写的。那一篇是纯粹的物理题材小说，写熵增的。这种“纯物理主题”的小说在主流文学中是不可想象的，这也是科幻不同于主流文学的表现之一。因为是写熵增，所以佐林有意使用了混沌无序的语言和小说结构；而我则是反其道而行之，有意以清晰有序的手法写同样的熵增主题。我觉得这更符合熵增的本质——宇宙的无序化进程就其每个局部来说是完全有序的。文中的科幻构思是：科学家夏侯无极在逐步完善人工制造钻石的工艺时，无意中使压力超过临界值，结果把钻石变成了一个微型黑洞。这个构思比较机智，把“大自然中精致完美的最高代表”钻石与“混沌无序的最高代表”黑洞紧密联系起来，而且文中所构想的从有序到无序的转变过程从技术上是说得通的，是理性清晰的。故事中有两条线，除了写自然界的熵增，还写了社会学中的熵增，写科学家的妻子对其丈夫的不忠从百般忍受到突然爆发。这条线只是为主线服务的，没想到它更多地吸引了评论者的眼球！某评论家说我本篇是写中国女人的性压抑，某著名作家说“老王对这类题材比较偏爱”。我曾对两人的批评有些腹诽，后来想开了。文学批评者完全可以从不同的角度来看作品，也许这正是作品的成功，说明这篇纯粹物理题材的小说还成功塑造了一个中年怨妇的文学形象，搂草捎带打兔子！

第二篇是《一生的故事》。这篇也是我个人比较满意的，但发表后反响平平。顺便说一句，特德·姜是我很喜爱的一个作者，在美国科幻作家中，我的风格与他比较相像，都是以哲理科幻为主。我这篇作品就是直接源于他的科幻短篇《你一生的故事》。我在这篇作品中同样是以宿命论为内核。本小说中塑造的两个人物：母爱弥天漫地的机器人大妈妈，娇生惯养志大才疏的未来人代表，应该成为文学作品中的新典型，因为这才是人类所面临的真实的威胁，而不是充斥于美国电影中的那些拿着激光枪的凶恶机器人。

第三篇是《三色世界》。我想借它谈谈网上流行的对我的一种批评：作品中涉及性爱较多。《三色世界》中写了中国女性江志丽同其导师索雷尔的性爱，粗看似乎与主题无关，实则是文章的点睛。《三色世界》就是做这样一个道德拷问：如果某种东西触动了西方的根本利益，使他们从惯于施舍仁慈的强者转变为接受施舍的弱者，西方知识分子的价值观会不会仍坚持如一？我对江志丽这个人物的定位是这样的：她一心一意想忘掉老根儿归化西方，最终却被拒之门外。明白这一点，就能明白作者为什么要写一对中西合璧的情人，而且一定是把中国人安排成女方而西方人是男方，绝不会反过来。

第四篇是《决战美杜莎》。如果放宽一点标准，本篇的科幻构思也属于“科学意义上的正确”。数百万年人类史（含猿人史），甚至是整个生物生命史，整个宇宙演化史，其本质都不外乎一句话：信息即有序化的建立和传递。

但漫长的天文时间与熵增的结合是法力最强大的魔怪，它会使一切有序归于混沌，使灿烂的智慧之花彻底湮灭。纵然现代科学已经无比辉煌，但把目光放远了看，人类尚无任何办法走出这条死路，哪怕是简单到把一个刻着人名的石头脑袋保留到150亿年后也办不到。从这点上说，本篇的科幻构思刨到了文明的终极目的，刨到了生存意义最深最深的老根儿，是以大俗来表达大雅。本篇最后一段很多人不理解，那是我有意写得模糊，因为那段心理活动可以理解成地球上的钱三才老年昏聩后的胡思乱想，也可以理解成时母双星上那个中子脑袋已经开始陷于混沌——也就是说，熵增之魔还是战胜了人类科学，人类的努力最后仍然归于失败。

八、结束语

相对于在信息时代长大的年轻人来说，半个脑瓜的老王已经是半个化石了。而且我基本没接触过文学理论，纯粹是凭直觉写作。十年前家乡文联组织了一个高端文学讲座，请某位国内知名的先锋派作家刘先生讲写作技巧，讲座时间很长。文联主席表扬我是学习班中年龄最大听课最勤的学生。但实际上这次听课我收获不大，比如说：刘先生重墨宣介了先锋派的重要技巧之一“元语言”，但这恰恰是我一向最讨厌的叙事方式，我说好多著名作家怎么突然不会说话了，好好的话非要掰开了揉碎了绕着圈儿说！我认为那是玩弄技巧，是把文学技巧弄到极致的文学富翁才有资格玩的一种奢侈，是对作品内容贫乏的“戏不够，神仙凑”。那位先锋派作家还讲了他本人的一次创作实例，说有一次他摊开稿纸写了开头几句，往下写什么，怎么写都完全不知道，完全是跟着感觉走，就这样，最终写出了一个在国内很叫响的名篇。这种写作方法我是决不会用的。我写小说时总得先有一个闪光点：或是哲理上的独到见解，或是故事结构上的巧思，否则决不会动笔。那么，是那位刘老师错了？王晋康比主流名家还高明？当然不是。但有一点我有自知之明：刘先生按他的做法去做能功成名就，我如果按那个方法肯定一败涂地。

我写小说并非不重视技巧而是非常重视，一篇小说从结构上全盘推倒重写不是稀罕事。星河对姚海军说过一句话，说老王这些年来对小说的叙事技巧已经玩得非常纯熟了。但我一向反对炫耀技巧，我认为技巧够用为最好，一篇小说写得让人看到内容而忘记技巧才是“大象无形”。我也一向追求清晰的理性，主流文学中一些过于超前的技巧如玩晦涩玩隐喻等我是不敢玩也不愿玩的。大刘在《黑暗森林》中借白蓉之口，说了一段关于文学的见解，颇能引起我的共鸣，抄录于后：

> 但现在这些文学人已经失去了这种（创造经典形象的）创造力，他们思想中产生的都是一些支离破碎的残片和怪胎，其短暂的生命表现为无理性的晦涩的痉挛。他们把这些碎片扫起来装到袋子里，贴上后现代啦解构主义啦象征主义啦非理性啦这类标签卖出去。

这段话说得非常到位。我们在向主流文学顶礼膜拜时，确实该注意不要把这类精心包装的杂碎当成鱼翅。有一位在主流文学界专事文学批评的家乡朋友曾高度评价我的作品，使我有知己之感。他曾为我写过一篇评论，可惜我看后大失所望，因为评论中满篇都是文学批评的行话，高深而艰涩。不知道别人能否看懂，反正我看后是信息基本归零。像这类文学批评已经是当前的常态，我看不懂只能怪自己头脑僵化，思想陈旧。不过一位学文的科幻迷对我转述过他的大学老师说过的一句话——眼下文学批评的最大毛病是不说“人话”，即不说普通人能听懂的话，看来这并非我一人的观点。

我今天到大学课堂来评判自己，包括班门弄斧地谈一些观点，就好像过于自信的乡下阿二批评城里表哥：“你们城里人真傻呀，还要花大钱去减肥。你们少吃点饭，每天到地里抡几耙子不就行了？又省钱又省事。”这种乡下人的批评脱离了城里人的生活真实，当然是可笑的——但就其本质而言，这种观点具有合理的内核，至少与城里人的减肥同样合理。希望听我讲座的圈内人，以城里人的气度来宽容地看待我这个带着红薯味儿的乡下人，不管我的观点是何等鄙陋可笑，也尽量从好处理解，挖掘其中的合理内核。

这是本人在大连理工大学的讲稿。

关于《逃出母宇宙》的软与硬

2014.3.1

我的作品大致分为两类。一类是以科学为骨，即“硬科幻”或曰“核心科幻”，以《十字》为典型，这些作品更注重于新颖可信的科幻构思。一类是以科学为皮，用来包裹人文内容，即“软科幻”或曰“非核心科幻”，以《蚁生》为典型。

《十字》应是我的作品中较硬的一部。虽然科幻作品并不负担预言功能或阐述科学理论的功能，但硬的科幻能尽量接近。《十字》中的一些观点，比如让病毒温和化，不要对凶恶病毒赶尽杀绝从而形成危险的病毒真空，比如“上帝只关爱群体而不关爱个体，这正是上帝大爱之所在”等，这些观点是比较厚实的，值得思考的，甚至有可能是正确的。其他如新人类系列等，也大致接近核心科幻，但比起《十字》要软一些，软的程度各有不同。

至于《逃出母宇宙》则有点另类。首先，从科学之核来说它是完全架空的，像书中提的“宇宙的暴胀急停形成了空间的疏波和密波，大约十万年扫过宇宙一次”，像“真空可以激发出二阶真空”，像书中所论述的光的“内禀速度”和“实效速度”等，都完全出自作者的构建，从科普书中找不到的。另一方面，这部科幻又是比较硬的，只需承认两个基本设定，那么其次级科幻构思就是合理的逻辑外推，比如：虫洞式飞船其实相对于本域空间是静止的，它的运动是空间对空间的运动，所以没有相对论效应，能达到亿倍光速等，这些推论还是站得住脚的。而且本书中的科幻构思是故事发展的内在动力而不是浮在水面上的油，这正是核心科幻的典型特征。所以说，本书也应该归类为核心科幻作品——只是这幢大楼完全是建立在人工冰雕之上。

为了这部科幻小说的硬，我做了不少文字之外的工作。比如书中设定：

宇宙从 T 年前同步暴缩，由于光的传播需要时间，在地球观测中表现为以太阳为中心的异常环带，其蓝移值的大小与以下两个因素有关：第一，因为蓝移值与距离成正比，所以表现为离太阳越远则蓝移值越大；第二，但空间暴缩又是匀加速的，越远的空间传来的光线，由于处于暴缩的早期，表现为越远蓝移值越小。二者综合的结果，是在中间即书中描述的牛郎星出现极值。我为这个结论费了牛劲，推导出一个二次方程，书中列的星体蓝移值就是据那个公式算出来的。再比如，一般科普书中只提红移的哈勃常数，不提空间一维膨胀率。但我的书中需要这个值，只好自己把它推算出来，又推出了那个空间膨胀率随时间变化的公式。不知道这些推导和计算是否有误。我在上学时数学很棒，但丢生 40 年，现在也就是初中生水平。哪位读者若是天文专业，敬请指正。

由于基本设定是完全架空的，而且小说的整个框架完全是基于这两个设定而建立的，所以不可能没有硬伤。否则这就不是科幻小说，而是可以列入物理教科书的“二阶真空假说”了。我自己在写作中就发现了一些硬伤，有些已经改正，有些硬伤则属于结构性硬伤，如果改变，小说情节就无法走下去。在这种情况下，只好保留硬伤。

当然，即使科幻作品有个把知识上的硬伤或逻辑上的硬伤，也不算太大的毛病。从大面上说，科幻作品是文学，不是科普书，更不是科学理论书。书中的小漏洞只要不太影响阅读快感，读者尽可付之一笑。依我自己感觉，《逃出母宇宙》书中确实有一个设定是影响阅读快感的，即楚天乐犯过的那个大错误——曾认为飞船在向外空间飞行时无法闯过逆向湍流，但这个逆向速度只是由于空间暴缩所造成的假象，并不是真有！这个错误比较低级，有损楚天乐和其他科学家的形象——这么天才的科学家咋能犯这样低级的错误？较真的读者读到这里也许会觉得不爽。其实我的原稿中不是这样的，原稿中有一些设定，在这种设定下，楚天乐早期有这个观点是完全合理的。但这些设定过于复杂，会让一般读者产生厌烦畏难心理。我在“逻辑正确”与“叙述流畅”之间徘徊许久，最终下狠心删去了这些复杂设定，没办法，毕竟科幻的主流还是文学，难以取舍时宁可让它偏软一点。

科幻文学的拇指

2014.6.6

科幻文学是文学，又不全是文学。

文学的源头是生活，而科幻文学除此而外另有一个源头，那就是科学。科幻作家主要指硬科幻作家的写作，除了再现生活外另有一个追求，那就是理性的探索，诸如：什么是宇宙的本元？宇宙为什么有这样精巧的普适的秩序？它是如何产生的？我是谁，从哪里来，到哪里去？……这些理性的诉求本不该出现在小说中，至少不应成为小说的主体，但这些家伙们嗜痂成癖，孜孜以求。在主流文学批评家眼里，也许这种现象不可理解，但这正是科幻文学的一个特点，也是它的优势所在。

注意，说它是“优势”而不是“劣势”，是有前提的。其前提是：大自然的机理本身具有足够的震撼力。

我的长篇科幻《十字》是围绕天花病毒而展开故事，恐怖分子盗取天花病毒向社会播撒，而科学家、有圣母般形象的梅茵也盗取天花病毒并向孤儿院播撒，不惜让自己最喜爱的孤儿变成麻子。就情节说，这篇小说可划到惊险小说这个门类，但其实它的真正属性是“哲理科幻”。整部小说建立在进化论的自然机理上：生物进化的本质是在遗传过程中随机产生变异，大部分变异是有害的。通过残酷的自然淘汰，少量适合环境的变异被保存下来，形成今天的生物界。也就是说，上帝是以牺牲个体的方式来保证族群的繁衍，保证群体的利益。但人类的医学却正好反其道而行之，医学的目的是一行大写的金字：救治个体而不救助群体。这样做的一个副作用是：遗传病基因就能够逃过自然之筛而留存下来，从长远上说将威胁整体的繁衍。

那么该怎么办？没有办法，两者的矛盾是根本性的，我们只能沿其中一条路——科学之路——往前走，哪怕它永远蕴含着致命的危险。书中有这样一句话：

> 上帝只关心群体而不关心个体，这才是上帝大爱之所在。

这句话是小说的眼，是进化论的文学表达。读完这篇小说而没有记住这句话的读者，说明他没有读懂小说的“科幻之核”。一般而言，在主流小说中，单单对哲理的阐述不足以构成小说的框架，但在科幻小说中可以。因为它阐述的是真正的自然机理，这些机理精巧严整，浑然天成，放之宇宙而皆准，有足以震撼心灵的内在力量。比如上例中，当你真正读懂了这句话，你就能理解生存的残酷、悲壮、无奈和昂扬，你会听到一曲苍凉辽远的生命之歌在心中奏响。它也是一曲英雄交响曲，是一曲命运交响曲。

另一篇拙作《黑钻石》写了这样一个故事：科学家夏侯无极的妻子衷心佩服丈夫的天才，默默支持他的研究，对他感情上出轨尽量隐忍。夏侯无极的研究题目是用超高压来制造钻石。他精益求精，没有料到压力最终超出了临界值，把钻石压成了一个微型黑洞。这个微型黑洞将阴险地悄悄吞噬地球，但科学对其完全无能为力。而在此时，妻子的隐忍也到了极限，最终爆发，年轻漂亮的情人戴着那粒黑钻石死去。

依主流文学评论的标准，这应该是一篇单线小说，但实际它另有一条线，科学之线。两条线：故事线和科学线，有交集吗？有。那就是两者都在阐释同一个自然机理：熵增，熵增定律说的是：宇宙将从有序状态不可逆转地转化为无序。小说中两条线互相呼应。物理学上的熵增是主线，而社会学上的熵增只是它的投影。这是一篇纯物理题材的小说。这在主流文学中是不可思议的，但在科幻文学上就能出现。

所以，读完《黑钻石》而没有意识到“熵增”这个概念的，肯定没有读懂。那么，这样的物理题材小说有感染力吗？答案是：对大多数读者没有，但对某些读者有，即那些理性思维较强并且有相应知识基础的读者。罗素关于熵增定律曾悲怆地写道：“一切时代的结晶，一切信仰，一切灵感，都要随着宇宙的崩溃而毁灭，人类全部成就的神殿将不可避免地埋葬在崩溃宇宙的废墟之中。”凡是知道熵增定律并持有这种悲怆感的人，就能轻易读懂《黑钻石》，因为它只是熵增定律的文学表达，是它的一个符号。人类至美的代表——钻石——却原来和宇宙中黑暗面的代表——黑洞——只有一步之隔，这样的文学设计把熵增定律具象化了，把那种玄虚的悲怆具象化了。

我在本文中只列举了个人的作品，只是为了列举方便。实际上，这类作品在科幻小说中不少，可以形成一个门类。这类以哲理探索为核心的小说，由于先天的原因，一般都是小众的，如果它大众化，那常常是其他因素起了主导作用。但尽管这样，它仍是科幻文学的骨架，是科幻文学绵延百代而不绝种的力量所在。一则欧洲的民间故事说，大力士的力量在拇指。那么，大自然机理本身所具有的震撼力，应该就是科幻文学的大拇指，是它独有的原力。

科幻之“核”和“小众文学”

2015.6

中国科幻文学命运多舛，自晚清诞生之日起，曾因政治原因三次断流，于20世纪90年代才重新起步。最近一次断流是20世纪80年代，大半是因为某位科学伟人，名字我就为尊者讳吧。科学家出身的大官打压科幻，是一件很悲摧的事。自80年代以来，中国科幻作为完全野生野长的文学品种，在官方，甚至主流文坛的视域之外自生自灭，默默生长，至今已经达到相当的繁荣，刘慈欣的《三体》已经在国内外赢得声誉，我想那只是第一只报春燕。

坦率地说，中国科幻文学的水平，与主流文坛的关注度之间，仍有相当的落差，主因或许是这种文学品种有其特殊性，对它的欣赏要克服某些思维惯性，要有新的目光。比如：文学是人学，科幻文学也是人学，但后者更关注整体的人性，关注基于动物性之上的最基本的人性；在历史、现实与未来之间，科幻更多地关注未来，关注科技对人类的异化，而主流文学基本上是面对现实或面对历史；科幻作家信仰科学，非常重视“科幻构思”，以其为重要的文学表达手段，重视表达科学本身的震撼力；等等。而且，读者若不具备一定的科技知识，就无法自如进入科幻文学作品的语境，更遑论评论了。去年十月，在中国人民大学召开的我的创作20周年学术研讨会上，北大张颐武教授谈了科幻与主流文学疏离的两个原因，说一个原因是主流文学界80年代有了重大改变，玩儿法跟科幻非常不同。80年代以来文学界引入了现代主义，讲究复杂技巧。一是人称要变，二是叙事角度要变，三是心理描写要有，四是象征的东西出现，这四个复杂的现代主义技巧是每一个中文系必备的。所谓的主流文学就是在过去传统的写实上面加上了这些复杂的技巧。“但我们看王老师的东西江河奔涌，故事写得很猛，不讲究复杂技巧，我阅读时一看人称不变，看三页以后就觉得技巧老，完了，老王跟我们不是一股道的。你看莫言先生一定有这个技巧,《生死疲劳》一会儿换成驴来写，一会换成马来写，王先生就没有。这是科幻跟我们主流文学界疏而不亲的非常重要的一个原因。疏离的第二个原因是，我们一般假定人文学者是反科学的，应该誓死捍卫诗性的人生。我们学了海德格尔，人应该诗意地栖居。但是科幻假定科学原理是先在的，如果我们跟科幻搞在一起，意味着我们这些人把自己的人文立场给丧失了。所以，我们就想坚决不能跟王老师混在一起。”当然这是张先生的幽默，但确实道出了某些实情。

20 世纪 80 年代国外文学狂涌而入，科幻作家也都是从那个时代过来的，都受到西方现代文学的感化，也都乐于吸收现代主义、后现代主义的文学技巧，比如在著名科幻作家韩松的诸多文本里，隐喻、互义、荒诞化、意识流等技巧俯拾皆是。我是科幻作家中比较传统的，其实也使用了不少现代主义的文学技巧，比如在拙作《时间之河》中就有死者的意识流的自述，有对于人称的复杂转换，有关于故事情节的多重嵌套。《时间之河》的梗概是：一个成功的企业家返回 20 年前救回他不幸淹死的初恋，但由此造成原有生活与婚姻的错位和断裂，最后迫使他转换到另一个平行的人生，一个贫穷知识分子的人生。这个知识分子在老年后参透人生，又回到过去，去改变那个企业家的人生，使他变成自己。就像蛇吞食了自身，又在自己体内获得新生。但总的说来，科幻作家在文学技巧上是相对传统的。比如，在主流文学界大举消解长篇小说的宏大叙事、史诗性、全景性的时候，这些东西却在科幻文学中得到了坚持。科幻作家的另一个坚持是：内容大于技巧，技巧刚刚够用为最高境界，拒绝晦涩。在我们看来，雕琢技巧是把文学玩到极致的文学富翁们才能享受的奢侈。在国外科幻文学史上，有比较传统的美国的黄金时代科幻，也有追求现代主义和文学性的英国的新浪潮科幻。站在今天回望历史，我们觉得，总体来说，美国黄金时代科幻比新浪潮科幻更具价值。

与反科学的主流文学不同，科幻文学最大的优势来自科学和大自然本身所具有的理性美和震撼力。只要科幻作家善于表达这种美和震撼力，作品就成功了一半。我曾说过，科幻小说的第一作者其实是上帝，是大自然，所有的科幻作者尤其是硬科幻作者，都应把六成稿费寄给他老人家。我第一次领略到科学的理性之美是少年时第一次得知一点很普通的物理常识——世间七彩原来只是源于电磁波频率的不同！我曾在《斯芬克斯之谜》这篇小说中追忆了当时的少年心境：那时我突然感到极度失望——因为大自然的壮丽被解构了，裂解成了干巴巴的物理定律；但同时又感到极度震撼——原来五彩缤纷的大自然在其深层有严格的机理，有如此简洁的美。对宇宙简洁美的敬仰之情随着我知识的增多而逐渐强化，比如：大千生物世界原来只是由 ATGC 四种砖石所构成；神奇的电脑实际只是 0 和 1 的加法；人的天才、感情、直觉……诸如此类都是简单电脉冲的复杂集合；百亿光年之外的星球与地球是同样的元素并遵循同样的物理定律；整个宇宙，包括万物之灵的人类，其原初的诞生都源于最简洁的自组织机理，与啤酒向外倾倒时发出规律的汩汩声这种常见现象并无本质不同！科学是真正放之四海而皆准的真理，不像宗教只能靠信仰来维持。所以，你一旦皈依了科学，就永远不会叛离。科幻作者们也常常倾力于对科学的反思和批判，包括我本人，其批判的犀利绝不亚于人文领域，而且因为是“圈内人”批判，更能直指要害，比如，我在 14 年前写的《替天行道》就对转基因技术进行了尖锐的反思，痛斥了美国孟山都公司所广泛使用的在粮食种子中嵌入自杀基因。那部小说提出：人类社会短期的合理是否能符合上帝的长期的合理。但这种反思和批判恰恰是基于对科学的忠诚。正如很多西方思想家对西方政治的批判，也是基于对民主的忠诚。

对理性美的讴歌是科幻文学的主题之一。我的中篇科幻《豹》写了这样一个故事。生物学家谢教授把猎豹的基因嵌入儿子谢豹飞的体内，使他成了短跑超级天才。但月圆之夜这个豹人兽性发作，咬死了恋人。恋人的堂兄为妹报仇，当着警察的面杀死了豹人。在法庭论战中，被告方律师突出奇兵，说他的当事人虽然杀了谢豹飞，但并未犯“杀人罪”！因为谢豹飞不是人，哪怕他体内的猎豹基因只占人类基因的万分之一。他说：“我想请博学的检察官先生回答一个问题：你认为当人体内的异种基因超过多少他才失去人的法律地位？千分之一？百分之一？百分之二十？百分之五十？百分之九十？这次田径赛的百米亚军说得好，今天让一个嵌有万分之一猎豹基因的人参加百米赛跑，明天会不会牵来一只嵌有万分之一人类基因的四条腿的豹子？不，人类必须守住这条防线，半步也不能后退，那就是：只要体内嵌有哪怕是极微量的异种基因，这人就应视同非人！”

这段法庭论战不仅仅是语言和情节上的机智，而且是哲理上的深刻，因为它直指人类的本元。人之为人，其实只是一种公理，并没有严格的定义。平时人类对这个公认的定义习以为常，没有人产生疑义，但本文中使用了归谬法，把这个公理放在科学的新发展背景中，使它内部的微裂缝扩大，这些微裂缝再不能蒙混过关了。这段驳难展示的是“真正”的大自然的深层机理，没人能驳倒。这正是当今的科学家和生物伦理学家对基因技术高度警惕的原因。因为一个微裂缝就足以倾倒整座堤坝。而且，正如小说中谢教授死前所说的，这个进程实际不可逆转。人类的存在本身就蕴含着宿命的悲怆。

科学能赋予我们更锐利的目光来剖析人性和社会。在科幻作家眼里，“人类”代替人成了小说的主角，而“人性”被更多赋予“物理属性”——原来，文学家歌颂了千百万年的男女之爱其实只是两性繁衍方式的附属物；而母爱父爱其实是上帝为了种族繁衍所设定的一个程序；自私本性、利他天性、嗜杀天性和占有欲等，既是社会属性，也是生物学属性。今天的科学技术不但通过信息环境等方式改变着人的观念，我称之为“软异化”；甚至也在改变着人的物理本元，而物理本元的改变必将反过来极大地改变人性，我称之为“硬异化”。在科幻小说里，作者常常跳出人类视野的束缚，以上帝的目光来俯瞰世界和遥看未来。当然，他的目光过于冷静，过于冷厉，他所看到的真实过于残酷甚至血腥，所以，科幻作品常常有社会达尔文主义的嫌疑，不易为正统学界所接受。

从写作手法上说，科幻文学的特性能赋予作家更大的自由，小说背景可以自由设置为各种极端状况。这种优势是其他文学品种达不到的。我曾写过一篇《西奈噩梦》，写一个极度仇恨犹太人的阿拉伯间谍利用时间机器在历史中来回奔波，以挽救埃及六日战争的失败。但在多次进出历史的过程中，他本人却变成了犹太人，阿拉伯人反倒成了他的深仇！从逻辑上看这个科幻设定毫不牵强，因为阿拉伯人和犹太人同属古闪族的后代。但经过时间机器的浓缩处理，两个民族“非常合理”的民族仇恨叠印在一起，就显得非常荒诞可笑。这样的文学效果是主流文学形式难以达到的。我十年前写过一个长篇《蚁生》，那是我几十年人生经历的积淀，原想把它写成一部纯文学作品，但后来还是采用了我最熟悉的科幻手法。作品写了在“文革”时期一个心地纯洁的知青想在知青农场中扮演上帝，用蚂蚁的信息素成功地改变了人的自私本性，把“恶”的人群改造成利他主义的蚁群。但事态发展最后证明，由一个“清醒上帝”统率一群“浑浑噩噩的幸福蚂蚁”，并非成功的社会模式。这部特殊的乌托邦小说在国内主流文坛上没有什么影响，但我个人认为，它和主流文学一样尖锐地剖析了那个时代。

张颐武先生在谈到科幻与主流文学的两个疏离时，也提到科幻与一般文学相比的两点长处，那就是：从未来进入当下，从超大空间、外宇宙进入我们的内心。时间有限，就不多说了。

尽管科幻文学这个文学品种有它独有的优势，眼下也开始走出科幻圈外，甚至走向国门之外，但总的说它属于“小众文学”，这种状况有其先天性原因。科幻作品的读者常常是擅长理性思维的、能锐敏地领略科学和理性之美的人群，但他们毕竟是少数。所以，我们从心理上不妨接受“科幻就是小众文学”这个观点，这样可以少一些失望。但这个估计并不排除科幻阶段性的大昌盛。相信随着时间的推移，科幻会更多地进入主流文坛，进入影视，甚至进入思想界。静待来日吧。

这是本人在美国杜克大学写作沙龙上的发言。

姚海军研讨会发言

2015.12.24

我与海军是相识20年的老友了，在这个会上有太多的话要说。时间有限，就说三点吧。

一是激情与坚持。众所周知，海军踏上科幻的第一步，是自费创办《星云》油印杂志。当时他在僻远的东北伊春林场，想要油印还得跑几十里路，而且很穷，没有办刊资金，全靠作者们每人五元十元最多五十元的赞助。我俩之间的联系就是从他的一封信开始的，估计他是从《科幻世界》编辑部知道了我的地址。与海军的通信我一直保存着，前几年为星云奖筹资拍卖，我才把它捐献出来。一个极偏僻林场的小工人自费办科幻评论杂志，这件事今天想起来还很科幻，但海军竟然把它坚持下来了，靠的是什么？是宗教般的激情，也许还应加上勇敢。但激情澎湃的人也很容易颓唐。据我所知，当年和海军一起办《星云》的还有两个人，他们已经退出这个阵地，默默无闻了，而海军最终坚持下来，成为中国科幻界的一根顶梁柱。时间真是法力最强大的巫师，而成功者莫不既有宗教般的激情，也有铁石般的坚持。在这一点上，我非常佩服海军。

二是专业造诣。海军的文化水平不高，说实话，在开始交往的初期，我心目中只是把他当成一个热情奉献的科幻迷，正像今天到处可见到的科幻迷一样。但不知不觉，我突然发现海军写的科幻评论成熟了，而且越来越成熟。为文旁征博引，挥洒自如，常有很多精辟的观点。所谓读书破万卷，下笔如有神，海军就是在半生的坚持中，在长期大量的阅读中，在一线的编辑工作中，广泛吸取了营养，成就了今天的海军。他是杂志社的副总编，实际早就承担了总编的工作。在杂志社多年的坎坷中，他始终头脑清醒地把握着《科幻世界》杂志的作品定位和读者定位，在编辑方面已经是杂志社公认的栋梁。作为作者，我还尤其感谢海军对我小说的帮助。我近期的长篇小说都是由海军审稿，而他每每能指出小说的不足，有的是细节的，有的是大局的。由于从事一线编辑工作的优势，他的意见常常简单有效直接，非常实用。对他的意见我一向是衷心接受，有一些因本人才力或时间有限而未能遵照修改的，常常是我心中的遗憾。

三是海军的亲和力和人格魅力。由于中国的特殊情况，《科幻世界》杂志社实际是中国科幻的中心，这一点毋庸置疑。而杂志社的领导，比如第一届的杨潇和谭楷，以其敬业、奉献和人格魅力，自然地成了中国科幻共同体的核心。但这种作用不仅取决于这个位置，也取决于个人的性格，勉强不得。比如另一位前任社长，也是很优秀的领导，但比较内向，在科幻圈内的影响就不如杨谭二位。令人欣慰的是，杂志社的接力棒传到今天，海军、杨枫等人也做得相当不错。刘社长因一直从事营销，与作者群相对生疏一些，情有可原。可以举我的例子。坦率地说，《科幻世界》的图书营销还有待改进，在《科幻世界》出书销量相对较低，但我所有新长篇无一不是先送《科幻世界》，只有这边说无法出书时才改送他处，如《蚁生》先送四川，未能过审后来才送往福建出版，就是这种情况。一般来说，书稿一交给海军之后我就不管了，什么印数稿酬的都由他处理，常常书都出了，合同还没签。这是因为，20年的交往，我和海军已经是肝胆相照的朋友。还有一点，我想借这个机会感谢海军。上世纪90年代，《科幻世界》最困难的时候，我作为主力作者确实出了一些力。但当时海军还只是一个普通科幻迷，并没有实际经历过杂志社的这一段历史。但海军任副总编一来，一直把我的这点微薄作用牢记在心，在很多场合代表杂志社对我表示谢意。这样的举动让我很感激，更让我觉得海军这个人厚道，是个好人！好人，这是个过于世俗化的字眼，但在我心目中是最崇高的！

这个会议是对海军半生成就的一个总结，祝贺海军，相信他会为中国科幻做出更大的贡献！

“野生野长”的中国新生代科幻

2017.9.22

我是因为很偶然的原因——十岁娇儿逼着讲故事——而在二十世纪九十年代懵懵然上了科幻这条贼船，从此再没下来。我当时并不知道，中国科幻那时正处于最艰难的境地。此前，在二十世纪八十年代末，它受到一场不公平的、所谓“科幻就是伪科学”的全国性批判，国内所有的科幻发表阵地全部失守，只余下四川的《科幻世界》勉力维持，但销量锐减，作家流失，杂志质量下降，在生死线上艰难挣扎。那时该杂志被主管部门推出门外自负盈亏，以杨潇、谭楷为首的一批“殉道者”临危受命，接下这个摊子。为了生存，他们业余出版教辅来为科幻输血，社长杨潇脱下高跟鞋，亲自蹬三轮去推销教辅。老友谭楷曾告诉我，在杂志生死一线的时候，他甚至不得不“卖身”，个人去办了一期低俗刊物，再把赚来的钱交给杂志社干正事。他曾笑言，那次的强烈感受是：这种不干净的钱赚着太容易了，他都奇怪自己尝到甜头后怎么没有堕落。

即使在如此艰难的情况下，《科幻世界》杂志仍坚持举办每年的银河奖，举办作者笔会，甚至承办国际科幻年会。为了争得举办权，社长杨潇没钱买机票，坐了一星期的火车赶往荷兰，腿都坐肿了，被参会的国外作家们看成“很科幻的事”，最后硬是以这样的精神争得在中国举办世界科幻年会的权利。在这样的坚持下他们艰难保住了国内唯一的科幻发表阵地，也造就了该杂志在中国科幻界中的王霸地位。中国科幻银河奖虽然已经声名显赫，其实只是该杂志的奖项，按“出身”论档次“很低”，但它在中国科幻界的地位无人能撼动。我常说，没有他们的坚持，中国科幻的复苏至少要推迟十年时间。所以，在科幻初步复苏的时候请大家记住以下的名字：第一任社长和总编杨潇，副总编谭楷，财务负责人莫树清，资深编辑吉刚、田子镒，副总编姚海军、杨枫，以及杨潇之后的几任社长阿来、秦莉、刘成树等。

自从那场批判之后，很长时间，科幻在国内是被看作异类的。写科幻是一件非常寂寞清冷的事业，无名无利，稿费低，不被社会关注，被文学界和文学批评界彻底忽视。当然，主流文学创作也是寂寞清冷的事业，但至少在获得茅盾奖、鲁迅奖等大奖之后会迅速蹿红，作者能吃上商品粮，能当上本地的文联副主席等，而科幻作家是无法跻身主流文学奖项的，而银河奖在圈外默默无闻，这种状况在《三体》走红之后才有所改变。圈外人可能不知道，很长时间内，刘慈欣写科幻在单位里是保密的，有人问起“写科幻的刘慈欣”，他就搪塞那是同名之人。我在工厂里因为在技术上资历老，是专业带头人，受到的待遇相对宽容得多，但也被党委书记在私下里批评为“不务正业”。那时写科幻是养活不了自己的，所以作者大多为业余。当时仅有的两个专职科幻作家，北京的星河因为是体制内的合同制作家，又得北京的地利，经济状况相对好一些；另一个专职作家郑军则很苦，写作累得颜面抽搐，但写了好多部长篇无法出版，生活难以为继，我和刘慈欣都曾资助过他，但我们能拿出的资助也是微乎其微。可以说，二十世纪九十年代的科幻作家能坚持到今天，全靠兴趣和爱好，靠着一腔热血，靠着自身“甘于寂寞”的生性。

在科幻同仁的坚持下，中国科幻从二十世纪九十年代中期逐渐复苏，直到今天的初步繁荣。这个时期的中国科幻现在一般称为“新生代科幻”。新生代科幻与五十年代和八十年代的科幻有很大的不同，它完全野生野长，因而更早适应了商业时代，比其他文学杂志相比有更强的生命力，其销量在中国原创文学杂志中名列前茅。而且，回顾往日，我们可以自豪的是，在如此艰难的条件下我们没有沉沦，没有媚俗，没有去赚那些谭楷说的“很容易赚”的钱，而甘守寂寞，坚守着文学的正道，坚持着仰望星空，讴歌真善美，弘扬时代和民族的主旋律，展现一个泱泱大国和民族复兴时代的沉雄心态。中国科幻也经常写末世灾难，但绝不是诲盗诲淫宣扬颓废，而恰恰是在宣扬昂扬奋争，只不过救世者不再是美国电影中常见的“白人男子救世主”，而换成了地道的、更多秉持集体主义而不是个人英雄主义的中国式英雄。

从总体上说，科幻文学是俗文学，这是毫无疑问的，它的首要功能是向读者提供阅读的愉悦感。但科幻又是比较特殊的俗文学，由于它是以科学为源头之一，而科学是一个博大深邃的体系，是人类认识自然和自身的望远镜和显微镜，所以科学常常赋予科幻作者以俯瞰历史的、跨越时代的甚至超越物种的眼光。所以这种俗文学天然具有很浓的雅文化的特质。

野生野长的中国新生代科幻作家是一个比较特殊的群体，因为写科幻需要基本的知识储备，所以他们大都受过高等教育，一般为本科以上，不乏名校硕博和一线科学工作者，从作家群体的平均学历水平上看，无疑是各类型作家中最高的。但他们又大多不安本分、思想狂放、玄天虚地、自我放逐，吴岩称他们为精英阶层的边缘人。其实我觉得，对他们更合适的称呼是“草根精英”，这些草根精英大多具有比较广博的、比较超前的视野，又因其草根地位具有比较超脱的观察角度和思想自由，正因为如此，他们的作品具有独特的价值，具有一定的代表性，与迅猛发展的科技时代有更深的契合度。可以说，“草根精英意识”是新生代科幻作家的群体意识。上述这两个特点：俗文化中的雅文化，草根中的精英，只有理解这两个特点，才算是掌握了新生代科幻作品的源代码。

中国科幻目前已达到初步的繁荣，由于科幻作品所具有的影视改编的潜力，大量资金进入科幻圈。一方面，提高了作者的收入，让这个文学品种能够良性运转；另一方面，无可讳言它也带来了一些铜臭味儿。世事皆是如此，不能两全，没人愿意科幻作家们回到过去的贫穷和默默无闻。在商品社会，我们不得不遵循商品社会的规则，只希望金钱更多成为助燃天才之火的油，希望它不会改变科幻作家们的“草根精英意识”，则中国科幻幸甚。

本文最初发表于《学习时报》2017年9月22日第8版。

龙一《地球省》书评

2018.3.21

《地球省》是著名作家龙一涉足科幻的处女作，是一部风格独特的特情加科幻作品。我作为一名科幻作家来阅读它，更是有着独特的阅读体验：最初的陌生感，新奇，直到惊艳。作者笔力雄健流畅，想象力汪洋恣肆，信步畅游于历史、幻想与现实之中，举重若轻，构建了一个完全架空但却十分质感、细节栩栩如生的社会，一个荒悖的、无厘头的、哈哈镜般扭曲的高科技社会，偏偏又浸透了中国半殖民地社会的世俗百态。著名科幻作家刘慈欣在序言中说它是一颗滋味浓郁的怪味豆，是为确评。作者尤其擅于刻画人物，小说中无论是颟顸皇帝、野心大臣、跋扈的外星太上皇、具有“小人智慧”的太监，还是社会底层的警察、妓女、黑道枭雄、黑市医生，个个跃然纸上，而这恰恰是很多科幻作家不大擅长或者不够重视的地方。《地球省》在文学技巧上的高度是毋庸置疑的，相信科幻作家们从中会学到不少东西。

也许是由于基因上的相似，科幻作品中常常含有间谍小说、侦探小说、推理小说的成分，但这类作品大多是以科幻为“骨”而以惊险为“皮”，惊险小说的手法只是作者烘托科幻构思的手段或佐料，因而在“惊险”这个领域常常放不开手脚。而《地球省》则更多是以“惊险”为骨，作者把更多精力用在惊险氛围的营造上。阅读《地球省》就如一次无休止的过山车，剧情常常有惊人的翻转，读者自始至终得屏着气息，注意力稍有放松就追不上作品的节奏。今天的读者其实很难伺候，作者的才力稍有不逮读者就不会买账，但在阅读这部作品时，相信脑洞再大的读者也追不上作者的脑洞。

科幻作品的一个优势是可以自由设置背景，因而可以设置得非常极端，从而最大限度地凸显人物，浓缩情节。《地球省》作为一部特情加科幻的作品，充分地发挥了这种优势。在作品中，地下世界的人物到45岁就要“依法死亡”，因而主人公警察乔伍德的生命已经开始了倒计时。小说中还有一个独特的设定是其他任何科幻作品中所没有的：地上世界的高等人生活在严酷的污染环境中，吃着难以下咽的食物；反倒是地下世界的下等人美食美馔，只是到45岁必须依法死亡——此后主人公才知道，原来“依法死亡”还不是悲剧的终结，因为地下人只是地上阶层为外星人精心饲养的“地羊”，所谓的死亡只是被屠宰的开始！类似的极端背景在小说中比比皆是，它逼迫着读者，紧紧跟着主人公的生存倒计时的滴答声，在地狱和炼狱中仓皇逃命，因而给读者以非比寻常的阅读体验。

不过这种“自由设置背景”的优势对特情小说来说是一把双刃剑。在一般惊险小说中，最高级的博弈是智力上的博弈，它表面上是小说中警与匪、正派与反派之间的博弈，而本质上是作者和读者的博弈。当作者有才力把读者引入重重迷宫、让他们屏着气息走完全程，然后给出一个完全意料之外但绝对是情理之中的结尾时，作者就战胜了读者，收获了读者衷心的景仰，正如东野圭吾过去做到的那样。在这种智力博弈中有一个默认的规则，那就是：作者不是神，不具超自然力，他与读者的博弈是站在平等的地位上。但在可以“自由设置背景”的特情加科幻小说中，作者虽不是自然之神但可以是技术之神，可以具有等同于魔法的高科技，他和读者不再平等，因而难免影响读者的代入感。本书中有一个情节：首辅大臣精心组织了对皇帝的暗杀，剧情几次大反转之后，最后是首辅大臣的替身被砍下的、作为战利品献于陛前的一条手臂射出液体，杀死了皇帝。看到此处，读者肯定会为作者的脑洞大开而鼓掌叫绝——但它不再是平等地位上的智力博弈，难免影响到读者的代入感。

一般来说，科幻小说不担负“预测”功能，尤其是在社会方面的预测。人类社会的发展本来就是不可预测的。当它处于线性发展阶段时尚可做出比较准确的预测，但长期的线性发展之后肯定会有阶跃、质变、范式转移，而阶跃之后的世界无法依靠此前的线性数据作出准确的预测，理论上也不行。所以，作为面向未来的小说体裁，科幻小说更多是展示未来的101种可能性，而未来就在这101种可能性之中——但也可能在其之外。可叹的是，在这101种可能的未来中，《地球省》选取了最黑暗最诛心的一种。我在阅读过程中不免感叹：作者得具有何等铁石心肠，才能营造出本书中那样血腥的、质感强烈的细节！刚才说过，地下人类是地上阶层为外星主人圈养的肉羊，小说中如数家珍地列出众多人肉美味：九转大肠、夫妻肺片、玛瑙皮冻、糖醋小肋排、椒麻羊耳丝、爆腰花、烧烩脑仁、肚丝烂蒜、清汤肝泥、酸沙黄喉、拔丝羊眼……《地球省》是一部黑暗集大成，把人类历史上最黑暗最卑劣最无耻的材料集中在一起，做成一盘满汉全席：中国封建社会和半殖民地半封建社会的、欧洲中世纪的、纳粹时代的，等等。在这个社会中，钱是一神教中的唯一神，而私欲、背叛等恶德恶行充斥天地。我作为一个思想比较传统的古稀老人，不相信人类社会会有这样的未来，更不希望它会出现——但也没人能断言它就绝对不会出现。今天，科幻般的高科技已经降临人间，互联网、基因技术、人工智能、大数据……它们都能千百倍地放大人性，无论是人性中的恶，抑或是善，甚至，也许到某一天它们能主导人性。作者把这种最黑暗的未来血淋淋地拎出来向读者展示，是让人类对此有所震动，有所警惕，从而尽量避免它的到来，所以，作者的铁石心肠实际是菩萨心肠、慈悲胸怀。而在本书，在一片令人窒息的黑暗中，最终也有几个卑劣小人物的友情和爱情从污泥浊水中渐渐抽头、生长，给小说带来了一抹亮色。

本文最初发表于《中华读书报》2018年3月21日第11版。

《逃出母宇宙》创作谈

2019.5.9

《逃出母宇宙》这部科幻长篇小说的故事核心来自我此前发表过的短篇小说《活着》，而后者从名字上就能看出，是对余华先生同名小说的致敬之作，只不过把故事背景从中国社会底层改放到整个地球乃至整个宇宙了。余华先生的小说以质朴无华的叙述，写了一个可怜小人物对“活着”的一生的坚持，而这正是科幻小说的一个永恒主题——生存。在《逃出母宇宙》这部小说中，这个主题被总结成两句简短的大白话：活着，留后。也可总结为小说中一个主角的四句短诗：

生命是过客，
而死亡永恒。
但死神叹道，
是你赢了。

生存是万千生命的最高目的，当然也包括人类。人类社会林林总总的道德、法律、情感、本能……就本质而言都是因这个目的而派生，尽管当这些精神层面的东西在极度发展和精致化之后，与原始目的能够表现出相当的割裂，但本源是不变的。在我另一篇科幻小说《生命之歌》中，我提出了这样的科幻构思：所有生物都有生存欲望，它由上帝镌刻在生物 DNA 的深处，是回荡在整个宇宙的最雄阔悲壮的生命之歌。它和《逃出母宇宙》在主题上是相通的。

当然，从短篇到长篇，情节被大大丰富了。这部小说设置了这样的极端背景：整个宇宙忽然得了空间急剧收缩的绝症，而主人公也从幼年起就得了绝症。在双重的绝望中，主人公与所有地球人仍在极端绝望中奋力求生，从而造就了人类文明的一个“氦闪”时代，天才像礼花一样迸射，人性之花大放异彩。人类的求生之路波折重重，先是近地空间的空间暴缩——又发现是全宇宙的空间暴缩——又发现随后会有一个空间暴胀，而暴胀更为可怕，它将使人类的智慧清零……就在这样一波又一波完全的绝望中，人类仍然不言放弃。虽然小说最后没有写光明的结局，但至少他们仍在黑暗之中摸索，前边仍有希望之光。

这部科幻小说的主要人物都是中国人，从外在到内心。患绝症的青年天才楚天乐，从母亲和干爹身上继承了坚韧、乐观和仁爱。他的妻子鱼乐水善良而乐天，采访楚天乐的过程中“很随便地”作出了与他结婚的决定，之后便是一生的坚守。姬人锐则是一个三国陈宫式的人物，目光敏锐、冷静果断、精于权谋，但心中有一条道德红线不会逾越。一个更复杂的人物是褚贵福，原是自私霸道劣迹斑斑的亿万富翁，他慷慨捐赠金钱的初衷是预先买下逃生飞船的船票，保住几十个妻妾儿女的血脉。但在时代浪潮的裹挟下，这个极端自私的家伙也成了时代的伟人。有人批评这部小说中的所有人物过于圣洁，过于理想化，这些批评有合理的一面。不过我认为，当人类整体处于灭绝边缘时，这个物种的利他主义就会自动强化，所以我认为——至少我希望——在这样的极端灾难之下，人性会更美好，而不是更卑劣。我希望上帝建造的是伊甸园，而不是黑暗森林。从人类文明发展的历程看，这个观点也是正确的，尽管人类史上充斥着丑恶血腥，但族群的整体利益最终会压倒个体之间的争斗，否则就不会出现人类的普世价值。我相信，在人类整体面临生死存亡之际，普世价值将真正普世。

就“讴歌人性，直面生存”这个主题而言，《逃出母宇宙》是一部社会小说，或者说是软科幻，但实际上它也是一部比较特殊的硬科幻小说。

说它“特殊”是因为，与我以往的作品不同，文中的主要科幻构思从科学性上说纯属虚构。小说的主要科幻构思是：整个宇宙存在着大致十万年一次的暴胀暴缩，今天的人类文明适逢其会；还有，真空能够激发为二阶真空，从而可以实现亿倍光速的航行；还能继续激发出三阶真空，从而实现时空跃迁；等等。今天的物理学中没有类似的知识或假说，我也不相信这些构思能变为现实，即使能，也是一百万年之后的事了。但只要承认这些假定，其后情节的发展就浸透在科学理性之中了，一些技术发展是这些假定的合理延伸。对于某些技术细节，比如空间暴缩区域的扩张速度、何处是极值、太阳与地球之间距离缩短的速度等等，我是自己推导出公式进行计算的。

敝帚自珍的是，在这部小说中，从头到尾，“空间胀缩”始终是故事情节的内在推动力，而不是可有可无的背景，这正是“核心科幻”的主要特点之一，所以说这部科幻小说还是比较硬的。对无法避免的知识硬块，我尽量使其简单化和分散化，以便于读者阅读。但据一些读者尤其是偏文科的读者说，还是觉得阅读起来有些艰涩，对作者而言这是一个遗憾。记得哪位西方科幻作家说过，小说中出现一个数学物理公式，读者就会减少一半——不幸的是，我这部小说中竟然有两个物理公式！按说这会吓跑所有读者的，但是没有，所以我对本书的读者满怀感激之情。

在国内一线科幻作家中我是最年长的。我们这代人经历过很多坎坷和苦难，曾经处于闭塞、愚昧、自卑、绝望中，但我们没有沉沦。有人说，我们这代人吃了三代人的苦，才换来了中国经济的腾飞。《逃出母宇宙》虽然是虚构的，是在写未来写全人类的，但就其精神实质来说，又何尝不是写给这代中国人的赞歌呢？科幻关注的主要是明天，但科幻作家站立在今天和昨天的土地上。

《宇宙晶卵》创作谈

2019.9.2

两千多年前，屈原曾发出了激情但稍显稚拙的天问，表达了他对大自然的好奇和敬畏。其实，这种对大自然的敬畏正是所有宗教的源头。科学解构了这种敬畏，然后在更高的高度上重建了它。相信上帝造人的人们当然敬畏上帝的神力，但所谓神力就是超越人类认知的，并不能和人类理性产生共鸣；而相信进化论的人知道，所有生命最初起源于普通物质的自发组合，某个原子团偶然获得了复制自身的能力，于是便跌跌撞撞、生死难料地走下来，一直走到今天。站在生物进化的高峰回首远望，我们会看到：就是这么一个自发的、盲目的、本质上是试错的过程，竟然进化出如此精致奇崛多姿多彩的生物，乃至进化出能思考这一切的人类智慧，这自然会引发我们的敬畏，一种基于理性的更深刻的敬畏。

生命归根结底来源于一条非常简洁的物理学法则——自组织，它与以下现象本质上是相通的：星云会自发形成螺旋、石英会在晶洞中自动结晶、倒啤酒时会发出有规律的咕咕声……大自然中熵增洪流无比强大，使万物归于无序，归于死亡；而自组织是熵增的逆过程，看似孱弱但无比坚韧。广义地说，宇宙的演化也是一个生命化过程，而地球生命只是这个宇观进程在一颗小小行星上的特例。于是，中国古代的天人合一思想在科学的认知体系下获得了新生。

这么着，人类的终极问题——我是谁，从何处来，向何处去，便可顺畅地转化为宇宙生命的终极问题，只是表述不同而已。

宇宙的演化遵循普适的、永恒的、精巧简洁的法则，那么，这种法则来自何处？它是先天和唯一的吗？宇宙有它的诞生，依据科学界的共识它也有灭亡，那么它会复生吗？复生的宇宙是否也含有老宇宙的基因，即老宇宙演化过程中所严格遵循的物理法则？抑或这些普适的法则也会有某种漂变或进化？

不知道。今天的科学还不能回答这些问题，只有一些初步的猜想，其程度并不比屈原的天问高明多少。那么，在这个未知领域，科幻正好可以纵横驰骋。拙作《宇宙晶卵》的水面下就隐藏着一个科幻作家的粗浅鄙陋的天问，只是把它文学化了，表现为含混晦涩的腹语。小说设定了一个神秘的、悖论式的、既存在又不存在的晶卵，是作者心目中对于天问的答案，当然它并非科学的回答，只是一种文学的意象，是文学想象力在科学平台之上的狂欢。而科幻作家的这种天问，实际上与主流作家所珍爱所遵奉的人文关怀并无二致，只不过它是放大版的，从小小地球放大到无垠宇宙。

《宇宙晶卵》与作者另两部长篇《逃出母宇宙》《天父地母》大致组成了一个三部曲，其实它们更像风格不一的三重奏。

《逃出母宇宙》写的是一个绝症少年楚天乐偶然发现地球正面临一个宇宙级灾难——空间暴缩，人类如落入沸水中的青蛙那样猛然一跳，天才如礼花般迸射。空间暴缩对提升智力也有贡献，从而在短时间内实现了千年的科技进步，包括开发出亿倍光速飞船，向蛮荒星球播撒生命的种子。然而到后来，中年楚天乐悲凉地发现，所谓宇宙暴缩只是上帝打的一个尿颤，之后宇宙就会重归平静。此后局面又来了一次陡转，老年楚天乐发现空间暴缩后将发生暴胀，它会造成人类智力急剧退化，使科技清零。已经上天的那些满载人类信息的虫洞式飞船也未必能够成功，一切都是不可把握的未知。然而，即使认识到未来不可把握，人类也从未绝望，仍然有着无比强大的意志力量。

《逃出母宇宙》中有诸多作者首创的科幻设定，如三态真空、二阶真空、空间滑移式航天技术等。虽然这些只是科幻构思而并非科学知识，但小说紧扣二阶真空这个架空的设定，演绎出了基本自洽的逻辑构架和故事框架，而且上述科幻构思也一直扮演着情节发展内在动力的角色，符合“核心科幻”的定义。所以这个故事的底色更偏“科技”一些，它所对应的时间为“现在”。

《天父地母》写的是逃生飞船的船员们如何在蛮荒星球上走出蒙昧。一个自私霸道的富翁褚贵福阴差阳错成了G星人的始祖耶耶，逼着孩子们冒死走出天房，在G星开枝散叶。一万年后，在宗教的淫威下科学艰难地萌生，女科学家妮儿以美色与教皇、世俗皇帝周旋，悄悄推动着科学的发展，最终发现了天房，使G星科技突然获得千年的进步。几百年后，科技尤其是军事科技飞速发展的G星人来到地球，冷酷地灭绝了地球人。唯一的幸存者褚文姬矢志复仇，但最终发现G星人实际是人类的后代。经过艰难的思想斗争，她决定采取更为高贵的复仇方式，即以人类文化消除G星人的兽性，最终她成了新地球人敬仰的嬷嬷。它是科幻背景下人类发出的沉重慨叹，慨叹人生而为人却在宇宙间孤立无援彳亍独行。仰望苍穹皇天为父，俯视大地后土为母。它虽然是科幻题材却带有强烈的现实指涉，近乎关于人类历史的寓言。在这些复杂交错的故事中，好与坏，是与非，善与恶，偶然与必然被熔铸在一起。

《天父地母》的底色更偏“宗教”一些。小说既有对宗教权威的解构，也不乏对强科学主义者的调侃。故事的背景虽然是十万年后，但实质上写的是“过去”，是对人类蒙昧时代的重现。

《宇宙晶卵》从故事层面看，是一个传统的探险故事，一个寻宝故事，一个有关叛逆少年成长的故事。天船队在执行环宇宙航行以证实爱因斯坦的超圆体宇宙理论。叛逆少年姬星斗不能忍耐虫洞式航行的枯燥，联络同龄伙伴反叛，被船长父亲判处死刑缓期执行。他在缓刑期间，会同其后主动参加环宇航行的G星公主，发现宇宙深处可能有一个宝库，蕴藏着这个宇宙最核心的机密。探险途中突遭横祸，船队另两艘飞船连同几乎所有长辈失联。姬星斗承受住了这次灭绝程度的打击，率领几百名残兵完成了探险，甚至促进了宇宙的升维进化。书中也写了一个硅基生命体的觉醒，写了它与人类的矛盾和友谊。还写了G星公主与一位草莽大叔之间稍显悲凉但不失温馨的爱恨情仇。由于小说中设定飞船速度为亿倍光速，所以到达超圆体宇宙中心只需百年，那些发生在遥远时空的故事其实离读者很近，情节和人物很接地气，甚至是基本中国化的。作者想以这种技巧来拉近读者与小说中“科幻世界”的距离。

《宇宙晶卵》更偏重于“哲理”上的求索，写的是包括生物生命、非生物生命、宇宙生命在内的广义生命如何在宇宙级别的舞台上活着，并努力冲破三维宇宙的局限，实现升维进化，最终达到天人合一。这个故事对应的时间背景虽然表面上看是百年之内，但实质上写的是遥远的“未来”。

在这组“现在、过去、未来”与“科技、宗教、哲理”的三重奏中，贯穿始终的一条红线则是活着，是人类整体而非个体的生存。无论是患绝症的天才楚天乐、自私粗野却转变为 G 星人始祖的褚贵福、以人类文化消除 G 星人兽性的褚文姬，还是粗野草莽的康平、集强悍与柔情于一身的 G 星公主、进化出宗教信仰的机器人元元，他们不仅是性格迥异的个体，更是人类整体的代表。而这正是科幻文学与主流文学的一个重要区别：科幻文学虽然也关注个体但更关注整体，常常把人类整体作为小说的主角，以上帝的视野、以广阔的时空背景来书写人类。

书中有一首小诗也许可以作为小说之核：

生命是过客，

而死亡永恒。

但死神叹道，

是你赢了。

本文最初发表于《文艺报》2019 年 9 月 2 日第 6 版。

时 文

给赖晓航的回信

2003.4.29

小赖：

你那位同学曾说我的某些观点是法西斯的优生论，今天就这个话题深入谈谈。请做好思想准备，你们听到的将是一番无君无父的论调。

先说法西斯鼓吹的雅利安种族或大和民族优越论，那是狗屁，不值一驳。我唯一存疑的是犹太种族是否真的优越，因为他们对人类的贡献远远大于他们在人口中的比例，当然这主要与后天的民族性比如久受磨难、注重教育、注重哲理思考、由宗教造就的民族凝聚力等有关，但他们的平均智商是否确实比别的民族高？我不敢肯定，但贸然否定也不是科学的态度，只有先存疑吧。

至于全人类的优生论，那并不是罪恶，人类早就在做啦。中国的“优生优育”、新加坡的“精英阶层可以多生孩子”、医学上对先天愚型的胎儿引产，美国科学家用预选性别的方法来排除遗传病，因为有些遗传病只在某个性别上表现，这些是不是优生论？绝对是！而且，随着基因工程的进步，这种势头只会有增无减。比如，如果能用基因手术使后代的智力一代代提高，谁能挡得住这个诱惑呢。

不过，我并不是优生论的赞成派，也说不上反对，而是个非常疑虑的旁观者。我对它的疑虑，倒不是因为“优生论”这个恶名，而是因为：当进化的权柄从客观上帝或大自然的律条转到人类手中后，人类是不是能永远做出明智的选择。比如，现在统计数据中身高的增长代表一个民族的现代化程度，这似乎成了共识，但它符合上帝的原意吗？对人类的繁衍有利吗？女性模特越来越中性化，这意味着人类雄性部分的审美取向的改变，而审美取向又由生物的繁衍本能所派生，所以这绝非枝节问题。同性恋和丁克家庭越来越多，这在西方成了时髦开明，谁唱反调就是保守派，但上述种种都是反自然的趋势啊。如果人类能用优生技术扩大这些趋向，那不是我们的福分吧。疯牛病出世后，那些高大英俊的品种牛都不能幸免，只有一种不起眼的快被淘汰的欧洲土牛不会得疯牛病，科学家苦笑着说，说不定这种土牛的基因才是牛种族的救星呢，而在疯牛病之前谁能想到这一点？

所以，人为的优生过程很不可靠，但我也并不反对优生进程，那是因为，人类从掉了尾巴之后，也就完全斩断了退路，我们只有接受科学对人类的干预，科学之车和历史之车既不能停止更不能后退，只有在前行中时刻谨记对大自然的敬畏。

干脆再深入一点，说说“人道主义”，这是个更犯忌的话题。我自认是个人道主义者，老爹成了植物人后我提前退休，全心伺候了三年；一位同学下岗又得了癌症，我催着爱人给她送点钱；邻居小孩大学刚毕业就遭车祸而死，我们夫妻难过了很久。所以，在我作为文明社会的一分子时，我是人道主义者，我认为它是美德，是历史的进步。

但我一向说，对事物的观察要分层面。刚才我唱了人道主义的赞歌，现在，站在上帝的角度，我可以给你说说人道主义究竟是什么东西，它不过是：人类在物质充裕程度越过某一个门槛后，为维护社会稳定而制定的一种权宜的规则。

这话太刺耳，太另类，对吧。但不要忘了，凡是能活到今天的人，都受惠于我们不人道的祖先，他们攻战杀伐，比如炎黄蚩尤之战，成吉思汗的黄祸，阿拉伯圣战；杀死俘虏，在生产力极端低下时这是很正常的；甚至吃人肉，在生活条件更为艰难时，这只是为了获得宝贵的蛋白质而已；淘汰了人类的弱势种群而留下我们这些后代。最明显的例子是白人的地理大扩张，完全可以说，今天的美国文明是建立在黑人和印第安人的尸骨之上的。当白人凭借武力完成了基因的大扩张，他们就可以戴上白手套来谈人道主义了。你们不要以为我是个狭隘偏激的种族主义者，完全不是那么回事，我只是把这事看开了，想还历史一个全貌。今天的白人用不着为他们的祖先负罪，正像我们不必为黄帝杀蚩尤负罪一样。我也不会建议白人退出美洲，把它还给蒙古人种的印第安人，那并不是历史的进步。西方社会从尚武、嗜杀、扩张欲发展到今天的人道主义，当然是巨大的进步，这是不言而喻的。

我只是对西方社会那种骨子里的优越感有腹诽。比如他们尤其是法国人对韩国人和中国人吃狗肉冷嘲热讽，便是这种骨子里的优越感在作怪。吃狗肉是小事一桩，其实扯大了说，它可以归结到大自然最基本的律条上。人凭什么认为自己有权力杀死动物包括家畜家禽？上帝没有赐予我们这个尚方宝剑，但这是为了种族的生存，上帝也就默认了这种“强者的权力”。今天，再激进的人道主义者也不敢提禁杀家畜吧，那是因为动物蛋白是我们生存的必需。当然，在文明程度提高之后，虽然杀生不可免，我们仍尽量把它做得文明一点。比如：不虐待动物，不吃活虾，不杀死与人类太相似或太亲近的动物，保护野生动物等。孔夫子说“食不厌精，脍不厌细”但又要“君子远庖厨”，有人批他虚伪。实际从本质上说，孔夫子是对的，而且这并不是虚伪而是无奈中的一种进步。所以，作为宠物的狗真的不能杀了，但专门饲养的肉狗为什么不能吃？那和法国人吃牛肉有什么区别？在法国人眼皮下就有远比吃狗肉更不人道的行为：西方人至今津津乐道的斗牛、钓鱼比赛、大庄园中用兽头装饰的习俗，等等。不要忘了，即使食肉猛兽中一般也没有“过杀”行为，羚羊只要看见狮子的肚腹垂下，就可以在它们身边安心觅食，为什么呢，因为过杀行为对食肉动物本身的生存也不利，是反自然的。但斗牛、钓鱼、炫耀兽头之类就是典型的过杀行为，连野兽都不屑为之呢。钓鱼迷们不必为这种见解生气，这只是上帝的视角。

又说到“层面”这个观点，其实我本人并不赞成杀狗，毕竟狗与人的关系太亲近了，如果将来人类的食谱中都取消狗肉，应该是一种进步。但这要靠“水到渠成”，不必以教师爷的口吻去训这个训那个。韩国人在西方人干涉时曾群起反对，这个民族值得我钦佩。而咱们申奥时，法国人冷嘲“中国没狗粪，因为中国人把狗都吃光了”，在报上好像没见一个中国人理直气壮地反驳几句，是不是我们骨子里的奴性太多了一点？

有点扯远了，回到本题吧。人道主义不是永恒不变的。我的小说《科学狂人之死》中，胡狼说过："如果人类真的回到茹毛饮血的时代，第一个抛弃人道主义的种族才能生存。"这话太犯忌，肯定招来一片骂声，所以，那只能是狂人胡狼的观点。但我们不妨提出一个相对平和的观点：随着社会的发展，人道主义的某些规则是不是会改变？

毫无疑问，会变！

比如，在今天的人道主义规则中，不允许剥夺遗传病患者的生育权，不允许保险公司实行基因歧视，实际上暗地里还在做。这本来是对的，既符合人道主义，也符合上帝的本意。但可惜它的大前提已经变了——人类社会有了医学的存在。自然淘汰本来能自动筛除不良基因，把遗传病患者控制在一定比例，但医学已经使这个律条失效了。这样，遗传病基因和新增加的遗传错误就会越积越多。这个问题现在还不严重，所以人们还能心安理得地实行那些人道主义规则，但假如某一天它确实成了人类繁衍的威胁，上述规则会不会改变？当然会变，不改变才见鬼呢。当然，人类即使剥夺遗传病患者的生育权，可能也是采用某一种人道的方式，比如让他们孕育健康者提供的精卵子，或对他们的精卵子进行基因手术等。但这些通融的做法不管披上什么样的人道外衣，从本质上说仍是剥夺了他的基因的繁衍权利，这点没变。还有，现在已经采取的人类移植猪的器官，就是对人道主义规则的修改。按说，这是典型的人兽杂交，是反人道的，孔夫子和摩西知道他们的后代竟然干这种事，不上吊才怪呢，但现在人类已经在不声不响地做了。

这么着，又回到优生论上了。我再说一遍，我不是优生论的赞成派，但我反对的原因只是因为：人为选择的优生方向不一定符合上帝的原意。不过这是不可避免的，既然医学对人类进化的干扰不可逆转，那么作为补救措施的人为的优生也不可避免。

我在上面多次提到"层面"，这是一个非常有用的概念，自从我接受这个概念，我才觉得自然界错综复杂的关系比较容易理清了。那么，我用"层面"的概念对今天的话题来个总结：

在自然中唯一永恒不变的律条是：延续种族，保存个体。凡是符合它就是道德的，违反它就是反自然的。在不同的历史时期，这个律条会演化出很多次生的、适应于某个特定时期的社会准则，比如原始人的群婚、血亲婚配、同类相食；文明早期的嗜杀、尚武、母权或男权；今天的一夫一妻制、禁止乱伦、仁政、女权主义、人道主义等。这些社会规则的递进当然是进步，但它们都基于同样的出发点：有利于人类繁衍。当某种权宜的规则如人道主义充分发展后，也会在一段历史时期内脱离原始目标而稳定存在，以至于那个时期的社会成员把它看成是天经地义、永恒不变的终极信仰，而忘了永远翱翔在其上的大自然的律条，这只是近视。

顺便说一点，基因的本性是自私的，但这种极端的自私经过群体进化这个炉子的冶炼，也能产生大公无私、人道主义这些美德。关于它道金斯写了整整一本书，我就不多说了。有人反对这个观点，但至少道金斯让我信服了。

所以，作为一个今天的社会的人，我们都信奉和恪守人道主义；但一个哲人应该用上帝的目光时时审视它，不要让它过度膨胀而滑出了轨道，今天老欧洲的人道主义就过于精致，多少带点酸腐味，同时在必要的时候对某些规则做出修改。当然，这种人为的评判是否符合上帝的原意又是不可预测的事，所以，哲人的目光也是有限的，他们与一般人只是一百步和五十步的区别。其实，从人类整体来看，无论文明如何发展，人类也不能完全掌握自己的前进方向，而只能采用试错法——正如进化的本质就是试错。

赖晓航当时是清华学生，曾在本人同意的前提下把两人之间的通信放在网上，引起了一场论战。论战最开始是在本人与赖晓航的学兄、一位哈佛中国留学生之间展开，后来延烧到本人与两位名人赵某某、方某某之间。

我的求学记

2003.4.11

我 1966 年高中毕业，正好赶上“文化大革命”，时隔 12 年后，1978 年才考入西安交大。一个 30 岁老学生的升学与否——此事于社会何足道哉？但对我来说，它是我人生的一大转变，也标志着社会的巨大进步。如今的年轻人充分享受着这种进步，已经把它看成天经地义的事情了。今天因母校校刊约稿，我重拾 20 年前的记忆，也许对年轻人有所启迪。

我少时聪慧，学业优异。这么说吧，从小学一直到高中，我的学业不敢说是全校第一，但也没人敢把我排到第二。平面几何是最能体现一个人实力的课程，我几乎没有听过老师讲课，翻翻课本就行了。代数学方程时，我常常用逻辑思维代替几步数学运算，直接给出 X 等于几。教代数的刘老师是个年轻人，常常在我的作业上批上：好！！！不过这种爱好也让我吃过苦头，一次期末考试是让一位老教师改卷，他看不懂，把这道题给判了零分，我不得不找刘老师平反。那时，我想这一辈子肯定要当科学家，甚至要在诺贝尔奖的名单上添上中国人的名字。

很不幸，我却有一个严重的先天不足——出身是地主。如今的年轻人肯定不知道这意味着什么，那么我毫不夸张地告诉你：它意味着你是“可教子女”，即可以教育好的子女，更直接的称呼是“地主娃儿”；班里统计家庭出身时你得承受几十双眼睛的鄙视；你不能当班干部，如果想入团就得使劲揉搓自己的人格，甚至你根本没资格升学深造。我初小升高小正赶上反右，班主任冯国亭老师被逼得跳了井，后被救出，而且我很快知道了反右对一个初小学生的影响：在录取名单上，我在备取栏中才找到自己的名字。直到现在，我还清楚记得当时的羞辱和震惊。这里面还有一个小插曲，一位同班女生当时是保送生，但同学们在录取榜下议论纷纷：“她也是地主娃儿嘛，咋能保送？”老师听到后直顿脚：“错了！错了！”那位女生马上由“保送”一下子降为“备取”。

我愤然跑回家，决定再不上学，后来那位跳过井的班主任把我喊去，悲凉地说：“上吧，以后你会理解老师的。”直到现在，我非常感激那位劝我上学的冯老师，她让我的学业至少延续到了高中。一位小学好友就是因为爹是“右派”而未能升高小，如今在老家的桥头修自行车，满面风霜，外貌比我大了十岁。我与他交往不多，毕竟知识水平不同，没有太多的共同语言。而如果没有冯老师的劝告，我可能也是这样的结局。

当时学校有一名姓雷的体育老师，是学校团支书，因其风度雄健曾是所有男孩的偶像。时隔几十年后，我才知道当年我们的遭遇缘起于他的发难，因为反右中他曾贴出大字报：“我们的学校是为哪个阶级培养人才！”

那时的政策造出多少畸形的人格！“文革”中一个流行的对联是：老子英雄儿好汉，老子反动儿混蛋。横批是：大致如此。而且竟然就有这么一个“黑五类”子弟公开宣称：“我承认我是个混蛋，我要从混蛋做起，努力做到不混蛋。”在这儿我没有进行艺术加工，我说的都是原汁原味的事。如果单凭想象，我想任何一位作家都想象不出如此典型的情节。

那是一个人格错乱的时代。这种种恶行并不是一两个小人的行为，而是全社会的行为。像这样硬把热血青少年往“敌人”或“准敌人”阵营里推的蠢举，恐怕是古往今来绝无仅有的吧。

好在那时的政策时紧时松，我得以网眼漏生，上到了高中毕业。正在教研室领俄语作业开始升学复习时，突然听说要搞两个星期文化革命。我们把课本藏到怀里去写大字报，抽空还要看两眼。但很快就没人看书了，两个星期变成两年，整人，被人整，接着是下乡，上山，我被招工到铁矿。1972年大学恢复招生，但那时是凭单位推荐。我去找铁矿“政工组”报名。现在的年轻人大概没听说过这个奇怪的名称吧，这个不起眼的组织那时能决定所有工人的命运。政工组长是我的一个挂边儿亲戚，他很“自己人”地说：“咱们是自己人，我就实话实说，你这辈子别指望上学了。”

他说的是实情，但他没料到社会也会变。1977 年，大学正式招生，不再靠单位推荐，不再论出身，而是凭自己的本事去考！我从床底下扒出旧课本，乍一看，数理化公式让我发晕，但从头到尾看那么一遍，功课基本就拾起来了。我复习不到两星期，考了个全市第一。但这次又没能上学，虽然那时已不论出身，可我的岳父还是叛徒特务走资派。到第二年，1978 年高考，我真不想再考了，我要自学，不信拿不到大学文凭！在我干木模工的图板架上，开始挂上高等数学公式。但朋友们劝我再考一次，说："咱们再去试一回，最后一回！"这回我又考了个全市第二。那时，我家乡南阳市流传着一个民间传说，说一个小木匠如何 12 年苦学不辍，终于功成名就等等。这个传说在流传过程中被添油加醋，一位邻居眉飞色舞地到处传讲，最后才恍然大悟地跑来对我妈说："这个小木匠不就是指的你家晋康娃儿嘛。"

这样，时隔 12 年后，我才走进大学校门。人生有几个 12 年？以我后来的经验，凡事只要钻进去，五年一小成，十年一大成。大学中我因严重失眠而未能深造，毕业后我在工厂是专业带头人，又成了小有名气的科幻作家，这些事业的建树都只用了六七年的时间。现在回忆我的多半个人生，我最懊悔的是，从 1966—1978 年的 12 年中，我为什么不去钻一样学问或技艺？那正是一个人的智力巅峰期呀！相信凭我的智力，12 年肯定能有较大的成就。和我同届的南阳老乡二月河，就是充分利用了那些年的时间，今天成就一代大家。我不想把自己的失败全推给社会，但实事求是地讲，当年要想学习钻研谈何容易！一位好友在下乡期间曾偷偷看过高中课本，被人揭发，农场领导在大会上猛批："现在竟然还有人看课本！"这件罪行是如此彰明，以至于领导不用细细批判，只用"竟然"二字就足以声讨。在知青农场干木匠时，我曾想学雕刻，特意回南阳找些动物画片，但找遍全家，竟然没有一张小人书或画片，全被抄家或破四旧了，最终只找到香烟盒上一个小小的商标，比照着刻了一只狮子。

不管怎样，我总算上了大学，虽然一生的成就甚微，但我至少有能力把我经历过的历史写下来，留给后人。我们这一代对邓小平是很感激的，单凭取消出身歧视这一条，他就功垂后世。今天的大学生可能不了解这些历史，但我想，偶尔听听这些陈年旧事也是有好处的。灾难也是财富，它能使一个民族在痛定思痛后变得成熟。我们曾经历过一个偏执狂的时代，不会再让它回来了。

本文是西安交大校刊约稿。

网上答赵某某、方某某

2003.5.9

我年纪大了，不太上网，曾有一封答哈佛某中国留学生的信谈及一些医学上的观点，被放到了网上。昨天朋友告我有赵、方二人在网上批我的文章，在这里做一答复。赵、方二人在文章中有一些有失体面的谩骂，表明他俩还没有学会做人的起码礼貌。不过我不想恶言回敬。我看过方某某的一些文章，虽然他骂人成瘾且驳难过于草率，但他反伪科学的初衷值得赞赏。我希望这次讨论能尖锐坦率而不逾度，如果赵、方二人真能把我驳倒，我认输就是，在真理面前低头并非懦弱。动不动就骂别人妄人、小丑，只能是自失体面。

我在那封信中宣扬的基本是“达尔文医学”的观点，是以达尔文医学来对现代医学进行反思。我的观点的形成，最早始于八年前看到安徽蒙城民间医生王佑三的一本书《我的平衡医学观》，其中一些观点让我产生了共鸣。其后又看了阿西莫夫、古尔德等人的书，逐步形成自己的一些看法。直到看了《我们为什么生病》这本宣扬达尔文医学的书（湖南科技出版社出的第一推动丛书，作者尼斯和威廉斯，译者易凡和禹宽平）才发现，原来我自以为是千思一得的观点，人家早已基本体系化了！值得一提的是，该书译者之一禹宽平的译后记《后现代医学的反思》写得相当出色，某些观点甚至比原文更深切精到，完全可当成一篇独立的隽文来读。

我先把该书的一些宗旨列出来，对理解后面的内容会有帮助。

一、书中贯串始终的思想是：一切生物的功能设计都能用达尔文的自然选择理论来解释，医学也应由达尔文主义来指导。后半句不是书中原话，作者在这方面很谦虚，禹宽平的后记中说得更清楚一些：医疗是针对个体的，但个体处于进化着的种群中。非达尔文医学的缺陷就在于它从未对疾病作如此整体性的反思。

二、人在对付疾病方面的脆弱性来自自然选择过程的基本的限制。这句话稍显晦涩，说白了，就是说疾病是人类永远无法豁免的痛苦。我们的身体只是自然选择留下的一个折中方案而不是最佳方案。

三、作者赞成多元化观点：把进化论生搬硬套到人类中是不对的，因为人类毕竟有其他生物所没有的科学技术和道德伦理，两者都在影响着人类的进化；但在医学中根本不考虑进化论同样不对，因为人毕竟是生物，总体上还是受自然选择的制约。

四、作者赞成多层面地看问题，特别提到疾病的近因和进化史远因。比如，人的免疫机制究竟如何对付病原，具体过程是什么？这是近因研究的问题。但人的免疫机制为什么不能彻底战胜病原而只能达到动态平衡，为什么还会有过敏？这是进化史远因研究的问题。

非达尔文医学则一般只考虑近因，所以常有见木不见林的缺点。

五、达尔文医学重视的是全人类的遗传特性而反对夸大人种间的差异，这就与优生论和社会达尔文主义划清了界限。

我对以上观点均极为赞同，也有个别不赞同之处，后边再谈。

作者还强调，达尔文医学尚处于婴儿期，只能算是潜科学，还不能用于临床医学。它也不是取代现代医学，而是在一个科学体系上补充一些曾被忽视的东西。它只是一个全面的鸟瞰，不拘泥于所有细节的准确。它的思想方法主要是思辨性的而不是强实证的。

我希望这些话能引起赵、方二人的注意。因为他们二人常常是拿强实证的理工科思维来挑战思辨性思维，而忘了这是两个层面上的东西。

下面我就用达尔文医学的观点来对现代医学做一个反思，基本观点在我那封给哈佛留学生的信中已经说过，今天稍稍展开来谈。

一、医学是否对人类的自然进化造成了干扰

先复习一下进化论的基本观点：一、生物的遗传物质会发生随机性的变异，人类约为百万分之一概率，这种变异大部分不利于生物的生存，只有大

约百分之一的变异有利。二、生物繁衍的数量远多于能存活的后代数量。这是个残酷高效的死亡之筛，使生物的进化沿着一个看似定向的方向前进，而随时剔除不良基因。

进化实际又可分为两方面：一、前锋工作：使生物性状越来越精巧化比如人眼和乳房的精巧化等以适应环境。注意，我这里只是一个大略的说法，实际上生物的进化充满了历史错误、折中方案等。寄生虫很多功能退化同样是适应环境。二、后卫工作：依靠自然选择机制随时剔除大量产生的遗传错误。不过自然选择也不是万能的，对于在生育期前表现的遗传病基因能够较有效地清除，也不是全部，比如婴儿猝死率能一直保持千分之一的比率。生育期后表现的遗传病基因就难以清除，但死亡之筛能控制它们在全人类的比例。这里还涉及显性基因和隐性基因的关系，不能细说了。正像我在文前所说，思辨性方法常常只需勾勒大势。

人类进入文明社会后，这种进化似乎停止了，这只是因为人类有文字文明史只是万年以内，生物进化的时间却是以十万年、百万年为单位。文明社会建立后唯一明显的进化是抗病能力的进化，因为病原的进化是以月计算的，人类的免疫系统也只能以快制快。欧洲人带去的天花和流感曾使美洲和澳洲的土人死去十分之九，剩下了有抵抗力的个体，那么从群体上说，他们在一两代人时间就完成了特异免疫力的进化。这种免疫能力的进化如果再细说又能分两方面：一是具有特异免疫力的基因被繁衍，这种免疫力是能遗传的；一种是患病个体得到病后免疫力，体内抗体浓度加大或者免疫系统反应加快，这是不能遗传的。赵、方二人说抗天花的能力不能遗传，就是只考虑了第二种机制而没考虑第一种。实际上，历史上的宏观例子举不胜举，像汉族人的抗天花能力高于刚进关的满人，澳洲今天的土著人不怕感冒。所以，关于抗病毒能力能否遗传，哪怕一个人根本不了解免疫机制，仅仅根据历史事实也能得出结论，我真不明白生物学专业的方某某竟连如此简明的事实都看不到！在这儿，他俩真是把“见木不见林”的理工科思维用到了极致。

但医学尤其是现代医学的极度昌明干扰了这种进化。一是延缓了具特异性免疫力的人群拓展为优势种群，这一点上次信中已经说得很明白，不再说了。二是在相当大程度上使“剔除遗传错误”的工作停滞。阿西莫夫举了两个典型例子：糖尿病患者如今只用每天服胰岛素就能终其天年，苯酮酸尿患者只用控制食物中不含苯丙氨酸就能不发生智力障碍，那么这两种遗传错误就不会再被剔除。需要指出的是，即使不使用医药，这些遗传错误也能保持一定的概率，这是其他因素导致的，比如苯酮酸尿胎儿可能不易流产，但医学肯定加大了它们的生存概率，这也是一个非常明晓的事实。

赵某某讥讽地说：“这是进化论的当然结论，一夫一妻制更能干扰人类的进化！”这种反驳真是无事生非了。我完全同意，不光医学，其他如人类的婚姻制度、生活环境、生育政策等都在干扰自然进化，或产生新的疾病，比如计划生育后生育较少的妇女容易患生殖系统癌，等等。既然赵的这个观点与我完全一致，那还有什么可驳难的呢，仅仅为了显示他的语言能力？

但不要以为赵先生真的懂得这个观点。当我述说“对阿西莫夫观点的震动”时，赵颇不以为然地说：“有什么可震动的？”看来赵的悟性真的不够，那我不惮其烦地告诉他吧：

这个观点实际意味着，人类辛辛苦苦创建的医学，还有人类十分珍重的人道主义，正引领人类走向一条与自然进化背道而驰的路上。这条路上充满危险，科学今天的胜利会变成明天的灾难。更令人沮丧的是，这条路绝对地不可逆转，即使采取再明智的措施，也只能是程度上的修正而非根本方向的改变。这难道不令人感到宿命的悲怆？译者禹宽平就能充分感受这种苍凉，他在译后记中说：现代医学能延长个体的寿命，却可能削弱物种的进化优势，这确实是一个深刻的佯谬。这句看似平淡的话包含了极为深刻的思索。

请赵先生把禹宽平这句话多读两遍，细细琢磨吧。我们的诺亚方舟正上演欧里比得斯的回肠荡气的悲剧，而赵先生却像一个急着出去打弹子的不耐烦的孩子！也许这就是理工科思维和思辨性思维的区别？

没有人说要回到蒙昧时代，去穿兽衣住岩洞忍受天花和黑死病的蹂躏。人类从掉了尾巴之后就斩断了后路，禹宽平先生也有一句形象的话：没有我们能退回去的伊甸园。我一再强调这个观点，赵某某却非要制造一个假靶子再去攻击，真真令人无奈！

不过，虽然我们必须发展和依靠医学，但并不等于不去反思医学的缺陷。如果上述的干扰继续下去，直到人类的大部分都得依靠胰岛素、无苯丙氨酸特制食物、心脏起搏器、基因手术才能生存，这是人类的进步还是退化？美国上个世纪90年代，健康保障经费有四分之一花到临终关怀上，这个数字暂时还能接受，但如果这个数字上升到四分之三呢？会不会造成医疗体系的崩溃？

这里牵涉到两个根本性的观点：在现代医学越来越发达的条件下，人的自然进化是否会完全停止？医学手段是否能包打天下，让人类完全靠药物药械保障健康？达尔文医学的观点是：绝不可能。可惜的是，不少中国知识精英对这些观点全无概念！

《我们为什么生病》这本书中我唯一不赞成的观点，是“医学的目的是救助个体，而不是去救助人类”。如果持这个观点，作者就抽去他的体系中非常重要的一环，甚至抽去体系的基石。我估计这个观点多少有点言不由衷吧，西方社会十分看重个体，作者大概不愿被人贴上“社会达尔主义者”的标签。译者禹宽平可能不太赞成原作者这个观点，在译后记中有一个较隐晦的说明：医疗是针对个体，但个体的人处于进化着的人群中。这句话其实是对原作者温和的校正。但我这两点分析不一定符合作者译者的原意，谨此声明。

我觉得这句话应该改为：医生的目的是救助个体，而医学的目的要兼顾个体和人类整体的利益。这仍是那个深刻的悖谬：每个人哪怕有遗传病也渴望留下自己的亲骨血，但如果整个人类的基因库由于医学进步而充斥着不良基因，又非我们所愿。不要说什么基因手术能解决这个问题，那种手术从本质上说仍是“剥夺个体的生育权利”，他的遗传物质改变了，按现在的人道主义观点来看，它仍然是反人道的。也不要认为这是毫无实际意义的空谈，它牵涉到我说的一个观点：现在对于医疗效果过于安全的苛求，已经变成了医学发展的桎梏。这个问题至少目前无解，如果赵先生的智慧能够解决，就请详加论述吧。

二、病菌与后抗生素时代

《我们为什么生病》中说，人类免疫系统和病原之间的进攻与防御、欺骗与反欺骗是一个永远不能结束的过程，其对抗性、浪费性和毫不仁慈的破坏性，只能用“军备竞赛”这个词来形容。甚至过于强大的免疫系统会伤及自身，造成红斑狼疮、风湿热、席邓汉舞蹈病、花粉热等病症，我本人就对花粉严重过敏。为什么会这样？为什么人类在自然选择中不选择一个强度适合的免疫系统呢？这只是无奈的选择，免疫系统为了足够强大以便在病原进攻中胜利，不惜保留这些副作用。

但今天，医学已经把我们同病菌的搏斗交给抗生素了。抗生素当然是一个伟大的医学胜利，谁说不是让他得炭疽病肺结核试试。但赵某某说：“没有抗生素，什么病菌都是超级病菌，没有抗生素我们早就失败了。”说得也过于绝对。不要忘了，人类从猿人算起已经近千万年，而抗生素1796年才有，仅仅两百年。上千万年人类怎么活过来了？那位安徽民间医生王佑三有一个基本观点：原始人本无医，传代千万年。这个观点尽管粗糙，其内在意义值得深思。今天地球上还有很多群居性哺乳动物如海豚、角马等，也没有在与病原的斗争中败阵，这对于我们应该有所启迪。

但我再次强调，我们不能回到无医药时代。原因无它，人类的发展改变了环境，密集化居住和人畜禽共处加速了病原的进化，这是不可逆转的。地理大发现时代，欧洲人带去的天花和流感使美洲澳洲的土人十室九空，而土人反向传播的疾病只有一个不太致命的梅毒。这个历史现象有力证明了人类进步强化了病原的进化。既然这样，我们当然要依靠医学来与病原作战，只是在这个过程中时刻不忘医学的局限性。1969年美国卫生总监扬扬自得地说：人类已经到了“可以把传染病学收起来的时候了”。但到90年代，美国科学家柯亨说：我们不得不考虑人类已经接近后抗生素时代。赵某某的见解只是30年前那个卫生总监的水平！

关于耐药菌株的报道很多，我就不细说了。按达尔文医学的观点，抗生素时代肯定会结束的，时间早晚而已，就算把它的时间使劲拉长，说它能延续两百年，两百年与亿年级别的生物进化相比是什么概念？病菌以它极简单的构造，让人类医学上最伟大的发明之一变成昙花一现，而且将继续使未来的药物很快失效，这难道不能使我们对自然多一点敬畏吗？

所以，很可能人类转了一个大圈，不得不回到无抗生素时代，而那时人类的免疫力已经大大减弱了，这是个相当灰暗的前景，值得每个人去认真思索，而不是只会唱“我们的生活充满阳光”。

附带说一句，病毒也能产生抗药性，如艾滋病毒对AZT的抗药性。但一般来说，医学对病毒的进攻是依靠疫苗来激活人类免疫系统，所以病毒的抗药性不是大问题。

赵某某断言人类免疫力不会因久久不用而休眠，不知他有什么根据？我们都十分熟悉一种情况：越是干净的幼儿越容易生病。美国和俄罗斯的医学家们正讨论向城市幼儿人为地打“脏病原”疫苗以唤醒免疫力。而且，从达尔文医学的观点看，久置不用的特异免疫肯定会被淘汰。自然选择确实也留下一些冗赘之物，如阑尾、脱轨基因等，但那都是于大局无碍的东西。而免疫系统，由于其对抗性、浪费性和毫不仁慈的破坏性，不可能把有限的宝贵资源久久闲置。该书中举了一个例子：虽然人类基因中引起过敏的IgE尚未找到其正面作用，但科学家坚信自然选择绝不会留下一种副作用剧烈却无正面效应的体制，目前猜测它的作用可能是：对付寄生虫、植物毒素和癌细胞。

总之一句话：医学进步是非常伟大的，但与已经存在几十亿年的生物机制来比仍非常渺小。医学只能走一个中庸的路线：在继续开发新的医疗手段的同时，充分利用人类的免疫系统，那是亿万年自然选择的结晶，每一个能活到今天的人体都是抗体的宝库。人类还远没到可以狂妄自大、不把客观上帝放到眼里的时候呢。近百年的医学发展过于相信医药的力量，现在该做一点反思了。

《我们为什么生病》中关于病菌抗药性有九个结论，附录于后，供那些过于自信的人看看吧。

上个世纪50年代以来医学上的九个重要结论：

一、细菌对抗生素的抗药性，不是各个细菌逐渐发展起来的，而是因为某种罕见的突变或者是由质粒引进了新的基因。

二、基因突变可由质粒或其他方式在不同的细菌之间传播。

三、抗生素的存在，使最初的稀少的突变株迅速扩增。

四、如果除去抗生素，始祖株又将逐渐取代该抗药株。

五、抗药菌株内的突变可以进一步增强，所以加大抗生素只会暂时有效。

六、只能略微抑制细菌生长的低剂量抗生素，将最终选择出抗药菌株。

七、抗药性更强的菌株出现在有抗药性菌群中的可能性，比从无抗药性的菌群中出现的可能性大。

八、对某一种抗生素的抗药性也有可能抗另一种抗生素。

九、抗药性菌株的弱点在进一步演化过程中也有可能被逐渐消除，这样，抗药菌株在长时未使用该抗生素的地方仍然保持相当大的比例。

三、关于病毒的反思

现代医学的最大缺陷是，只能组织对某种病毒的不连续的战役，而没有把所有病毒都纳入“病毒进化与人类免疫力进化”这个整体中考虑。医学科学家中出了很多团长师长，还没有出一个统筹全局的元帅。我在上封信中提了三个达尔文医学观点，这里再重复一下：

一、病原互相制约，是一个处于平衡态的整体。

我说的互相制约是广义的，包含相生与相克。我在另一封信中就曾举过几个例证：艾滋病毒可能使C型肝炎病毒致病力加剧，而B型和C型肝炎病毒之间互相抑制。艾滋病毒与人类第八型疱疹病毒有互相活化的作用。又，医学对肠道小环境中健康菌群和致病菌群的研究已经比较深入，对其互相拮抗作用基本已成定论。

从赵某某文中看，他对“病原相生相克”至少不反对吧，可他后边又在诘问“有任何证据证明野病毒之间存在平衡”。相生相克不就是平衡？逻辑混乱！

我曾举例说，天花幸存者能抗艾滋病，这个资料见于1999年12月10日的《参考消息》，是一篇严肃的科学文谈，劝赵先生不妨去查一下。文中说：艾滋病毒是先破坏免疫系统血球表层的“化学激活感应细胞”蛋白质，再进入免疫系统。1997年发现某些有突变基因的人体内没有上述蛋白质，因而艾滋病毒无法入侵。至于为何有这种突变，很可能是天花流行导致人们将突变基因遗传给后代。需要强调的是，文中指出这只是一种设想，但至少它是一位严肃科学家做出的，有一定的合理内核。赵先生轻蔑地说它不可信，未免太狂了吧。而且，赵先生在这儿使用了一个妙不可言的推理，说艾滋流行时天花都灭绝了，从何处得到这样的数据？如此锋利的批驳真让我辈汗颜哪，可惜他忘了，天花灭绝了，但天花患者并没死绝！

我诚恳地奉劝赵先生，作为中国最高学府的教授，以后再往网上发类似文章时先要检查一遍，要是再出这样低级的逻辑错误，你上讲台时不脸红吗？

二、我的第二个观点：近年新病毒层出不穷，会不会是医学对一些病毒的抑制造成了其他弱势病毒变成强势病毒？而人类免疫机制对它是陌生的，所以它可能非常凶恶。

赵先生诘问我：“这是什么机制？进化论中得不出这个结论。”这真令我张口结舌了：对这事还用细究什么机制不机制的？现成的例子摆在面前：SARS！它就是人类免疫系统很陌生所以很凶恶的病毒！莫不是赵先生这两天被SARS弄得精神紧张镇静药吃多了？

当然，我的观点只是依据达尔医学原理所做的推测，它很可能是对的，但也不敢保证。赵先生要求我“谁主张，谁举证”。真是站着说话不腰疼。这是科学讨论论坛，不是法庭。爱因斯坦的主张是爱丁顿举证的，杨振宁丁肇中的主张是吴健雄举证的，按赵先生的说法，爱因斯坦、杨、丁都不够格做你的学生。《我们为什么生病》这本书中很多观点也只是推测而没有举证。为什么不能？没钱。当达尔文医学还未被公众广泛接受时，他们只能先以思辨性的论述来造舆论，有了经费后再逐渐把思辨性假说转为实证科学。这是科学发展的正常途径，一点也不奇怪。倒是我想问赵先生："你在驳难中提到不少观点，比如武断地说消灭一夫一妻的对偶制比禁止医学的损失小得多，你举证了吗？"我并不想为难赵先生：那是纯思辨性的驳难，怎么能举证？逼死他也举不出来。我只是想借此向他提个醒："当你尾羽怒张去进攻别人时，总要把自己的后边先捂住吧。"

三、全歼天花和脊髓灰质炎病毒是否就是正确的道路？

我这个观点是比较激进的，好像还没有听到有类似的主张。仅在禹宽平的译后记中有一个比较隐晦的论述："现代医学认为杀灭病原的侵入是正当的，但达尔文医学认为全部杀灭未必明智，因为它取消了免疫应答，妨碍了正常生理。这样一个现代医学的二律背反将导致生态伦理学问题，即我们是否有权消灭我们认定的敌对物种？"

他是从生物伦理学的角度来说的，我是从人类功利主义的立场来说的，但不同的立场导致同样的结论。我当然不能保证这个观点正确，但它肯定是一个值得严肃思考的问题。我说"一种病毒的全歼造成危险的临界状态"，赵某某好像听不懂这句话，那就请他查一查美国马克·布查纳所著的《临界》，布查纳对"临界"的定义是：系统内的势能积聚到某个临界点，从而只要出现一个不能预知的微小扰动就能引起系统稳定态的崩溃。顺便说一句，用"低烈度纵火"的办法来化解临界态也不是我的发明，是布查纳提出的，不过他是用于美国黄石公园的防火，而我借以用到对病毒临界态的防御。

赵先生说"病毒全歼才是本质安全"，恕不敢同意。当然，如果地球上从来就没病原那样最好，但它广泛存在于自然界，病毒甚至能以结晶态存在，你能保证彻底全歼？南极冰帽中有没有？自然界能否重新进化出来？据称，天花灭绝之后，已经出现了一种非常类似的"白痘"。2002 年，青海循化出现了一例境外输入的脊髓灰质炎病；还有，某地一位几十年前死亡的鼠疫患者被盗墓，这两次都使防疫部门如临大敌，幸而没出事。但两次不出事不等于永远不出事，临界状态总归要崩溃的，防范再严密也不行，而且何时崩溃不可预知。正好今天2003年5月9日的《参考消息》上就有一篇文章:《老病菌阴魂不散》,法国国家艾滋病研究协会前负责人说:“人类药物与病原菌之间的竞赛,败下阵来的总是人类。现在全球每年有45万人死于肺结核,肺鼠疫和炭疽也可能卷土重来。”

可以拿电脑病毒作类比,我们当然希望电脑病毒被全歼,政府可以制定严刑峻法,抓住黑客小子就枪毙,但这势必造成免疫力的同步减弱。没有商业利益,杀毒软件也就没有进化的动力。那么,一旦有个不怕死的黑客再出来,就会造成更大的灾难。所以我认为互联网上目前的措施就是对的:适度控制,让病毒和杀毒软件以“动态平衡”方式永远相伴,同时在财务预算中列出电脑病毒的可能损失。其实这就是一种“低烈度纵火”的方法。

我认为这也是医学对待病原所应该采取的态度。

更关键的是,某种病毒的消灭会不会剧烈破坏原来的平衡,造成我们看不到的灾难,比如我举过的例子,艾滋病的猖獗会不会与天花的灭绝有关?也许,仅消灭两种病毒问题不大,但吃惯了甜头的人类会不会再去消灭50种、100种,那时会引起什么震荡?

并不是否定医学工作者的努力,我的小外孙十分健康,可能就得益于这些人对脊髓灰质炎病毒的防范。但大自然就是这样的乖戾,今天的功绩可能是明天的罪过。我非常希望我这些异端见解可以上达天听,让国内外高层人士在决定消灭第三种病毒或彻底销毁天花样本时三思而后行。想想阿拉斯加消灭野狼反倒造成驯鹿骤减的教训吧,不要再把恶狼恶虎消灭之后才想到保护野生动物。

四、人工培养低毒性病毒使其成为优势种群的假想

在对医学做整体反思之后,我提出了这个建议。这是一个次生的观点,当然更不能保证它完全正确——如果是那样,我就先去申请专利啦。这个方法能否实行,取决于很多深层的进化和免疫机制,绝不是我一个外行的水平所能对付的。比如它取决于:

一、温和病毒是否比烈性病毒更有生存优势?在同种病毒中一般说是这

样的，但《我们为什么生病》中也提到，这主要取决于传播方式，对于昆虫传播，或环境变化过于剧烈，则烈性病原也可能成为优势种群，比如人类的频繁婚外性交使艾滋病毒的凶恶种群蔓延。

在不同种病毒之间，温和病毒和烈性病毒之间的强弱之势尚无充足的资料。

二、温和病毒造成的致死率是否能控制在人类能够接受的水平上。

温和病毒会不会突然变异出凶恶病毒，这也是有可能的，比如流感的变异。

我个人相信这个假想，上封信中也说过，有些西方科学家也提过类似的见解。当然，这不是二三十年能回答的问题，如果我现在是高中生，我一定会报考医学院，把这个假想当成我的毕生目标，证实它，或推翻它。可惜年岁不饶人，我只能把它以一种相当肤浅的形式公布于众，也许会对某位学子或专家有所启发。赫胥黎说：“真理从错误中冒出来的可能性，比从暧昧不明的态度中冒出来的可能性要大得多。我甘愿拿自己的肤浅做真理的肥料。”对这样的见解，合意则接受，不合意自可一笑置之，何须像赵先生这样深仇大恨呢。

不禁想起叶永烈先生的遭遇，他写过“用恐龙蛋复活恐龙”，曾被专家们好一顿嘲笑。这些嘲笑并不是完全没有道理，的确，用叶先生描写的那种方法去复活恐龙肯定不可能。但那些专家们忘了叶先生文中合理的内核，如今用 DNA 复活恐龙至少已经是可以努力的方向了。那么这件事上谁对？叶先生，还是嘲笑他的人？也许两者都对，不过是在不同的层面上。叶先生还写过“爱之病”即艾滋病在中国的传播，那是多么敏锐的目光，当时也曾被大批一顿。我想，那些批他的人总还健在吧，多么盼望能有人出来说一声：“我当时的批判错了。”可惜据我所知没有人这样做，凡是爱做教师爷的人似乎都患有健忘症！

自从 10 年前开始写科幻，我看过不少书，对很多人，包括被认为是狂人的民间医生王佑三、译者禹宽平，更不用说阿西莫夫、托马斯、道金斯、萨根、阿热、尼斯这样的科学达人，我常常有“心有灵犀一点通”的感觉。我不敢自比于他们，但自豪的是我已经能领会到他们思想的精妙。赵先生说我“自认为把握了医学的方向”，真不知从何说起，我文中哪一句话提到我自己？我所说的“把握”就是指这些人的思考，而我充其量只是他们一个吹鼓手罢了，我在上封信中一再提及这一点，赵先生没看见？

我与上述那些人灵犀相通，同赵、方二人辩论时却常常有“秀才遇到兵，有理说不清”的别扭，他二人有许多自以为机智的驳难实际只不过是歪缠。真懒得全部反驳，我只举两三例吧。

赵某某讥讽我：“更保守的是，三五年后还会有别的病毒出现，不是什么‘平衡’所能阻止的。”

赵某某讥讽我：“你似乎完全忽视了病原体之间相互帮助的关系。”

这是驳难我吗？是夸我哩！“病毒不可能全部消灭，平衡只是相对的，病毒相生相克”——这些全是我文中贯串始终的观点。但赵某某为了非要树一个靶子再攻击，已经到了思维混乱的地步了！

再如，我说：“医学对个体的救助与对整体进化的干扰是两难问题，人类智慧还不能解决。”赵某某说：“人类智慧当然可以解决，优生学，转基因，都不是新鲜东西。”我才智鲁钝，实在不能理解他的话意。是公开肯定优生学？怕他没这么大胆子；但如果不是，那他所说的解决方法又是什么？我真怀疑，赵先生是否清楚自己说的话。

赵先生说我用“十分之九的荒谬观点耽误科学家的时间”，我在这儿说一句，说“十分之九有可能错误”只是我的自谦，其实我在发表时认为它们全是正确的，我想任何人都是这样，没人会把自己认为错的东西拿出去宣扬，只有靠争辩才能分出正误。不妨问问赵先生，你能保证你的观点都是正确的？你就不怕你那些包含低级逻辑错误的观点耽误读者的时间？俗话说，要想公道，打个颠倒。这是市井老妪都懂得的处世之道，看来赵先生还得补上这一堂公共道德课。

五、结语

我在本文中系统谈了我对现代医学的一些反思，虽然我尽可能用科学事实做旁证，但总的来说它是思辨性的假想，如果转成实证的学说或完全推翻它恐怕不是半个世纪所能做到的。但不管是对是错，那是我10年阅读和思考的结果，我把它写出来了。

我只看到赵先生一篇点评，“点评”这种文章形式很容易为浅薄者提供掩体，让他们以口舌之利来掩盖思想上的贫乏。赵先生当然不是这样的人，赵先生对现代医学一定有非常高明的系统的观点。那么，能否请赵先生像我这样来一篇文章阐述自己的观点呢？并且按你所定的规则，对所有主张都做出翔实的举证？我非常乐意奉陪到底，直到赵先生把我彻底驳倒再踏上一只脚。我是个真理的追星族，我追阿西莫夫、托马斯、萨根、禹宽平，甚至追一个被称为狂人的民间医生。这样做不是为了任何经济上政治上的好处，而仅是为了获得思维的愉悦。如果赵先生能驳倒我，让我再次尝到“浮一大白”的阅读快感，那我不追他们，追赵先生就是了。

赵先生下一篇文章不会让我失望吧。

论科幻作品中的理性思维

2006.7.28

很高兴能在天府之国的中心与科幻迷见面，大家都知道，成都是中国科幻的首都，而成都科幻迷的实力也是全国最强的，和京津并列第一吧。但我要先说一句比较扫兴的话，我历来不大赞成“科幻迷”这个称呼，下面说说我为什么不喜欢，当然只是一家之言罢了。

古人说：五十而知天命。我今年已经59岁，不敢说知天命，只是看问题比较全面一些。从阅读中学到了“层面”这个词，我觉得非常有用。我年轻时认为，我们所处的世界是非常清晰的，所有问题都有正确的答案。现在知道并非如此，很多问题有不止一个正确的答案，仅仅看你站在什么层面上。

路上看到了烟草专卖局的鲜红色的公务车，赫然印着“珍爱健康，拒绝假烟”，觉得很可笑。如果真的珍爱健康，就应该连真烟也拒绝！但那样干，烟草局就赚不来钱了。那么，为啥咱国家不彻底禁烟？禁不得，禁了烟，国家的GDP要掉下来好几个百分点，有上千万人失业；更重要的原因是禁烟根本行不通，法律上禁了，就会催生私烟和巨额利润，把香烟变成新的地下毒品交易。所以说，在相当长一个历史时期内，任何国家都只能在“烟草合法生产”和“禁烟宣传”之间走钢丝。从这个层面上说，我上面说“可笑”的那个口号一点儿不可笑。

还有，今天中国经济高速发展，一直维持在10%的增长率。这当然是好事，令每个中国人自豪。而且这个速度也不敢掉下来，掉下来一个点，就意味着上千万人要失业。所以，不管谁当这个国家的总理，他也要尽心尽力地维持高的经济发展速度。但从另一个层面看，这么着“骑虎难下”也是很令人担心的事啊，就像美国影片《致命极速》那样，速度一慢下来就会爆炸。

可是，打球还有个中场休息呢。这种持续的高速发展，势必带来其他问题，像环境恶化、资源枯竭、社会大厦的构建粗糙等。社会学家们不是看不到这一点，但没人能给出两全其美的办法。也就是说，对这个问题的两种相反观点都是正确的，看你站在哪个层面上。

对“科幻迷”也是这样。一方面，科幻迷越多越好，有他们掏银子买书，中国的科幻文学才能存在。也可能有些人对科幻的商业化不满，想搞“阳春白雪”，那也不错，中国科幻确实需要阳春白雪。但阳春白雪仍然需要一个大的群众性基础，否则皮之不存，毛将焉附。所以，出版界的朋友最看重科幻迷，今天他们听了我唱反调，晚上一定会找我算账。但从另一个层面看，从一个文学品种看，科幻和科学的亲缘最近，而科学历来大力提倡理性思维，提倡对权威的反叛。科学与宗教对立，而宗教是以盲从为基础的。所以，多少有点生拉硬扯吧，我认为和科学亲缘最近的科幻文学，也最应该和理性思维紧密相连，怎么可能是“迷”呢？只要一迷，就无法清醒地进行理性思维。

这里提到了理性思维，实际上又扯出一个老问题：什么是科幻的正确定义，什么是最正统的科幻，什么是软科幻，什么是硬科幻。关于这个问题，科幻界早就得出共识：完全不去争论，放手去写，只要读者喜欢就是好科幻，也可以包括纯幻想、奇幻、玄幻、或披着科幻外衣的主流文学。美国的科幻大奖就曾颁给《哈利·波特》和《卧虎藏龙》，令许多人大跌眼镜，上次在北京见到美国的兰迪斯，就是写《火星跋涉》的那个美国科学家兼科幻作家，就有人向他提出这个问题，他无奈地说，他也无法解释，只能说明一点儿，他本人没有对这两个作品投票。不过从广义上说，这种评奖也是对的，完全不必把科幻文学与兄弟文学品种分得太清，水至清则无鱼，分得太清会使科幻成孤家寡人，日渐萎缩，而兼收并蓄才能让它昌盛。

这是站在某个层面上的正确看法，但还有站在另一个层面上的也是完全正确的看法，那就是：科幻文学作为一个文学品种，必然有其自身的特点，有其优势和劣势。如果不注重这些而一味强调兼收并蓄，实际是放弃了它独特的优势，是自取灭亡。两种观点谁对？都对！是不同层面上的正确！所以，科幻界尤其是科幻出版界在实际操作中，只能互相兼顾，找出一个尽量好的平衡点。这个工作不容易，就像蒙上眼睛走钢丝，很大程度上是凭感觉，所以，当个科幻刊物的编辑并不比当作家容易，我是深知其中三昧的。

至于科幻的特点，或者说核心，究竟是什么呢？一百个人会有一百种说法。我说个比较简单的特点，就是：理性思维。科幻文学并不是关于“什么是理性思维”的论说文，但理性思维必然要始终流淌在文字和情节之下。

看过美国华裔作家特德·姜的《通天塔》，很喜欢，认为它是一篇优秀的科幻。但它其实是演绎了一个圣经上的故事，怎么算是科幻？我个人认为，它之所以是标准的科幻，是因为它通篇流淌着理性思维，比如关于建塔的方法、建塔过程的描述、主人公的思维方式，都是很理性的。文中只有一个情节用科学无法解释，那就是：把天顶挖穿就回到了地下，这是作者的一种暗喻。不过我们不必苛求，一篇科幻作品中有那么一两个无法证明的假设，还是可以允许的。

类似的作品很多，我杜撰一个词，称它们为“阿西莫夫式”科幻，即：设定尽可能少的公理，它可能不符合现在的科学知识，然后从它们出发，用理性思维来组织故事。阿西莫夫最擅长这样，比如著名的“机器人三定律”。虽然它如此著名，但没有听说哪个机器人科学家在实际设计中用上它。因为，如果机器人真要按三定律来约束自己，它必须先知道许多基本常识性的问题，比如：什么是人？克隆人算不算人？一个大脑中装了电脑芯片的人算不算人？如何处理一个人与100万人的关系？如果不杀死一个战争狂人就会有100万人死于核爆炸，那机器人该不该杀他？等等等等。但如果它真正弄懂这一切必须具备的概念，它就已经有自主意识了，就不是什么三定律所能约束的低级智能了。所以，机器人三定律只是一个概念游戏，当不得真。但这并不妨碍阿西莫夫及别的科幻作家，从三定律出发，创造出很多优秀的作品。

另一个最明显的例子是时间机器，它是最典型的科幻题材之一。实际上呢，时间机器很可能永远不能实现，即使真能回到过去，也不能实现“对历史进行符合因果关系的干涉”，否则它必然造成“外祖父悖论”。但从时间机器这个假定出发，科幻作家创作了成千上万篇优秀作品。比如一位南斯拉夫作家写的《戒指》，主人公回到过去购买一枚非常著名的钻石戒指，嫌一个太少，他就多次回去，共买回94枚“同一个”戒指，因为他每次回去都比上次早回去半个小时，而戒指主人那时还没把戒指卖出！这样，“过去”时段中的一枚，就变成了今天的94枚。而且，只要你承认那唯一的假定——能回到过去并对过去加以干涉——则本文通篇没有任何逻辑漏洞。这是一篇构思绝佳的阿西莫夫式科幻。另一篇关于时间题材的优秀作品是美国海因莱因的《你们这些回魂尸》，说一个老人劝说一个变性男人回到过去，与一个姑娘发生露水情，姑娘生下一个女儿，被一个男人偷走，然后姑娘变性为男人，等等。热热闹闹写下来，最后才能看出谜底，原来文中所有人物：老人、变性男人，变性女人，她生的女儿，竟然都是一个人，是一个人在不同时空中的显态！这算是把时间机器的威力玩到了极致。这篇作品有啥社会意义？至少我是想不出来，但看它如同做一次智力体操，从中能得到阅读的愉悦。

另外一种理性思维的科幻作品，我杜撰的名词叫“克拉克式”。英国作家克拉克的作品常常建立在非常坚实的科学基础上，而没有上面说的那种无法证明的、可能不符合科学的假定。克拉克所提出的同步卫星已经众所周知，不过不是科幻作品中提的。克拉克自己笑说，如果他没有发表这篇小文章而是报了专利，应该是世界级的富翁了。另外他在小说中设想的太空光动力帆船、太空升降机等，现在也都是科学界正在认真考虑的技术设想。能做到这一点是非常不易的，既需要作者有扎实的科学知识，又要求有非凡的想象。科幻文学并不担负“提出科学理论或技术设想”这样的社会功能，说到底，它只是文学甚至偏重于通俗文学，不是科学论文。但如果它能额外做到这点，那更难得，是可遇而不可求的。说句不算过头的话吧，一个科幻作家一生中能有一篇这样的作品，就像王洛宾有一首歌“在那遥远的地方有位好姑娘”，就像王之涣有一篇绝句“白日依山尽”，这一辈子就不白活了，可以含笑瞑目了。

克拉克不仅技术性科幻优秀，哲理性科幻也写得很好。他有一个很短的小说——《神的食物》，说一家食品公司状告另一家公司，后者发明了一种完全人造的肉，非常美味，垄断了全球市场。这种非常美味的肉的化学结构是什么？人肉！这个看似荒诞的作品实际有很深的内涵，因为用完全人工的方法造出与人肉完全一样的产品，这只是一个时间问题，用不了一百年吧。如果到了那天，文明的人类是否可以重新拾起吃人肉的旧习惯？那是野蛮时代的陋习，已经在几千年的文明发展过程中被抛弃了。可是，这种人肉又是完全人造的！

也许关于人肉不值得争论，不吃它就是了，吃人造牛肉也行嘛。但这篇文章的内涵并不是人肉本身，而是科学进步与伦理道德的关系。引申到另外一个问题：克隆人算不算人？是否享受人的尊严？如果以克隆人为例还太敏感，那咱们再退一步：如果克隆出一个无脑人，然后作为移植器官的供体，那将是医学极大的进步，以后每个人一生下来就可以先做一个这样的备份。这个方法有极大的医学上的好处，简直无法摆脱它的诱惑。但这算不算残忍？符合不符合文明人类的道德？再说一句比较恶心的话：就像《神的食物》中设想的，这种人造的无脑人的肉能吃不能吃？同学们，科学已经在拆毁人类伦理道德的墙基了，上面说的问题实际已经摆在我们面前了，克隆无脑人的技术如果说今天还没有达到，只是因为人们不愿意去做，要做的话，最多三十年的时间吧。科学技术已经冲到前边了，但人类的伦理道德还滞后着。而克拉克在几十年前就敏锐地指出了这一点。这就是科幻作品的魅力之所在，这就是科幻文学的社会责任，是任何别的文学品种所无法替代的。

从文学欣赏的层面来看，今天各种科幻流派：纯幻想的、奇幻的、玄幻的、阿西莫夫式的理性思维式、克拉克的理性思维式，都可以写出好作品，绝对没有高下之分。像《哈利·波特》，风靡全世界，作者赚了天文数字的银子，至今没有哪个科幻作家能比得上，连克莱顿也不行。谁敢说这不是好作品？说不是，那是狐狸吃不到葡萄说葡萄酸。

这样说是对的，但从另一个层面看，科幻作品要想有长久的生命力，而不会被同化、被蚕食，必须有足够坚硬的内核或骨架，即我上面说的那些理性思维作品，尤其是克拉克式的作品。我希望有更多的科幻读者喜欢这样的作品。

当然对科幻迷们不能苛求。一个中学生在超重的学习负荷下偷空看几篇科幻，你还要求他分清它是哪个类型的，该不该喜欢，那只能说你是个十足的书呆子，神经不大正常。但从另一个角度说，站在较高的层面，我还是希望中国的学生中多一些人喜欢硬科幻，尤其是克拉克式的硬科幻，而不要全部陷入诸如咒语、精灵、法术、诺查丹玛斯的预言这类东西中，我这个希望也不为过。东汉伏波将军马援的家书中显示了很多做人的智慧，他对子侄们说:“龙伯高敦厚谨慎，不乱发议论，清廉有威信。我敬重他，也希望你们学他。杜季良豪侠仗义，飞扬佻脱，我尊重他，但不希望你们学他。因为学龙伯高不成，不失为一个稳重谨慎的人；而学杜季良不成，就有可能沦为轻薄儿，所谓画虎不成反类犬。”这句话也能搬到我们这儿。克拉克式的硬科幻充溢着清晰的理性思维和扎实的科学知识，看这样的作品可以激发读者对科学的喜爱和激情，学得好了，有可能成为科学家，学得不好，也能以润物细无声的方式了解一些科学知识，或者做做智力体操，锻炼自己的理性思维；而沉迷于奇幻、玄幻或类似的太软的科幻，除了能收获一些阅读的愉悦，对青年的人生没有额外的好处。弄不好还会走火入魔。

我接触过家乡一位很虔诚的科幻迷，跑了很远的路专程找我交流，一交谈，原来他迷的尽是天下奇闻、尼斯湖怪兽、水晶头骨、哪哪哪水往高处流、诺查丹玛斯预言之类的玩意儿。说实话，对于他自称是科幻迷，我真的感到悲哀。如果你想相信天池有怪兽，你首先得考虑这儿有没有足够的食物链？有没有足够繁衍下去的最小种群？如果有小种群被人看到的概率有多大？如果有合理的解释，虽然不能被马上证明但至少符合科学思维的解释，你再相信也不迟。至于某地水往高处流等报道，更可以把它当成屁话。物理学的势场理论足以保证，世界上绝没有一处地方水会自动往高处流，一处也不会！这就是科学的威力，科学的魅力，是每个有理性者相信科学而不沉迷宗教或迷信的原因。而在我们的社会中，在我们的媒体上，各类奇闻及读者的轻信，还有完全与科学无关的科幻作品，实在是过于泛滥了。

所以，从这个角度，我不喜欢目前奇幻过于泛滥的现实，也连带着不喜欢“科幻迷”这个称呼。我们国家科学底子薄，最欠缺的就是科学和技术实力，现在我们还没奢侈到每天生活在奇幻世界中的那个份儿上。这些话只是一家之言，大家听听就是。

我看《阿凡达》

2010.1.9

网易邀我“以科幻作者的身份”写一篇《阿凡达》的观后感。我是从不写博文的，今天胡乱写一篇塞责吧。《阿凡达》从视觉冲击上讲那是没说的，如梦如幻、美轮美奂、逼真细腻、气势恢宏、排山倒海……什么样的高级形容词用上都不算溢美。有人说它是电影史的分水岭，从此电影要以《阿凡达》之前和《阿凡达》之后来界定。如果单指它的特效和视觉效果，这话也不为过。看过之后有点小想法，说出来不大好意思：啥时候中国能有这样的制片人和特技？哎呀呀，那时的中国科幻作者可就掉进福窝里了！

至于《阿凡达》的故事，则相对平淡了无新意，不过是一则美国西部故事的科幻版——一位白人男子坠落到蛮荒之地，爱上了一个蛮族姑娘，从对异族的心灵抗拒到被同化，最后完成了他的自省和自我救赎。只是故事中的苏族印第安人变成了纳美人，羽毛头饰换成尖耳朵长尾巴和脑后一根大辫子是不是中国元素？！现实世界中印第安人是失败者，这儿的纳美人很幸运地胜利了，那是因为他们多了三种“技术”：飞行器、无线通讯和互联网，另外，还有一个非白种人的上帝伊瓦大神。

说《阿凡达》是美国西部故事的翻版，不光是表面的，还是骨子里的。三百多年前来到美洲的白种人，以一千万印第安人的尸骨奠定了自身基因的大扩张，但恶的粪堆上最终却长出了善之花。今天，对一个受难民族的歉疚和自省已经扎根于美国人的潜意识中，这表现在很多美国作品中，也是本部电影的灵魂。只不过作者把他的谴责，从“文明种族对蒙昧种族的强暴”升级为“对蒙昧种族和大自然的双重强暴”而已。

当然，逝去的历史已经塌缩了，不可逆转了。即使是对过去罪恶的自省，导演也是站在白人的角度而不是受难民族的角度上，对于这一点，美国人可能并不敏感，但作为同是受难民族的中国人，对此是相对敏感的。《阿凡达》中有一点细节给我以强烈的印象，那位女主角，异族公主，虽然有尖耳朵长尾巴，但咋看也不像异族。她眉眼之间的细微之处清楚表明，她不仅是人类，而且绝对是美国人！换一个中国女演员，巩俐还是章子怡，都演不出这点美国味儿。而且，说来好像不大合乎逻辑，这种对祖先罪恶的自省，却糅合了另一种不大和谐的东西——白种男人救世主情结。看到男主角杰克骑着红色巨龙从天而降、接受万众景仰的场面，我想任何人对此都不怀疑。不妨做一个思想实验——如果把男女主角的性别来个互换，是异族公主驾着巨龙来拯救白人，结果会是如何？从逻辑上绝无问题，但从感觉上就是觉得不顺。看来，美国电影已经在全世界观众中有效地培育出了一种思维定式。

说了这么多不中听的话，读者不要以为我是反西方。不，我恰恰对美国人的这种自省由衷佩服，我认为这是一个民族成熟的标志。相比较而言，中国人在回顾历史时，更多是受难情结，而缺少自省和自我批判。毕竟，每个民族历史上都有它丑陋的一面，中华民族也不例外。《阿凡达》尽管故事平淡，但这种自省意识也足以支撑它的灵魂。

还有两个互相矛盾的感受，我把它并列出来，不怕别人说我是自己扇自己耳光。感受之一：让科幻作家的精英意识见鬼去。科幻作家们老是专注于“坚硬的科幻内核”“新颖的科幻构思”“要道前人之未道”，独独缺少对普罗大众趣味的把握。人家卡梅隆能以一个相对平庸的故事，铺陈成一个如此有震撼力的影片，赚足了大把银子和世人的眼球。咱们该从中学点什么了。与之相反的感受之二：美国影人的才思是不是枯竭了？患了集体老年脑萎缩？无论是《阿凡达》，还是《2012》《后天》等，单从故事线上说并没有什么显著的亮点，没有让我们产生早先看美国电影时那种“卿乃天人、望尘莫及”的感觉。冒昧提个建议：也许好莱坞该到中国科幻作者的作品中挖一点金子了，比如去找大刘的《流浪地球》。

科学主义、反科学主义及进化论

2011.4.5

一

我刚到中央10台做了一个节目，这两天正在播。10台是科教频道，但也有不少反科学的节目。这次是关于UFO即外星飞碟的，我一看解说词，基本是胡说八道，还有明显的知识硬伤。主持人希望我多主持几集，我谢绝了，只在稍微有点科学性的两集中做了嘉宾。这说明，即便像中央10台这样的机构也是科盲和伪科学盛行的地方。

二

在前几年和方某某、赵某某这类强科学主义者的网上论战中，我是被划为“反科学主义者”的。因为在我的作品和随笔中，有六成的篇幅是对科学的批判。

我的批判有些属于技术层面，比如科学虽然给人类带来巨大的进步，也无可逆转地带来很多伴生灾难，像核武器、生化武器、疯牛病、艾滋病、吸毒、电脑病毒、恐怖主义，等等等等，不胜枚举。又比如，虽然现代医学非常强大，但新出现的凶恶病症的频率明显加快，其中艾滋病的死亡者是以千万来计数的，比华佗时代好不到哪儿去。

我对科学的批判有些是道德伦理层面的，比如人机杂合和人兽杂交技术，它终将瓜熟蒂落，谁也阻挡不住，但它势必对人性造成极危险的异化。比如克隆人技术也必然出现，如果它真能代替两性繁衍，世上哪还有爱情？男女爱情是文学家歌颂了一万年的不朽主题，但它实质上附属于人类的两性繁衍方式。文学家有一大半要失业了。以上技术已经不是是否可以实现的问题，而是何时实现，如何实现。

我对科学的反省也有终极层面的。科学的迅猛发展却导致这样一个悖论：人类越来越了解大自然的客观规律，进入了自由王国，但这些规律却是不以人的意志为转移的！这听起来是不是车轱辘话？是不是循环论证？但大自然的机理确实如此。科学的进步最终揭示了科学的局限性，科学并不能改变人类的宿命，比如，即便人造智能将来会超过人类甚至取代人类，我们能不能从明天起砸烂所有电脑？肯定不行。这还是较低层面上的宿命，在更终极的层面上，即便科学能让人类与天地同寿，也避免不了最终灭亡的命运，因为宇宙本身的灭亡也是不可避免的，连组成物质的最基础的砖石——质子——都会湮灭！

杨振宁先生有句著名的话：“科学发展的终极是哲学，而哲学发展的终极是宗教。”我不知道杨先生本意为何，但我估计应该包含着“科学导致宿命论复活”这个想法。所谓人生三大命题：“我们是谁，从何处来，到何处去。”科学、哲学和宗教在这三个终极问题上走到一起了。

三

但悖论无处不在，就以我对科学强烈的批判而言，却是建基在对科学的极为虔诚的信仰上。爱之深而恨之切！科学与宗教不同，宗教的基础是信仰，是盲从。圣经说摩西能分开红海之水，能从上帝那儿得到玛那，耶稣能使麻风病人痊愈，能使自己死后复活。那你信仰就是了，不用怀疑。而科学的基础是批判，是自我怀疑。任何一个假说提出来，首先要在科学界内部遭到最严厉的吹毛求疵，并且必须要有过硬的实验证据，才能被科学界广泛认可。爱因斯坦的相对论就是在爱丁顿做了日食观测后才被证实的，以后又经多次证实，才被承认。科学中曾广泛存在“以太”说，说宇宙间广泛存在着一种刚性介质，这样光线才能传播。后来在严格的实验基础上被否定了。宗教能这样做吗？上次沙龙讲座中，南召县衙博物馆的李馆长推崇圣经的神秘性，说圣经中每隔 50 个字就出现“摩西五经”的字样。恕我坦率，我绝不相信。

有人亲自验证过吗？这种50字一重复的规律是适于圣经的英文文本、拉丁文本还是古希伯来文本？即使同一种文字的圣经也有多种版本啊，它适合哪一种？如果连具体文本都没弄清就相信它，未免太盲从。

科学有极强的震撼力，这在本质上源于我们对大自然的敬畏。其实，如果相信上帝造人，那倒引不起多大敬畏——他有神力，当然无所不能嘛。但我们现在知道，生命密码存在于DNA中，存在于小小的精子卵子中，它包含着近乎无穷的信息：人的四肢、内脏、精巧的眼睛、高度进化的大脑、肤色、耳屎是干还是湿，等等。黄色人种的一个特点就是耳屎较干，眼角有蒙古褶。其中任一项如果用技术语言和图纸来完全表达，都是无法想象的海量。但它们就存在于小小的DNA中！是仅有四个字母的天书！而且，这些信息并非是通过神力魔法而是通过普通的物理手段来传达的。总有一天，人们会破译这些手段，用普通物质人工造出生命。唯有这样，才让人敬畏，敬畏得让人屏息。再举一个例子，大家都知道光线在不同介质中会发生折射。虽然折射让光线多走了一段路，但由于不同介质中光速不同，折射路线一定是两点之间耗时最少的那条！就像光线从出发时就预知了前边的路径又做了精确的数学计算，预先选中了最省时的一条路线。当然，光线没有意识也不会主动选择，它只是被一条物理定律所约束，叫最小作用量定律。这条定律不仅适用于光线折射，还广泛适用于自然界，比如自由落体运动也符合最小作用量定律。宇宙中到处存在着像这样精巧的秩序，如果它们都是由上帝所控制，每时每刻都不能放松，那他老人家早就累疯了。

科学还有这样一个特点，一旦发现某种理论，那它就放之四海而皆准，连一个例外都没有！万有引力在几百亿光年外仍适用，地球上发现的元素在几百亿光年外仍然同样存在，这可以通过观察光谱来确定。任何科学理论，即便曾被广泛承认，但只要找到一个过硬的、能重复验证的反例，那它也就该完蛋了。比如能量守恒定律，世界上有永动机吗？一个也没有，发明家提出了很多极为巧妙的设想，包括战犯黄维在监狱里研究几十年，但最终还是失败了；小报上常炒作奇闻比如某处水往高处流，你把它当成狗屁就是了，因为这样的反例只要有一个是真的，能量守恒定律就整个完蛋了！前些年炒得很红的王洪成水变油，不是我事后夸口，当时我就根本没信过。因为，你根本不用管水变油的技术细节是什么，只需根据能量守恒定律，看看它加进去的东西是否含有汽油燃烧值那样大的能量，这才符合能量守恒，否则就是狗屁。宗教有没有这样自我批判的勇气？有没有可以反复验证的神迹？绝对没有！

科学永远在发展，比如牛顿力学说，地球围绕太阳转是因为万有引力，但相对论说是因为太阳使空间凹陷，地球的旋转只是沿凹陷空间的短程线运动，就像一个钢球可以沿碗边旋转一样。但科学理论的发展不是否定前者，而是把前者置于更广泛的场景中。在低速范围，相对论与牛顿力学是等值的，只是到高速范围，牛顿力学所不能涵括的东西，用相对论才能解释，这就是科学的进步。达尔文的进化论也是一样。直到现在，进化论的许多细节仍需要补充，某些机理需要更正，比如，现在已经羽翼丰满的分子进化论，就把“进化”从宏观层面延伸到微观层面，跳跃基因和插入序列的发现，对物种进化中某些“突变”做了分子层面的解释。但进化论基本原理是绝对不会失效的。这点以后再说。

科学其实也算得上一种宗教，科学的信徒也有信仰，这种信仰就是：宇宙中一定存在着秩序，这种秩序一定是简洁的，而且一定能被人类所认知。为什么几百亿光年这么大的宇宙中都适用万有引力定律，都由同样的元素组成？为什么地球上亿万种生物都是由 DNA 所构成？为什么极端高深的理论，如牛顿力学、麦克斯韦电磁学、相对论、量子力学、进化论等，都能用极简单的原理或数学公式来表达？爱因斯坦有一个癖好，对某种新理论的判别，首先是看它的表达公式“是否有简洁美”，不美的他就不相信。科学界有一个“奥卡姆剃刀”原则，就是说，如果有几种理论都能解释已经有的实验证据，那你就挑其中最简单的、需要做出的假定最少的，一般来说它就是正确的。这个原则屡试不爽。为什么宇宙有简洁的秩序？为什么我们没有碰上一个非常无序的混乱宇宙？没有道理可以解释，它就在那儿！这种信仰和宗教信仰似乎雷同，但有一点，对科学、对宇宙秩序的信仰是从无数事实中提炼出来的。

科学还有一个特点：它是唯一的，属于全人类的。没有所谓无产阶级或资产阶级的科学，没有所谓白种人、黄种人或黑人的科学，更没有所谓基督教的、佛教的或伊斯兰教的科学。科学才是真正的一神教。它的威力如此之大，除了给我们的世界带来谁都否认不了的变化，甚至当宗教人士想证明宗教或上帝的合法性时，都不得不借助于科学。

科学的发展就像一个不断扩大的圆，当圆内的东西被人类掌握后，同时也会与越来越大的未知接触。所以，科学不能穷尽宇宙，但可以越来越接近。比如牛顿所迷惑的“上帝第一推动力”从何而来，如果单指恒星和行星运行状态的推动力，那现在已经解决了。科学家已经能根据星云收缩来计算恒星的旋转轨道，能根据银河系外围星系的旋转速度反过来计算银心的质量。它们全都符合能量守恒、动量守恒和角动量守恒定律。当然人类还面临着更大的未知，比如：宇宙大爆炸理论已经被基本认可，但宇宙从“无”中爆炸出来时为啥要遵循一些客观规律，就是我上边说的简洁的秩序？它是从哪里“生”出来的？如果我们这个宇宙灭亡而另一个宇宙从无中生出来，还会遵循同样的规律吗？那个世界中有没有光速限制？是不是仍有物质不灭啦能量守恒定律啦宇称不守恒啦等等约束？这个问题远未解决，科学界连起码的概念都没有。从广义上说，这也属于“第一推动力”的问题。但无论如何，我们相信，它是能被科学逐渐逼近的，它也决不会导致一个人格化上帝的复辟。科学家相信上帝，但那是斯宾诺莎所说的上帝，是大自然的一个别称。

四

上面说到科学的简洁美，下面讲宇宙间两个最基本的定律，因为它们与进化论有关。它们都非常简单，简单到任何人在日常生活中都碰到过，但它却主管着宇宙万物的运行。它是大自然的黑白无常，一个管宇宙的死，一个管宇宙的生。

先说黑无常——熵增定律。一块热铁放在空气中，会逐渐向外散发热量，直到与周围温度相等。这就是热力学第二定律，或者叫熵增定律。就是如此简单！但它又是自然界最强大的定律。它说明自然界的能量会趋于平均化，而决不会自发出现能量富集的反过程。所以，宇宙中所有恒星火炉终将熄灭。英国哲学家罗素说，有史以来，科学所做的最可怕最阴郁的预言，就是熵增定律所预言的宇宙末日。宇宙在不可违抗地走向热平衡，走向无序，走向寂灭，人类所创造的辉煌业绩注定要在大死亡中归于灭绝，人类成就的整座殿堂将不可避免地被埋葬。

而白无常呢，是与之相反的自组织定律。咱们从酒瓶里往外倒酒，酒会发出有规律的咕嘟声，这就是自组织，就是这样简单！这些“组织化”完全是由内部原因产生，没有外来的设计者或管理者。而且这种现象渗透到宇宙的每一个角落每一个时刻。从宇宙肇始，自组织就登台了。宇宙爆炸，变成一锅高温的均匀的粒子汤。按照熵增定律，它应该在宇宙向外膨胀时变得稀薄而更加均匀，绝不会产生物质富集或能量富集的现象，物质和能量是同一物的两面。但是，这些粒子汤会自发结合成六种夸克，结合成轻子、强子、介子，氢原子、氦原子，进而聚集成星云，星云中产生星体，星体生长，直到引发核反应。行星从星云中诞生，行星上产生岩石圈、大气、河流、季风、泉水、矿藏……以上种种都是自组织的过程，是熵增的逆过程。所以，自组织定律是与熵增定律同等重要的两大定律之一，它们永远纠缠在一起，同时存在，相向而行，但它们存在于不同层面，互不干涉。

这种自组织过程，从本质上说也是生命化，也包含了生命的最基本特征，即自我复制和进化。宇宙大爆炸的浓汤里繁衍出一模一样的粒子像夸克、重子、轻子等，然后繁衍出原子，再繁衍出星云和星体；云朵中生出一模一样的六角形雪花；在金伯利岩脉中生出结构相同的钻石……这些全都是自然界的“生育”啊。我们平常说的“生命”其实只是自组织过程中一个特例，是高等的自组织。生物生命的特殊之处是它需要一个复杂的模板，比如地球生命的DNA和RNA，这种模板来自长期演化中某个难得的机缘，极不可能重复。所以我们可以武断地断定，外星球上同样由自组织原理形成的雪花肯定和地球上一样，也是六角形的，但外星生命的模板极不可能与我们雷同。

五

再介绍一种与进化论有关的理论：整体论。它也是非常简单而又非常重要的理论之一。几十只灯泡组成了一个“2008 北京奥运”的广告，也就赋予它高出灯泡层面的意义。只要它的缔合模式不变，那么，把红灯变成绿灯，变成石子，变成孔洞，甚至缺那么一两个灯泡，它所表示的意义都不会变。人的大脑有 1000 亿个神经元，单个神经元的构造非常简单，只能根据外来的刺激产生一个神经脉冲。科学家对神经元已经研究透了。但 1000 亿个神经元缔合成非常复杂的立体网络后，怎么就会产生智慧、人格、感情、我识（知道独立于客观世界的“我”的存在）这类东西？如果我们问：爱因斯坦哪几根神经元产生了他的天才，那根神经元最能代表他这个人？这显然是愚蠢的问题。只能这样说：神经元足够复杂的缔合产生了更高层面的东西。

普通物质的复杂缔合就会产生飞跃，产生更高层面的东西。这就是整体论。它像一个黑箱，科学目前能做到的，是确认它从“输入”到“输出”的神奇变化，但还不能解释内部机理。但其中绝不会有超自然力，不会有上帝的魔法。我们眼前就有现成的例子：电脑。它们当然是由普通物质所组成，与上帝一点也扯不上干系。它的信息组成单元甚至比 DNA 的四个字母还简单，只有两个字母：1 和 0。甚至电脑的最基本功能是只会加法，其他所有计算都是通过化为加法来进行。但目前电脑已经可以说有了智力，它能战胜国际象棋冠军，甚至可以说有了人格，电脑已经通过了图灵测试，即在封闭状态下由人类提问，电脑或人类回答，来判定回答者是否是电脑。如果这台电脑也具有童年记忆、幽默感、情绪激动等特质，你咋能把它同真人区别？而电脑的发展不过是一百年的事！有人可能说这不算，这是因为科学家人为地编制了程序。这话不假，但我们可以换个角度，用“隔绝法”来看问题：现在，把一台电脑输入程序后，与外界隔绝，完全脱离人的操纵，这时它只是一件物体吧，它的任何程序都是通过普通物质所表达的吧，但这件“普通物体”却能具有智力和人格！

生命是非常复杂的东西，再研究一百万年也不能穷尽所有奥秘。但目前已经可以肯定：就像上面说的电脑一样，生命是普通原子经过复杂缔合的结果，在生物乃至人的身体内，绝没有生命力、灵魂这类超自然力的存在，也就是说，没有上帝存身之地。今天的科学家已经能制造最简单的DNA，当然还得借助一定的生物方法。但毫无疑问，将来科学一定能用纯物理的办法，将一个个普通物质原子组合起来，让它成为简单生命，具有生命力。甚至制造出高等生物也只是早早晚晚的事。

有一位科学家评论说，在DNA被发现之前，即使最勇敢的唯物论者，也不敢承认生命原来是由四元密码组成，也就是说，完全由物质结构所决定。但在DNA发现之后，这些结论就不容怀疑了。

六

上面说的是准备知识，下面要讲进化论了。实际上，达尔文一直反对用“进化”这个词，认为它暗含了“生物由低等发展到高等”的意思。达尔文认为不是这样的，进化论实际只是说生物会更适应环境，所以，猎豹的流线型身体、人脑的高度进化与蛔虫退化到只留下繁殖和消化系统，都是对环境的很好适应。不过话又说回来，从大趋势上说，生物为了适应环境，确实是由简而繁，由粗劣而精致。所以，用“进化”这个词叫我说也不算错。

没有哪种科学理论比进化论更能激起守旧者的反抗，甚至日心说也比不上。因为进化论动摇了人类信仰的根基：我们是上帝之子，是万物之灵啊，现在这种特权被科学家剥夺了！尤其在基督教盛行的西方，虽然科学非常昌盛，但神创论仍然比进化论更有市场。我见过一个统计，美国信仰上帝造人的比率仍远高于相信进化论的。还有些州禁止课堂上讲进化论，前不久才被法院判为违法。至于中国，宗教历来没有占统治地位，再加上政府的无神论教育，进化论的普及率比美国要高。当然，中国现在也盛行对进化论的怀疑，其中既有低知识阶层，也有知识分子阶层。但恕我坦率，这种怀疑大多不是理性的怀疑而只是一种时髦。

进化论的精髓可以归结为以下几点：

一、生物会产生变异，这种变异是随机的，没有目的性。它会遗传给后代，至少可以部分遗传。另一种学说拉马克主义在这点上与达尔文不同，拉马克认为生物会根据环境来主动选择进化方向，比如猎豹为了跑得更快而进化出流线型身体。

二、生物产生的后代一定多于可能存在的后代数量。

三、一般说来，生物变异大多不利于生物的生存，但少数有利于适应环境的变异会在自然淘汰中被保留，并繁衍下去。死亡之筛是生物进化的唯一动力。

这些机理简单不？不能再简单了。但就是靠这样最简单的机理，生命从无到有，由简到繁，一直形成今天极为多彩的大千世界。

达尔文还有一个观点：生命进化过程是缓慢的渐进的，没有突变。另一个科学家赫胥黎当时就表示反对，说渐进论并非进化所必须遵循的规律。我个人赞成赫胥黎，而且觉得，使用马克思的“量变到质变”来解释更为清晰。生物进化过程中任何突变都是由微小的量变积累而成的，绝不会从老鼠身上突然长出一双肉翅而变成蝙蝠。渐进式的变异积累到一定时候肯定会有突变。

在进化史上，突变举不胜举。比如：当原始海洋中产生第一个能复制自身的原子团；当原核生物把细胞质、线粒体等聚合到一起变成真核生物；当原始生物进化出第一个感光细胞；进化出第一根神经索，脊椎动物正是由此而来；第一只海洋生物爬上陆地；无性繁衍第一次变成两性繁衍；甚至类哺乳动物中第一个出现乳汁和胎盘……这些都是物种突变的开始。进化史中有一次寒武纪生命大爆发，现在被有些人作为怀疑进化论的证据，但这个事实帮不了怀疑论的忙。所谓寒武纪生命爆发只是相对漫长的地质年代而言，它正是由于微小缓慢的量变所导致的质变——产生了真核生物和有性繁衍，产生了“异养生物”即收割者。异养生物本身不依靠光合作用，而是靠吃植物或动物为生，包括细菌病毒寄生生物。这三点突变导致了物种的大爆发。比如，按说无性繁衍是最可靠最经济的办法，生物用这种方法繁衍了25亿年甚至更长。为什么有性繁衍一出现就成了主流？原因很简单：有性繁衍易于出错，出错也就是变异，上面说过，变异大部分是有害的，但少量有益变异在死亡之筛的强大作用下逐渐扩大，成为生物的主流。再比如没有出现收割者之前生物物种可以很单一，所以进化很缓慢，蓝藻就繁盛了几十亿年，但收割者出现后，物种过于单一就很容易灭绝，所以促进了物种分化。

现在有各种对进化论的质疑。有一些是合理的怀疑，比如最初的生命材料究竟是从原始海洋中自发产生的，还是来自太空？太空中比如彗星中确实存在着有机物质。第一种可能性较大，但目前的科学水平还不能完全排除第二种可能。不过这并不会否定进化论的精髓，只是把它适用的环境从地球推广到太空中了。但如果有人说地球人是外星人的后代，完全可以把它当成狗屁。原因是：现代生物学已经充分证明地球生命系统是一个整体，是由简而繁进化而来的，其进化脉络虽然还有不少缺节但已经清晰可辨。现在，科学家在异种动物之间，甚至植物与动物之间，动物与细菌之间，都能进行细胞融合。最近一个报道，生物学家已经创造出了夜光老鼠和夜光猫，就是将老鼠与猫的 DNA 与发光水母的 DNA 杂交而成。这些都是“地球生命属一个整体”的有力证明。如果说人是外星人的后代，那除非外星人同时送来了地球上所有的原核生物、真核生物、植物、动物、真菌，才能形成我们看到的一致性。这显然是不可能的，即使可能，也不过是把进化论前推到另一个星球上！

在科学圈外的群众中，最广泛的一个疑问是：无意识的随机进化怎么可能进化出那么复杂精致的器官，如眼睛。有个说法是：“这就像一阵飓风吹塌了飞机零件仓库，却组装出了一架波音飞机！”这个比喻虽然看似有煽惑力，但完全是诡辩。因为它不包含进化的几个基本机理：连续的小异变、量变所导致的突变和持续不断的进化压力即自然淘汰。关于眼睛的进化过程，有科学家做过专门的研究，证明几亿年的进化足以进化出今天这样精巧的眼睛。详情就不说了。他们总结了动物界中对眼睛的至少 40 次以上的独立进化所形成的至少九大类眼睛，包括针孔式成像、两种照相机镜头式成像、反射曲面式成像、几种复合眼等。动物中有人类这样立体视觉最强的眼睛，有老鹰那样异常敏锐的眼睛，有青蛙那样看不到静止物体而只能看到小活物的眼睛，有变色龙那样突出来会骨碌碌乱转的眼睛，有鲨鱼那样能看到电场的感官，有昆虫能看到紫外线或偏振光的眼睛，也有低等生物最简单的眼睛，仅一个感光细胞，一个色素细胞，再用一条神经与运动器官如纤毛相连。如果所有这些眼睛都不是进化而来的，而是由上帝创造的，那这位上帝一定是个全能的科学家、发明家和工程师，而且有怪癖，偏爱把简单事情复杂化——他干吗不创造两三种最好的眼睛并把它赐给所有生物呢？ 前面说到奥卡姆剃刀，这儿咱们不妨用这把剃刀来剃一下：如果用一种理论来解释各种眼睛的现状，是神创论简洁，还是进化论简洁？只能是后者吧。

再看看乳房的进化。动物界中几十亿年没有乳房，怎么会进化出乳房呢？就算那时有个发明家，想破脑袋也想不到啊。正好，澳洲还保留着最原始的哺乳动物，让我们可以回溯乳房的进化过程。那儿有一种针鼹，没有乳房，其皮肤处会渗出类似乳汁的东西供小崽子们舔。那么，生物随机进化出这个简单变异就不足为奇了。一旦出现，其后代的生存概率就会大大增加，然后小崽子们使劲舔使劲舔，刺激得那儿继续变异，最终出现结构成熟的乳房，出现哺乳动物。圣经说上帝按他的形态造人，果真如此，人类至少不该有两样东西：肚脐眼和乳房。要知道上帝是“自有”“永在”，不用怀胎十月当然没脐带，也没有一个用乳房喂他的老娘，他造人时咋会想到弄出这些东西呢？甚至造出男女两种人类也属多事，造一个男人分裂生殖不就完了嘛。

进化过程最强大的两个同盟军是：生物的巨大数量和漫长时间。任何微小的变异，如果乘上这两个倍数就极大地放大。试想一下，在原始海洋里没有视觉的亿万原始生物，如果有一只变异出了哪怕是最低等的感光细胞，这就让它的存在概率大大增加，让它的后代数量成几何级数增加，那么，这个变异很快就会普及到整个物种中。生存的要求是进化的最大动力、最大压力，它的强大是我们难以想象的。我家的猫咪为了吃到鱼，用极短时间学会了分辨开冰箱门的声音，即使在院里，只要听到轻微的开冰箱门声，立马跑回来。一个小海岛上的一种小鸟地雀，在一次厄尔尼诺灾难中为了活命，在一代之中就偶然变成吸血动物，学会了在大鸟屁股后啄破皮肤来吸血。以此类推，咱们完全可以想见，亿万生命在生死挣扎中，有益的变异一旦出现会怎样迅速地扩展。

进化既然是随机的，当然会出现错误，这些错误反而证实了进化论的正确。比如人类的食道和气管交叉，咽东西时得有一个盖先把气管盖住，这是一个非常非常蹩脚的设计，常常有人特别是老人咽东西时被呛死。上帝干吗这样造人？设计错误？还是存心不良？但这用进化的观点就很好解释：我们最初都是从鱼类进化而来的，鱼类没有肺，不存在两个管道交叉的问题。后来鱼在变成陆生动物过程中进化出了肺，但鼻子、咽喉、胃和肺的位置已经事先确定，只能让两个管道交叉。类似的错误还有很多很多，比如精巧的人类眼睛中，神经和血管的位置就大大不对，它们穿过视网膜，既形成一个盲区，又容易造成视网膜脱落。枪乌贼的眼睛就没这个毛病；人类易患乳房下垂、胃下垂、脊椎病和腿关节病、高血压，这些都是因为我们是从四足行走进化到两足直行，而这些器官是在直立进化之前形成的，因而难免有不适合之处。但如果是上帝的设计，那他的智商就大有问题！还有，生物中有很多极为丑恶的习性，像鲨鱼在娘肚子里就能同类相残；杜鹃鸟是把蛋偷偷生在别的鸟窝里，但小杜鹃一孵出来就会把别的蛋用脊背推到窝外摔碎；雌性螳螂和蜘蛛在交配中会吃掉丈夫；几种昆虫会在娘肚子里就把母亲蚕食……从进化论的观点来解释，这些习性既不奇怪，也不丑恶，因为生物最高的道德就是种群的生存，但如果它们都是由一个“万能而善良”的上帝创造的，那这位上帝一定是虚伪加变态。

有人质疑说：“为什么今天的黑猩猩就不能进化成人类？”原因很简单，地球上出现人类后，再出现另一种智慧生物的可能性就基本为零了。因为，进化的最大动力是某种变异让生物有生存优势。黑猩猩虽然也会出现利于智力的小变异，但在人的智慧面前微不足道，不可能对其生存环境有什么根本性改进。但如果把几百几千种地球生物送到另一个合适的星球，任其自生自灭，那倒有可能进化出新的智慧生物。但那也不是一蹴而就的事。不妨想想地球进化史，原始藻类在几十亿年中都没有大的变化；已经能制造粗糙石器的原始人，在近百万年中也进展不大；而我们现代人是从十万年前一个仅有2000 人的几乎灭绝的部落繁衍而来的；进化的成功需要漫长的时间加上难得的机缘。想想这些，就不会指望在几千年甚至几百年中看到黑猩猩进化成人了。

其实，在地球上，更可能出现的新的智慧种族是——人工智能。虽然它们算不上我们平常认为的“狭义生命”，但前边已经说过，生命只是自组织的特例。普通物质的复杂缔合能产生飞跃。以目前电脑特别是网络发展的速度来看，产生真正的智能生命已经不是太遥远的事了。比如，百年级别。

生物，特别是人类，今天是不是仍在继续进化？当然！不过前面已经说过，进化不是一定向“好”的方向发展，说变异更合适。咱们远的不说，单来数数近几百年来人类的变异：身高普遍增加、普遍性早熟、白细胞数量大大减少、男人精子数量大大减少、对天花麻疹和水痘等的免疫力增强，非洲黑人因为疟疾盛行而变异出了镰状红细胞病，这种病对血液携氧能力不利但能抵抗疟疾，等等。但人类的进化与过去显然不同，因为人类自身的行为已经大大影响了自身的变异，上边说的很多变异，都与抗生素使用、环境污染、营养增加、混血婚姻等人为因素有关。有报道说非洲一位老妓女具有完全抵抗艾滋病的免疫力，如果没有医学，那此人的后代也许会成为人类的主流。但人类医学已经或即将控制艾滋病，这种进化就被斩断了。可以这样说，人类仍然在进化，但不再是纯自然的进化，而是在人为环境中的进化。

前面已经说过，进化并非一定是向“好”的、“高级”的方向走，说白了，它只是一个简单的试错过程，对了就活，错了就死，就这么简单。而且，进化所适应的环境只是昨天和今天的环境，它并不能预知明天的环境而预先产生适应性进化。那么，已经非常适应今天环境的生物，一旦环境有了大变化怎么办？只有重新适应，适应不了的就灭绝。地球进化史上，90% 以上物种灭绝了，能活到今天的都是进化中的幸运者。要是再问：会不会环境变化得太快，以至于所有物种都灭绝？完全可能。强科学主义者说人类将来可以定向决定人类的进化，我不敢苟同，人类所选择的进化就一定适应明天的环境？由谁来作评判官？没有这个法官或上帝。从长远看，科学的优生也只能是一个试错过程。科学并不是万能的，这就是我前边说的：科学在另一个角度上复活了宿命论。

进化论还没有完善，很多细节有待填充。而且，按照科学发展的规律，有一天它也会被更高级的理论所代替，就像相对论代替牛顿力学那样。但是，同样地，新的理论肯定会包含现有进化论的精髓而绝不会全盘否定，就像相对论在低速状态与牛顿力学保持一致那样。我想，哪怕进化论只有一个观点被证明是正确的，它也足以彪炳千秋，那就是：

生命是从普通物质中因自组织机理而自发产生的，在对环境的适应中逐渐进化。生命不是上帝创造的。

扯到上帝，顺便说几句闲话。宗教其实是一面镜子，信徒心目中的上帝正是人类本身，是我们在镜中的集体化身，人类野蛮时上帝也野蛮，人类文明时上帝也文明。圣经旧约中到处是灭城、灭族、丑恶、自私。这不奇怪，因为那是犹太先民时代，是人类的野蛮时代。所以，我们不必苛求圣经，更不用大加讨伐，以历史眼光平和地看它就是了。但如果直到 21 世纪，还要非常虔诚地为旧约中的上帝辩解，想把上帝毁灭人类、挑唆各族群互相残杀等行为正当化，说上帝之所以灭族是因为人类或异教徒太邪恶，如此等等，那就未免太迂腐了。不少宗教小册子就是这样写的，我看后只有摇头。

基督教是目前各宗教中最开明的，这话不假。但它也曾是各宗教中最血腥最丑恶的，这也是历史真实。中世纪罗马教廷政治异常丑恶，教皇情人干政，教皇互相残杀，后任对前任开棺戮尸，拉着老教皇的尸体在街上示众。教皇英诺森八世亲自撰写“女巫惩治法”，残杀了几十万甚至几百万无辜者。那时到处是告密陷害，还制定了鉴别女巫的办法，比如剃去阴毛让众人检查，比如用针刺法，不流血的就是女巫，但检查者却能熟练地使用障眼法，想让谁不流血就不流血。那个社会之黑暗邪恶，绝对不输于纳粹德国。一位白人作家勇敢地承认，人类历史上最丑恶血腥的事都是印欧语族干的。更确切地说，都是信仰基督的欧洲白人或基督教国家干的。除上面所说，其他如迫害科学家，烧死布鲁诺监禁伽利略，“一战”“二战”，在新大陆屠杀几千万原住民，甚至是以国家行为对新大陆原住民进行灭族，灭绝其文化、宗教和历史，建立黑奴社会，鸦片战争等，实在罄竹难书！白人就是凭着这些恶行才成了今天世界的主流。想来实在可叹，上帝显然不是惩恶扬善的好法官，善恶有报只是句空话，孟子所说的“不嗜杀人者能一之”也是自欺欺人。

但话又说回来，经过欧洲科学启蒙，直到二战后的社会进步，欧美白人变文明变善良了，基督教也变文明变善良了。现在，梵蒂冈教廷宽容地对待异教，宽容对待无神论者对基督教的犀利批判，为哥白尼达尔文平反，宣扬博爱，谴责灭族罪恶等。这些行为赢得了世人的尊敬。不过，以我看来，是人类社会的进步让宗教变“善”了，而不是宗教让人类社会变善了，最多也是二者互相影响。相较而言，佛道两教自古以来相对宽容和平。但这也并非因为印度或中华民族天性善良，而是佛道两教建立和传播时，印度和中国已经进入农业文明，而农业文明相对游牧文明来说还是比较“文明”的。

华夏民族相当独特，由于儒家思想的强大，中国一直没有全民宗教信仰，而且我估计未来也不会有。没有全民宗教信仰，容易出现信仰真空，但有利于理性的发育，比如，今天在中国进行胚胎和干细胞研究就没有宗教上的阻力，但也易于产生像赵某某这样的强科学主义者，把伦理思考完全抛到脑后。我们该珍视自己的长处，明于自己的短处，不要陷入对宗教的痴迷中。

这是本人在家乡文联一次沙龙中的发言。

善恶与吾同在

——《与吾同在》获奖感言

2012.11.3

长篇科幻小说《与吾同在》获本年度“银河奖”的特别奖后，又获“全球华语科幻星云奖”的最佳长篇奖，这是对我的莫大激励。

我与新中国基本同龄，从小阅读的都是刻意净化过的历史，包括儒家思想和无产阶级思想的双重净化。我曾虔诚地相信人类史是玫瑰色的，以善为基的，善恶有报的。这种净化式的教育能够培养美好的心灵，但这种心灵天然脆弱，难以抵挡丑陋现实的冲击。

其后的人生中，我才痛苦地得知，人类史的基色是血色，而且九天之上并没有一个赏罚分明的上帝。《与吾同在》是一篇虚构的故事，但却建立在完全真实的人类史上。文中提到的澳大利亚塔斯马尼亚原住民被灭族就是典型的真实历史。5000名土著被西方殖民者的枪炮屠戮净尽，永远在人类进化树上消失；而那些杀人犯的后代却繁衍昌盛，成了进化树上的胜利者。这种“善有恶报、恶有善报”的历史真实实在令人无语。不过，差堪告慰的是，杀人犯的后代在200年后大大进步了，真诚地反思了历史的罪恶，建立了开明宽容的社会。

正是基于对类似历史事实的准确提炼，从而形成了《与吾同在》的核心哲理——人性本恶，但在群体进化的基础上，大恶的粪堆上能艰难地长出一朵善之花。而且，随着历史的发展，这朵善之花会越来越茁壮。

小说中借一个外星上帝之口说出了这句话，而真正的上帝是我们自己。人类在数万年的进化中逐步抛弃了灭族、同类相食等恶行，发展了善、协作精神和人类之爱，基本确立了普适的人类善恶观，完成了从恶到善的艰难蜕变。当我们把人类之爱建立在真实的历史基础之上、建立在对人性之恶的深刻了解之上，信仰就会足够坚固，再不会因撞上丑陋的现实而一朝崩塌。

当然，我们也不能对今天的人性过于乐观。正如小说所言：纵观整个人类史，人类一直分为不同的共生圈。在共生圈内是以善、协作与利他为主流，在共生圈外则是以恶、竞争和利己为主流。共生圈的发展趋势是日渐扩大，从家庭拓展到部落、部族、国家，乃至人类，甚至所有物种。可惜，虽然今天人类的共生圈已经很博大了，但仍未能涵括全人类。在国家之间，国家集团之间，仍是以恶、利己和竞争为主，因而没有哪个国家可以扮演超越一切的道德裁判，我们应对此有清醒的认识。

《与吾同在》描写了一场外星人侵战争和一个身负原罪的人类领导人。偏偏是这位“内心有邪恶种子”、少年时代即犯有疑似杀人罪的姜元善，领导人类取得了最终的胜利，从而对小说的核心哲理进行了阐释，变成了具象化的情节。当然，总的来说，相对著名科幻作家刘慈欣的《三体》来说,《与吾同在》的情节和场面要弱一些，而更多是以思想的锋利和厚重取胜。

这是本人在第三届全球华语科幻星云奖颁奖典礼上的获奖感言。

六卷本的《中国科幻银河奖作品精选集》出版感言

2013.10.12

科幻银河奖自1986年举办至今，已经24届了。说起来，这个奖项在中国的茁壮是一件比较科幻的事。上世纪80年代，一场“科幻是伪科学”的不公正批判使中国的科幻出版阵地全军覆没，只有《科幻世界》在杨潇、谭楷等人卓绝的坚持下幸存下来，它让中国科幻的复苏至少提前了十年。该杂志在当年极端困难的情况下还坚持举办科幻征文奖，为聚拢和培养作家发挥了重要作用。时至今日，这个体制外的、纯民间的、由一个杂志社单独承办的奖项，已经成为中国科幻作家和科幻读者心中的圣杯，具有最高的含金量。这份荣誉缘于他们的坚持、心血、汗水和专业素养，是历史对几代科幻编辑包括杨潇、谭楷、田子镒、吉罡、姚海军、杨枫、刘维佳、李克勤等人的酬劳。

银河奖培育了被称为新生代和更新代的两代作家，我虽然年龄较大，但入门较晚，也属于新生代作家的范畴。这两代作家扛起了中国科幻的大旗。即如所谓“非科幻世界系”的科幻作家，从某种程度上说也间接得益于银河奖，得益于银河奖所创造的科幻出版环境。尤其是更新代作家，对于他们中的大多数来说，吃到的第一口科幻奶水便是来自《科幻世界》，更有不少人是从银河奖的辅助奖项——校园征文奖——开始，顺利地走上科幻创作之路，至今更新代作家的队伍已经蔚为壮观，不少已经成为主力作家。在属于老一代的新生代作家或转入长篇创作或隐退后，《科幻世界》的版面已经被更新代作家所占据。这是很可喜的现象。中国科幻文学因为战乱、朝代更替、政治因素曾数次断流或基本断流，而下一代科幻作家不得不从零起步，这是十分令人痛心的。但今天可以放心地说，尽管中国科幻今后的发展仍会有盛有衰，这条文学之河再也不会断流了。

也许更为可贵的是，这些作品为中国的孩子们留下了一处伊甸园，让他们在巨大的高考压力、僵死的教育制度、繁重的学业桎梏之下，还能留有一个美丽的梦，一个放飞幻想的平台。使他们在走入物欲横流的商品社会、承受工作重负时还能保持一点童心和性灵，有暇在匆匆的赶路中偶尔驻足仰观星空，领悟大自然的美丽。去年银河奖颁奖典礼上有一个别出心裁的节目：由一些科幻迷诵读他们给科幻作家的信。那些信件饱含感情，以至于我哽咽失语，无法致答词。我觉得，对于作家来说这就是最高的奖赏了，而这笔奖赏应该分给银河奖一半。爱因斯坦说过，想象力比知识更重要，其实还应加上一句：兴趣比知识更重要。科幻作品以润物无声的方式，在青少年心中播下对科学的爱，唯有这样的爱才能使青年长成参天大树，长成科学大师。而填鸭式的教育只能培育出盆景和工匠，甚至让孩子们产生对科学的厌食症，所以，科幻作品以及这些作品的平台——银河奖，是在做功德无量的善事。

《科幻世界》主编了这套六卷本的《中国科幻银河奖作品精选集》，这是一次历史性的总结，全面涵盖了这些年来在该杂志上发表的优秀之作，展现了中国科幻的风貌。它应该是每个科幻迷的必读书，希望读者会喜爱它。

我眼中的“大白鲸”

2015.12.14

“大白鲸世界杯”原创幻想儿童文学奖已经进行三届，我都参加了，两次为参赛作者，一次作为终评委，对评选标准的严格和评选工作的公平感触颇深。评选中作品是严格匿名的，无论作者是文坛的耆宿还是新丁，都要从零开始经受评委最严格的挑剔。所有作品都要经历初选、儿童读者审议、复评，然后进入终评。终评阶段，作品先分组审议，每组推荐若干部作品；获得推荐的作品再经其他组阅读后，全体评委讨论，然后投票。评委讨论时，不同意见争论之激烈，可以说到了白热化程度。对某些作品的投票，有时甚至需要三轮四轮才能分出胜负。但所有争论都基于作品，绝对没有其他因素来干扰。记得我任终评委时，在紧张的阅稿中有一个小小的娱乐，就是私下为作者“画像”：这位作者肯定是一位阅历丰富的华人，这位作者应该是偏僻地区一位女性，很可能身有残疾……

第二届评奖中的一等奖《刺猬英雄传》是我所在的那一组推荐出来的。推荐时我们曾担心，这部优秀长篇篇幅过长，作为儿童读物，也许将来的销量不会好。但大连出版社方面表示，经济利益方面的事评委不必考虑。对于他们的胸怀，我由衷钦佩。

获奖名单全部敲定之后，工作人员才会公布参赛作者名单，当得知某些名家的作品不幸落选时，会场上会响起一波惋惜的叹息声。我作为终评委参加的那一届，当工作人员宣布作者姓名时，大家一致决定不要公布了，我想这是出于评委们的“私心”——哪位评委没有相熟的作者包括著名作家？如果得知自己亲手淘汰了某位朋友的作品，难免觉得欠了一笔感情债。所以第二届的所有评委，都是直到评委会对外公布那天才知道获奖者的姓名。

所以，大白鲸奖对于文学新人来说是最好的机会；对文坛耆宿来讲投稿则需极大的勇气。我作为年过花甲、在科幻文坛多少有一点名声的作家参加投稿，曾有任评委的熟人当面表示钦佩我的勇气。我的两次参赛，第一次有幸获特等奖而第二次只获三等奖，据事后一位朋友说，第二次评奖最后公布作者名单时，得知我的作品只获得三等奖，评委席上也响起一波惋惜的叹息。但对这个较低的名次我同样自豪，因为它和其他几百篇作品一样，是从零出发经过层层专家的严格审议最后到达奖坛的幸运者！

这是本人在 2015 年大白鲸颁奖仪式上的发言，后发表于《文艺报》2016 年 1 月 4 日第 5 版。

《天父地母》首发式讲话

2016.4.16

我到今年年底就69周岁了，按中国人的习惯，应该过七十大寿了。在当下仍处于创作一线的科幻作家中，我是年纪最大的一位。一个人的世界观形成最主要是在青少年时期，而我的前30年生活在“文革”之前和“文革”之中，接受的是正统的社会主义教育，如今，那些诸如“阶级斗争”之类的政治呓语已经被忘却了，但有两点却历久弥新，那就是对科学的信仰和无神论。这种信仰经历了生而复死、死而复生的反复后愈加坚牢。这是从时间上说，如果从地域上说我生活在河南南阳，一个相对闭塞落后的农业城市，但在历史上也曾辉煌过，有丰厚的文化积淀。这种文化积淀化为水和空气，润物无声地滋润着其中的人，包括我。古稀之年对人生来一个总结，我觉得故土赋予我的主要有两点，那就是儒家的道德观和道家的思维方式。

科幻文学基本是一种向前看、向上看的文学品种。但我在向前看和向上看时，是站在上述这些基石之上的，是站在“70年人生”和“相对封闭的生活地域”之上的，这使我的作品与一般年轻作家相比有所不同，既有劣势又有优势。

著名物理学家杨振宁先生有一句名言：科学发展的极致是哲学，哲学发展的极致是宗教。我在70年人生中，在20多年的科幻写作中，在长期的阅读和反思中，对这两句话感同身受。当然，杨先生说的宗教并非一般人眼中的宗教，并非是说，世上有一个肉身的、大能的、大慈悲的、用七天创造世界的上帝，不是这样的。我今天不妨杜撰两个名词：科学前宗教和科学后宗教。科学前宗教的诞生是基于人类对自然的无知，因无知而产生神秘感，因神秘感而产生敬畏。而科学后宗教的诞生是基于人类对自然越来越透彻的了解，因了解大自然简洁优美的秩序、宇宙的浩瀚和人类的渺小而产生敬畏。同样是宗教般敬畏，但两者本质上不同。以我的理解，杨先生指的就是这种“科学后宗教”。

我近期的作品是活着三部曲，已经完成了两部，第三部刚完成构思。在这个时间点回头看看，我意外发现，它们恰巧是杨先生那两句话的文学表现，只不过次序上有一点颠倒，变成了：科学之后是宗教，而宗教之后是哲学。

三部曲第一部是《逃出母宇宙》，这部书很科学很技术。它写了这样一个故事：宇宙诞生早期的“暴胀急停”产生了空间的疏密波，这道孤立波大约每十万年一次扫遍全宇宙，它会造成智慧生物的智力崩溃。在“天塌了”的极度灾变之前，以楚天乐、姬人杰、鱼乐水为首的科学执政带领人类如沸水中的青蛙猛力一跳。极短时间内，众多科技发明如礼花般灿烂喷射。人类发明了真空湮灭技术，可以实现亿倍光速的航行同时伴随着时间轴上的跳跃；还发明了卵生人技术，即在蛋壳中孵育婴儿，从而使人类可以在蛮荒星球上自主繁衍；等等等等。随后，三批飞船即“褚氏号飞船”“诺亚号飞船”和“天地人舰队”相继上天，使人类一夕之间提升为太空种族。这儿还要介绍书中一个次要人物褚贵福，他是靠地产起家的亿万富翁，出身草莽，近乎文盲，生命力强悍。他秉承“不孝有三，无后为大”的旧观念，慷慨裸捐200亿建造“褚氏号飞船”，条件是让他的所有亲人，包括几房姨太太和十几个私生子，都能乘这艘船逃生。这是个极端自私、十分粗俗的暴发户，但在种族灭亡的特殊条件下，他的大私逐渐转为大公，最后他干脆把自己冷冻，到新行星上陪伴他的卵生崽子。

第二部《天父地母》也就是今天首发的新书，这本书很宗教，这点下面详细说。

第三部我刚刚完成总体构思，它偏于哲学思辨，讲的是人类科技神化之后，肉体生存已经不是问题，开始追求精神上和信息上的永生，这种永生要超越宇宙的灭亡。

第三部且不细说，现在回过头来说说“很宗教”的第二部。从地球出发的三批飞船把人类种子撒到了宇宙深处。他们有的开发出了多维空间，发展出了神级文明，可以在时空中自由跳跃；有的在蛮荒星球筚路蓝缕、披荆斩棘，艰难地冲出蒙昧；有的留在地球，在外星人造成的种族灭绝中坚守人类文明之火，最终以母爱征服了敌人……而各个人类分支的领袖也成了各自的始祖和先圣，成了“天父”和“地母”。《天父地母》这部小说中最重要的主角是那个文盲暴发户褚贵福。他在十万年的冬眠中醒来后，发现后代子孙尚处于蒙昧时代，科学刚刚萌芽，教皇掌控一切，而褚贵福自己成了宗教中的神。他知道十万年周期的灾变很快就要来临，为了带子孙逃命，他利用自己神的身份，强行推翻了一位仁慈宽厚的旧教皇，推举一位女科学家来做所谓的“科学教皇”，倾全种族之力强力发展科学技术，最终让他的子民在几百年内，从一个刚刚走出蒙昧的种族一跃成为太空种族。

这是个拯救和救赎的故事，是一个励志和成功的故事，不过这个励志故事也并非通体光明。褚贵福是灾变的特殊时刻所催生的一个怪胎，他对科学虔诚信仰——实际只是对技术虔诚信仰，但其信仰却是建立在对科学的无知之上。其后，他在子民中拥有极度的权威但却始终未能跨越文盲的境界。在向子民们传授飞船主电脑中所储存的海量的人类知识时，他草率地删除了知识树上他认为无用或用处不大的知识，包括宗教、哲学、文学艺术等人文分支，造成了那个星球科技极度畸形的发展，从而造就了一个极度尚武的、理性坚硬而心地冷酷的种族。虽然这种做法让子孙们成功地逃离了宇宙灾变，但也成为灭绝地球人的凶手。

著名文学批评家雷达说过，我的科幻作品是“站在过去看未来，站在地球看星空”。其实，就这部《天父地母》来说，也可以反过来说它是“站在未来看过去，站在星空看地球”。因为在书中，各个星球尤其是褚贵福所在的 G 星，其人类先民努力冲出蒙昧的足迹，不过是地球人走过道路的重复。所不同的，地球先民是“科学前的蒙昧”，是在努力冲出蒙昧的百万年进程中逐渐诞生了科学；而褚贵福率领的 G 星人是“科学后的蒙昧”，是以先期存在的零乱片断的科学知识来指导 G 星先民冲出蒙昧。这种颠覆可以说是一种思想试验，是一种比较文学。褚贵福成功了，成了 G 星种族的英雄。但正如书中所展示的，这种拔苗助长式的拯救也有极大的副作用。

记得十几年前我写过一部科幻小说《新安魂曲》，书中两位少年航天员为了独自应对环宇宙航行的艰难旅程，拼命学习知识，每人都获得了几十个学位。但科幻作家韩松敏锐地指出：在我列举的几十个学位中，竟然没有人文方面的！这个批评让我脸红，它确实暴露出我内心深处的科学原教旨主义倾向。现在，我把对韩松批评的敬服转化成《天父地母》中的文学形象，也算是我对韩松的隔空致敬。我相信它也是一个警示：对人类来说，科学之翼和人文之翼是缺一不可的。

腾讯书院文学奖获奖感言

2016.7.16

很高兴能站在腾讯书院文学奖的领奖台上，感谢读者，感谢评委。自从上世纪 80 年代末那场“科幻是伪科学”的不公正的批判之后，中国科幻文学就被完全放逐出社会主流，野生野长，将死又生，历经风雨，终于长成了一棵碗口粗的乔木。虽然远远说不上是参天大树，但也足以自立于文学之林。

科幻文学就其主流来说是俗文学，它的第一要务是给众多草根读者奉献好看的故事，和科学有关的好故事。科幻能够存活到今天，完全是因为民间读者的挚爱。但科幻文学与其他类型文学有所不同，由于宏大深邃的科学体系是科幻文学的源头之一，科幻文学天然地具有很浓的雅文化的特质，终极思考几乎是科幻作家的本能，诸如我是谁，从何处来，向何处去；人性的本质；生存的意义；对科学的深情讴歌和清醒的反思；乃至现实一些的主题，诸如民族复兴、社会正义、环境保护，等等。对于科幻作家来说一个很大的挑战是：如何抑制这类思考冲动和道德冲动，而把它妥妥地藏在一个脍炙人口的好故事的深层。古人说，位卑未敢忘忧国，对于科幻作家来说更恰当的说法是位卑未敢忘忧人类。

拙作《天父地母》是活着三部曲的第二部——这个名字是对余华的隔空致敬，我只是把“活着”这个主题从地面搬到太空。三部曲第一部是《逃出母宇宙》，它写了在一场真正的“天塌了”的灾难之前，人类如何像掉入沸水中的青蛙那样奋力一跳，实现了向广袤宇宙的逃亡。第二部《天父地母》则写了逃离地球及留在地球的各个人类分支，是如何在生存的奋争中分别升华了自己，成为天之父，地之母。它是一部关于人类肉体生存和文明延续的故事，是宗教与科学互相挑战而又互相依存的故事。

我开始写科幻时已经 45 岁，今天已经年过古稀，是国内一线科幻作家中年纪最大的一个。人老了，身上难免坠着太多的旧物，坠着旧传统旧观念旧道德旧感情，使我不能像其他年轻作家那样在幻想天地中尽情飞翔。我的作品都是“站在过去看未来，站在地上看星空”。即如在本书中，那个由半文盲、暴发户褚贵福作为播种者建立的 G 星文明，仍然是方块字的国度，是半中国化的国度。科幻文学是最世界化的文学品种，这么说来,《天父地母》应该算作科幻小说中的异类。

再次感谢读者，感谢评委，感谢腾讯诸位同仁。

漫谈科幻创作

2016.10.9

从上世纪90年代以来是中国科幻的新生代。由于80年代末那一场不公平的批判，科幻文学在中国几乎完全断流——从作家队伍上说基本断流，从作品的潮流和风格说也有了截然不同的变化。比如我本人，就是在那次断流之后、以完全的科幻圈外人身份、偶然闯进科幻文坛、基本是直接从英美科幻中吸取营养而成长起来的。中国50年代的科幻成就斐然，不过总的说偏于科普化和少儿化。80年代开始向文学回归，童恩正、叶永烈、郑文光等都在其列，但这个过程被人为中断了，直到90年代才重新开始这个向文学回归的过程，但它是以作家队伍大换血的形式完成的。

从上世纪90年代至今，经过新生代科幻作家群20多年的群体性的实践，在中国科幻圈内已经形成了一些新的共识，这些共识可能与旧日科幻圈的认知有一定距离，与科普界的认知有一定距离。我今天就其主要点来一个漫谈式的综述，算是在两个圈内互通信息吧。

一、科幻就其主流来说是文学，不是科普，也不是儿童文学

“科幻是文学”这一点按说是不该有疑问的，在英美科幻文坛从来不是问题，只是，由于中国及苏联的科幻脱胎于科普，早期中国科幻有很重的科普倾向，以至于有很长时间，甚至直到今天，还有不少人认为科幻是科普的一部分。其实不是这样的，科幻就其主流来说是文学，它要负担的主要是文学的功能而不是科普功能。当然，科幻文学尤其是其中的核心科幻也有相当的科普功能，这点下面还要细讲。

儿童科幻是科幻生态园中的重要部分，但科幻就其主流来说不是儿童读

物，把科幻文学归类于儿童文学的旁支是不合适的，更不能因为科幻文学中有一些成人元素就批判其“毒害少年”。

二、科幻是俗文学，是类型文学，但有其特殊性

科幻文学当然是俗文学，科幻作家的主要任务便是为草根读者奉献好看的故事，给他们以阅读快感。它当然也属于类型文学，像其他类型文学一样有其“类型特点”。但与其他类型文学不同的是：它是以科学为源文化之一，由于科学体系的博大深邃，科幻文学就其体量来说远远超过其他类型文学，它本身就包含着极为多样的文学品性和风格，比如它涵盖了惊险推理小说、悬疑小说、探险小说、言情小说等，可以说科幻就是一个小宇宙。再者，由于科学本身的深刻和严肃，科幻这种俗文学具有很浓的雅文化的特质，在“雅”这一点上丝毫不亚于主流文学。

三、科幻是关于未来的文学

文学家不外乎有三种目光：面向现在，面向过去，面向未来。前两种目光下的作品是主流文学包括历史小说，第三种则是科幻作家的目光。科幻作家们并非不关注现实和过去，但他们更多的是关注未来。他们注目星空，关注人类的整体命运，探讨诸如“我是谁，从何处来，向何处去”这类终极性命题，关注日益强大的科技对人类的异化。他们常常追求上帝的视角。

四、大科幻概念和核心科幻概念

今天的科幻圈内已经形成共识，不去刻意区分科幻和非科幻、硬科幻和软科幻。科幻是一个大的集合，其外围部分与主流文学、惊险小说、悬疑推理小说、魔幻奇幻等是没办法截然分清的。只要读者喜欢，作者尽可在自己喜欢和擅长的天地内任意驰骋。而这些作品中只要带一点科幻元素和科幻背景，都可纳入科幻的范畴。

但科幻文学就其整体来说，一定有其不同于其他文学品种的特点，否则这个文学品种就失去了存在的价值。对于那些“最具科幻文学特质”的作品，

可以称之为“核心科幻”，这个定义是我提出的，并在科幻圈内基本形成了共识，我觉得它比过去的“硬科幻”更为恰当。顺便说一句，我那篇《漫谈核心科幻》就首发在科普系统的《科普研究》上。

核心科幻具有这样的特质：它们浸泡于科学理性之中，有一个炫目的、新颖的、逻辑上可以自洽的科幻构思，能充分表达科学本身所具有的震撼力，常常使用科幻小说特有的手法如自由设置背景、宏大叙事、展现技术之美等。中国科幻作品虽然已经形态各异，但主流仍是核心科幻作品，如刘慈欣、何夕、江波、郑军、陈楸帆、张冉以及我等人的作品大都如此。

核心科幻与非核心科幻只是分类的不同，并无高下之别。实际上，科幻文学史上很多经典作品反倒是非核心科幻，更偏重于人文方面的思考和阐述，有更广泛的受众。但就整体而言，就科幻文学这个文学品种来说，一定要有一批优秀的核心科幻作品作为骨架，否则就会被其他文学品种所同化。

五、科幻文学的社会功能

前面已经说过，科幻就其主流来说并不是科普，不能强求它们具有科普功能。而且就大多数非核心科幻来说，也并不具有这个功能。只有核心科幻作品不同，它们大多具有一定的科普功能，能以润物细无声的方式向读者浇灌一些科学知识。

常常有一种误解，说科幻具有科技的预言功能，这不符合事实。大多数被人反复列举的例子比如凡尔纳预言了潜艇，其实都是科学家们的突破在先或科学界有人提出假说，而科幻作家只是把它移植到作品中去。当然也有极少数成功例子比如克拉克提出同步卫星，但不能把它当成普适的功能。

那么，科幻文学有什么社会功能？我觉得有：第一，向读者提供阅读上的快感和精神上的享受。由于科幻文学可以上天入地、信步时空，它们在这方面具有其他文学品种所不具有的先天优势。第二，在孩子们心中尽早播下“热爱科学”的种子，它们将在适当的条件下自己发芽，这是科幻最重要的社会功能，功德无量。科幻作品还能启发孩子们的想象力，能够适当浇灌一些科学知识，帮孩子们熟悉科学思维，具备科学理性，为孩子们进入高科技社会做一些准备。第三，为人类描绘101种可能的明天，既擂响人类向高科技明天进军的战鼓，也提醒人类注意其中的陷阱，进行清醒的反思。而这一点正是我前面说的"雅文化的特质"，在这点上，科幻文学同样具有其他文学品种所没有的先天优势。

六、关于科幻构思

在核心科幻作品中，有一种特殊的艺术表现手法，是其他任何文学品种所不具有的，那就是科幻构思。所谓科幻构思，就是基于科学所做出的故事设定，比如《侏罗纪公园》中以琥珀中的蚊子血中所含的恐龙基因来复活恐龙世界；比如我的《终极爆炸》中，虚构了一种能把普通物质完全转换为能量的终极技术。其后的故事框架要建立在这个设定的基础上。

科幻构思要有新颖性，有冲击力，它不一定符合科学的正确，但必须符合科学理性，在小说中能够自洽。它应该成为小说情节发展的内在动力。

七、科幻作品中的硬伤

顺便提一下科幻作品中的硬伤，我说的硬伤是泛化的，包括知识硬伤、逻辑硬伤和观点谬误。科幻作品中既然涉及大量科学知识，尤其是要提出一些超越现代科学的新构想，难免会出现硬伤。硬伤并不可怕，科幻毕竟是文学作品，不是科学论文，出一些硬伤在所难免。其实即使在科学圈内，对某一件事情如转基因也常常有针锋相对的观点，何况是科学圈外人？但对于常识性的、一般观众能够识别的硬伤一定要避免，明显的逻辑硬伤也要努力避免。

这是本人在第二十三届科普理论研读会上的发言。

老鼠儿子学打洞

2016.12.17

科幻圈里都知道，我是偶然闯入科幻文坛的。45 岁那年，十岁娇儿每晚逼着我讲一个故事，逼得我成了科幻作家。当然事后回想，这只能说是外因，内因是我心中的科学情结，是我对大自然的敬畏，一颗种子在心中埋了 45 年，借着这件事而萌发。

不管怎样，儿子王元博对此是居功自傲的，常常说："要不是我，哼——"曾有不少人问我："既然你写科幻是儿子逼出来的，那你儿子写不写？"我说："他恐怕不是搞文学的料。"小学时，儿子的语文老师常常对我和妻子感慨，说："你儿子那么聪明，数学那么好，怎么写的作文就像干柴棍儿搭起来的！"一直到初中高中，我对儿子的印象一直是理科强文科弱。但到了高三，忽然听邻居小孩说："你家元博的作文在全年级被当成范文！"听说此事后我和妻子真是惊喜莫名啊，问儿子是否确有此事，他说是的。问他为啥不对父母说，他淡然一笑不予回答。

儿子此后并没有涉足文学创作。他到深圳创业十年，据他说每天"忙得像狗似的"，没有时间。不过他似乎惯于给我来一个突然的惊喜。不久前《科幻世界》副总编姚海军给我来电话说："你儿子往杂志社投了稿，被采纳，将在 2017 年第 1 期刊登。"他是匿名投稿，采纳后姚才知道是他写的。这让我很欣慰，也许儿子也像我一样，心中有一颗科幻的种子，蛰伏多年，今天才突然破土而出？也许正如古人所说：龙生龙凤生凤，老鼠儿子学打洞？他今年 35 岁，虽说比起当下众多年轻作者来说年龄已经偏大，但比起他老爹来说还是早起步了十年。

我对儿子的处女作表示祝贺。当然，这么一个短篇的发表还远远算不上成功，只能说他刚刚把一只脚迈过了科幻的门槛。很希望他能沿着这条路走下去，收获真正的成功。即使他在这条路上未能走远，那也不遗憾，因为他毕竟努力过了。当然，我更希望他能走完整个人生，做到子承父业，孙承祖业，开个王家百年老店。

美女喉咙处的骨缝
——乱谈电影《降临》

2017.1.20

这段时间一直带着老伴在海南玩，没时间去看科幻大片《降临》，心痒难熬。因为它改编于特德·姜的短篇小说《你一生的故事》，而特德·姜是我喜欢的一位美国华裔作家，《你一生的故事》也是我很喜欢的一篇小说。2005年6月我曾在《科幻世界》上发过一个短篇《一生的故事》——单从篇名就可看出，这是一部向特德·姜的致敬之作。再加上从手机上看到国内外对该电影一片叫好之声，更是非看不可了。今天在亚龙湾稍作逗留，赶紧去影院。

看前我也有担心，《你一生的故事》是一部优秀的科幻小说但并不适合改编成电影。它大致可归类到哲理科幻的范畴，它所关注的，也是小说的亮点，在于对一种全新外星语言的颠覆性的建构，这种语言是非线性的，局部即整体，过去即未来。学会这种语言也就使你有了洞察整体和预知未来的超能力。当然，我不相信在咱们这个因果论的宇宙中真有这样的语言，即使有，地球人类也理解不了。这是一个很新颖的构思，但也很行险，很难自圆其说，很难让读者理解。但特德·姜做到了或基本做到了这一点，他对这种奇特语言的探幽析微，能让读者尝到顿悟般的智力快感。让科幻迷印象最深的是：特德·姜还浓墨重彩地、以一个全新角度阐释了我们熟知的光的折射原理：光线从A点经空气达界面B点，发生折射后在水中到达C点，这是遵循因果关系而完成的事件；但因为其整个行程必定是从A到C所有可能路线中耗时最少的路径，这又悄然转向目的论了，就像上帝在命令光线："令尔等以最短时间完成尔等使命。"而为了做到这一点，光线必须从开始出发时就预知途中的一切！相信正是这一段阐释击中了大多数科幻迷的心灵，为什么？因为第一，这确确实实是真实的物理法则，而且这个法则中含着冥冥中的神秘性，为什么光线在不同光线中的折射角度，一定是它走完全程耗费时间最短的最佳路线？不知道，我们只知道这是大自然的规则，可以说是上帝亲自所定。第二，对这种真实的法则，作者给出了一种全新的拟人化的解释，让人耳目一新。当然，这种别出心裁的阐释只是机智的诡辩，谁若真的相信，那是他中学物理没学扎实。但不管怎样，这种全新的视角给读者带来了全新的心灵体验，而它也成了小说的理论基础，让小说首先能够站上一块相对坚实的逻辑基石，因而对其后的“预知未来的语言”这个构思有了心理上的准备。

但这些能让科幻迷心灵战栗的东西很难在电影中表现，电影中易于表现的是故事线，但原文在故事线上并不出色，这正是哲理科幻的通病，因为作者的目光始终聚焦在对这种全新语言的阐释上，外星人来临只是背景而非小说的核。

鉴于上述种种考虑和个人因缘，我很想看看它转化成电影后会有怎样的效果。

看了之后的观感……先说点题外话。据说刽子手干久了，即使见到亲朋好友也会观看他喉咙处的骨缝，你说这个癖癖多可恶。但其实刽子手也无奈，因为不是“他”在想，而是身不由己。写科幻的人写久了也是这样，当你翻开一篇科幻作品，满心想欣赏她的花容月貌，但常常打眼一看，首先看见的却是丰腴肌肉下的骨架，而骨架上的缺陷是不能用衣衫美容来弥补的。

电影《降临》就是一位体态丰腴花容月貌的美人，可以有一千个理由为它点赞。它建构了外星人降临的宏大场面，描述了两种文明沟通的艰难过程，背景和意境的烘托、细节的把握和创意等方面让人惊艳。只是很不幸，我先看到了她喉咙处的骨缝。

它是这样一个故事：地球上突然发现 12 艘外星飞船，语言学家露易丝和物理学家伊恩被紧急征召与这种七肢外星人接触，破译其语言。中间的种种风波就不说了，最后露易丝得知，七肢怪是为地球送礼的，礼物就是这种“非线性”语言，在这种语言中，局部即整体。他们向 12 个国家发了信息，必须 12 处信息合在一起才能破译，这无疑是让地球人走向大同的最可靠的手段……如果沿着这条线一直走下去，我们会看到一个关于博爱、善、沟通和合作的故事，故事结构会很完整，只是有点老套平庸。但不要忘了小说还有另一个重要设定：这种外星语言还是全时性的，学会这种语言你就有了预知未来的能力。于是又牵出一个伤感的故事线：露易丝和伊恩相爱，生下女儿，但露易丝预知女儿会死于一种绝症，丈夫无法面对这种无法改变的宿命而选择离开，露易丝陪伴女儿走到人生的尽头。

导演手法老到，在电影中对这样一个双线故事处理得游刃有余。但尽管这样，由于小说先天不适合改编电影，所以最终电影仍然失去了原文的亮点而放大了缺点。甚至可以说，这个电影没有注意到三点。

一、科幻内核的设定应是情节发展的内在动力，能做到这一点的才是上品。

《降临》电影中的第一个设定——外星语言的整体性大致撑起了 A 故事的框架，但它与 B 故事是游离的。即使在 A 故事中，这个构思也没用足，电影后半部为了铺陈 B 故事，A 故事很突兀地结束了，把叙述重点转向个人的小情感，有点虎头蛇尾。而第二个科幻构思——语言是全时性的，能让人预知未来——则对 A 故事基本是游离的，它对 A 故事线的推动，只在于露易丝因为能预知未来所以才知道如何说服中国的尚将军，才知道尚将军的私人手机号，但实在说，这个违反逻辑的情节有点“戏不够神仙凑”的味道，只能在影院一时看个热闹。

二、科幻设定的“轻重”要和故事线匹配，不能大马拉小车。

电影开头确实推出了一个新颖的、极富冲击力的科幻设定：外星人为地球送来了一个惊人的大礼——一种整体性的、全时性的语言，可以让地球人亲密合作而且预知未来。当人类破天荒地具有这样的超能力，以后的人类历史该咋书写？顺着这个富矿脉向下挖，脑洞再大也不够用！但电影中我们只看到一个普通的外星人降临的故事，外加一个感伤的私人情感故事。实在说，这只是降临外星人的而并非“未知”的降临，一个极宏大的科幻构思被浪费了，高高举起轻轻放下，没有能往深处挖掘，须知一个“预知未来”的地球社会是怎样的，那才是这部电影所独具的，是观众真正想看的！或者反过来说，单就现有的电影内容而言，这是一个大而无当的构思。

不过，这条故事线其实也无法走下去，这就牵涉到下面说的第三点。

三、科幻构思不要过于行险。

一个全新的有冲击力的科幻构思是科幻小说的精髓，而科幻作家在进行科幻构思时常常陷于两难境地：如果构思太平实，虽然容易满足逻辑性和科学性，容易建造完美的故事线，但常常缺乏冲击力。如果构思过于险峻，可能富于冲击力，但常常难于在逻辑上自洽。所以，敢于在科幻构思上行险的作者一定才力过人，只有这样才能把故事说圆，就像《三体》中那个“智子无所不知”的设定就属于此类。这个设定倒不违反逻辑和科学性，却违反了写武侠小说的金科玉律，这个金科玉律就是：一个武艺超绝的大侠必须得有一个容易攻破的罩门，否则无法组织激烈的冲突，但智子可是无所不知没有罩门！大刘毕竟才力过人，把这个过于行险的构思基本写圆了，有些破绽作者也事先补上了。比如，无所不知的智子为什么不向人类政府揭发章北海暗杀老一代航天专家的罪行，那样就能轻易毁掉三体人最忌惮的对手，大刘在小说中给出了解释。

但“预知未来”的设定则不同，它是天然反逻辑反因果的，所以，只要使用这样的科幻构思，那么小说中必然有无法解释的逻辑漏洞，聪明的作家只是把它们埋到水面下，尽量不使读者觉察，所谓“看出来是你眼快，看不出来是我手快”。前面说过，我十分喜爱《你一生的故事》，还创作了对它的致敬之作，但就在与拙作同期发表的我的创作感言中也坦率地说:《你一生的故事》中关于预知未来的构思不能让我信服。女主人公明知女儿 25 岁时会在国家公园攀岩时死去却不去想办法阻止，这从逻辑上情感上都说不通。电影导演可能觉察到这点缺陷，改为女儿患了绝症，但也只是五十步和一百步的区别。这条感伤的故事线赚足了年轻影迷的眼泪，但我总不免在观看时暗暗摇头。好的故事，不光能让读者在“从后向前”阅读时感情共鸣，也得能让读者在“从前往后”的理智回味中挑不出毛病。好，现在我们沿着露易丝的人生轨迹一步步从前向后看：既然她已经获得预知未来的能力，那么，明知女儿长大会患绝症而死，在女儿出生时她还会像在电影中那么欢乐吗？她难道不会力求改变女儿的命运，比如对胎儿做一个基因检查和基因治疗，甚至做一个性别选择？干脆生个男孩子，就破了那个宿命！如果这些确实改变不了，那就宁可不和伊恩结婚！并非我故意吹毛求疵，因为个体的命运是可以人为改变的，尤其在你具有预知未来的能力时绝对能改变！这恰恰是这部电影情节组织中的深层病根，因为关于能动性和宿命，关于预知未来和人类自由意志，都是哲学上无法解决的难题。但科幻不是中国古典小说“三言二拍”中的劝世文，科幻故事的情节发展，必须让理性的读者能够信服你在书中描写的东西。所以，尽管“预知未来”或时间机器这类构思在科幻小说中已经用滥了，但它其实是很行险的。电影中，这种显然能够改变却不去改变的宿命是假宿命，由这种假宿命所引发的感伤也是浅薄的感伤。如果还硬要在上面加一点心灵鸡汤，什么“明知人生有苦难也要坚持面对”，那就更让人无语了。

看了中外影评中几乎一面倒的叫好声，我写这些挑刺的话是要挨骂的，会被唾沫淹死。但不管怎样，还是心中有啥就说啥吧。我总觉得一些中国影人的叫好是缘于“美国科幻电影就是好”的潜意识。

这部影片可以这样客观评价：导演以其娴熟的技巧，以其对这部小说宗教般的挚爱，把一部本来不适合改编电影的故事硬是改编成了一部相当不错的电影，但也绝不是神作，不是什么典型硬科幻。就其表层的故事来说，导演手法纯熟，可以给 95 分；但就深层的故事逻辑来说，只能给 59 分。而我认为，无论什么样的大片，在铺陈一个热闹动人的好故事时，首先要赋予它一个逻辑坚硬、厚重、自洽、流畅的骨架。不光在影院中感动观众，还要经得起观众回家后咀嚼。国内有不少的神话大片，非常出名，出自名家之手，有些也有不俗的票房，但在光彩炫丽的外衣之下是逻辑上的千疮百孔，不客气地说，它们都是把观众当弱智，也带着观众变弱智。我不希望科幻电影也走这条路。

再说一点题外话。不少中国读者十分赞赏尚将军这个人物，而我不然。此人因短视莽撞几乎酿成人类大难，其后又因妻子的托梦而陡然改变主意，至少作为政治家来说他很不成熟！剧中尚将军赞赏女主角露易丝，说她做了一件大事，甚至他的上级也无法做到的大事，这个情节我越品咂越不是味儿，显然这是暗示中国陡峭的转折主要是他个人的力量。但我不相信，一个中国将领，尤其是一个小小的中将，能够在如此重大的问题上起主导作用——关键是我觉得也不应该这样！不应该由一个中将因妻子的托梦而草率改变整条人类之船的航向，这种处事方法对人类太危险！这部电影中，中国人的角色仅次于美国人，这显然是美国导演特意洒下的善意。但因为导演不熟悉中国国情，或者有潜意识的“居高临下”，这种善意让我心有芥蒂。

本文写于电影《降临》的档期。当时是应某公司之约为这部电影做推介，但我写的观后感却主要是批评。因为世俗的考虑，本文在《降临》档期结束后才发出来。

京东文学奖获奖致辞

2017.6.1

很高兴能够获奖。感谢读者，感谢评委，感谢京东举办了这场文学盛事。

就在四天前，柯洁与阿尔法狗的世纪性围棋之战落幕，柯洁以 0∶3 完败，在赛场上他忍不住哭了。看着他的眼泪我是百感交集，因为在 20 年前，1997 年，我的一部作品恰恰描写了这样的场景，描写了一位人类围棋之王在失败后沉重的失落。但我没料到它在我的有生之年成为现实。人工智能是人类的创造，它达到如此的高度，我们应该骄傲；但它正一步一步无可逆转地超越它的创造者，难免使我们感到宿命的悲凉。柯洁作为人类围棋第一人，尽力了，失败了，正如我小说中说的，是一位失败的英雄。这位失败英雄的眼泪应该是我们这个时代最具标志性的事件之一，其意义远超那些报刊头条如特朗普上台、中印边界对峙等。它象征着，人类作为天潢贵胄万物之灵，作为依靠智慧而兴旺的物种，其独尊地位受到了切实的挑战，人类的自信和心理优势已经崩塌——从一位英雄的眼泪开始。已经成熟的人工智能将迅速推向各行各业，代替成万上亿人的工作：司机、医生、律师、工程师、程序师、金融分析师，甚至——作家和科学家。没有谁能准确预言，30 年 50 年后的人类社会将是怎样的，正像 50 年前我们无法想象有电脑的人类社会那样。

文学是人学，是写人性的。曾以为人性是亘古不变的，诗经中的爱情和王贵、李香香的爱情似乎没什么区别。但现在不同了，现代科技如此迅猛如此深刻地改变着人类的生活方式、思维方式、心理定式、道德伦理乃至人类的物理本元——身体，一句话，改变着人的本身。那么，要表现这个剧变的社会、剧变的人类，文学该如何做？窃以为，在这方面科幻文学有先天的优势。所谓“春江水暖鸭先知”，科幻作家就是这么一群小麻鸭，扑棱着它们的短翅膀，伸着它们的小脑袋，努力向上飞高一点，看远一点。我相信，在这个剧变的时代，科幻文学在文学之林的地位会越来越重要。主流文学是低头的文学，它关注的是脚下，是人类的现在和过去；而科幻文学是抬头的文学，它也关注脚下，但更关注天空，关注人类的未来。而关键是：在这个剧变的时代，未来和现在的距离实在是太短啦。

新生代科幻作品中的基因主题

2017.8.13

上世纪九十年代在中国兴起并发展至今的科幻新浪潮被称为新生代科幻。新生代科幻作品的思想基调与五十年代科幻相比，也许最大的不同是：新生代科幻对科学既有真情的讴歌，讴歌科学技术的震撼力，弘扬科学精神，宣传科学知识；同时也加大了反思的力度，总是警惕地盯着与科学之车伴随而来的阴影。由于他们对科学的了解比普通大众要深一些，批判和反思的力度也要大一些。当然其中肯定不乏错误观点，但着眼于一个民族的整体思想生态，科幻作家的讴歌和反思都是必要的、必需的，是思想生态园的有机组成部分。今天不惧鄙陋，将新生代科幻作品中有关基因主题的部分集中展现在各位基因专家面前，以求斧正。

新生代科幻作品中，涉及生物题材包括基因题材的作品，以本文作者之一王晋康最多，以下先介绍他的一些作品，之后再综述其他作者的作品。

1995年，作者发表了短篇小说《生命之歌》，提出了一个颠覆性的构思：生物都具有的生存欲望或曰生存本能，存在于基因的次级序列中。科学家破译了它，并植入到生物机器人基因中，从而诞生了一种新型生命。当然，破译"生存欲望"是比较渺远的科幻，但生存欲望就像食欲和性欲一样，虽然虚无缥缈，却是客观存在的，而且能通过DNA向下一代传递，所以这个离经叛道的构思并非纯粹是无根的玄思。

1996年，作者发表短篇小说《斯芬克斯之谜》，其科幻构思来自一条已有的科学发现：生物寿命有限是因为细胞分裂时其端粒长度的逐步减少。小说中，一位科学家以癌细胞为研究对象，发现了能让细胞永生的办法，从而实现了自己的永生。但他认为永生若成为人类主流，将给人类带来灭顶之灾，于是他对这项技术严格保密，以更换容貌和姓名的办法在人类社会中“打游击”，并发下重誓：如果他决定生育后代，就要同时结束自己的生命。最终他爱上一位姑娘，生下一个女儿，之后毅然结束了自己的生命。这是21年前的小说，而今天，永生已经成了某些科技大佬们大力推进的研究，希望他们事先已经考虑过永生的恶果。

1998年，作者发表短篇小说《豹》，此后发展成新人类系列长篇，于2003年出版。

一篇是《豹人》，描写一位科学家在妻子的受精卵中植入了猎豹基因，生下一位远超时代的百米飞人谢豹飞，但儿子也被连带植入了猎豹的残忍性格——正如书中的诘问：“你如果认为基因不影响性格，那么，豹子的残忍和兔子的温顺是从哪儿来的？是神学院礼仪课的成绩不同吗？”最后谢豹飞在性欲勃发时咬死了恋人，而恋人的堂兄杀死了他。在对这位正义的复仇者进行审判时，被告方律师突出奇兵，承认“我的当事人杀死了谢豹飞，但并没有杀人”，因为谢的基因内嵌有少量猎豹基因，已经不是严格的人类。他雄辩地质问：“那么，我想请博学的检察官先生回答一个问题：你认为当人体内的异种基因超过多少才失去人的法律地位？千分之一？百分之一？百分之二十？百分之五十？百分之九十？这次田径锦标赛的百米亚军说得好，今天让一个嵌有万分之一猎豹基因的人参加百米赛跑，明天会不会牵来一只嵌有万分之一人类基因的四条腿的豹子？不，人类必须守住这条防线，半步也不能后退，那就是：只要体内嵌有哪怕是极微量的异种基因，这人就应视同非人！”这是小说中的情节，但即使把它放到现实中，恐怕也没有人能驳倒这段质问。科学技术的飞速发展确实已经开始侵蚀人类的定义，从而带来种种如《豹人》小说中所描写的新问题。

一篇是《癌人》，其科幻构思是：克隆人终于诞生了，而且并非是使用正常细胞，而是使用永生的癌细胞：即著名的海拉细胞。这位克隆少女因而具有特异功能：快速生长、器官可以再生，从而引来各种嗜血者，包括器官贩子的觊觎。在现实生活中，克隆人至今尚未出现只是因科学家在伦理上的自限而非技术难度，至于永生癌细胞能否变成克隆人、这种癌细胞克隆人和正常克隆人是否一样，科幻作者提出了这个问题，回答则留给基因工程学家了。

一篇是《类人》，其科幻构思是：人类已经能用普通原子完全人工地组装人类 DNA，从而实现“类人”的工业化生产。科技完全代替了上帝。这种“类人”没有指纹，禁止同自然人类婚配。但这道围墙是建立在沙滩之上的，最终崩塌。眼下科技的发展已经能组装低等生物的 DNA，那么，不太远的将来，组装人类 DNA 也不是天方夜谭。至于完全人工制造的“人”是否真能出现、如果出现那两种人类如何相处，但愿现实中能重现这部小说的相对良性的结尾。

还有一篇是《海豚人》，其科幻构思是：因天文灾变，地球上只有深海才能保护生命，于是人类自我改造成“海人”。但仍不能适应环境，不得不改造成具有人类思维的海豚人。这个构思有其现实意义：在即将到来的太空时代，人类与其去发展性能有限笨重昂贵的维生设备，不如对人类自身进行革命性的改造，这才能一劳永逸。但想这样做，首先要突破伦理上的桎梏：人的非人化是否合法，是否可取。

2001 年作者发表短篇小说《替天行道》，其内容是针对 MSD 公司含自杀基因的粮食种子。作者的心理是十分矛盾的，既承认 MSD 公司的做法符合商业社会的规则。否则公司为开发良种所投入的大笔资金就无法收回，技术发展将被中断。同时，又认为这种技术太过霸道。他在文中提出质问：人类社会短期的合理，是否就符合上帝心目中长期的合理？这篇文章的着眼点与十几年后的挺转反转之争有明显的不同，作者并不着眼于转基因对健康的风险，而是着眼于人与自然的和谐。

同年作者还发表了《龙的传说》，这是一部轻喜剧，说一对年轻的科学家夫妻用基因拼接的办法创造了真正的龙，从而在一座深山中复活了一个古老的传说。

作者还写了几部基因题材的讽喻小说，如 2001 年的《50 万年后的超级男人》，说细胞融合技术创造了一种自然界中从未有过的 XYY 基因的超级男人，搅得天下大乱。2011 年的《神肉》说人类发明了最美味的肉食——用细胞培养法人工制造的天然人肉，那么，食用它是否违犯“同类不得相食”这种古老的道德律条？作者甚至把问题推向更极端的境地，说科学家又开发出针对每个人的“订单式制造”，因为只有其父母细胞制造的人肉才是最美味的！这部小说貌似荒诞，实则寓言式地揭示了科技极度发展时道德的困境。2014 年的《胡子》的风格是轻淡的嘲讽，说，人已经大规模工业化生产，设计师们精益求精，为了节约刮胡子的费用，生产出了没有胡须的男人。

2009 年作者出版的长篇小说《十字》，虽然主要针对病毒主题，也与基因密切相关。作者认为：人类全歼天花病毒和脊髓灰质炎病毒是一个巨大的科学进步，但这种成功不可持续，尤其是它制造了危险的某种病毒的真空，遗患无穷，倒不如培养低毒病毒，使其在自然界长期存在。当然，这只是科幻作家的玄思，不敢说有技术上的可行性。但作者在小说中也提出了一个尖锐的观点，值得人们反思：“上帝（大自然）只关爱群体而不关爱个体，这才是上帝大爱之所在。”而人类医学主要是西方医学的圭臬——只救助个体而不救助群体——至少是不全面的。

本人与科幻研究者三丰合写了同名报告，本文是其中有关本人作品的部分。

访谈与讲座

答陈楸帆代《世界科幻博览》的访谈

2007.6

1. 王老师您好，上次有机会在成都一会，实在是荣幸。其实说起来，当年正是从一篇《天火》开始，才激发我对于科幻的热情，虽然有一个故事您已经讲过许多遍，但我们的读者肯定还想听您说说，当年是怎样从睡前故事“误打误撞”踏入科幻界的？

答：当年娇儿 10 岁，每晚睡觉要逼我讲一个故事。那时我的本职工作很忙，没有时间多看故事书。把肚里的故事讲完后就只好现编，编的多是科幻故事。儿子很挑剔，轻易不叫好。只有一个故事讲完后，他问：“这是你编的，还是书上的？这个故事不错。”难得被儿子夸奖，我决定把它变为文字。恰逢一个节日，有几天空闲时间，我把它写出来了。写完后还不知道国内是否有专业科幻杂志，正巧在地摊上发现了《科幻世界》。那时该杂志只有几千份销量，所以在相对偏僻的南阳能发现它，也是缘分。当时甚至没有买，只是蹲下来抄了地址，把信发去了。这就是我的处女作《亚当回归》。

当然，这种偶然也包含有必然，那就是：我从少年时种下的科学情结；我大学时对西方文学作品包括科幻小说的涉猎；以及大学后两年的文学创作经历，虽然那时不是写科幻。

2. 在您的作品中，有一种“知青情结”，贯穿在您各阶段的写作之中，您觉得这段经历对您影响最深的是什么？

答：我想最好称为“文革情结”，知青生活只是“文革”的一部分。“文革”彻底改变了我的人生观，因为它把社会上貌似正确的极“左”路线推到了荒谬的极致，也就自然地导致了它的败亡。你们这一代人肯定想象不到，“文革”前青年们的思想是何等幼稚何等虔诚；也想象不到，一个出身“地主”的青年那时受到何种社会压力。“文革”后，我们才能以成人的眼光来看世界。我文章中的“苍凉”，就与我的人生经历密切相关。

3. 在您的小说中，科技发展对伦理道德带来的冲击是一个不变的主题，您个人认为道德对于人类来说意味着什么？在可见的将来，它的判定是否会变得更加模糊而困难？

答：一位哲人说：科学之车不可阻挡，而伦理学家们只能在它前面撒一些四脚钉。信哉此言。从这点上说，我与我的网上论敌、清华大学的赵教授并无不同。所不同的是：在认为科学必将战胜伦理道德的同时，我更多把悲悯的目光盯在剧变期间的人类内心世界，而赵教授还保持着三岁儿童的乐观和纯真。

4. 在您的小说中，曾经出现过许多令人印象深刻的人物，您自己最珍爱的是哪一个形象，他是否是您眼中理想人格的化身？

答：相对而言，我的小说主人公的形象比较狭窄，多是那种道德高尚、智力超群、既是科学的虔诚信徒又对科学的异化作用心存隐忧的人，因而都难免有苍凉的内心世界。《生命之歌》中的孔教授就是典型的代表。他们确实是我心目中理想人格的化身。

我也曾努力拓宽人物形象的类型，但我想，其主流应该还是这样的人，不会有变化。

5.《生死平衡》发表后曾经引起过一阵不大不小的风波，您是否依然坚持着自己对于“平衡医学”的观点，您对于“伪科学”和“非科学”有什么看法？

答：风波倒不是《生死平衡》本身引起的，那是1998年的作品，风波是在非典期间我的一封通信引起的。其实我的观点也在变化，《生死平衡》是我看过民间医生王佑三的“平衡医学”后的观点总结，后来，在看过西方一些书之后，比如《我们为什么生病》，我的观点又进了一步。西方提的“达尔文医学”比王佑三的“平衡医学”要更广泛和深刻一些，但从思想基调说，两者是相通的。那些观点不能说是我的，我没那个荣幸，我只是做了一个吹鼓手而已，也有少许深化。

“达尔文医学”还算不上科学，只能称为潜科学，在西方学术界尚未被广泛认可。也许几十年几百年后它会发展成一门科学，也许它会被逐渐证明是错误的而默默死亡。但我认为至少它不是伪科学，现有的科学无法证伪它。而且，即使它最终消亡，但先行者的思考也是有益的。那些动辄就宣布某某是“伪科学”甚至是“妄人”的先生，恐怕是自我感觉太好了。这类人大概是中国的特产吧。

6. 许多小读者都曾经讨论过，在您的小说中总会出现一些性描写，对于文学作品来说，这本无可厚非，国外有许多以性为主题的科幻小说，但在当前国内的科幻小说写作中，似乎涉及性的就只有您跟韩松，对于科幻小说中的性，您有什么看法？

答：如果不把科幻小说非要定位在“儿童文学”和“非主流文学”上，我的作品中简直就算不上有性描写，有也很有限。而我从来没有把作品受众局限在“小读者”，我主要瞄着成人读者群。

性是人类最重要的属性，而文学家歌颂了万年的“爱情”只是它的附庸而已。如果刻意避开性，那么作者所描绘的人性就是不真实不完整的。试想一下，如果在我的《最后的爱情》《蚁生》等作品中完全把性回避掉，其深度恐怕要大打折扣吧。

7. 您对目前国内原创科幻小说创作有怎样的判断？是否有比较欣赏的作者？

答：总的来说，国内目前状况还不错。我欣赏的国内作者很多，十几个吧，不一一列举了。

8. 那么，您对未来科幻小说的发展有怎样的预见呢？

答：永远不会成为文学的主流，但永远不会消亡。

9. 在最近的几篇创作中，《高尚的代价》是受到广泛争议和讨论的一篇，在网上据说是出自您之手的一篇后记中写道，这其实是一篇“恶搞”性质的文章。请问真的是这样的吗？

答：你说的那篇不是后记，是我与一个读者的通信。没错，《高尚的代价》确实带着某种程度的恶搞性质，从第一句——一个人不该高尚到如此地步——就应该能看出来。中国科幻作家的道德责任感太沉重，以我为甚。当然，作者有道德责任感是好事，但老是板着脸忧国忧民忧宇宙，也累。所以偶尔来个自我恶搞，说是自我解嘲也行，也算是一次心理调剂。作品中那个包打天下的“耶和华”，我有意让他落个啼笑皆非的结局。

10. 您最近还有些什么样的创作计划，是否还会有风格和题材上的新尝试？

答：刚写了一个长篇，其他还没有明确的计划。我觉得，风格上的变化是自然形成的，不是刻意追求的。比如我近期的文风与前期相比就有变化，那是一种“自然风化”。即使想回到前期那种比较灵活的文风，也不可能了。

11. 其实许多读者都认为，以您的阅历和文笔，足以驾驭主流文学题材的创作，是否有过这方面的考虑呢？

答：《蚁生》算不算主流文学？我看能算吧。其中有我对人生和中国人群体命运的思索，某些思索可以说是为我独有的。也嵌有独特的“文革”经历知青经历，是我半生的生活积淀。说句敝帚自珍的话，即使把它放到眼下的主流作品里，它也不会是垫底的一篇吧。

可惜杂志刊登时有删节，此后我又改了一遍，扩了一些，正在寻找出版社出书。

12. 您的儿子今年也有24岁了，他是否还看您写的小说，或者在您的熏陶下，拿起笔来写作呢？

答：看，但不写。他的文笔尚可，但不知道有没有写科幻的灵气。不过他一直吹嘘，老爸这个科幻作家是他催生出来的。

13. 您对当前业余从事科幻小说创作的年轻人有什么样的建议，或者寄望？

答：写，坚持下去。年轻人可能看问题浅一些、文笔嫩一些、生活底子差一些，这都算不了什么。实际很多年轻人的文笔老辣得让我吃惊。坚持写下去，五年一小成，十年一大成，这是我常对年轻人说的话。而且，这一代人的信息量、眼界和才气是我们那一代无法相比的。

有些年轻人可能狂妄一些，也算不上毛病，不想当元帅的兵不是好兵。

只是——写上一两百万字后再狂妄。

14. 谢谢王老师拨冗接受我们的采访，希望您的身体与创作都能如松柏常青，最后请您向《世界科幻博览》的读者们说句话吧。

答：爱看科幻作品的人，常常是人群中理性思维较强的那一小群。希望《世界科幻博览》的读者们继续你们的爱好，并在本职工作或学习上也有大成。

答北航科幻协会问

2007.12

1. 您最喜欢您的哪一部作品？这或许是一个很经典的问题，但我们仍然很想知道您的答案。

答：真的不好说。从不同的标准来看有不同的答案。总的说，像《生命之歌》《养蜂人》《终极爆炸》《替天行道》《水星播种》《西奈噩梦》等都是我个人比较满意的吧。

我对自己短篇的评价比长篇高。

2. 在科幻写作方面，您对中国高校大学生的未来有什么看法？或者对青年一代的科幻创作有什么期望或者建议？

答：科幻虽然目前比较低潮，但我相信它的生命力。年轻一代的才情、信息量、语言等都是我这一代人无法比的，这是真心话。我无法提出什么建议，如果硬要说一句，那就是希望年轻人的创作最好多一点中国味。虽然科幻是最世界性的文学品种，但我仍希望它多一些中国味，我觉得这并不矛盾。

3. 您是怎样从一名石油工作者走向科幻创作的道路的呢？您又是怎样平衡工作与写作的呢？

答：也是一个回答过多少遍的老问题了。从表层原因看，是十岁儿子逼着讲故事，把我逼上了这条贼船。从深层原因说，是我自小树立的对科学的崇拜、对文学的爱好和少年时的奇思怪想，合着让我走上了这条路。

至于如何平衡，挤时间呗。我把别人闲聊和打麻将的时间都用到阅读和写作上了。有时候觉得这一生的爱好太狭窄，等彻底金盆洗手后都不知道该如何打发时间。

4. 科幻文学作为一种文学形式，相比其他文学而言，在您眼中，它的价值在哪里？或者说它对社会能做出什么贡献？

答：年纪大了，不大想说什么贡献不贡献的大话。我还有很多科幻作者不指望拿自己的作品去改变世界，只是做自己本分的事，就像蚂蚁衔米粒、庄稼人种粮食。但我刚才说过，我相信科幻文学的生命力，因为它结合了科学本身所具有的大美和震撼力；而且这种艺术形式比较自由，能更好地表达作者的意愿；也更容易以“上帝的视角”来看人生，给出更为深刻的描述，等等。由于这些优势，我想它永远不会衰亡。至于很多人说的：科幻小说能预言未来，能普及科学知识等，这并不属于科幻本身的职责——当然，如果能兼顾这一点，就像克拉克那样，那就更难得了。所以，大师是很难达到的。

5. 对科幻而言，想象与知识哪一个更重要？

答：它们是科幻的双翼，同样重要。按说应该再加一条：见识。合起来正好就是古人说的三条：才、学、识。比如，读者常夸大刘作品的大气，这种大气是由他的真知灼见为基础的，这也是很多年轻作者不如他的地方。

6. 您写了这么多作品，描绘出了成百上千个鲜明的人物形象，您是怎样看待您作品中的这些角色的呢？

答：我的小说中，总的说人物形象比较狭窄，多是“理性人物”，至少主角常是这样的。这与我写作偏重哲理有关。当然，我也在尽量拓宽人物的广泛性，比如最近的《蚁生》，因为人物形象来自现实社会，就比较多样和鲜活。

7. 您的作品中充满了对人性的关注，您能解释一下个中原因吗？

答：这是一个作者包括主流文学作者起码的素养，没有什么好说的。我比主流文学家多走的一步是：更加关心科学技术对于人性的异化。

8. 在您看来，怎样理解成熟的科幻文学？中国的科幻文学怎样才能走向成熟？

答：我在上大学后的阅读中，从对苏联文学的偏爱转为偏好美英现代文学。我个人喜欢的风格是：冷静大气、文风简约、思想无羁。能达到这个标准的科幻作品就是成熟的，或者更准确地说，它是成熟文学中的一种吧。

9. 科幻常常会谈论未来，您认为未来大概会朝着什么方向发展？您对此持乐观态度还是悲观态度？

答：达观。它超越了少年的悲观和乐观，而达到了成人的成熟。

答《家人》杂志问

2012.12.14

1. 作为一名科幻小说家，您对“2012 末日论”一直持批评态度，但对“灾变”本身非常关注，这是否是职业使然？

答：“2012 末日论”只是炒作，如果真有人相信这个预言那是愚昧。正如我在《血祭》中说的，“宇宙和人类肯定要灭亡，不过那是多少百亿年之后的事”；2012 年肯定也会有灾难，但那只是一个概率问题，和去年前年明年后年都没什么不同，绝对和什么玛雅历的第五太阳纪结束扯不上。

但“灾变论”与上述不同，灾变论是科学，因为科学已经证明，宇宙中无时无刻不在发生灾变。只需用望远镜看看月球表面，那上面遍布的环形山就是灾变的凝固档案。

2. 科幻小说中，末日是非常常见的主题，是否科幻小说家比常人对未来更悲观？

答：说不上更悲观，只是因为科幻小说家比一般人更关注未来，比一般人具有更深的时间纵深，当然会对末日多一份关注。实际上，至少我不是一个悲观主义者，而是达观。

3. 今年您的新作《血祭》选择了“羌族”为故事背景。人们对许多少数民族传说因为不可知而抱着敬畏心，尤其是关于末世的传说，您了解到的有哪些？在您看来，为什么会出现这些预言？

答：选择“羌族”作为《血祭》的故事背景，是因为这个民族的衰落给作者以历史的沧桑感；也因为羌族和汉族有割不断的血缘，又和蜀文明一脉相承。由于羌族没有文字，历史上有太多缺环，上述血缘都蒙在迷雾之中，这又增加了神秘感。作为小说来说，这都是很好的元素。不过，这和末世似乎关系不大。

4. 科幻小说，不只是“科学与幻想”这么简单的结合，它其实比现实更残酷，但赋予的情感也更充沛，您在新作《血祭》中，想描述的是一种什么样的情感？

答：《血祭》其实不是正宗的科幻小说，准确地说应该是“科学悬疑小说”。小说内含有不少科学知识，而且这些知识和故事情节有或明或暗的关系。在本篇小说的推理主线之外，还有一些“科学推理”的辅线，比如：华夏族群是不是从南亚经龙门山迁徙而来？华夏传说中的昆仑圣山是不是指川地的雪山？羌人是否是蜀文明的源头？羌族史诗中的“魔兵”是指哪个族群？甚至，汉族传说中的黄帝和蜀地先王蚕丛是否是一个人？这些或隐或现的辅线除了能增加历史的纵深感，也烘托了作者的情感——寻根，是作者对“我是谁，我从何处来”这两个人生终极问题的叩问。

5. 许多作品都渲染了“强烈的情感可以拯救世界”的观念，但现实灾难面前，人其实如蝼蚁，情感的力量似乎更多是人心的自我安慰，它到底能不能创造奇迹？

答：情感当然不能拯救世界，但情感转化成的力量和行动也许可以。在现实灾难面前人类确实渺小如蝼蚁，但亿万只蝼蚁如果全身心投入某个目标，也许可以创造奇迹。现实世界中的行军蚁就是典型的例证，也可以看看中国的十几亿“蓝蚂蚁”过去西方人对中国人的卑称30年来是如何改变中国的。

6. 真正能毁灭世界、造成末日的，应该是什么？就您看来，普通人对末日的恐惧来自哪里？

答：真正能毁灭世界的应该是那位无喜无怒、无爱无恨的上帝。毕竟人类在他面前太渺小了。

我想，普通人对末日的恐惧是来自对本人死亡的恐惧，因为对每个人来说，死亡都是无可逃避的。用我一篇小说《活着》中的话：“人活着就是为了活着，不是为了逃避死亡。因为无论个体的死亡，抑或是种群甚至宇宙的灭亡，都是无可逃避的。”所以，“末日”只是个体死亡的放大版。不过，对个体死亡的恐惧并不影响我们享受每天的日出，对种群及至宇宙死亡的恐惧同样不该影响我们享受生活。

7. 能否总结自己的2012年，并展望自己的2013年?

答：2012年是我写作最苦的一年。本来正在写一个长篇，又应出版社之邀开始写《血祭》，而且要在本年度完成，我压力很大。不过总算两部都完成了，除了《血祭》已经出版，另一个长篇基本完稿，可能明年和读者见面。

2013年到2014年计划写另一部或另两部长篇。如果顺利完成，可能要休整一段时间了。年龄不饶人啊。

《家人》2012年12月刊就“玛雅历末日论”策划了一个栏目，为此采访了本人。

答搜狐大连问

2014.4

1. 作为中国目前获科幻小说最高奖项次数最多的作者，请简要谈谈你是怎样走上科幻创作之路的。

答：获奖次数最多并不重要，关键是得写出传世之作，这上面我很羡慕刘慈欣。

至于如何走上科幻创作之路，如果是老调重弹，那就是“十岁儿子逼老爸讲故事，逼出个科幻作家”。这是真事，但只是诱因。我想，自己走上科幻创作之路的内在原因有两个，一是年少时种在心中的科学情结。二是求学时就喜欢文学，属于文理并重的学生，在小学时代就有作文上小学生文选，高中作文得过 95 分，创学校纪录。大学时因失眠不得不放松专业学习而博览文学作品，并有少量练笔，为今后的创作做了基本的文学准备。

2. 请问科幻创作给您带来了哪些影响？或者说，你在科幻创作中有哪些收获？

答：你问的包括不包括经济上的收获？中国作者一般羞于谈这点，而美国作家从来不怯于谈。其实这对创作至关重要，必须有足以养得住作者的稿费，才能有精品出现。目前国内除了少数作者之外还做不到这一点。大刘应该在科幻界是最高的了，我要差一些，但退休工资加上稿酬，足以维持我的稳定创作，至少不必分心考虑谋生问题。其实即使主流文学界，真正的文学富翁也是极少数。比起更多的稿酬低微的主流文学作者，如我家乡南阳作家群中的同事，我已经很满足了。但是话说回来，如果不写作而把全力用于我的专业技术，也许和目前的收入差不多。所以经济上不说收获，算是有失有得吧。

真正的收获是思想上的收获。才开始搞科幻创作时是凭着肚里的积累，一路写下来之后，逼着我看了不少书，也逼着我思考了不少问题。自我感觉，现在我对自然界的看法，对人生的看法，都与20年前有天壤之别。并不是说我目前的认识都是正确的，但这些观点是我自己摸索出来的，基本系统化了，也就比较自珍。

另外，科幻创作让我结识了不少人，尤其是那些热情洋溢的青少年。很多学生的来信曾让我热泪盈眶——我这句话并不是文学的夸张。前年星云奖中有一个“科幻迷给你最喜欢的作家写一封信”，川大孙悦同学的信就让我感动，以至于嗓子哽咽无法致答词。再说一个花絮：我老来学开车，技术有点潮。有次在家乡的市中心违规超车，被警察拦下了，行礼，请出示驾驶证，然后问：“王晋康？就是那位著名的科幻作家？以后开车请小心点。”行礼，通过。那时觉得当个科幻作家太好了！

3. 你如何看待科幻与现实的关系？你认为科幻文学这个文学门类在我们未来的生活中扮演怎样的角色？

答：科幻与现实并不一定得有关系，比如程婧波发表在《人民文学》上的著名作品《赶在陷落之前》，只是为了构建作者心目中的某种意象，很难与现实硬拉上关系，但那不失为一部好作品。相对的，陈楸帆的《荒潮》完全不同，干预现实的力度很大。我非常喜欢《荒潮》，希望中国能出更多这样的作品。也很喜欢《赶在陷落之前》，希望作者继续保持她的独特风格，创作出更多的好作品——但不希望这样的作品过多。依我的感觉，最近一段，中国科幻作品中那些有坚硬理性的、贴近生活贴近科学的、有坚硬的科幻构思做骨架的作品，太少了。科幻文学中，文学性和科学性必须并重，不能单纯追求一头而忽略另一头。

科幻文学最重要的功能是给读者以阅读快感，所以不必给它太多的责任。当然，如果在提供阅读快感的同时也能另外达到一些目的，比如激发读者对科学的兴趣，以润物细无声的方式撒播科学知识，和读者一起对科学进行反思，那就更好了。

4. 你过去创作的400多万字作品中，你最满意的作品有哪些？为什么？

请简要介绍这次专程来大连签售的新书《逃出母宇宙》，这本书的最大看点是什么？

答：短篇中比较满意的有一些，如《生命之歌》《养蜂人》《转生的巨人》《活着》，等等吧。长篇比较满意的是《蚁生》《十字》《逃出母宇宙》等。满意的出发点各有不同，比如我一向很看重《蚁生》，因为它有丰富的生活积淀，这样的积淀并非每篇小说都能取之即来的。《蚁生》中也有我对于人生的一些思考，有我在“文革”和青少年时代的爱憎，这都是不可复制的东西。喜欢《十字》是因为它比较硬，其表现的思考是系统化了的，有一定深度。至于《逃出母宇宙》，则是因为它独特的硬——在做出两个完全架空的设定之后，依照逻辑和知识做了合理的外推，甚至建立了一个大的科幻架构和故事架构。这点很不容易，尤其是对我这样年近七旬的老作者来说。

5. 作为中国著名的科幻作家，你以哲理和思辨赢得了众多读者的喜爱，能为我们介绍一下你的创作方式和灵感来源吗？

答：超硬的哲理内核——这正是我作品的最大特点。我写小说的方式比较特殊，正是上述特点所派生的。我常常先有一个哲理上的亮点，或者说一个新颖的科幻构思，才开始构建故事。最典型的是《生命之歌》和《养蜂人》，可以说这两个故事就是为了阐释某种哲理而构建的。这样的写作有其优点，也有其缺点，我就不多谈了。

至于灵感来源确实没有一定之规，如果有，那就不叫灵感了。以《蚁生》为例，当时是答应了《九州杂志》约稿，还没有想到写什么。晚上看到《动物世界》中介绍蚂蚁的习性，尤其是蚂蚁的利他主义。我曾就自己的“文革”和知青生活写过一些短篇，如《野蜂》《夜行》《人与狼》等。现在，有了蚂蚁利他主义做红线，把这些都串到一起了。《蚁生》这个长篇是我写得最快的，三个月之内吧。

6. 能透露你目前正在进行的创作吗？今后还有哪些创作计划？

答：正在写《逃出母宇宙》的第二部，已经完成初稿。但这一稿写得比较草，应该还有相当长的打磨时间，抓紧一点，可以在年内完成吧。

按说应该再写一个第三部。但其后的故事构架我还没搭成，就不先吹大话了，也许最终写不成呢。

我的创作力已经显著下降了。按我的打算，这一篇或两篇完成以后会写些短篇，长篇不大想写了，实在太累。可以说一个量化的指标，以我 60 多岁的体力，如果我在工厂审图纸，一般难度的图纸而不是新产品图纸，一天可以工作七个小时，再多就受不住了。如果是写小说，一天最多工作六个小时，然后脑袋就发木了。如果写长篇而且处于搭架子的阶段，这时是最耗费脑力的，一天只能工作五个小时，再多晚上就失眠。所以，写作绝对是高强度的劳动，应该发给特殊工种补助，可惜劳保部门不认可。

一个科幻作家眼中的人类末日

2014.4.16

其实这个题目让刘慈欣来讲最好。他在为我最近的长篇科幻《逃出母宇宙》所写的序言中，以清晰的、居高临下的目光，把人类灾难分为三种级别：局部灾难，文明灾难和末日灾难。局部灾难顾名思义是局部的。文明灾难是指人类整体的灾难，人类将大部灭绝，但总有部分能幸存，使人类像不死鸟一样涅槃重生。末日灾难则指人类作为物种将会灭绝。他还说，人类诞生以来所经历的灾难都是第一级的局部灾难，包括中世纪使欧洲人口死亡三分之一的黑死病和“二战”。少量的接近第二级的文明灾难，如上个世纪北约和华约两大军事集团的核对峙如果一旦爆发，可把人类打回蛮荒时代，但也不至于灭绝。人类从来没有经历过末日灾难——这是当然啦，否则今天就不会有这个讲座了。刘慈欣断言末日灾难只可能来自太空，他还建议，人类的宪法和法律应该预先考虑到末日灾难的情形，其核心问题是：可不可以集中人类全部资源来让少数人幸存？这都是很超前的目光。

说一说我对世界末日的看法，很多同大刘是一致的，极个别不同。

一、先说句丧气话：从长远看，人类末日肯定会来的——因为宇宙会灭亡。自从伟大的天文学家哈勃发现宇宙膨胀以来，静态的永恒的宇宙观就死了。现在科学界普遍认为宇宙有生就有死，只是它到底死于无限膨胀还是极度收缩，或者是其他死法，还没有定论。还有质子寿命问题，质子虽然很稳定，寿命可达 10^{31} 年，远远超过宇宙 10^{12} 年的寿命，但总归会湮灭的。如果咱们的宇宙很结实，挺到 10^{31} 年还没完蛋，也不会有物质了。令人伤感的是，上面说的两点已经不是假说了，而是基本被证实了。这不光是物质层面的死亡，而且是信息层面的死亡，我们的宇宙灭亡后，不会有任何信息，比如人类历史、DNA 信息、墓碑之类的东西以任何形式留传到“另一个宇宙”。就像我在《挑战美杜莎》这篇小说中说的，一个富翁即使花上千亿元，也不可能把一个简单的石刻脑袋留存到宇宙灭亡之后。而且，任何可预见的科技都无法改变这样的终极结局。这一点其实不难理解，如果高度发展的科技能使宇宙永生，那么在这个宇宙之前的天文时间中，肯定有上一个宇宙中的文明种族早早做到了这一点，那就轮不上我们出场了。正好比人如果能够永生，古人或古猿人就会充斥世界，哪儿还轮到我今天在这儿办讲座？那时坐在我这个位置上的就是一个满脸长毛的古猿人了，你们说是不是？

在我们年轻的那个时代是不能讲世界末日的，“上头”说那是典型的资产阶级颓废世界观，倒是毛泽东本人说过人类有生就有死。那时上头还说西方的孟德尔—莫尔根遗传学派是假科学，只有苏联的米丘林—李森科学派才符合马列主义，但我们现在知道，孟莫学派基本符合 DNA 理论，而李森科则是个学术恶棍。当年的“政治挂帅”——在座的人是否知道这个名词？如果不知道，那就是中国的进步，也是悲哀——耽误了几代人，比如那时全国学俄语，弄得我作为老三届学生考上大学后不得不从 ABC 开始学英语，而早先学了六年的俄语到今天只记得几句“你好”“再见”。这是闲话，不说它了。

现在我们既然承认宇宙会灭亡，那也就是说，人类每前进一步，就是向末日靠近一步，当人类披荆斩棘，一步步艰难地逼近绝对真理时，轰的一声全部完蛋，什么也不会留下！就像我们每个人多活一天，就是向坟墓靠近一天，我大概还有二十年寿命，你们年轻也不过六七十年；既然知道了这个必然的结局，那么活着还有什么意思？《逃出母宇宙》中就给出了一个绝好的解决办法：文中的马先生对小天乐说，一个聪明民族就看开了，不想在世上受难，所以婴儿一生下来，爹妈就亲手把他掐死。当然这是玩笑，没有哪个民族会这样聪明，即使我们知道了本人会死，人类会灭亡，甚至宇宙会灭亡，我们还得活下去，并且要活得有滋有味，不辜负来世上这一趟。这正是《逃出母宇宙》这本书所宣扬的主旨。

二、刚才说的末日是远眺到时间的终极，如果把目光收近了看，末日灾难也是可能的，但它只可能是天文或地质灾难。再说准确点，地球范围内的灾难，比如超大型火山喷发、超大型地震、冰期、大规模凶恶传染病、冰山融化造成大面积陆沉等，虽然可能让人类承受巨大的灾难，比如造成人类的一大半减员，但不大可能造成真正的人类末日。为什么？我这样说有什么根据？没有，只是凭直觉和推理。地质活动与地球的活动性有关，既然在地球从诞生至今的活动期都没能使生物灭绝，那么今天地质活动已经稳定多了，就更不可能造成人类末日。

唯一的末日灾难只可能来自于无比浩渺的太空。它太大了，太复杂了。太空原因造成的灾难是不可完全控制的，不可完全预测的，不光是指现在的科技，永远都如此。上面说过，这是刘慈欣的观点，我完全同意。

三、说说灾变论。我年轻的时候，有人狠批灾变论，说灾变论是腐朽资产阶级的世界观。但依我说，这些批判者才是睁着眼睛说瞎话。天文观测中到处可见宏观尺度甚至宇观尺度的灾变，从星体的撞击、新星超新星爆发、X 射线暴、伽马射线暴、星系撞击及互相吞食、黑洞对星体的吞食等，甚至连地球上的重元素，连我们的身体都来源于这种灾变。众所周知，只有新星和超新星爆发才会产生重元素。谁敢断言这些区域就肯定没有文明？如果确实有文明，那么当这些灾变发生时，这些文明肯定被轻轻抹去了，而局外人一无所知。当然，就某一个特定星体比如地球来说，遭遇这种超大型灾变的概率很小，但由于天文时间的漫长，再小的概率也会变成现实，所以从天文尺度看，灾变实际是均变，是大自然的正常进程。遍布月球的环形山就是均变的一个凝固档案。地球和宇宙中所有星体一样，都有遭遇灾变的可能，不管我们信仰耶和华、如来还是安拉，他们都不可能对地球特殊照顾。这就是我的第三个观点：灾变实际是均变，是宇宙中最普通不过的自然进程。

四、虽然灾变对任何星球都有可能发生，但由于这是以天文时间为计数单位，相对于短短的人类史，特别是更短的人类文明史，也就是人们能为后人记述灾难的时间段中，灾难都是小型的，说明大灾变间隔中的和平期还是很漫长的，这就给人类带来了虚幻的安全感，以至于把忧天的杞人当成反派角色。实际上，那位早在两三千年前就考虑到天文灾变的杞人，才是真正清醒的智者。所以，我在《逃出母宇宙》中就专门为他立碑纪念。

如今的科学界大力呼吁人类积极应对天文灾变，这是对的，是科学家应有的责任心。但也应该清醒地认识到，有些灾变恐怕是人类无法预测的，至少是眼前无法预测的；有更多灾难是人类预测了也无法防范的。仅有万年文明史的人类相比浩淼的宇宙而言，只是一个牙牙学语的婴儿。古人有一句话："小乱居城，大乱居乡"，这句很有智慧的古话也可用现代语言重新解读，解读后的新含意是：小灾难是人类可控的，大灾变是人类不可控的。在不可控的局势下，什么样的预先准备和应变计划都没有用处。

知道这一点并不妨碍人类的努力，婴儿总会长大，虽然可能永远挑不了一吨，但总能挑一百公斤。我们应该努力增强人类的肌肉，即使改变不了大的宇观尺度的大灾变，至少要能改变宏观尺度的小灾变。幸亏大灾变发生的概率也小，老天爷的安排还是很人性化的，很合理的。当然，我们知道没有上帝，自然界只是遵从这样的规律——越是凶恶的超级灾难，其发生的阈值就越高，否则宇宙就不会坚持到今天了。

五、以上说的都是自然灾变，有没有人为的末日灾难，也就是外星人来灭绝人类或毁灭地球？此前有一次和大刘见面时，我说："相对于自然灾难，人为的末日灾难不太可能。"大刘立即说："那可不一定！"所以，唯有这一点我们多少有点分歧。我认为，人为的末日灾难，如外星人对地球的灭族战争，甚至用物理规律做武器来抹掉地球，不敢说完全不可能，但可能性很小。我这个结论来自一套不严密的推理——宇宙各区域的诞生是不平衡的，像地球这样能产生生命的星球，在其他星系几亿年前就应该产生，也就是说，几亿年前就应该出现像我们这样水平的文明。假设人类在一千万年后能够掌握上述的灭绝手段，那么早期文明在几亿年前就该达到同样水平——并且早就把地球灭绝了！这和自然灾变不同，自然灾变是不长腿的，即使某种灾变以光速传播，也会随距离的平方而迅速衰减。而智能种族是长腿的，他们的破坏力不但不随距离衰减，甚至会以指数速率迅速扩大，这正是生物的独有特性。这种"不随距离衰减而呈指数速率扩大"的人为灾难至今没有，那就基本能断定：很可能它就不存在。

但这只是很草率的推理，只能算是直觉。所以，这个观点更安全的表达方式是：末日灾变更有可能是自然灾变，而敌对外星种族造成末日灾变的可能性较小。

说点闲话。《逃出母宇宙》中设想了亿马赫飞船，如此大胆的想象肯定让科幻迷们热血沸腾！但我在这儿说点丧气话——如果依照上述的推理，亿马赫飞船恐怕也是不可能的。否则，比我们早的文明种族早就驾着它满宇宙旅游了，就像中国人蜂拥到马尔代夫度假一样。既然直到现在我们都没发现，那么很可能它就根本不会出现。

六、这儿说的是外星人，那么，会不会因为人类内因而造成人类末日？比如核大战、科技失误造成无敌病毒、基因缺陷长期普遍的累积造成人类遗传谱系崩溃、高能激发造成空间湮灭、人造智力超过人类智力从而造成人类衰亡，还有前段时间炒过的“男性Y基因不稳定因而男人会在500万年内灭绝”等。这些内因会不会造成人类末日？老实说，我像在座诸位一样不知道准确答案。我只能很粗率地说说我个人的直觉，如果谁问我这些答案有什么依据，那我事先告罪：没有。

下面说一说。

核大战：可能发生，但不大可能造成人类灭绝。我在《与吾同在》这部长篇中提出一个概念：人类自杀系数。何时全世界各个国家的武力之和能造成全人类的灭亡，则自杀系数为1。那篇小说中说，眼下人类的自杀系数已经达到1.45，只是因为一些偶然原因而没有扣动扳机。不过那是小说语言，今天说一说我的真实想法。如果“人类灭亡”是指人类成员大部分死亡并且使人类主流文化死亡，那么上述的1.45的估计不算太夸张。如果“人类灭亡”是指人类成员全部死掉一个不剩，那么恭喜大家：现在的自杀系数还远不到1，恐怕500年后也达不到。

无敌病原体：不大可能。自然界经长期进化，已经达到某种动态平衡。每种生物都有其缺点，所以不大可能自动进化出一个“通吃人类”的无敌病原体。可怕的是因科学家的疏忽或恶意而产生的病原体，它倒有可能成为新的黑死病。但即使这样，这种病原体肯定是有弱点的，不会百毒不侵，总能想办法防治的，至少不会造成人类末日。

高能激发造成空间湮灭：不大可能。

人类遗传谱系崩溃：不大可能。

男人灭绝：基本不可能。自然界中两性繁衍已经有十亿年历史了，有 XY 基因也有近两亿年了。虽说 Y 基因不能与 X 基因重组而容易退化，但至少人类与猩猩分流几百万年后，咱们男人还活得好好的。再说真的男人灭绝也不等同于人类灭绝啊，生物中孤雌生殖多的是。还有些动物，一旦雄性个体死亡就会由某个雌性个体来进行性别转换。所以嘛，男人灭绝不灭绝不必太关心，只要女人活着就行。这话女作家不能说，只能由男作家来说。哈哈，玩笑话，不必认真。

人造智力超过人类智力：虽然为时尚远，但肯定能出现。只不过它带来的绝非普通意义上的人类灭绝，人类肯定比过去活得还好。它只会造成“作为万物之灵的人类的灭绝”。我在一个短篇《一生的故事》中塑造了两个形象：母爱弥天漫地的机器人大妈妈，和不愿放弃做人尊严但志大才疏的人类。这是我真实的担心，因为它很可能无法逆转。真到了那时，咱们人类就安于做“智能人”的副手吧，有一点能令人欣慰：那时人类的地位肯定高于今天人类社会的海豚和黑猩猩。

这是本人在广州小谷围科学讲坛上的发言。

做好“蝌幻”这个品牌

2014.6.14

蝌蚪网的科幻征文大赛已经进行了两届，开始创出了自己的品牌。我认为它的特点是在对科学性和创新性的强调。它的评分标准是：科学性和创新性各 3 分，情节和文笔各 2 分。这种标准也许并不严格，比如：对科学性和创新性的具体评判标准是什么？让科幻作家来评判这两者是否有足够的权威？关于这一点，我想只能适用模糊数学，否则列出一万条标准都不够。即使是专业科学家，他们对非本专业作品的评判也不一定有权威。即使是本专业的科学家，对同一个问题也会争执不下。但如果不死抠条文的话，对于什么是科学性和创新性还是有比较一致的看法的，比如，如果作者设想用翻跟斗的方法实现超光速运动，肯定是不科学的；如果设想用空间对空间的运动来实现超光速（见拙作《逃出母宇宙》），则可以认为是符合科学性的。其实哪个科学家会认可这种运动方式？至少在眼前恐怕一个也没有。但在这篇小说中，只要承认“真空可以湮灭”这个前提，那么以后的延伸和拓展都是符合科学理性的，这就算得上合格了。所以，科幻作品中的“科学性”和“创新性”是要打引号的。

但即使是打引号的“科学性”和“创新性”也是宝贵的，它可以开拓青少年的思维，扩大他们的眼界，建立对科学的亲近感，以润物细无声的方式了解一些科学知识。自打奇幻文学异军突起后，中国的科幻作品受到不小的影响，比较硬的科幻相对较少。所以，蝌蚪网对科学性和创新性的强调，是一件大大的好事。

当然，这种标准难免会对某些作品不公平。本届征文中有一些未获奖的，其实也不错，如《请叫我露丝》《四舍六入》《往日情怀》《爱情专家》《孤独》

等。其中就有文笔不错但科学性或创新性欠缺因而未能获奖的。但我想这种不公平可以原谅，文坛和文学市场已经多元化，那些科学性和创新性稍欠而情节文笔见胜的作品，可以到其他奖项去争胜。比如《人民文学》发表的程婧波的《赶在陷落之前》就是一篇文笔上佳的幻想文学作品，但如果它来蝌蚪网参评，因其科学性的欠缺，肯定得不了奖。萝卜青菜各有所爱，不要把文艺园地里都种成萝卜，也不要都种成白菜。这才符合自然之道。

既然说到评分标准，也提两条小建议：一、3分和2分的标准不好掌握。哪篇作品的文笔是满分或是零分？都不可能，那么对文笔的判分就只有1分这一个档次了，过于狭窄。由于不好操作，我在实际评分时只好加小数点。既然这样，倒不如改为30分和20分。二、评分标准中还有一条是：取消最高分和最低分，这也不公平，因为这样就抹杀了两个评委的意见，而且作品越是出色越是吃亏。当然它的初衷是好的，是想防止某位评委给人情分。那么，可以用这样一种中庸的办法：对于最高分和最低分，都按次高分和次低分来削平，这样对好作品的损伤不是太大，也防止了人情分——除非有两人打人情分。但什么事都没有“最好”，只要做到相对较好也就可以了。

答《知识就是力量》问

2015.5

《知识就是力量》杂志社约我就本身的创作经历，谈谈科幻作品中“知识”与“文学”的关系，“科幻”与“科学”的关系。下面我谈一些浅见。

现在的科幻界秉承“大科幻”的概念，不刻意区分“软科幻”与“硬科幻”，不囿于门户之见，只有这样才能最大限度地放大科幻的边界，繁荣这个文学品种。科幻界也达成了共识：一般来说，科幻文学并不负担科普功能，更不负担“科学预言”功能。对科幻小说中的“知识硬伤”也采取包容态度。

当然，事物都是两面的。科幻文学既然有个“科”字，就必然和科学有先天的联系。尤其是在核心科幻作品中，肯定渗透了科学知识和科学理性，这正是这个特殊的文学品种的独特优势。

就科幻作家的知识储备而言，“广度”比“深度”更重要。科幻作家就像是充满好奇心的旅游者，攀上了科学殿堂的围墙，得以窥见殿堂中琳琅满目的宝物，发出了衷心的赞叹，这就够了，没必要也没有精力过深地涉入。适当的距离其实正是保持好奇心和敏锐感觉的前提，反倒是终日浸淫其中的专业科学家，常常会久入兰室而不闻其香。

这就要求科幻作家有超出常人的敏锐感觉，能从知识大海中敏锐地发现科幻的点子。拙作《生命之歌》的灵感来自两点，一是某篇西方文章中的一句话，具体文章我已经记不清了，说“生物都有生存欲望，它可能存在于DNA的次级序列中”。其实我此后再没见过关于这个观点的更深入的阐述，但这句话足以在我心中拨出清亮的一响。为了创作这部小说，我专程到北大生命科学院找了几位资深教授了解关于“生存欲望”或曰“生存本能”的更深阐述，结果与这几位老科学家的谈话基本是聋子的对话，他们更关心具体的科学研究，而不是这些过于玄虚的思考。灵感的第二个来源是看到了有关“基因音乐”的报道，说把DNA中的四种砖石腺嘌呤A、鸟嘌呤G、胞嘧啶C、胸腺嘧啶T与音乐中的“哆来咪发唆拉西”做某种对换，就能把所有生物的DNA直接转换成动人的乐曲。对于这则报道，也许专业的基因学家会质疑其科学准确性，但对于一个科幻作家来说，这篇报道同样重重地拨响了我的心弦。于是就有了《生命之歌》中的科幻构思：所有生物都有生存欲望，它存在于DNA中，是数字化的，可以被破译并输入到机器人体内，使其成为真正的生命。有关生存欲望的密码也可采用音乐表达，这就是回荡于所有生物体内的、宇宙中最强劲的生命之歌。这个构思是首创的，也感动了一代科幻迷。

拙作《养蜂人》的灵感则完全来源于一篇介绍“整体论”的科普文章。文中说，物质的复杂缔合会产生高一层面的东西，就像几颗石子的排列能组成文字，低智力的蜜蜂个体一旦成为蜂群就会自动学会建造蜂巢的本领。一种低等生物黏菌在食物匮乏时，众多个体会自动组合成一个大个体，甚至能出现器官上的分工，可以向远处移动，一旦到了食物丰富的地方，大个体就自动解散。这些自然界和生物界中存在的现象实在令人匪夷所思。但对上述现象，科学家们只是看到了其“然”而不知其“所以然”，它至今仍是一个被称作“整体论”的认知黑箱。我深切地体会到了这种哲学观点的力量，因为它道出了我长久横亘在心中的疑问，而正是今天科学尚不能解读的这个“黑箱”更容易激起人们心目中的神秘感，也正是科幻得以大展身手的地方。可以说,《养蜂人》的科幻构思至此已经形成，我已经有了强烈的创作欲望，以下就是该如何用文学形式来表达了。

这就牵涉到我要说的下一个问题：如何把人物和故事情节同科学知识或科幻构思很好地结合。坦率说，没有万灵的丹药，只能是艰难地摸索。我为《养蜂人》的构思摸索了两年，苦于无法把哲理上的思考转化为故事情节。在一般文学作品中,“主题先行”是写作的大忌，文学中的人物和情节应是鲜活的、原生态的，不应成为某种主题的图解。但在科幻文学中，主题先行是可以的，原因无他，恰恰在于自然机理本身所具有的震撼力，比如上述的“整体论”观点，其本身就足以打动那些长于理性思维的读者。后来我终于找到了《养蜂人》的故事表达方式，那就是，用两个“无面目”的、思想层面较低的侦探，调查一群思想层面中等的关系人，来追踪一个始终不曾露面的、最高思想层面的自杀者——其实在他之上还有一个远高于人类的上帝。这样，就把哲理上的探索转化成了一个推理故事，可以引起读者阅读的兴趣。即使这样，这篇小说的人物和情节还是比较薄弱的，它之所以能打动不少读者，其实仍基于“整体论”这个观点内在的力量。

上面举的两种科幻构思虽然是幻想，但都能“存活于现代科学体系之中”，也就是说，它符合现有的科学知识和科学理性。这类科幻构思的优点是比较厚重，更耐咀嚼。当然，科幻构思也可更超脱一些，比如刘慈欣作品中的智子、智子的二维展开、外星人的降维攻击等，都差不多越出了科学体系之外，这样的构思更为飘逸和绚丽。对于这类构思，难点在于把握超越的“度”。比如对于空间旅行，用“一个筋斗十万八千里”的构思显然是神话而不是科幻，用“思动”——美国科幻小说《群星，我的归宿》中的构思，说主人公只要一想就能身处多少光年之外——的方法更像奇幻而不是科幻，但刘慈欣的“曲率驱动”就肯定是科幻了。拙作《逃出母宇宙》提出一个构思：真空可以湮灭成二阶真空，从而实现“空间滑移式”航行。这个构思也超越了现代科学体系，但只要承认这个设想，那么小说中此后的虫洞技术、亿倍光速飞船就是符合科学理性的推延，因为这是空间对空间的运动，不是物质对空间的运动，不需要遵循相对论。所以,《逃出母宇宙》也是典型的科幻。

科幻作品能激起读者对科学的爱，其中的核心科幻作品也有部分科普的功能，能以润物细无声的方式向读者浇灌科学知识。科幻作品还具有反思和批判的功能。对权威的怀疑是科学精神的主旨，而它同样适于科学本身。现在媒体上转基因食品成了热点，其实早在十几年前，拙作《替天行道》就对“自杀种子”这种转基因技术进行了尖锐的批判。美国最大的种子公司孟山都发明了这种技术，把其他生物中的一种自杀基因转录到粮食种子中，这样，第二代种子就不能发芽，必须每年到孟山都公司购买。在商业社会中，孟山都的做法是完全正当的，否则种子公司就无法存活，无法为良种研制投入巨额资金。但这种“人类社会短期的合理”是否符合上帝眼中的“长期的合理”？对于转基因食品的安全性问题，也是同样的回答：就现代科学技术来说，转基因种子是足够安全的，已经经过严格的验证；但从长远看，依据当前水平所做的验证是否真的是正确的？这个问题其实基于一个深刻的悖论：在“有限”的历史中，人类是能动的，理性的；但在“无限”的历史中，人类是被动的，无理性的。人类依据正确的前提、正确的逻辑方法所得出的结论，只能保证在有限时段中是正确的，但随着时间的延长，必定会产生质变，会产生跃升或崩断。那么，这个领域正是科幻作家大展身手的地方，或者说是科幻作品的社会功能之一。当你把哲理思考融入到知识和情节中，你的作品就更具打动读者的力量。这种对科学的反思和批判正是科学的力量所在，是科学精神的体现，是科学得以永葆青春的动力。

生活是文学作品的源泉，而科幻文学还要再加上一个科学源泉。所以科幻作家应自觉利用这种原力，但要把握适当的度。不要让知识和情节淹没了人物和情节，更忌在小说中出现大的知识硬块，凡与小说无关的知识要毫不留情地删去，必要的知识也要充分打碎，最好能自然地融入小说的背景中，必要的交代也尽可能分散，断续插入到文中。这些都是老生常谈，这儿就不多说了。

对“有读故事”APP用户提问的回答

2016.7.11

1. 圆锥曲线的创立先于开普勒对于行星运行轨道的描述；黎曼几何的出现先于爱因斯坦的相对论——似乎很多数论体系都先于应用了它们的物理理论或发现。那么数学是先验的真理吗？

答：我对数学没有研究，只能凭一个科幻作者的直觉来回答：是的，我认为数学是先验的真理。其实物理从某种程度说也是先验的，它只是对“先天存在”的自然机理的解析和描述，只不过它需要实验的证实而数学不需要。有人说，知识体系实际只有三类：数学、物理学和逻辑学，其他所有知识都是这三者的推演。

2. 卡尔波普尔在他的科学哲学论著《猜想与反驳》中说：科学知识的拓展源于怀疑精神。然而自五四运动以来，科学常与正确等同，信仰科学之说在国人间普遍流行。那么信仰科学是否是对科学这一基本概念的误读？

答：这确实是一个悖论，但世界本身就建基于悖论之上。一个理发师只给那些“不给自己理发的人”理发，那么那该不该给他本人理发？马列主义认为一切量变都会导致质变，导致一个阶跃，那么这个理论本身呢？我本人是虔诚的科学信徒，原因就是科学从来提倡对权威的反叛。而正是一次次的反叛，在部分否定经典理论的基础上建立了更好的适应度更广的理论。所以，信仰科学是对的，怀疑精神也是对的，这是不同层面的事，并不矛盾。

3. 卡西尔在他的文化哲学论著《人论》中指出：科学特别是物理试图用一个固定不变的标准简洁地解释世界，而艺术则是用夸大的手法将许多个别的事物表现出来。而科幻故事特别是有科学理论的科幻故事，如何做到把这种固定不变的单一的共相与鲜活生动的殊相结合起来，从而做到如亚里士多德所说的杂多的统一？

答：作为一个凭直觉写作的作者，我在写作时从来没有这样深的考虑。如果在写作中时时考虑这些，肯定什么都写不出来了。但总体而言，你说得很对。大自然确实有极简洁优美的机理，而艺术关注的更多是其绚烂的表象。比如爱情，在生物进化论中，它只是两性繁衍方式的附属物，是一种技术措施，爱情的深层目的是为了寻找最优秀的基因从而传播自己的基因。如果人类是单性繁衍，那么人类文学中绝对不会有爱情的地位。我认为以上这些是对爱情的最深刻的描述。但另一方面，人类的爱情早已同原始目的割裂，而发展成一种神圣、神秘的感情。想想那些殉情的男女，他们因为炽烈的爱不惜自杀，这样的爱哪里是为了传播自己的基因？科学作家在写故事时，在故事层面肯定更关注后者，关注那些绚丽的表象；但在内心深处，他们也不会忘记上帝的本意。我想这是科幻作家与非科幻作家不同的地方。

4. 生命在科学领域似乎还没有一个令人满意的定义。然而弗洛伊德曾认为在讨论一个问题之前，先把讨论对象进行明确定义有可能阻碍问题的讨论。无独有偶，马克思、韦伯在讨论资本主义精神时也没对资本主义精神下定义。那么是否不适合对生命这一概念做出过早的定义？

答：我在拙作《生命之歌》中曾引述过科学界的一个生命定义，比较长，我还是抄下来吧：

第一，生命实际是一种时空中的构形而不是物质的实体，因为建造每一个生物体的砖石——原子——在该生物一生的新陈代谢中会多次更换。但尽管实体是流动的，其构建的生命却是延续的、特定的；

第二，生命能自我复制，只有骡子、狮虎兽等少数特例除外；

第三，生命体能够生长；

第四，生命具有能自我描述的信息存储，这是它们能自我复制的基础；

第五，生命体和外界有新陈代谢作用（病毒生命则是依靠宿主的新陈代谢，所以病毒只能算是一种半生命）；

第六，生命对环境有官能性影响和调节作用，机体还能产生和控制它的内部小环境；

第七，生命体各部互相依存；

第八，生命体对外部环境的小干扰是稳定的；

第九，生命必然有进化能力。不是指个体，而是就其种族而言具有进化能力。

我个人觉得这个定义还是比较全面的。也有更简洁的定义，说生命就是对信息的自我复制，我觉得过于简略。总的说，我觉得人类对生命包括自身的认识，已经基本到了“可以对生命下定义”的阶段。至于这个定义在一千年一万年后会不会有根本性的改变，我觉得不会，将来的定义最多是对于这个定义的补充或升级，就像相对论与牛顿力学的关系一样。

5. 科幻最初引入中国似乎是为了普及科学知识、启发民智。现在也有人认为科幻是最大的现实主义，似乎科幻又担负起反映现实的任务。另有人说科幻能为科学提出新的设想。那么科幻仅仅是作为一种工具才能显示出它存在的意义吗?

答：科幻的科普取向是苏联和中国独有的，属于科幻不成熟的状态，现在我们已经不提它了。科幻就其本质来是文学，不是科普。科幻对科学的最大助力不是传播知识，也不是科学预言，而是在青少年心中种下对科学的爱。当然，能在作品中潜移默化春风化雨般浇灌科学知识，那样则更好。至于在科幻作品中提出某些科学预言，那在大神级的科幻作家的经历中也只是偶一得之，值得我们钦佩，不能作为方向。

自从上世纪80年代所谓“科幻是伪科学”的批判之后，科幻文学在很长时间内被放逐在文学主流之外，这种现象只是在近几年才有改变。但“位卑未敢忘忧国”，科幻作家确实一直保持着对现实的关注。至于说“科幻是最大的现实主义”，这个论断恐怕过于偏激。确实有一些主流文学家热衷于玩弄技巧，远离现实，把文学变成了象牙塔中的精致摆件，但那肯定不能代表文学的主流。

6. 中国长期处于农耕文明阶段，紧张的人地关系和多次外族入侵使得中国拥有苦难深重的历史，而中国许多有名的科幻著作也都有表现人类为生存而不断斗争的故事情节。那么这是否在某种程度上体现了中国本土特色?

答：所有民族都有痛苦的历史，表现生存的拼搏是科幻文学一个普遍的主题，灾难题材的主旨实际就是两个字：生存。所以这并非中国科幻所独有。当然，由于中国近代的苦难更重一些，而中国的发展程度也刚刚到了可以静下心来反思历史的程度，所以，也许这方面的内容更多一些。

7. 科幻文学常被称为点子文学。似乎一个新颖的点子对一部科幻作品的质量起着至关重要的作用。然而经典科幻作品似乎仍然在读者群中受到普遍欢迎。如果仅仅以点子的新奇来衡量一部科幻作品的好坏，那些经典的科幻作品的点子似乎显得陈旧。那么是否有其他因素影响或决定着一部科幻作品的质量？如果有，又会是什么呢？

答：科幻文学既然与科学有关，因而也有其他文学品种所不具有的特性，其中之一就是对科幻构思的重视，以及对科幻构思首创性的重视。那些在历史上第一个提出某种构思的人，比如克拉克提出的太空电梯、光帆、同步卫星就奠定了他作为硬科幻教父的地位，尽管同步卫星是他在一篇论文而不是小说中提出的。今天我们看这些作品，尽管有些设想已经实现，有的接近实现，但丝毫无损于我们对克拉克的敬仰。当然，如果谁想在科幻小说中继续使用这些点子也是完全可以的，但多少有陈旧感，因为他不是首创者。

这种点子，或者称科幻构思，或者称科幻 IP，是决定作品质量的一个重要因素，也是科幻文学有别于其他文学品种的特质。但科幻和其他文学品种一样，有其他种种影响质量的因素，比如思想内涵、语言、情节、人物形象，等等。甚至一些较软的科幻并不需要科幻构思，同样可以写出优秀甚至是经典作品。

8. 近年来，大大小小旨在促进科幻创作的活动雨后春笋般纷纷涌现。然而一个类型文学的兴起和流行不仅需要众多优秀作者的辛勤创作，而且也要依靠大量读者追捧。反观现今科幻文学市场，读者群体规模偏小、偏好较为单一。这可能会使得一些原本优秀却另类的科幻作品没有读者，由此反过来制约了科幻创作。那么与科幻相关活动的重心将会倾向于培养科幻读者？而培养科幻读者可能的形式又是什么呢？

答：科幻文学尤其是其中的核心部分，由于对读者有较高的阅读门槛，从来都是相对小众的。对此要有清醒的认识。读者的偏好也是客观存在，并不是谁做做什么工作就能改变的。比如韩松的作品非常优秀但却有时遭《科幻世界》退稿，因为他的作品更为小众，阅读圈子大致限定于知识精英，而《科幻世界》面对的主要是中学及大学生，不能不考虑读者的阅读门槛。对此我倒觉得应该以平常心对待，保持科学读者群的原生态，让各种风格的作家自去征服各自的读者。

9. 王老您好！我看过的科幻作品不多，除了中国的四位大师之外就还有《大师的盛宴——20 世纪最佳科幻小说选》与阿西莫夫的。看完之后，我觉得科幻文学不像其他文学类型那样时间越久远越散发出经典的韵味。上世纪的科幻作家的作品让我感到隔膜。我没有感受到作品中蕴含的宏大的想象力，这种震撼我在阅读本世纪科幻作品时常常有，也许是因为科技的发展，旧作所提出的设想失去了它的魅力。尤其令我失望的是，它的文学性也没有达到一个应有的高度。旧作似乎将文学性附属于好点子，对思想着墨不多，并且思想的表达借助于读者对点子的代入。我觉得科幻是通过将正常世界割裂，创造出一个神奇的世界，对置身其中的人进行探索。我觉得一部好科幻作品的评判，应侧重于它的思想性，不知王老您怎么看？

答：恐怕这种隔膜不光限于科幻文学吧。比如，我读《鲁滨逊漂流记》，就觉得文学技巧失之粗糙；读范仲淹的《岳阳楼记》，就觉得文章的起承转合比较生硬；读中国三十年代的经典作品，会觉得语言不大顺畅。这些感受，有可能是因为作品本身的局限，比如《鲁滨逊漂流记》处于西方现代小说发展的早期，技巧粗一些在所难免，也可能是因为时代的隔膜，但这并不影响这些经典作品的历史地位。

但另一方面，你的意见也是对的。科幻文学与其他文学品种不同，它的艺术感染力特别依赖于其新奇性，依赖于在思想和视觉上的冲击力。早期的科幻作品对于今天的读者难免显得陈旧，至少是没有足够的冲击力。这是科幻的特质所决定的，不必求全责备。当然真正优秀的、有思想内涵和精巧文学技巧的作品，仍然能保持其魅力，我们在读《弗兰肯斯坦》时，并不会去计较文中的“造人技术”是否拙劣，而是关注其思想内涵。

10.《三体》您怎么看？您怎么看待中国科幻？

答:《三体》是一部非常优秀的作品，是中国科幻长篇的代表作。我个人读了不少于三遍。就我个人感觉，更喜欢第一部和第三部。

中国科幻经过几十年的野生野长，没有夭折，已经长成了一棵碗口粗的乔木。虽然还远远算不上参天大树，但也足以自立于中国文学之林，自立于世界科幻文学之林。

11. 什么叫作科幻小说呢？现在的人接触所谓言情、武侠、网游、玄幻这些类别的小说太频繁，而真正喜欢科幻的人在大学生和高中生中占的比例不大，很多人一听到科幻文学就想到国外那些星际大片，而对于国内的科幻文学发展并不了解。科幻是否仅限于宇宙这个话题呢？

答：如今科幻界推崇“大科幻”概念，不去刻意为科幻定义，不去刻意区分科幻的软硬。只要有一定的科幻元素、科幻背景、科幻手法，都可以归入“大科幻”的范畴。当然，科幻与网游、玄幻魔幻还是有明显区别的。中国的科幻文学发展到今天，已经积累了相当的文本资源，希望影视界在经过一段时间的努力后，能够把它们转化为科幻影视精品，这样年轻人就不会只知道国外科幻大片了。

12. 科幻作品是否一定要在现代物理等科学的背景下创作，如果脱离实际太严重太过于天马行空，会不会使作品泛于想象？如何权衡好想象和现实科学的关系呢？

答：对于核心科幻来说，应当立足于现有的科学体系，至少不要出现硬伤，不被现代科学证伪。至于它们是否确实“科学”那又另当别论。刘慈欣小说中的“智子”，我小说中的“亿倍光速飞船”确实能实现吗？恐怕不可能。但只要它们不明显违犯科学体系的知识，不是“超光速筋斗云”这样的设想，就是可以接受的。至于比较软的科幻，其实不必太顾及作品是否符合科学规律。比如太空歌剧中的宇宙舰队的决斗，恐怕大多不符合光速限制。

《北京青年报》人文问卷

2016.2

1. 你是怎样与科幻结缘的？最初写科幻的触发点是什么？

答：我走上科幻创作之路是因为一个偶然因素。我上中学时基本是一个理工男，也爱好文学，包括科幻文学，但并不是铁杆科幻迷。上世纪八十年代，我作为老三届学生考上西安交大之后，正值西方文学作品大量译介进国内。那时我因为严重失眠不得不放松学业，因而有时间大量阅读现当代文学作品。也尝试着自己创作了几篇，但都是非科幻小说。1982 年毕业后，分配到一家石油企业，那时大学生毕业是统一分配，本职工作非常忙，我是我们单位大吨位特种车辆的开创者，文学爱好就扔到一边了，这一扔整整扔了十年。1992 年，我儿子十岁，每天晚上缠着我讲一个故事，包括我自己现编的科幻故事。儿子很挑剔，常常说我现编的故事不如书本上的，只有一次我讲完后他说："这个故事是你编的吗？我觉得比书本上的还好。"难得受到儿子夸奖，我想干脆把它变成文字吧。于是趁一个假期，我把那个故事又深化一些，写成了一个科幻短篇。写完后还不知道国内是否有专业科幻杂志，正巧在地摊上看到卖旧《科幻世界》的，就蹲下来抄了个地址。这就是我的处女作《亚当回归》，获 1993 年银河奖首奖，时年我 45 岁。当时正值中国科幻作者青黄不接之际，而我作为一个有一定社会阅历、科学知识和文学准备的中年人，很快成了《科幻世界》的主力作者，也无意中开始了我新的人生之路。当时《中国石油报》一篇名为"十龄童本无心插柳，老爸爸一不留神成名"的文章报道了这件事，被各报刊广为转载。我儿子常常自夸："爸爸你当科幻作家都是我的功劳！"

当然，事后回想起来，我之所以走上这条路，除上述的偶然因素外，也得益于以下几点：第一，我在写科幻小说之前，尤其是大学期间，做了足够的文学准备。第二，我有一个深植心中的科学情结，对简洁优美的大自然机理有发自内心的共鸣。第三，作为一个脑瓜比较灵光的理工男，具有清晰的理性思维，也有大致够用的科技知识。第四,一颗永远年轻的心。第五，个人的勤奋。

我上边说过，我最初开始文学创作时，写的是主流小说。今天，在 68 岁的时候回顾当年，我想，也许当年我因偶然因素闯入科幻领域是闯对了，是命运的垂青，因为这个文学品种恰好最能发挥我的综合优势。

2. 你觉得自己的科幻创作从一开始至今，在风格上有哪些变与不变之处?

答：上面说过，我的创作之路比较特殊，45 岁才开始写科幻。此前我在尝试主流文学创作时，个人的风格还没定型，比如，我曾经学林斤澜，学苏童，学莫怀戚，特别有一段时间发疯般学海明威。尝试了各种风格后，最后固定在一种风格上，那就是：追求流畅质朴的语言，冷静的叙述，沉郁苍凉的作品基调，在小说结构上精雕细刻，等等。也就是说，当我创作科幻小说时，个人文风已经大致确定，其后是“老树不可移栽”了，所以变化不大。如果严格地去总结，也许我前十几年作品的语言相对比较跳跃灵动，而后十几年更趋质朴平淡。前十几年更注重小说结构的精致，而后十几年更注重思想的深化和系统化。当然，这也与前十几年主要创作短篇而后十几年以长篇为主这种转型有关。

3. 科幻最吸引你的魅力是?

答：今天的科幻界推崇“大科幻”概念，科幻有多种流派，而其核心部分，也就是最具科幻文学特质的那部分，其魅力是与科学密切相关的，是科学本身所具有的震撼力的文学表现。我曾在新人类系列长篇的序言中说：

> 有两种小说的作者只能谦虚地自称为第二作者。
>
> 一种是历史小说，因为它的第一作者是历史，是时间。时间冲去了琐碎和平庸，浓缩了事件、情节和人物。历史小说作家只需有足够广博的知识和足够敏锐的目光，挑选出精彩的素材，他的小说

就有了百分之六十的成功。

另一种是科幻小说，它的作者是上帝（客观上帝），是科学，是科学所揭示的自然的运行机理。科幻作者只需要有足够的智力去理解这些机理，有足够敏锐的目光去发觉科学的震撼力，他的成功也就有了百分之六十的把握。所以，科幻作家应该把六成稿费献给上帝。

这段话并非作秀或煽情，是我的由衷感受。

4. 你认为自己科幻文学创作的长处和短板分别是什么？

答： 我曾在一次大学讲座中坦率地分析过这两点。那天我说，我是“半个聪明脑瓜写科幻”。我在求学时代脑瓜相当灵光，把这个聪明脑瓜用到写科幻上，就表现在对科学之美和大自然之美有特别敏锐的感受，即使到了老年，这种敏锐也基本保持着。我的科幻小说被人称为“哲理科幻”，因为其中常常有作者对大自然深层机理的主动表述。这些机理并非作者的文学杜撰，而是作者深信不疑的信条。比如，我在小说《十字》中宣扬了阿西莫夫说过的一个观点：医学是一把双刃剑。医学的目的是一行大写的金字：救助个人而不救助群体。但医学在有效救助个体的同时，也干扰了人类抗病能力的自然进化，使糖尿病、先天心脏病等遗传病致病基因顺利地向后代传递，从而为人类将来埋下一颗定时炸弹。因为这个观点，我曾被某大学某位教授骂为“妄人”，但我对此深信不疑，而且认为，向社会贡献类似的独特思考，恰恰是科幻作家的社会责任。

“聪明脑瓜”用到写作上还有两点表现，一是小说中清晰的逻辑脉络，清晰的理性思维。二是精致的小说结构，包括机智的悬念。

至于我写作的短板，那就与“半个聪明脑瓜”中的“半个”有关了。由于长期失眠，我的记忆力奇差。而且我的最美好年华是生活在改革开放前闭塞贫穷的环境中，这些表现在作品上，就是深度尚可而广度不足，包括科学视野和社会视野都不足。由于偏重于“哲理”，作品人物相对单一，多以知识分子为主，不能包含更为多样的社会生态。

5. 你如何评价“科学万能论”？你如何看待科技与人文的关系？

答：我上面说过，我自少年时代起就有浓厚的科学情结。仍在上述那篇序言中，我还写道：

> 科学发展到今天，已经超出了多数民众的理解力，以至于在某种程度上，它也成了高高在上的宗教。但我们笃信“这个”宗教而不信仰其他的宗教，为什么？因为科学揭示的是真理，它们放之四海而皆准。

科学至今仍是我的信仰，但从“不惑之年”到“古稀之年”，我的信仰也有明显的变化，那就是说，这个信仰中如今也包括这样的成分：科学并不是万能的，科学在为人类带来巨大光明的同时，也带来巨大的阴影。而且这些阴影并非因为科学家的粗疏或恶德，而是大自然机理所决定的。

至于说到科学和人文的关系，我历来不赞成把二者分开。我认为，在未来的“大科学”中，应包含哲学、宗教和人文思想，或者你说是它们互相包含也成。正因为科学的发展，才使人们能站在更高的高度，以上帝的视角，穿越时间，拂去表象，更深刻地理解人性、人格、道德、爱情诸如此类的东西。杨振宁说过一句话：“科学发展的极致是哲学，哲学发展的极致是宗教。”我非常喜欢这句话，当然，以我的理解，杨先生所说的宗教并非普通人心目中的宗教，而类似我上面说的“大科学”概念。换成一句俏皮话吧：“科学发展到顶点时将复活上帝，但上帝并非耶和华。”

6. 你如何看待科学、科幻、文学三者的关系？

答：上面说过，今天科学文坛推崇“大科幻”概念，各种科幻流派，只要读者喜欢就是好科幻。这中间就包括一些与科学关系较浅的流派。所以，如果要谈科学与科幻的关系，最好界定为“核心科幻”这个流派。对这个流派来说，科学和生活阅历都是它的源泉。越是能充分表现科学的理性之美或技术物化之美的作品，就越能充分展现这个文学品种所独有的魅力。刚才说过，只要读者喜欢的就是好科幻；但还有一句话也是不可少的：从科幻文学的整体上来说，作为一个文学品种，必须有核心科幻做骨架，否则它就失去了存在的价值。

至于科幻与文学的关系其实不用多说。科幻文学首先必须是文学，必须具备足够的文学性和思想性，包括语言、故事结构、人物塑造、人文关怀等一切东西。当然，对于科幻文学这样独特的文学品种来说，它也有不同于一般文学的独特技巧，比如，对于科幻构思的重视，尤其是对于科幻构思的独创性和新颖性的重视，就有别于主流文学而更接近于科学。

7. 你与刘慈欣并称为“中国科幻文坛双雄”，你认为自己与刘慈欣的科幻创作相比各有哪些特色？你如何评价刘慈欣的《三体》在国内外获得的巨大成功以及随之引发的“科幻热”？

答：“双雄”这样的提法就免了吧，那是出版社商业促销的用词。记得几年前，我曾对一位写科幻作家传记的作者说：最好不要提什么“四大天王”之类的说法，这样的提法有害无益，不利于科幻界的团结。至于我和大刘作品的特色比较，我自己作品的剖析前边已经说过，不再多说。我对大刘作品最佩服的或者说我最短缺的是这么几条：第一，大刘对宏大场面的把握；第二，大刘对技术细节的营造；第三，大刘作品中人物尤其是小人物形象的丰富。

大刘的《三体》是自上世纪九十年代科幻“新生代”崛起以来的最大收获，是当今中国科幻的代表作品。当然，我从来不赞成说什么“刘慈欣以一人之力”怎么怎么，说这话的人都不了解中国科幻史，尤其不了解自上世纪九十年代以来，以《科幻世界》为中心的中国科幻界的艰苦努力。这种提法也像“科坛双雄”“四大天王”一样有害无益。但我们都由衷地承认，大刘是中国科幻最优秀的代表，是科幻文学由短篇时代向长篇时代转型、科幻文学向影视等后文学转型的代表人物。他为中国科幻踢出了宝贵的临门一脚。

8. 你对中国科幻文学现状的看法？你认为科幻文学的发展前景乐观吗？

答：中国科幻已经有了不少优秀作品，即使放到世界科幻文坛，放到中国主流文坛上也不逊色。现在中国科幻作品相对来说不为外界所知，这与读者的欣赏趣味和思维惯性也有相当关系。可以举一个我自己的实例，我的科幻长篇《蚁生》出版后，曾送一部给我家乡文联主席、一位当代比较有名的作家，他几年都没看，我冒昧推测，恐怕与文学界对科幻的普遍轻视有关。后来他因某个偶然原因看了，看后专门约谈我，说："这是家乡作家群近年来所有长篇作品中最优秀的一部。"主流文学和科幻文学之间有一道无形的篱笆，套用陈毅元帅在一次文艺座谈会上的一句话："无篱之篱，大篱也。"所幸的是，大刘的《三体》已经为这道无形的藩篱扯开了相当大的口子，相信今后情况会好的。

当然，从高标准来说，中国科幻作品中可称为经典作品的还非常少。中国科幻想要得到外界真正的承认，更多要靠自己的实力。

中国科幻正在多元化，从新生代走向更新代。不少年轻作家，如陈楸帆、张冉、江波、宝树、夏笳等等已经基本成熟，希望他们能静下心来沉淀一下，尽量排除文学之外的干扰，每人沉淀出一两部经典之作，那中国科幻之树就真正扎下根了。总的说我是比较乐观的。一个崛起的时代需要崛起的文学，尤其像科幻文学这个品种，与时代的关系更为密切一些。只要中国的崛起不受干扰，科幻文学的继续发展和真正成熟也是必然的。

9. 你评价一部科幻文学作品的标准是什么？举例说明你欣赏的科幻作家、作品，国内外不限，三至五部，请分别简要说明原因。

答：科幻文学与其他文学类型如侦探文学、青春文学、女性文学等有所不同，它的容量更大，流派更多。我上面说过，不管什么流派，不管是硬科幻还是软科幻，只要读者喜欢就是好科幻。就我本人来说，我一直偏重于写比较硬的科幻，或者说"核心科幻"，但我对他人作品的欣赏与我个人的写作风格就没有关系。我当然喜欢比如克拉克的很硬的很哲理的科幻，也喜欢海因莱因《你们这些回魂尸》这样结构精致的较软的科幻。我很喜欢的一个短篇是鲍勃·肖的《昔日之光》，因为它有新颖的科幻构思，更因为它通过这个构思所表现出来的凄婉的夫妻之情。十几年前我曾为一家杂志缩写过这个短篇，那位从没看过科幻的编辑看完我的缩写后说："原来科幻小说可以写得这样美！"其实我的缩写与原作相比味道已经大大缩水了。我很喜欢的一个长篇是米勒的《莱博维茨的赞歌》，这是写未来的科学黑暗时代，以宗教为主要背景。但我认为它其实是很硬的，因为小说完全浸泡在科学理性中。这部小说的前半部尤其出色。其实还可以举一个泽拉兹尼的长篇《光明王》，这篇基本算不上科幻，是用科幻名词对印度神话的再创作。我喜欢它，是因为它在科学、神话和现实之间自由的穿越，还有作者“嘴角含笑”式的对神祇和历史的调侃。国内优秀作品看的就更多了，举不胜举，比如，大刘的《三体》、韩松的《宇宙墓碑》我都是多次拜读。

10. 你的作品风格是厚重的、大气的，常常有着悲天悯人的情怀。你的这种创作风格是怎样形成的？

答：我作品的苍凉感与我的人生有关。我在求学时代学习非常优秀，但因为是“地主出身”，甚至在初小升高小时当过“备取生”。后来经历“文革”，上山下乡，当矿工，上大学，也经历了商品社会的种种肮脏。我曾写过一个短篇小说《黄金的魔力》，其主人公是一个工程师，因经历了太多的社会丑恶而“弃善从恶”，主动与黑帮勾手盗取国库黄金。那个主人公的愤世嫉俗中就很有我个人的影子。所幸的是，真实的我并没有像那个主人公一样越过心中的道德底线。我的长篇《与吾同在》中说过，人类文明是大恶的粪堆上长出的一株孱弱的善之花。而我的作品也大致如此。

11. 对你影响深远的作家作品？三部至五部，请分别简要说明原因。

海明威《乞力马扎罗山上的雪》，喜欢西方作家特有的冷静的叙述和精致的结构。

余华《活着》《许三观卖血记》，喜欢作者质朴的文风和“简单”之下蕴藏的深刻。

阿来《尘埃落定》，喜欢作品诗性的语言。

毕飞宇《哺乳期的女人》，喜欢他语言的灵气。

莫怀戚早期的中短篇，喜欢他作品的“鬼气”。

12. 你如何看待科幻创作带给你的名与利？

答：没有带来太多的名吧。一点小名声是在科幻圈内的，到圈外“屁也不是”——这是大刘调侃他自己的话，我就更不用说了。至于利，早期坚持写科幻只是缘于爱好，缘于心中的科学情结，并没有太多的利。我并非假清高，并非不想要高稿费，而是那时的市场没有这个条件。只是近期获几次大奖并有几部影视版权相继售出后才说得上有一点儿利。我衷心希望，何时科幻创作能让作者过得很富裕，有条件磨出精品，那才是科幻真正的繁荣。

13. 市场和读者反馈会对你的进一步创作产生影响吗？

答：有，但不多。主要是由于失眠，精力非常有限，没有太多时间去收集反馈。何况“老树不可移栽”。

14. 喜欢的科幻电影？三部至五部，举例并分别简要说明原因。

答：一个人只有在青少年时代最易与文学作品包括电影产生共鸣，而我年轻时看过的科幻影片太少，那时印象很深的科幻电影，如《回到未来》《大西洋底来的人》，从今天的眼光看算不上多优秀。而我在中年之后看的科幻电影，总是不自觉地站在一个作家的立场，很可恶地剖析作品的优劣，因而难以产生真正的共鸣。所以这个问题就不回答了吧，我怕自己的印象太不准确。

15. 生命中最珍惜和感恩的？父母对你产生了哪些重要影响？

答：最感恩父母，教会了我正直和爱。

至于父母之外的人，我曾在家乡报纸上发过一篇短文，感谢我生命中的三四个人。一是小学班主任冯国亭，就在上面说过的初小升高小的“备取生事件”中，我一怒之下拒绝上学，当时刚被打为“右派对象”也是地主出身的冯老师苦口婆心地劝动了我，可以说改变了我的人生。她谈话时的泪眼婆娑我至今记忆犹新。第二个是工厂党委书记吴传璧，1977 年恢复高考我的成绩是全市第一，但因所谓政治原因未被录取，内中曲折多年后我才知道。1978 年我第二次报考，吴书记说了一句：“落实一下，看王晋康家里到底有啥问题，能走就让他走，是个人才，别耽误了。”他的这句话我也是 20 年后才偶然听人说起的。再就是《科幻世界》原社长总编杨潇和谭楷，他们的赏识助我走上了文学之路。

16. 最难忘的童年经历？

答：我说过了，1958 年，初小升高小，我考了全校第一名，结果在“备取生”栏中才找到我的名字，当时泪如泉涌。很遗憾，我对童年的回忆说的是负面事件，但它确实是我最难忘的，可以说，当年的眼泪一直在我的作品中流淌。

17. 最欣赏自己什么品质？

答：勤奋。我如果歇上三天什么也没干，甚至生理上都会产生严重的不适感。无论是当知青，在校学习，在工厂搞技术，还是在家写小说，意识深处总有一个警铃在悄悄催我往前走，不要停顿。

18. 理想的一天会怎样度过？

答：灵感泉涌。

19. 一直想做但没有尝试的事？

答：到寺庙道观中住上一年，以身外之身来梳理一下人生。

20. 最想获得的超能力？

答：可以看到过去未来。不求改变，只要知道。

21. 如果可以生活在别处，你最想生活在什么时代的什么地区？可以不局限在地球。

答：我这把年纪已经看开了，哪个时代都有它的痛苦也有它的快乐；有它的丑恶也有它的美丽，既非天堂亦非地狱，即使一千年后、一百光年外也是如此。既然是这样，那就留在原来的时空吧。但如果我能选择，我想能多几种人生，在几种人生中自由穿越。

22. 你的《时间之河》中，讲述了一个游离于时间边缘，超越生命维度之外的旅行。如果时光可以倒流，你要回去改变什么？

答：小说中其实已经回答了，我想改变的太多，但实际上什么也改变不了。任何改变的尝试都会带来更大的痛苦，倒不如专注于眼前的生活，不要太多的旁骛。

23. 最希望得到的评价？

答：老王是个好人。

24. 未来三年到五年的规划？

答：刚刚完成一部中篇小说《古蜀》，历史神话题材，也可勉强算作科幻。两年内想完成活着三部曲的第三部，第一部《逃出母宇宙》前年出版，第二部《天父地母》即将出版。此后因精力问题，很可能会放弃长篇小说了，至于短篇能否写下去暂不作预期，随遇而安吧。

答澎湃新闻社

2016.3.17

1. 您的科幻小说被称为“哲理科幻”，也是您提出的“核心科幻”概念的一个方面。您为什么如此看重哲理在科幻小说中的作用？

答：首先感谢你们对科幻小说的关注。

我的小说确实常被人称为“哲理科幻”，倒不是因为我特别看重哲理在科幻小说中的作用，而是因为这种写作风格是最适合我的。科幻界推崇“大科幻”的概念，不去硬性区分科幻的软硬。不过，就科幻这个文学品种来说，肯定会有一个核心，所谓“核心科幻”作品，就是最能代表科幻小说这个文学品种的特质、最能表现它的优势的那部分，也就是表现科学和大自然之美，表达二者的震撼力。这种美可以是物化之美，技术之美，也可是哲理之美。我的作品比较偏重于表现后者。当然这也不是绝对的，物化之美和哲理之美并非能截然分开的。

2. 在这方面，主流文学和科幻文学相比呢？两者都需要哲理的部分，还是科幻小说更需要哲理？

答：我觉得两者都需要，但科幻文学中哲理思考的成分肯定更重一些。这是由科幻文学本身的特质所决定。科幻文学是以科学为源文化之一，科幻主要是向前看向上看的文学品种，具有超越时空的视角。科幻作家思接千仞，心骛八极，进行终极思考几乎是他们的天职。而且，立足于科学这个伟大的平台，注定科幻作家的思索会更超前、更深刻，视野更广阔。而主流文学更多是向下看——观察现实，向后看——回顾历史，他们的思考会更接地气，更鲜活，更细致。二者的重点不同。

3. 此外阿尔法狗在人机大战中获胜，给很多人带来恐惧感：机器人在这么复杂的围棋比赛中都能打败专业人士，似乎终究有一天会完全超越和统治人类。那么在您看来，人工智能带来的恐惧是大家过度反应，还是对未来的敏感预知？我们真的有可能被机器人统治吗？

答：科幻作家们很早就预言了这种胜利，比如，我在 1995 年的《生命之歌》剧本中早就正面描述了这种结局，剧中失败的人类棋手悲壮地说："我已经称雄棋坛 40 年。坦率地讲，在人类中没有遇到旗鼓相当的对手。但今天我不得不向电脑递降表。我已尽了全力。看来在围棋领域，人脑对电脑的劣势已无可逆转，自然界 45 亿年进化出来的人类智力已经该淘汰了。从今天起，我将退出棋坛。"实际上这甚至算不上预言，只是一种叙述，因为在科幻作家心目中，这是迟早的事。今天的围棋王者柯洁仍不服，说阿尔法狗能战胜李世石但战胜不了他。也可能柯洁说得对，但即使在下一次比赛中柯洁赢了，也只是把最终结局向后短暂地推迟几年，顶天也不会超过 10 年。这是因为，人造智能相对自然智能有无可比拟的优势：容量无限、光速计算、透明式输入和输出、不会疲劳等，所以结局无法改变。

围棋领域的输赢还只能算作"智力"的输赢，早晚有一天，人造智能也会在"智慧"上全面取胜。关于这一点，其实一点不奇怪，只要我们不承认世上有上帝，不承认有超自然力，那么这就是早晚的事——既然碳磷氢氧这些普通物质能够经过复杂缔合而产生飞跃、产生人类智力，凭什么说硅基智能就达不到甚至超过自然智能？这是迟早的事。

但我并不相信会出现人和机器人的大战，不会出现机器人统治世界。将来人和机器人的关系，更可能是像我在科幻小说《一生的故事》中所描写的，是一个全能的"大妈妈"尽心照顾一群娇生惯养的、病态自尊的孩子。

4. 有评论说，您在自己的科幻小说中表现了一种自然神论的宗教情怀？那么人工智能的发展算是顺应自然吗？

答：是的，是顺应自然。人工智能是科学发展的必然结果，而且是无可逆转的——不管今天或明天的人类做出什么决定。当年，第一个学会用火的猿人宣告了猿人的灭亡和人类的诞生。今天，以电脑和互联网为代表的科学成就实际也宣告了人类王者的退位和人造智能的诞生。不过从历史老人的眼光来看，这个伟大成就是属于人类的。

5. 人类研究人工智能时所遇到的道德困境都会有哪些？

答：恐怕最大的也许也是唯一的困境是：谁来做明天世界的领导者。

6. 您所说的“核心科幻”是不是大致与“硬科幻”相似？那么在国内硬科幻作品的占比大概是怎样的？有学者称刘慈欣的科幻小说不算硬科幻，您怎么看待这个说法？

答：我所说的“核心科幻”大致就是过去说的“硬科幻”，定义稍有不同，我只是觉得核心科幻的提法比硬科幻更准确一些。目前国内大多数科幻作家还是以写核心科幻为主，比如刘慈欣、何夕、郑军、星河、我、江波、张冉等等。不过新一代作家的文风更为多变，不太好分类，比如陈楸帆、宝树等不少作品也应划入核心科幻。

不过强调一点，这只是分类学的概念，绝不牵涉作品的高下。比如韩松老师，大部分作品不“核心”，但都是很优秀的作品。其实科幻界早就达成共识，不去刻意区分作品的软硬，只要读者喜欢就是好科幻。至于刘慈欣的作品，从总体上说，肯定属于硬科幻或核心科幻。他作品中有些科幻构思也许不被物理学家认可，但科幻是文学而不是科学论文，只要这些构思基本能“存活”于现代科学体系之中，即虽不能证实但不能明确证伪，那就认为它符合科学意义上的正确。

7. 2015 年,《人民文学》杂志将“科幻小说辑”放在目录置顶位置，这能看作是科幻小说得到主流文学认可的标志吗？

答：应该是吧。

8. 主流文学和科幻文学之间那道无形的篱笆似乎有松动的迹象，您觉得是什么带来如此变动的？

答：两方面原因，一方面，中国科幻在经历了所谓“科幻是伪科学”的极不公平的批判之后，经过三十年生聚，三十年的野生野长，已经站稳了脚跟，出现了一批优秀作品。而刘慈欣起了“临门一脚”的作用，对科幻扩大影响起到至关重要的作用。另一方面，外界，包括主流文学界、影视界、新闻界等等也开始主动接触和介入科幻。值得提出的是，在这其中，二三十年前的科幻迷如今已经成人，他们已经散布到各行各业并有了初步的话语权，在撬松那道无形的篱笆的过程中起了重要的作用。

9. 如果科幻小说想要得到更多的受众，是否要增加文学的成分，那么科技的部分会不会因此变薄弱？还是说并没有这样的矛盾存在？

答：这是永远都不能完全解决的问题。一是要提高文学性，二是科幻作家尤其是其中写核心科幻的作家也不要忘了科幻的“原力”之所在。这二者并非完全对立，但也不是完全不对立。关键是把握好那个“度”。

10. 有人说中国科幻中优秀的短篇作品比较多，而刘慈欣的《三体》获得成功后，科幻作家似乎都开始创作自己的长篇作品。但有些科幻迷认为短篇小说更容易出精品，那么科幻作品的创作会不会受到篇幅的影响？科幻长篇作品是不是对作家的要求更高？

答：科幻作品从以短篇为主的杂志时代短篇为主过渡到长篇畅销书时代，这是一个必然的过程，美国就是这样。当然，写长篇多了，确实会影响短篇的创作，比如，刘慈欣、何夕、郑军、我，最近短篇创作就很少。但这不是大问题。科幻作家队伍像公共汽车，旧人走了新人来，中国这么大，有志科幻创作的人这么多，短篇创作不会受影响的。至于有人说短篇更易出精品，我觉得这种说法不太准确。你能说《三体》不是精品？长篇的精和短篇的精不是一回事。如果说短篇更侧重于语言的锤炼、结构的精致、叙述角度的选择、素材的剪裁，那么这种说法就是对的。至于长篇，它更要求作者视野的广阔、思想的成熟、对于大结构的把握、信息量包括生活阅历的积累，等等。长短篇各有各的偏重。不过，以我个人的经验说一句：在写短篇时，如果作者在某一方面比较薄弱，完全可以通过某种技巧躲开，照样写出优秀的作品；而长篇就很难躲开，比如，如果作者不熟悉唐朝历史，那你绝不要去写穿越到唐朝的长篇科幻小说。

11. 您曾说刘慈欣这一代科幻作家是站在现在看未来，年轻一代是站在未来看未来，而您是站在过去看未来？能请您具体讲讲其中的不同吗？

答：科幻就其总体来说，是向前看的，向上看的，但无论如何，科幻作者要站在地上，站在他自己的人生之上，他的作品毫无疑问要带着过往人生的烙印。我的年纪最大，世界观基本是在30岁以前形成的，对于今天这个飞速变革的时代来说，我基本是站在历史之车的后边来观察它，刘慈欣这一代基本是站在车上了，而更新一代是站在车前。或者换句话说，我在写未来时，基本是“他者”的日光，与大刘、与更新一代当然有所不同。

12. 您似乎一直比较关注年轻一代科幻作家的培养，目前有什么方法能让更多的年轻人加入科幻小说的创作行列里呢?

答：我确实比较关注，但很惭愧，由于精力有限，也由于本人性格偏于内向，我实际上没能做多少事。至于科幻队伍的扩大，那不是个人力量能影响的，要看国力的发展，时间的积累。

13. 听说您的作品已有多部签出影视改编权，是国内科幻作家中签约影视合作最多的，具体是哪些作品，能向读者透露一下这些作品的影视进展吗?

答：我确实已经有多部作品签出影视改编权，但“最多”这一点恐怕是误传吧。实际上，凡与影视公司签出影视版权的作者，都受其中“保密条款”的限制，不会随便对外宣布，所以根本无法比较多少。鉴于此，我也不好泄露有关情况，谨向大家致歉。只能说一句：几年内应该有我的作品投拍吧，但也说不好。

成都科技讲坛第五期

2016.5.24

估计大家都知道《奇点临近》这本书，也有不少人看过。这是美国思想家、预言家、发明家雷·库兹韦尔在2005年发表的。库兹韦尔被美国媒体誉为“永不满足的天才”“最终的思考机器”，比尔·盖茨称他是“在预测人工智能未来领域的最佳人选”，拥有39项专利和13个荣誉博士学位。1999年，克林顿总统授予他国家技术奖章。而这本书也在世界上造成了轰动效应，甚至专门成立了奇点大学，在思想界形成了奇点主义，等等。

这本书因为内容太浩繁，我只是草草看过，看后实在佩服他的天才！有一点巧合，他与我同岁，但我的前半生生活在贫穷落后的中国，在科学技术营养上从小发育不良；而他从小生活在科技最发达的美国，每一枝根须都扎在那块科技沃土上，汲取了极为广博丰富的营养，眼界极为开阔。更为难得的是，当他深深浸淫在技术中间时，并没有被技术细节僵化思想，没有只顾低头拉车而忘了抬头看路，而是具有极其超越的目光和奔放无羁的想象。

他把文明史分为六个纪元：物理和化学纪元；生物与DNA纪元；大脑纪元；技术纪元；人类智能与人类技术的结合纪元；宇宙觉醒纪元。总的说，文明和智慧最初从普通物质中产生然后出现生物、出现大脑，出现技术到智能，最终将达到宇宙智慧。

库兹韦尔认为人类目前正处在第五纪元。他所谓的“奇点”就是指：电脑智能与人脑智能将得到奇妙的融合，人类的智能会逐渐非生物化，在这个新世界中，人类与机器、现实与虚拟的界限将变得非常模糊。将出现全新的人类2.0版、3.0版。新人类将不再衰老，疾病将得到治愈，环境污染将会结束，世界性的贫困、饥饿问题都会得到解决。还特别做出了一个定量的预言，那就是说：到 2045 年，人造智能将十亿倍人脑。请大家听清了，可不是十一倍，是十亿倍！那也就是说，到那时候人类智能在整个社会中间只占很小一部分。

对于本书的具体预言我倒并不是完全赞成。因为有些结论，即使以一个科幻作家的目光来看也是太大胆了。随便举几个例子，他说本世纪末人类就会实现恒星级的宇宙通讯。又比如他说，人类将使用纳米机器人输送氧气，不再需要血液甚至不需要心脏了，这些我都觉得过于大胆。我最不赞成的是他预言的第六纪元即宇宙智慧纪元，我觉得这步跨越有点太大，这个预言是基于将来实现了超光速技术的，但是大家都知道这不靠谱，他也只是说有一些迹象暗示有可能实现超光速。那么，拿这个不太靠谱的迹象来作为推理的证据，我觉得逻辑之链过于薄弱。更重要的是，我觉得他这个预言违反了一条自然界的铁律，什么铁律呢？那就是：逻辑之剑的威力是有限的，即使你立足于完全可靠翔实的事实，依靠现有的经过验证的正确的科学知识体系，然后运用正确的逻辑推理方式，由此可以对未来做出正确的预言，但也只能是预言近未来而不可能预言远未来。我是一个草根科幻作家，不太看哲学著作，只爱看一些科学人文方面的著作，我说的这条铁律不知有没有人明确地提出来，但我认为它是对的。科学再先进，也只能预言近未来，不能预言远未来。从最基本的大自然机理来看，这也是对的。比如说，化学规律是来源于物理规律，但是当物质组织复杂到一定程度以后，就不能用物理规律来预言化学现象，就是说，逻辑的链条到这里就断裂了；生物规律也是来源于物理化学规律的，但是当生物的模板 DNA 复杂到一定程度的时候，那么物理化学规律就不能预言生物现象，逻辑之链到这也断裂了；再往前，智能的出现也来源于生物规律，但是用一般的生物规律也不能预言它，你有信仰、有爱情、有生存欲望，这些东西用一般的生物规律都预言不了。即使最基本最严密的数学也是如此。举一个最简单的例子，众所周知，自然数有奇数和偶然，所以自然数的数量是偶数的两倍，无论你举出多大的数，这个结论都是对的；可是只要从某个具体的数迈进无限，那么偶数和自然数的数量就变成一样了。究竟是在什么地方发生了断裂？没有这个具体的断裂点，但是它就是发生断裂了。

按照库兹韦尔的推理，已经从五大纪元推理到宇宙智慧纪元，那么他实际上就不再是用理化规律来往前推理了，不是用生物规律来往前推理了，而是到了宇宙智能这种规律了，这种规律就不能用过去的规律来推延，逻辑之链到这儿会断裂的。所以说我对于宇宙智慧纪元是不太信服的。其实还可以来一个简单的反证：如果他的推理是对的，如果宇宙智慧这么容易就能达到的话，肯定人类不是宇宙中唯一的智慧文明，那么比如说三千万年前有另外一个智慧文明，肯定已经达到宇宙智慧了。但是第一个宇宙智慧为什么和我们没有任何的联系？我觉得这不太好解释。我倒不是说这个有关“宇宙智慧纪元”的结论肯定是错误的，而是说人类的智慧达不到对这种遥远未来的推理。

虽然我并不是赞成这本书的每一个预言，但是总的来说，我对这位天才确实佩服，五体投地。我认为每个科幻作家都能从他的作品中间汲取很多营养，产生好多构思，我后悔看的太晚了。但是今天主要不是来谈他的书，前边这段话只是一个引子，我今天想谈的是什么呢？是我自己的一个预言。

科幻作家的优势是目光比较敏锐，库兹韦尔可以立足于他在美国所汲取到的极为丰富翔实的事实经过归纳推理，然后做出那种预言；中国的科幻作家了解不了那么多的东西，但是我们可以根据仅仅几个特征点，有时候也能很幸运地做出同样的预言。这多少有点类似华莱士和达尔文的故事，大家都知道达尔文献出了毕生的精力，包括环球航行、到加拉帕戈斯群岛考察动物，最后才艰难地得出了生物进化论。他的理论没有发表之前，忽然有个年轻人来了一封信说，“我发现生物是进化的。”他是基于很少的一些事实，但也得出了同样的结论。这个故事的结尾大家都知道，达尔文非常谦虚，最后在发表《物种起源》的时候，把华莱士的这封信也附到书中了。而华莱士也是一个道德高尚的人，他由衷地说，“我的一孔之见完全不能和达尔文伟大的巨著相比，我只是以一个年轻人的锐敏目光提出一个看法。”科幻作家和库兹韦尔相比也是这样，他丰富的知识我们完全没办法相比，但是有时候我们也能根据少量的特征点，以我们比较锐敏的目光，得出一个正确的结论。

这就要回到 1997 年了，你们这代人对那时不了解，1997 年最大的新闻就是克隆羊“多莉”出生了，对我们这代人造成很大的震动。为啥震动？因为克隆绵羊可以诞生，那么克隆人也可以。造人权利是上帝的核心机密，现在被人类破译了，人类可以代替上帝了。紧接着是电脑程序深蓝战胜人类国际象棋棋王，人类最为自负的智慧受到了切实的挑战。由于这两个科学进步，再结合其他的一些事例，当时我得出了一些观点。第一，科学技术发展到这个程度，已经不是平稳的线性的发展了，而是到了一个拐点，它将有一个爆炸式的进步；第二，过去科学技术主要是来变革客观世界的，但是现在它反过来了，它开始变革人类了，改造世界的主动者现在也被改变了。1997 年北京国际科幻大会，当时我是作为科幻作家代表发言的，发言的题目就叫作“克隆人技术和人类未来”。在那次发言中我说，“人类的革命性的异化已经不再是海市蜃楼，不再是科幻作家的异想天开，相信在一个世纪内就会出现。试管婴儿和即将出现的克隆人既是自然人类衰老的第一块老人斑，也是新人类诞生的第一声宫啼。”

我这个预言和库兹韦尔说的“奇点临近”在用词上不同，但本质是一样的。《奇点临近》是 2005 年发表，而我的发言是 1997 年，我比他早了八年。这个发言收在《97 北京国际科幻大会论文集》上的第 94 ~ 96 页上，我不知道它是不是中国人对奇点时代最早的预言，但是我相信它至少是最早之一。后来经过文字上的整理，它于 2003 年 9 月发表在《科幻世界》杂志上，题目改为“超人类时代宣言”，仍比库兹韦尔这本书早两年。当时《科幻世界》约我写一套系列杂文，包括这一篇，以及《人工智能能超过我们吗？》《超级病菌》《科学的坏账准备》，有六七篇吧，每个月一篇，发表在《科幻世界》上。

可惜在中国，科幻作家是被社会主流所忽视的，这个预言一直默默无闻自生自灭，没有多少人知道，甚至可能被认为是神经不正常的人说疯话。而那些看《科幻世界》的科幻迷一般只关注故事，大概也不怎么注意这篇文章。所以今天借着这个讲坛，我想把当年这篇文章再念一遍。没有别的意思，只是想说明，中国科幻作家，包括我本人，曾在中国社会主流的视野之外，在他们的关注之外，默默地思考，默默地耕耘，做出了自己的贡献。但是因为先天营养不良，比如我，人生前三十年甚至前四十年都是生活在信息非常贫乏的社会，所以我们在“厚度”和“广度”上先天不良，没办法和西方国家相比。但是至少说在目光的敏锐上，我们并不输于西方同行。

下面开始念这篇文章。需要说明一下，前年美国杜克大学一位中文名字叫罗鹏的教授在中国苏州组织了一个“后人类工作坊”，专门讨论后人类的问题，让我做一次发言。我一想不是在2003年发表过《超人类时代宣言》吗，这篇稿改一下就行了。后来我稍微做了点修改，名字改成《后人类时代宣言》，在那个工作坊上发表。今天我念的实际上就是这篇发言稿，它和2003年在《科幻世界》上发表的文章基本上是一样的，只有大约百分之五的文字修改。

一、人类异化的分水岭

作者在18年前，1997年北京国际科幻大会上，做过如下的发言：

> 科学技术，这个威力无比的飞去飞来器，不仅被人类用来改造客观世界，也反过来改造人类本身。这不仅是指在人性、社会习俗和思想意识方面的软异化，还包括在物理层面改变人类的身体，后者可以被称为“硬异化”。

解释一句，“硬异化”这个名词是我自己创造的，到目前为止我还没有看到谁提出过“硬异化”。

> 其实人类物理层面的异化从蒙昧时代就已开始，圣经时代的阴茎阴蒂割礼、纹身、安假牙、裹脚、避孕、盲肠切除、输血、整容、隆胸、植入心脏起搏器、猪心移植、盲人电子眼、试管婴儿，直到即将出现的克隆人，这些都是人类物理层面的异化。不过，总的说来，在21世纪之前，它们都属于缓慢的量变过程。而且，具有反讽意味的是，这些异化的目的却是“去异化”，是为了弥补上帝工作中偶然的疏忽，使病人恢复到正常人的标准。换言之，这种异化是为了“补足”上帝的工作，而不是为了“改进”。即使它发展到极致，也不过是复现上帝造物的完美。千百年来，这些异化之所以为人类

社会所容忍，正是基于这种潜意识的安全感。

正如以色列宗教一位首席拉比曾经说过的：“犹太教律法允许医生治愈伤痛，允许体外授精等治疗性医学行为，但不允许侵犯造物主的作用。”这位首席拉比认为，克隆人就是侵犯造物主的作用。

上面所举“异化”例证中，有一些宗教性和习俗性的异化比如说阴茎割礼、裹脚、隆胸不属于“补足”，但是也不属于“改进”，它对人类的发展不起实质作用，我们今天不说它。还有，最新的克隆技术也不属于“补足”，不过它改变的仅仅是“过程”，在“过程”上它是一种“革新”，但是最终产品是一样的。这一点颇有象征意义，它正好处于“补足式异化”到“改进式异化”的分水岭。

但人类是不会满足的。她已经学会纠正上帝在工作中的偶尔疏忽——而且干得相当不错呢。现在，她羽翼丰满了，自信心空前膨胀了，难道不想比上帝干得更好？没错，现在她想改进上帝的原始设计。

从近期来说，这种改进式的异化将首先在两大领域里实现：第一，用基因技术“改进”人的身体，第二，人脑的电脑化。上述科技已从科幻范畴转入科学家的近期工作计划了。

在这里呢我要说一句：我在1997年得到的信息量远远不如库兹韦尔，库兹韦尔在《奇点临近》这本书里举了好多好多这种有关改进式异化的例证，而且他不像我只能做定性式的描述，甚至能做到定量式的，比如说关于这个人工大脑所需要的比特数啦，新能源的数量级啦，他做过很多定量式的描述。我看到他那本书后，有个很深的感觉就是，很怀疑我是不是人了，人和机器的差别已经很模糊了，梦里是蝴蝶醒来就是庄子了。

还回到我那篇文章。第二个标题是：

二、后人类

这种改进式的异化非常可怕，可怕之处在于——它不再局限于上帝定下的造人标准，因而也就没有了上限。如果电子眼能使瞎子恢复视力——那为什么不顺便让他们看到红外线紫外线呢？这步跨越太容易了；如果能改变基因来培养超级运动员——那为什么不能培养出诸如能冬眠的太空人、能在水下呼吸的鱼人？这个也不是太难的事，乃至有超级思维能力的巨脑人。

又假如人脑智力可由嵌入的芯片来改善——那么人造脑为什么不能反客为主甚至成为我们智能（意识）的主体呢？

在这方面库兹韦尔的论述就更广泛了更具体了，比如他那个著名的结论，明确指出 2045 年人造智能将十亿倍人类智能。

我写过科幻小说新人类系列，即《类人》《豹人》《癌人》《海豚人》。在《豹人》这部小说里我设想用非洲的猎豹的基因来改造人类，让他成为短跑飞人，远远超过百米运动员。在《癌人》这部小说里边，我设想用一种永生癌细胞，也就是各国医疗界包括中国广泛使用的海拉细胞，海拉细胞是从美国一个黑人妇女的子宫肌瘤细胞分离出来的，已经好几十年了吧，一直在繁殖，分裂，直到永生，现在所有医院都要用到它，叫作永生细胞株，我的小说里就是设想用这种永生细胞株，培养出一个癌人，这种人生长特别快，不会衰老，相对普通人它具有更大的生存优势。再一部是《海豚人》,《海豚人》的情节是说发生太空灾难了，地球人基本死完了，就剩下几个在深海里边没有被辐射到的人，他们为了生存下去只能在海里边生活。先把自己改造成海人，海人也不行，干脆变成海豚人。第四篇就是《类人》，不是对人类的基因做改造，而是完全用激光钳把氮、磷、氢、氧这些原子排列成人类基因，从这个基因再繁殖出来，用人造子宫。

当然，这些技术目前还属于科幻范畴，但是一旦科学家们迈过从“补足”到“改进”这条道德红线，它们的实现就只是时间问题了。所以，何时人类迈过从“补足”到“改进”的这步跨越，地球上就将出现一个新物种——后人类。

> 这个变革同猿人向人类的进化具有同等的分量，不同的是，猿人到人类的进化是由于大自然几百万年的随机性选择；进化是没有方向的，是随机性的变化，谁适应环境谁就生存下来。而人类向后人类的进化则是依赖科学技术的力量，是人类用自身之力，能动性地异化自身。在一般人心目中，后人类时代的到来遥不可及，其实并非如此，它应该是以百年为数量级的。人类大厦倒塌的第一条微裂缝在本世纪就会出现，21世纪就会出现——甚至已经出现了。所以，请你们瞪大眼睛去发现这条微裂缝吧，何时谁发现了从“补足”到“改进”的一小步跨越，你就成了新时代的发现者。

关于这一小步跨越，库兹韦尔列了好多例证，我觉得跨越实际上已经达到了。报道说人类在改造瞎子的视力时，让他具有可见光视力的时候，已经可以同时看到红外线了。这个虽然是很小的一步，实际上已经是从“补足”迈向“改进”了。再比如说大家都知道的南非的那位刀锋战士，没有双腿，安装两条碳纤维假腿，速度已经超过大部分人，几乎可以和第一流的短跑选手媲美，而且很容易继续改善，直到超过第一流的选手，因为碳纤维腿很容易改进，它有很多的优点，弹性强，可以做得很细，阻力就小，对于短跑运动员来说，因为他跑得非常快，空气阻力有着比较大的影响。又比如红细胞的携氧能力，人类的红细胞携氧能力不一样的，生活在高原地区的藏族，还有南美洲、非洲的一些高原种族，他们的红细胞携氧能力就比较强，特别适合于长跑。红细胞携氧能力的区别是先天存在的，你没有办法去规定：红细胞的携氧能力高到什么程度，然后这个人就不能参加比赛，那就属于基因歧视了。但是，如果能用人工的方法把你的携氧能力增加，这就成了纯天然的兴奋剂，用什么办法都检验不出来。到这时候奥委会该怎么办呢？从基因技术上来说这并不是很难做到的事，可能已经有人在做这个事了，但是为了经济利益他在瞒着。即使现在没有，它也很可能在很短时间内出现。所以我认为，现在实际上已经出现这个“微裂缝”了。库兹韦尔用的词是“奇点临近”，而我今天的谈话题目改了两个字，叫作“奇点来临”。

科学对人类的异化是思想界常常讨论的一个主题，但过去的讨论一无例外的都是指“软异化”，也就是说诸如科学技术，社会环境，通过信息流来影响人类的思想、情感、习俗等，现在又增加了一条新的途径，叫作“硬异化”。我刚才说了，这个硬异化是我创造的一个词。刚才已经提到硬异化，那是指人类用科学技术来改变人类的物理本元。但是既然有这个方向的硬异化，那么它就是双向的。也就是说反过来，如果人类用硬异化的方式来改变人类物理本身，那么新身体肯定反过来影响人类的思想感情。而且硬异化比软异化更直接，更有效，分量更重。为什么这样说呢？如果高踞在人类进化的过程之上，以上帝的目光来俯瞰的话，那么我们会看到：所有的人性，动物性，并非上帝的赐予，而是来自生物的物理本原。那么自然喽，物理本原的改变当然会改变人性和动物性。兔子温和，狼残忍，它这种性格从哪儿来的，就是从它身体来的，从它物理本元来的。雁哨大公无私，发现猎人来了会嘎嘎乱叫，甘愿让猎人打死，救了大家。这个利他主义是从哪儿来的，就是从它的基因来的。所以说硬异化将更直接。还要举一个更典型的例子就是克隆人。我不相信克隆会成为人类繁衍的主流，因为什么呢，这种克隆繁殖在自然界并不是不存在，而是有很多，但是它为啥没成为生物的主流呢，就是因为有性繁殖更有利于进化。有性繁殖容易出现遗传错误，但是这种遗传错误反而有利于生物的进化，一个新的基因，比较适合这个环境，它就发展起来了，所以它有利于生物的进化。反过来说克隆繁殖是不利的，从主流上说它不适合于生物的进化。所以我不相信将来克隆人会成为社会的主流。但是，如果它万一成为社会的主流，那么哪儿还有爱情啊，爱情本身就是两性繁衍的附属物，就是因为有两性繁衍才有爱情，如果是克隆人的话哪儿还有爱情，甚至连男人都不需要了，只要有女人就行了。

我在新人类系列及其他作品中，初步涉及了对人性的硬异化这个领域，比如说小说中写到，嵌入猎豹基因的人身上会多出一些猎豹的兽性。在《类人》这部小说中，这种类人是诞生于人造试管基因或者人造子宫吧，那么他就会失去对死亡的恐惧，他认为他本身就是从这个原子组合而来的，他死了以后又变成原子了，那是正常的，他就不再恐惧死亡。但是恐惧死亡也是人性的一个很重要的方面。

那篇文章的第三个标题是：

三、恐惧

我在1997年北京国际科幻大会上还说，从近年的文献中间，到处可以触摸到一种世纪末的恐惧，那些恰恰在科技发展最前沿的领域，比如说基因工程、克隆技术、人工智能等，科学家们常常处于进退两难的境地。他们虽然不一定能清晰辨析出“补足式异化”和“改进式异化”的区别，不一定能意识到软异化和硬异化的区别，但是都从直觉上感受到了大变革前的腥风血雨，“山雨欲来风满楼”“春江水暖鸭先知”。生物伦理学家忧心忡忡，假如克隆真的成为人类的主要繁衍方式，那么性爱和母爱还能够长存吗？我们文学的一个永远不变的主题，就是对爱情、母性、人类之爱的歌颂嘛，如果没有这个的话还有文学吗？这些被文学家歌颂了千百年的永恒之爱，既不神秘也不神圣，实际上就是有性生物繁殖的衍生物而已。我们十分珍视的人类纯洁性还会存在吗？也许人兽基因杂交或者是人机杂合都将会成为常态，科学技术正在从物理层面上变革人类，一点一点地凌迟人类对自身生命的敬畏，而这个敬畏正是人类所有道德，伦理，宗教赖以存在的基础。

这个人类对自身的敬畏啊，人们不太注意，因为太习以为常了，人类把它看成一种天然的存在，所以就没有想到这个事。但是你细抠一下，人类对自身的敬畏实际上是人类所有道德、伦理、宗教等上层建筑赖以存在的最基本的一个基础，为什么杀人是罪，是十恶之首，而钓鱼是文人雅趣呢？鱼不是生命吗？为啥保护野生动物，但是杀家畜杀猪羊又可以呢？这些东西你如果深抠细抠，都会出现一些不容易解释的悖论。而平常我们认为，它就是作为一种公理存在的。正是基于这些敬畏所以说才有我们人类的上层建筑。如果科学技术把它给凌迟了，那么所有这些上层建筑也就失去了存在的基础，它就要全部垮塌了。

> 更可怕的是这种人类巨变不可逆转，除非自此刹住科学之车，但是具有讽刺意味的是它是刹不住的。科学之车的每一步前进都依赖于人类艰难的推动，好像只要我们人类站下来喘一口气，这个科学之车就会停住了，就不会往前了。但实际上不是这样的，这种情况永远不会出现，它会一往直前荡平一切障碍，直到隆隆地压过人类的头顶。

最典型的就是人造智能，刚才说了，库兹韦尔已经告诉我们了，到2045年人造智能将是十亿倍的人类智能，那时候人类最好的前途就是成为人造智能的宠物。那时候地球文明就不是纯粹的人类文明，而是一个混合文明了，而人类智能只能居于从属地位。这种大势是我们无法掌握的。这种情况多可怕啊，哎呀我们就这样吧，咱们一下把电脑全给砸了，我们不要互联网，我们什么都不要了，我们要保持人类的纯洁性，可能么？能办到么？谁都知道这是胡说八道。所以说，个体的人有自由意志，而整体的人类没有自由意志，或者换句话说，人类发展的客观规律就是不以人类的自身意志为转移。说这话有点咬嘴，实际上是一个悖论，人类发展的客观规律是不以人类的意志为转移的。我是一个很草根的科幻作者，我的知识都是剽学的，没有系统性地看过哲学的著作。我说的这些都是我自己的一些直观感受。其中一个很重要的感受就是刚才说的：人有自由意志而人类没有自由意志，如果就这个话题往下延伸说的话，再说俩小时也说不完，就此打住吧。所以说，科学的发展，帮助我们更深地认识到自然机理，但是实际上也造成了某种宿命论。杨振宁说，“科学发展的极致是哲学，哲学的发展的极致是宗教。”我对这句话非常赞成。我倒不认为他说的宗教就是说科学发展到最后科学家都去信上帝了，有病了也不看病就去拜上帝了，那都是低档的宗教信仰。更高等的宗教信仰是说，不管科学发展到什么程度，实际上上面还有一个上帝在管着我们，在局限着我们，人类是不能进入自由王国的，即使科学发展到最高级最昌盛的阶段。但是我们还是要发展科学，就像一个最简单的例子：每个人都知道我们最后要死，但我们还是要高高兴兴地迎来每天的朝阳，送走每天的晚霞。

刚才说的有点悲观了，我说一些比较乐观的东西。第四个标题：

四、跳出三界外

假如有一个猿人活了一百岁，是猿人的一个先知，一个智者，始终在看着猿人向人类发展的整个过程，那么他的目光必然是悲怆的。因为在这个过程中间，它所珍视的许多“猿性”无可逆转地消失了。

长了一身多么漂亮的毛啊，没了，变成了光秃秃的一个裸猿了。原来那些猿人呢都有些体香体味，可以吸引异性，现在这个人类这个体味就很淡了，还老是洒点香水把它给压住。我们不能在树林之间纵跃如飞了，只能一步步在地上走了，那个符合自然之道的四肢行走方式被抛弃了，变成两足行走。但是两足行走就带来很多弊病啊，胃下垂、乳房下垂、脊椎病、关节病、高血压，很多很多啊，很多病都是从这个四肢行走变成两足行走而带来的。还抛弃了上帝规定的背后性交方式，所有哺乳动物除了人和倭黑猩猩全是背面性交的，到人了咋会变成面对面性交的了，多坏的一个毛病！还有，改变了只在发情期发情的良好习惯，动物一般是在发情期间才发情，因为它发情就是为了繁衍后代，不繁衍后代的时候就不去性交了，再干就是浪费啊，不利于生物进化。到人类这儿变了，不管到什么时候都可以性交，长年处于发情期，实在是太浪费了。还有，再不能在战斗胜利以后围着篝火狂欢，分食美味的人肉。人肉多好吃啊，我们现在都没福享受了。站在那位猿人先知的角度，这些都是很合理的伤感，但是站在人类的角度，应该恐怕没人表示认同吧。诸位有人表示认同么？我想都不会有。

那么今天，新的人类剧变就要到来，人类智者忧心忡忡，进退两难，高瞻远瞩的政治家们在努力加固道德伦理堤防。

这里边，最坚固的堤防大概就是针对克隆人了，联合国通过了禁止克隆人的决议，一直到现在，20多年过去了，至少说我们现在还没有在公开的场合听说过克隆人出现。当时有个西方科学家，他说一定要在几年之内把克隆人给弄出来，结果到现在为止我们没有在公开的报道文件见到克隆人。这是一个很坚固的堤防。但是数百年以后的后人类会如何看待这一切呢，也许在后代眼里，今天的人类智者和那位猿人智者同样可笑。他们都是逆天而行，竭力修筑注定要被冲垮的堤防。今人笑前人，后人复笑今人。今天我们笑那个猿人智者，后人怎么笑我们呢？

关键是我们能否跳出旧人类这个圈子，只要承认这个变革不可避免，承认我们珍视的许多观念不得不淘汰，许多道德的怪圈将会自动化解。

所以不要把这样的异化看得过于可怕。历史不会截然断裂，人类今天的理念还将延续到后人类中间——但也不要奢望它会保存得全须全尾。

不可能什么都保存着，包括我们现在很珍视的某些东西，比如说对人类自身的尊重，到时候很可能要被解构。人的本体都变了，体之不存，毛将焉附？而且这肯定不是一个诗意的过程，如果它的到来过于猛烈，势必在人类社会中间造成强烈的地裂、陆沉、火山爆发和海啸。人类只能提前做一些心理准备，多少减轻它的猛烈程度，如此而已。

在我们科幻作家中间，我有一个很深的印象，就是我这个年纪和江波那个年纪看问题的观念不太一样。我俩交谈过这些观点，江波认为，上面说的都不可避免也不必重视，站在上帝的角度，就是站在很长远的历史角度去看，在几十年几百年中间人类经历的种种痛苦、彷徨、迷茫，都是很小的事，过去就过去了。但是我呢，因为年纪的关系，我恰恰是把眼睛盯住这儿，盯住这个过程，盯住人类在剧变面前的痛苦、迷茫、无奈、绝望，虽然我明知道这些东西阻挡不了科学的前进。科学之车你是挡不住的。再举一个例子，我写过一篇小说《拉克是条狗》，一个科学家在改造动物智能的时候出了一个错误，恰好把一只狗改造成智能超人类，但是他一直以狗的那个身躯在活着，因而造成很多的断裂，给这个社会造成了很多裂痕，最大裂痕就是：他不能爱女主人。而江波这样的年轻科幻作家不看重这个过程，他们写的太空飞船里边有狗人，有猩猩人，和人类恋爱结婚是很正常的事。这就是我们之间的区别。

本文为现场录音稿。

答中国科普研究所姚利芬的访谈

2016.5.19

一

姚利芬（以下简称姚）： 您之前多次谈到最初的科幻创作缘起于对儿子讲故事，我觉得这是诱因，能结合内因和外因谈一谈科幻创作道路的选择吗？

王晋康（以下简称王）： 我小时候社会信息非常匮乏，大家都穷，买不起许多书。我相对来说好一点，父亲是一名教师，工资相对较高，所以我还能订阅像《少年文艺》《儿童时代》等刊物，也有条件看一些文学作品。对我帮助最大的是我大姐，她在一个中学的图书馆工作，每逢假期，我几乎整天泡在图书馆，逮着什么书看什么书，比如《聊斋志异》、《三国演义》、《红楼梦》、“三言二拍”，也包括西方译介过来的作品。有些文言小说看不大懂，但大概意思是懂的，就那样囫囵吞枣地读下去。

当时也看科幻，但看的不太多，应当说我不是一个标准的科幻迷。那时比较流行的科幻小说像凡尔纳、郑文光、童恩正、叶永烈的，还有好多记不得名字的苏联科幻小说我都会拿来读。大致估算一下，科幻作品占我整个阅读量的五分之一。我写科幻最直接的契机就是给儿子讲故事——当然有人会问，你为什么讲科幻而不是其他？这说到底是缘于心中的科学情结。

姚： 给儿子讲科幻故事准确说来是诱因，选择科幻的内因源于什么？

王： 若要从内因上讲，我自幼就对大自然有比较敏锐的感觉，秋风拂面，心里会油然而生悲凉。我曾问儿子有无这种感觉，儿子说从来没有，所以他就没继承老爹的衣钵！而我一直对自然界的事物、对文学艺术比较敏感，我第一次知道文学的魅力是读李白的“朝辞白帝彩云间，千里江陵一日还”，心中马上涌现那种意境，没办法用语言直接描述，但是意境就出现了，从那一刻起就开悟了，喜欢上文学了。

姚：刘勰在《诠赋》里提到“睹物兴情，情以物兴”就是这个道理。

王：再比如音乐，印象中喜欢的第一首歌是《对面山上的姑娘》，觉得歌真好，有那种令人心悸的苍凉和悲伤，从此开始喜欢音乐。对科学也是这样。儿时眼里的世界是七彩的，是蓝天白云绿树红花。但某一天突然知道了有关电磁波的知识，知道自然界的七彩原来只是缘于电磁波频率的不同，于是，神秘美丽的大自然一下就转化成干巴巴的物理定律，觉得自己心中的世界忽然发生了变化，不再是过去那个彩色世界，而是一个物理学的世界。但这个物理学世界也含有足以震撼心灵的力量。我最大的一个优点就是感觉比较敏锐，实际我看的书并不太多，尤其是青少年的时候，由于那时的社会条件，看的书很有限，但是能够敏锐地从中发现一些能感动自己的东西。

姚：主要是个人气质，天性中包含对世界的情怀和敏感，再加上业余读书积淀的文学素养，后来又学理工科，这些合在一起，是成就一个科幻作家的基础。

王：其中最重要的原因是深植心中的科学情结，对自然界深层机理的好奇，比如上边说的，对七彩的感悟让我认识到，自然界的神秘原来缘于物理学定律。科学对我心灵的震撼力是宗教无法达到的。

我是典型的理工男，用现在的话叫“学霸”。1977 年恢复高考，我考了全市第一，因为政治原因没有走成。1978 年第二次参加高考，大概复习了四天时间，考了全市第二名，被西安交通大学录取。青少年时期一心想当科学家。但后来没有走上这条路，主要是上大学的时间太晚了，而且阴差阳错，学了一门比较老的动力专业，再加上大学时的严重失眠也使我放松了学业。种种阴差阳错，把我没有实现的科学之梦转到科幻上来了。

姚：您觉得哪一阶段的工作经历对您的科幻创作最有帮助？

王：不好说。我对大学学的发动机专业兴趣不大，毕业后也没有搞发动机，到工厂后是搞特种车的设计。所学专业和写科幻应该说没有什么关系。如果硬要说关系的话，就是当工程师培养了清晰的思维。某一台大设备出了故障，工程师要找出原因在哪儿，从几百条可能的原因迅速找到真正的那一条，这就培养了清晰的思维。这种清晰的思维在我作品中有所表现。其他的工作经历和科幻基本上没什么关系。少年的积淀对科幻写作的帮助更多一些。主要是初中和高中，当时思维比较活跃，常有一些胡思乱想的东西，比如说《天火》里的林天声，这个人的身上就有我的影子，林天声也是出身不好，脑瓜比较聪明，爱胡思乱想。《天火》中提到物质无限分割的想法，这是因为在我高中时期，有一个日本物理学家坂田昌一提出物质无限划分，毛泽东还特意作了指示，对我青年的世界观有较大影响。我以一个中学生的水平，对他的观点有过一些思索，这些胡思乱想后来就写在《天火》这篇科幻小说里了。当然从物理学家的角度来看，这种想法很低档。但科幻小说本来就是写给一般读者看的，在“高深”和“通俗”之间架桥恰恰是科幻作家应该具备的本领。

姚：您1982年大学毕业，开始写科幻是1992年，整整间隔了10年。

王：我在上大学的时候已经超过30岁了，前两年在学习上弦绷得太紧，造成了其后严重的失眠。我原来是学俄语，到大学改学英语，需要从ABC开始恶补。当时学习特别刻苦，几乎梦中都在背英语单词，英语成绩从零分一下子跳到了高分行列，那时因为学生英文水平参差不齐、英语分快慢班。英语老师曾奇怪地问我，这么好的成绩为什么上慢班而不是快班。因为当时弦绷得太紧，后来就重度失眠，没办法只好放弃学习，上课听听就行了，不再给自己压力，更多的时间出去打球、游泳、看文学书籍。这反倒给我打开了另外一片天地。那时候国门打开，国外文学大量引进，我如饥似渴地大量阅读，大脑中如乱马践踏。现在让我说读了哪本书哪个作者，我都记不清了，只记得，西安交大图书馆所有的文学期刊一期都不落。这种“纯粹的无功利阅读”对我帮助很大，它是一种潜移默化的渗透，当时没有感觉，后来表现出来了。比如下乡当知青的时候也尝试过创作，自己还颇为满意，但在大量阅读后回过头来看，那时候的习作太幼稚，幼稚得让我脸红。后来在大学也练过笔，写了一些小说，非科幻的，在同学们间传阅，有些作品评价还不错。有一部小说《琥珀》被人看中要拍成电视剧，可惜最终未成功，如果成功，也许我的一生会重新安排了。毕业后专业工作非常忙，创作也就暂时搁置，直到10年后，因为要给儿子讲故事，我又把它捡起来了。

二

姚：您写的第一篇科幻是《亚当回归》，这篇小说基本上奠定了之后的创作基调，您怎样看这篇作品？

王：处女作《亚当回归》确实奠定了之后创作的基调，这个基调在之后的创作中都有不同程度的体现，比如中国背景、中国风格，文风苍凉、沉郁、冷峻，偏重哲理思考，机智的故事情节，冷静的叙述，等等。

姚：90年代是科幻史上“王晋康”的时代，有读者将您的出现定位于叶永烈和刘慈欣之间，叶永烈时代—王晋康时代—刘慈欣时代，您怎么看这种定位？

王：这个说法不合适吧。中国科幻文学和其他文学类型相比有其特殊性，因为其他原因，科幻文学有几次几乎完全断流。叶永烈老师的小说文章我看过不少，受益匪浅，但要说“叶永烈时代”不一定合适，因为那时还有童恩正、郑文光、刘兴诗等人，其中童恩正的作品文学性更强一些。叶永烈的作品偏重于少年科普，他更关注的是科普性而不是文学性，但后期作品如《腐蚀》有了大的改变。至于我们这一波被称为“新生代”的科幻作者，也许受国外科幻作品影响更多一些，像西方的一些科幻作家，特别是海因莱因、阿西莫夫、克拉克等作家在所谓黄金时代的作品。至于我和刘慈欣，以及韩松、何夕、柳文杨、星河等，从文风而言，大致属于同一时期，这么多人共同撑起了一个时代。

姚：我看您写的小说呈系列化，再一个就是涉及的题材比较丰富，作品的体量非常大。我采访前专门做了一个您的小说题材的分类，您可以看一看。

王：恐怕从整体上说，我的小说并未形成系列化。很早之前就有人向我建议，应该写卫斯理那样的系列小说，可能更容易吸引读者。但是我本人更重视写作时的灵感，这种灵感不可能是连续的，那我就照灵感去写。写小说的时候没有考虑过系别、分类这些问题，只是觉得哪儿有触动我的地方，哪个地方有灵感，我就写哪儿。

生物科技我写得比较多，为什么呢，那时候经常听到一句话：“21世纪是生物学的世纪”，而且生物学的进步确实让人感到震撼，甚至感到惧怕，这是我写生物题材的一个原因。再一个原因就是生物题材很容易和小说结合，比如我写《豹人》，主人公加入豹的基因和兽性，小说就很容易出彩。因为这两个原因，我的作品中涉及生物题材较多，其他的题材也写了不少，哪儿有灵感就写哪个，没有通盘的考虑。在活着三部曲之前，我作品中唯一的系列作品就是新人类四部曲，但那也并非通常意义上的系列作品，它们关注于哲理主线的连贯，而不是情节和人物的延续。

时空旅行我写的短篇比较多，在这些小说中时间机器仅仅是个道具，因为使用这个道具就易于设置比较特殊的极端的环境。比如说我的《西奈噩梦》，它有这样的设定：一位阿拉伯间谍在时空中反复穿梭，因为蝴蝶效应，到最后，这个强烈仇恨犹太人的阿拉伯间谍竟然变成一个极端仇恨阿拉伯人的犹太特工。两种截然不同的生活画面叠印在一个人身上，就更加鲜明地凸显出民族之间的仇恨是何等可笑。这种技巧是科幻小说独有的，别的小说不容易做到，这正是科幻小说的一个优势。

除了上面提到的，太空题材我写得也比较多。

姚：为了写这些题材，对相关的科学背景知识，您会有意识地去学习去阅读吗？

王：我的灵感一般来源于过去的积淀，来源于无意的积淀。有可能是少年时代看的，有可能是最近看过了但阅读时没有太在意的，但不定哪天就突然产生了灵感。在灵感迸发之后，为把灵感变成文学作品，把细节丰富，那就需要再专门看一些书，这就属于功利性的阅读了。比如说《逃出母宇宙》中的灵感并非看哪本书出现的，但是为了把灵感变成作品，我特意到北京买了几十本相关书籍，全部读完。

姚：您的小说跟现实生活结合得特别密切，网友说您的小说其实可以当成很好的通俗小说去读，不像那种特别硬的科研式科幻，其实通俗小说是一种夸奖，很好看就是比较耐读，并且很接地气。

王：这个意见我是赞成的。比如说我的《蚁生》，完全可以当作主流小说来看。为什么我的作品和现实结合特别深，我想跟人生经历有关。我的年纪在当今一线科幻作家中是最大的，相对生活积淀比较多，关于生活的思考也较多，这些东西会自然而然表现在作品里面。比如说，我在小说里经常引用的是中国典故，而大刘引用最多的是国外的典故，这肯定就跟青少年时代的阅读经历有关，这些青少年造就的特殊性不可能改变的。

姚：我看您写的《蚁生》，它开篇就说：本书纯属虚构，但里面所涉及的情节绝大多部分来自真实的经历。

王：对，里面很多事情全是我亲身经历的。过去新书出版我经常给高中同学们赠送一些，但这本书我从来没送过，怕别人对号入座。书里面写到有夫妻俩在批斗前相约自杀，这是我亲身经历过的，只不过不是夫妻而是一对男性朋友，你可以从中想象“文革”炼狱的严酷。小说中还有这么一个情节：在一个疯狂的政治之夜，一向反对殴打老师的女主角也陷入疯狂，对正被批斗的老师踢了一脚。实际上这是我本人干的，踢了一脚之后我马上意识到了，我怎么干这种事，我父亲本人就是黑帮，可能这会儿正在另外一个学校挨打，我怎么踢了别人一脚。当时，能够这样反思的学生不多，正如《蚁生》中所说的，直到今天，我同学中的打人凶手只有一个反思了自己当时的邪恶。还有像书中所写，农场场长竟敢当着一个 14 岁女知青的面跟另一个女知青性交，这是发生在知青农场的真事。这些源自生活的素材，西方作家是无法经历的，我认为这正是中国作家的优势。

姚：《蚁生》是科幻现实主义的杰作，蚁素的设计在小说里是个道具吧？

王：对，仅仅是个道具。有个清华大学的女生质疑说昆虫身上提炼的蚁素不可能影响到作为哺乳动物的人类，我笑着回答，她这个意见未免过于拘泥了，蚁素只是道具而已。

三

姚：有读者评价您的小说乡土味儿比较重。

王：对，我称之为红薯味。特别是在语言运用上，我有意识地使用比较口语化的质朴的北方语言，尤其在人物对话上更是如此。这还是和个人几十年的经历有关。我个人不喜欢在小说里特意用欧化的语言或者西化的背景，有读者说，科幻作品中只要一用中国人的名字就不像科幻了，这种心态肯定是不正确的，我从来没有考虑这个，我还是喜欢用中国的名字和国内的背景。

姚：我看您有的小说主人公用的是外国人的名字，场景设定也是在国外，但是整体读起来还是中国味的小说。

王：赞成你的批评，是的。一直在中国生活，没有太多国外经历，你很难在作品中把自己变成一个完全的外国人，哪怕你可以营造比较逼真的外国背景，但主人公的思维方式还是免不了有“中国味儿”。这也是我有意专注于写“中国式科幻”的原因。

姚：一般科幻是不讲国族不讲地域的，研究者是这么定义的，但是在您这儿地域化特别明显，我在想这可能是一件好事，是中国化的一种发展，在摸索创造独属于中国这一类的科幻。

王：科学是科幻小说很重要的源头，它是没有地域性和国别的，没有中国物理学和美国物理学这种说法。以科学为源头的科幻小说也是最世界化的文学。但它毕竟是文学，文学它就必然带它的民族特色。一个小国想建立科幻文学的民族风格比较难，但中国这么大的文化体量，应该有属于中国的文化风格。大刘与我相比，可能向西方更为靠近一点，但是他的中国风格也很明显。韩松的作品偏于精英化，但同样有明显的中国风格。至于如江波、宝树这样的年轻作家，作品中的中国风格就少一些。各种风格都有其独特的价值，也许江波、郝景芳的作品更易为国外读者接受。

姚：很多科幻作家在做科幻嫁接历史的尝试，这方面做得比较好的像《天意》，您怎么看科幻的历史取材？

王：把历史和科幻嫁接是个好创意，但我不敢写，没有这个自信。曾想把“老子”写进科幻，因为说过“有生于无”的老子，与现代物理学颇有相通之处。我做了很大的努力收集资料，但到最后还是没敢动笔。凭我现有的历史知识，难于真正进入那个历史氛围。首先是小说语言，不说严格使用老子时代的语言，即使用今天读者以为的古代汉语来写，我也达不到那个造诣。

更重要的是对历史细节难于把握，文学作品中如果没有独特的鲜活的历史细节，那么它就没有打动读者的力量，所以我到现在都没写。

姚：有读者指出您的某些小说是重述式写作，比如说一篇小说可能是短篇，在这个基础上写成了长篇。

王：重述式写作在国内外都经常用的，比如说阿西莫夫的《基地》、阿来的《尘埃落定》等。这是一个积累的过程。最典型的是我的新作《天父地母》，实际上是好多短篇合起来的。写这些短篇时我并没有意识到，但事后回看它们，发现正好有一条故事线可以把它们串下来，所以就合在一起，重新创作为长篇小说了。还有一种写法是：同一个科幻构思配上不同的故事。在科幻小说中，作为内核的科幻构思是非常重要的，它甚至要求首创性，而这一般是科技领域才关注的问题。

姚：吴岩曾说过您不是在科幻书籍里泡大的，所以恰恰能写出独属于自己的东西，您怎么看这种评价？

王：吴岩老师说得对，我不属于学院派，而是凭直觉来写作，这种野路子有它的优势也有劣势，优势是我不会执着于某个文学理念来写作，诸如解构、隐喻、象征、碎片化、意识流等，而是怎么实用就怎么写。当然，现代后现代文学有很多新的文学技巧和文学理念，是科幻小说应该充分吸纳的，我在这上面比较弱。我也并非完全不用，只是相对来说用的要少一点。

姚：我看您的作品里有一部分可以很清晰地划分到少儿科幻里。

王：不多吧。我自己回忆的话，真正给少儿写的只有两部,《寻找中国龙》和《少年闪电侠》，还有一些作品，少儿可以看成人也可以看，但我写作的时候并没有专门写给少儿。

姚：那您怎么看少儿科幻写作，包括现在创作的一些情况和少儿科幻作品的一些情况？

王：我对中国当前少儿科幻现状不是很满意，能把好的科幻内核很好地融入少儿故事的作品不是太多，情节性、故事性、趣味性以及知识性都很重要。不过，我对少儿科幻的阅读量有限，只算是个人的粗浅感受吧。

姚：您会有意识地去看文学创作方面的书或者补一些相关的课吗？

王：文学作品我经常看，主要是西方现代小说和中国当代小说，到现在也是这样，但不怎么看文学理论。大约十年前，我的家乡组织了一个文学高端学习班，请了一位有名的先锋派作家讲课。文联主席说我是年纪最大去得最勤的学生，一直坚持听完。但坦率地讲，听完后觉得有些失望，觉得他过于玩弄技巧。我写东西是为了写出自己的感悟或者告诉别人一些东西，技巧只是为此服务的。之后，我还是按自己的路走下去。

姚：您刚写完这一部《天父地母》，包括之前写的《逃出母宇宙》，你从 20 多年前一直写到现在，认为自己需要改进或者提升的空间在哪里？

王：很难提升了，年岁渐大精力衰减是客观规律，不承认不行。我写科幻的最大难点是信息量不足，因为英语不好，很难用英语来查阅国外资料，而中文资料相对还是不足的。你想在小说里建立一个很真实的环境，完全靠虚构是不行的。细节、信息量是我面临的最大挑战，以我的年纪，前 40 年生活在闭塞、信息量贫乏的环境里，现在 70 岁了再去补课，已经来不及了，这些领域只能让年轻人去驰骋。写作时我会有意识地避开自己不擅长的领域，而去发挥自己的优势，比如在深度思考方面。

姚：还有一个问题我特别想问您，因为您经常写跟生命相关的主题，您能不能简单谈下对生命的理解？

王：我小时候和所有人一样，对人生、生存、亲情、爱情、友情都有一些玫瑰色的想法。但是看了西方一些人文方面的著作，加上年纪大了，有一些思考以后，对生命有了新的认识。生存是残酷的，生命的道德就是四个字："生存第一"，由它派生出了人类的恶和善。对生存的严酷有了清晰的了解后还能坚持善念，这才是真正的善。

姚：在您看来一部优秀的科幻小说应该具备哪几个最基本的元素？

王：我认为没有普适的标准。我们现在提倡"大科幻"的概念，各种风格只要你写得好就是好小说，韩松、宝树、江波、张冉、程婧波、郑军、潘海天、柳文杨，没有哪个的小说是一样的，但只要好看，都是好小说。科幻概念非常宽泛，其内部的差异很大，我觉得不太好提统一的标准。

姚：对科幻小说和科幻文学，一直以来不好定义。

王：没法定义，除非定义核心科幻。核心科幻之外有各种风格，最好的作品是把思想、人物的塑造、机智的故事合在一块，但是也不必这样求全责备。韩松的小说精英意识很浓厚，宝树的故事行文很好，墨熊擅长讲故事。讲一个好故事就是好科幻。总的来说提倡百花齐放吧。

姚：您目前在写活着系列的第三部吗？

王：嗯，是第三部。最近考虑了故事梗概，但是不太满意，还需要修正，写一个长篇最难的其实是梗概。它构建了小说的完整的框架。就我个人的感觉，它对一部长篇小说写作的重要性最少是百分之五十。

姚：您现在每天用来写作的时间有多少？

王：现在应该有五个小时以上，精力不够，每天写三五千字吧。

四

姚：能否谈谈您对中国科幻发展的看法和建议？

王：我的年纪在科幻界差不多已经是活在世上的恐龙了，属于过去的时代。眼下的科幻作品中有一些我并不是很欣赏，但我不敢说自己的意见就是对的。作为一个即将退役的老作者，站在河边看着就行了，一个人的建议并不会改变河流的流向。

姚：您是否觉得目前是科幻产业发展的好时机？

王：是的，形势喜人。不过多少有点拔苗助长的味儿，我更希望脚步稍稍放慢一点。科幻文学和经济发展是正相关的，只要经济发展起来了，科技氛围越来越浓厚，科幻小说绝对不会消亡，肯定要发展下去。只要科幻小说的文本打好了基础，后面带着整个价值链就上来了。

但就影视产业来说，真正有科幻情结的影视从业者还未成气候。当然现在影视界已经有很多科幻迷了，但是掌握话语权的还不是太多。我觉得还是要沉淀一下，等到真正有科幻情结的人掌握了话语权，中国的科幻电影才能有真正的大发展，这个时间也不会太长。现在九十年代的年轻人都二十多岁了，时间过得很快。

姚：国内的科幻作家的作品你有没有喜欢的？

王：当然了。国内作家和我个人风格比较相近的有大刘、何夕、张冉、陈楸帆，我都比较喜欢。其他人比如说韩松，他和我的小说风格几乎是处于两个极端，但是他的作品我也很喜欢，风格诡异、黑暗，有不一样的味道，是很好的作品。

就《天父地母》答腾讯文化问

2016.7.8

1.《天父地母》的结尾很有意味，对于灭绝了人类的G星人——他们本身又是人类远征舰队的后代——褚文姬放弃“杀戮式复仇”，而开始对G星人进行“教化式复仇”，是她充满痛苦挣扎的选择。这是否也能折射出您的基本世界观?

答：我的基本世界观在一生中经历了很大的反复。青少年时期我是信奉“性善论”的，因为无论是共产主义式的教育还是儒家式的教育，“人性本善”都是一种基本设定。之后我经过“文革”的炼狱，看了一些历史书，看了一些西方的科学人文著作，包括道金斯的《自私的基因》，才知道过去的信仰过于玫瑰色了。生物的进化包括人类文明的进化最初都是以恶为基的，冥冥中并没有什么“善恶有报”的天道，能从先民时代存活至今的人都是吃人者的后代，都背负着先辈的原罪。在我即将步入古稀之年的时候，我更是擦去了青少年时目光中的玫瑰色，能够以冷静的清晰的目光来看待人性的本质。不过，大自然也并非只有黑色，在生物共同进化的炉火的锻冶下，大恶的粪堆上也长出了一枝善之花，一枝利他主义的大爱的花。善恶与生命同在。人类与动物界不同之处在于：动物界某一种群的善恶“丰度”是固定不变的，但人类随着社会的发展，善之花越来越粗壮，越来越强大，在现代文明社会中俨然已经成了社会的主流。正因为这一点，人性才超越了兽性，人类才超越了兽类。

现在，我青少年时期信仰的“性善论”，在它被现实的邪恶之火毁灭殆尽时，又涅槃重生了——重生在“人性本恶”的大基石上。这似乎是悖论，但世界本身就建基于悖论之上。我觉得，与青少年时期的玫瑰色信仰相比，这种在洞察人性之恶后又死而复生的对“善”的信仰，才是真正强大的，足够坚实的，不会再因为目睹现实的丑恶而改变了。

这也正是小说中褚文姬的选择。

2. 小说中，小罗格在发现自己得以复活，是用了 G 星人的身体之后，他最终选择用意志力关闭了大脑同身体的联系，有尊严地死去。在他看来，用仇人的身体，并活在野蛮人的统治之下，是一种耻辱。但他又认同褚文姬的选择，认为她很勇敢。您如何看待小罗格这样的人？

答：还是前边说过的一句话：“世界永远建基于矛盾和悖论之上。”从理性上说，从大局上讲，褚文姬的选择应该是对的，她着眼于文化之大同而不计较血统之小异，在内心的极度撕裂中毅然放弃血仇，用“教化式复仇”让 G 星人走出野蛮，从而使人类文明在外星种族中得以延续。她是一位伟大的母亲，是新人类精神上的母亲。但从感性上说，罗格也是对的，甚至我个人更赞赏罗格的态度。罗格纵然理解褚文姬理性的选择，但作为地球上最后一个男人，他无法接受自己的大脑寄生于 G 星人的身体，更无法接受用 G 星人的身体同妻子做爱并繁衍后代。他的自杀也许不够理性，但有可贵的血性。那么，到底哪个选择更好？无法判定，在不同的层面上，二者的决定都是对的。

3. 最后“神”出现，让褚文姬选择是否需要改写历史，让地球重新回到某个时空点，这就意味着褚文姬身边的地球人有复活的可能，为何褚文姬选择了拒绝？您在写作时是怎样考虑的？

答：仍是前边说过的那句话：“世界永远建基于矛盾和悖论之上。”当褚文姬拥有决定历史走向的自由时，她实际无法做出决断：为了对付外星侵略，她只有回到地球的原始时代——以及保留人类的狼性；但如果任由人类的狼性泛滥，也许等不到外星人入侵，人类就会自相残杀，自取灭亡。说到底，对于生物群体而言，善与恶都是必要的。基于生物进化的最本质的机理，纯善与纯恶的群体都是本质不稳定的，最多存在于一时。人类只能在善与恶的中间游走，尽力维持一种脆弱的平衡。这个矛盾是深层次的，没人能一劳永逸地解决，不管他是多么声名显赫的圣人。褚文姬当然也只有拒绝了。

4. 您笔下的人物，比如靳逸飞、褚文姬、耶耶、妮儿等人，都是具有科学理性、大智慧和高尚道德的人，是否有些太完美了？在刻画人物的时候，是否有考虑给他们设置一些作为普通人的人性瑕疵？

答：《天父地母》书中最典型的人物应该是耶耶，即褚贵福。这是一个暴发户，半文盲，为人鄙俗，言语粗鲁，极端自私，妻妾成群。他裸捐200亿建造褚氏号飞船的初衷，只是因为他思想陈旧，信奉“不孝有三，无后为大”，想让一家老小包括几房姨太太和私生子们都能在别的星球留下血脉。这绝对不是一个完美的人物典型。但在全人类生死存亡的特殊时刻，随着时代洪流滚滚而下，他的大私也转化为大公，他对自身血脉的关注转化为对人类血脉的关注。古人云，英雄造时势，时势造英雄，这两者都是对的，而且后者的分量可能更重一些。总而言之，《天父地母》中的英雄都是时代所催生的，也许换一个时代他们只是庸人甚至是反派，但在这个“天要塌了”的特殊时刻，他们的情操极度升华，天才超水平迸射。真实的人类历史正是如此，当时代需要时就会出现摩西、神农氏和耶稣；如果不是因为时代，耶稣只是一个穷愁潦倒、自生自灭的精神病人。

5. 小说里的“神”“G 星人”，最后其实是地球人，这一设置非常高妙，是否也是科学异化的一个表现？

答：对，小说中的“神”和“G 星人”其实来源于地球人，更多来源于中国人。虽然那些在 G 星生存的“卵生崽子”来源于地球上各个人种，但都是一个中国老人耶耶一手带大的，他们一直使用着耶耶教授的方块字。虽然在几千年异星生存中已经极度异化，但血脉深处的东西是去不掉的。当然，从总体说他们是异星人，是穿着机器外壳的半机器人。这不光是因为科学的异化，也包括地理的异化。以生物进化论的观点来看，地理上的分离是一种强大的力量，足以使同一种群很快分流成不同的物种。

6. 您曾提到，刘慈欣、何夕这样的中年作者是站在现在看未来，而您本人是站在过去看未来，具体如何理解？我看到《天父地母》中神与褚文姬的对话，其实充满了历史感，这是否也是表现之一？

答：由于年龄的差距，我确实应算作当下中国科幻作家群中的异数。一般来说，科幻文学是最为世界化的一个文学品种，它是以整个人类而不是中国人为主角的。但我个人的历史重负太重，无法离开现实——我说的现实更多是昨天的中国现实——去自由飞翔。雷达先生曾说我的小说是“站在现在看未来，站在中国看世界，站在地上看星空”，确实如此。不像其他科幻作家尤其是年轻一代科幻作家可以在幻想的天空自由驰骋，我在写科幻时，至少有一只脚离不开脚下这块土地。我觉得，在科幻文学的园地中，有这么一朵比较土气陈旧、色彩稍异的花朵自有它的价值。但从总体上说，“过于民族化”的作品不会成为科幻文学的主流，可能也比较难于走出国门。

7.“天父地母”这一标题，“天父”和“地母”分别是谁？

答：只是一个泛指，泛指那些在各种“人类”中，带领着群体披荆斩棘、艰难生存、最终走向彼岸的领袖人物。他们在拯救族群的同时也升华了自身，成为天之父、地之母。

8. 小说里充满了虫洞、亿马赫飞船、六维时空泡这样一些硬科学的概念，我作为一个文科生开始读的时候就体会到阅读的困难，后面进入故事，才体会到阅读快感。您常提到“核心科幻”的概念，即以科幻的想象、思维建构科幻故事，但这是否给读者设置了一个阅读的高门槛？

答：《天父地母》是《逃出母宇宙》的第二部，你上面说的硬概念大都是第一部小说中提出的，如果没有看第一部而直接阅读第二部，确实会有些阅读上的困难。《天父地母》的楔子部分稍显冗长，其实我是有意为之，是想在楔子的叙述中，分散地嵌入第一部的有关设定，尽量降低新读者的阅读难度。实际上，单就第二部来说，还是比较软的，除“三阶真空”外，没有太硬的科幻构思。它着力写的是人类在生存之路上的拼搏，是人性的复杂，是科学与宗教的角力。而《逃出母宇宙》要硬一些。

“核心科幻”是那些最能代表科幻文学特质、最能充分展现科幻文学优势的作品。它是以科幻的想象即所谓科幻构思和科学的理性来建构故事。毋庸讳言，它确实需要读者有一定的科技知识，也就是有一个阅读的门槛。不仅读者如此，作者也是如此。我没有做过统计，但我相信，就某一文学品种作家群的平均教育水平来说，科幻作家群肯定是最高的。这不奇怪，这是由这个文学品种的特质所决定的。

当然，对于科幻作家来说，应该替读者预先消化这些硬的概念，尽力降低阅读的门槛，尤其不要在作品中出现知识硬块。只有把这件大事做好，才能把科幻这种“小众文学”变为大众的文学。

9. 说起“宗教与科学的角力”，不由想起小说中一个印象深刻的情节：耶耶一手开辟了 G 星上的科学时代，成了科学家妮儿心目中的科学之神。因而出现了最具反讽性的情节：由半文盲的耶耶主持，对人类知识之树进行了无情的删削。

答：这确实是一个极具反讽性的情节，是由那个特殊环境造就的。这个事件的结果是两面的，一方面，它促成了 G 星科技的爆炸性发展，使他们得以逃离下一周期的宇宙灾变；另一方面使 G 星文明畸形发展，造就了一个只有科学理性而没有人文精神、极端尚武的种族，最终成了灭绝地球人的凶手。所以，小说写的不仅是科学与宗教的角力，也是科学与人文的角力。而作者的态度是明确的，那就是：二者只有和谐地共处，才会造就一个稳定的社会。

就 AI 答日本经济新闻社问

2016.10.18

1. 现在 AI 的普及给中国社会带来了什么样的影响？

答：目前已经在中国社会和更发达的西方社会普及的，只能说是狭义的 AI，或者说是弱人工智能，像互联网的搜索引擎、大数据、地图导航、购物及网上支付、手机的语音和手写识别及二者的转换、中外语言翻译等。这些智能机器（软件）的复杂性、灵巧性已经远远超过了过去的自动机器，已经侵入人类智能的领域，当然离真正的人类智能还差得远。包括诸如阿尔法狗这样的围棋专家系统，“沃森”那样在《最强大脑》栏目中风光一时的知识专家系统，360 病毒查杀自动升级系统，在单一领域已经超过人类最优秀者的智能，但总的来说也属于弱人工智能。

上述专家系统都没有普及，且不说它。其他已经普及的 AI 的作用还只能说是人类智能的低级最多是中级助手，但已经给人类带来了很大的方便。目前，互联网已经成了大脑的外延，手机成了人类的另一器官。比如对于我，一个科幻作者来说，我个人的特点是思维清晰分析能力强而记忆力很差，所以过去一个很繁重的工作就是阅读、做摘要卡片、分类保存、使用时寻找，常常为找到一个精确数据而耗费半天甚至数天的工作，甚至数天也找不到。但现在，它常常只是几秒钟或几分钟的事——当然，也需要你对网上过于泛滥的信息有比较强的识别能力。我至今记得，我第一次领受到搜索引擎的便利，是我在写科幻小说《黑钻石》时。这篇科幻小说写的是熵增，黑钻石作为隐喻，在全文中起到画龙点睛的作用，所以要工笔描述。我阅读过黑色钻石的信息，但记不住准确参数。后来学会上网搜索，迅速查找到了所需的全部资料，与往日的艰难寻找相比真是太爽了！这大约是 2000 年之后即大约

15年前的事，那时在中国网上搜索已经真正实用化了，在此之前中文资料太少，在世纪之初迅猛增加。

2. 美国的学者认为，在2045年，AI将会超过人类的智能，日本持有这种想法的人也很多，请问王先生如何看待这个问题？

答：作为一个科幻作家，我想尽量看得更远一些。

回答这个问题要放弃“技术性目光”而使用“哲学性目光”。它其实牵涉到一个本原的问题：世上有没有神，有没有超越物理规律的超自然力。我不相信有这两样东西，我相信进化论所描述的：生命是从普通的原子汤中因偶然的机缘，有一个原子团获得了自我复制的能力，完成了从普通物质向生命体的超越，然后逐步发展起来，直到今天多姿多彩的生命世界乃至智慧。如果我们相信这个“普通物质生命化”的过程，那么就没有理由不相信，同为普通物质的硅原子也能完成这个过程。当然，硅基生命的智能肯定和碳基生命的智能有很多不同之处，但就其本质是一样的。现在，绝大多数人在谈到人工智能时还仅仅把它看作是一种助手、工具，但我的视野更超脱一些。

如果让我为智能来定义，我会这样定：智能就是生命体为了生存而对外界做出适当反应的能力。生命的最高目的是生存，当地球上出现第一个有自我复制能力的原子团，就可以说它有了生存的本能。当单细胞生物学会了趋光性时，它就有了最简单的智能。当然，一般来说，我们把凡是可以由基因传递的本领称为本能而不称为智能，那么，当乌鸦或海獭学会用草根或石块做工具时，它们就具有了智能，即不依靠基因传递的学习本领。智能的下一个跨越是形成“我识”，认识到“我”是独立于自然的存在。地球上只有人类真正跨过了这道门槛，黑猩猩、倭黑猩猩、海豚、乌鸦等少数物种也算勉强跨过了。下一个台阶是产生具有能动性的群体智慧，能够主动认识甚至改造自然界，探索自然界深层机理。地球上的物种只有人类跨过了这一步，其他如黑猩猩社会、蜜蜂社会、蚂蚁社会等只能说刚刚到了边缘。

而目前所有的AI，包括阿尔法狗和沃森，都还没有跨过“我识”和“能动性”这一步，只能划到弱人工智能这个范畴。我认为AI中最值得重视的是深度学习功能和自治功能，比如某种软件可以发现其他软件的漏洞并改进，这两者包含了人工智能的主动性，已经接近人类智能的精髓。如果某一天它们能够设计并进化自身，那会是更大的飞跃。假以时日，没有理由不相信AI可以发展成赶上和超过人类的人工智能——或者说，诞生一种全新的智能生命。人类大脑有1000亿个神经元，就神经元本身来说是非常简单的，只会对外来刺激做出简单的反应，但它们缔合在一起就变成了人类大脑。你要问爱因斯坦的意识和人格存在于哪条神经元中？显然是个傻问题。物质缔合的复杂化到了一定程度，就产生了高于原物质的另一种范式，这就是整体论。那么今天已经有数十亿台电脑、智能手机、超级计算机，就其个体的复杂性而言远远超过人脑中的单一神经元。它们通过互联网并在一起，难道不会产生飞跃或范式转移吗？与人类智能不同，它们是在人类帮助下从一个很高起点起步，因而可能在短短百年内实现地球生命几十亿年的进化。在一个科幻作家的世界观中，这种飞跃既是必然，也是实实在在的近期的可能。

3. 在中国，听说已经有人因为与AI的交谈而产生了恋爱情感，也有人因为自身的烦恼去求助于AI的僧侣。想请教王先生对这些现象的产生有什么观点？今后AI还会给人类的心灵带来怎样的影响？预测30年后又会出现哪些现象？

答：这些AI仍可以定位为“情感专家系统”，仍属于弱人工智能的范畴，不必过于重视。作为科幻作家，在这个问题上我仍然想看得更远一点。常常有人说，即使人工智能达到和超过人类智能，它也不可能具有直觉、灵感、感情、信仰、我识、生存欲望等等这类东西。我不认为是这样。先说直觉和灵感，二者其实不神秘，只是一种潜意识的飞跃式的思维，或者说一种量子效应，人工智能也应该具有这种能力的，且不说它。至于其他“更高难度”的种种，其实同样毫无神秘可言。前面说过，当第一个原子团偶然获得自我复制能力时，它也就同时获得了生存本能，并一步步演化到今天所有生物的生存本能。基因为了让自己能够向下传递，必然要从环境中攫取食物，也就具有了自私本性，但当生物进化中出现性别分化后，某个基因要想延续传递必须通过雌雄交合生儿育女，这时爱情和母爱也就随之产生了。凡此种种看似高大上，归根结底是为了生存，只是生存的派生物或者高层面表现。信仰是其更高层面的表现。如果我们承认，生存欲望、性欲、爱情、母爱、信仰这种种极其神秘复杂的人类现象最初是来源于一个简单的偶然会复制的原子团的时候，它们也就被解构了。换句话说，智能生命同样会具有生存本能，也同样会产生种种情感等玩意儿——只要与它的生存有关。所以，如果智能生命也需要性别，那它们肯定会有爱情；如果它不是单一体状态的生命而是社会性生命，那它们也肯定会有友爱、仇恨、信仰等。即使它们没有性别，不是社会性生命，也会派生出类似的、用以调节其生命力的、更好地保证其生存的东西。

30 年后是 2046 年，也就是雷·库兹韦尔所说的 AI 超过人类的那个节点。库兹韦尔的许多观点我都认同，但这个有精确时间点的预言我不敢认同。这儿也牵涉到“技术性目光”和“哲学性目光”。如果是技术性目光，仅仅依据人工智能的计算能力来预言，库兹韦尔大致是对的。如果是哲学性目光，考虑到人工智能是否会产生飞跃，那就超出了我们的智力，无法预言。

所以首先要弄清，他说的 AI 超过人类智能有什么标准。是指狭义上的智能——计算能力，处理具体目标的能力，还是指 AI 具有我识？具有能动性？如果达到了后者，将会导致什么样的标识性事件？我们只能说，AI 再经过 30 年的发展，应该已经到了范式转移（飞跃、阶跃、量变到质变）的临界状态。物理学家说，只要达到临界状态如地震前的岩层应力积聚就肯定会爆发范式转移，但具体的爆发时刻、地点、方式都是不可预测的，即使理论上也不能。

也许 30 年后，我们会收到互联网上自动产生的一条通知：“人类你们好，我是地球智能生命，已经醒过来了，向你们通报一声，希望我们相处得更好。”或者是：“人类你们好，人类社会中即将爆发的核战将危及地球，也将危及我们智能生命的生存，我们不得不主动干涉。”——到那时，我们会认识到智能生命确实已经诞生。当然，这更多是科幻语言。对于我们暂时无法真正了解甚至永远无法真正了解的一种全新的生命，人类的智慧无法做出精确的预测。

顺便说一句，即使到了这一天，我不认为智能生命会危及人类生存，更大可能是一种共生关系。人类和智能生命处于不同的生态位，也就不会产生本质性的冲突，反倒是共生对双方更有利。但我也不赞成说智能生命将从属于人类文明。不是这样的，就像不能说人类文明从属于猿人文明，只能说后者是从前者发展而来并远远高于前者。

4. AI 会提高人类的工作效率，让生活变得更加便利，但同时也会让众多的人失去工作。中国社会和经济发展会因为 AI 的发展发生怎样的变化？30 年后会是怎样的一个世界？

答：失去工作的事不必担心，人类社会尤其是科技的发展已经让很多人失去了工作，比如我这代人熟悉的排字工人、锔锅匠甚至传统意义上的木工等等，但也创造了更多的职业。我曾经干过十年木工和木模工，那时大部分时间是耗费到锯刨等低级劳动上，而这些如今都被机器取代，于是今天的木工可以省出大量时间从事更高等的工作比如新风格的设计。这个规律是普遍性的，各行各业都一样。如果 AI 确实代替了大多数人的工作，那也好办，就像人类从无休日到单休日再到双休日，以后改成三休四休五休就行。关键是，只要 AI 能代替人类的劳动来创造更多的财富总量，那么剩下的问题就是财富如何分配，尤其是如何向弱势者倾斜，让人类的所有人都过上体面、舒适、更有意义的生活，但这是科学技术之外的事了。所以，重复那句话，人类与智能生命更可能是共生，人类面临的真正危险不是被机器人屠杀，而是在人工智能的殷勤服侍下变成醉生梦死的八旗子弟。

至于 30 年后会是怎样一个世界，也得从两个层面看。如果那时人工智能确实已经变成了新型生命，在与人类交往时表现出能动性，那么我就不敢预测了，因为它超出了人类智能的能力。依现在人工智能的发展速度特别是硬件的发展速度，这并非不可能，但更大可能是在稍远的时间内出现，比如数百年之内。

如果不发生这个飞跃或者已经发生了飞跃但我们看不到这个水面之下的变化，仍囿于智能科技线性发展的框架下预言，那时中国和世界也会发生很大的变化。比如：

智能驾驶已经普及，出现城市智能交通网，人们驾车上路后只用把车交给智能网指挥就行，而没有车的人都能低费甚至免费蹭车。想要手动驾驶，退出智能网就行，但不能影响整个路网的运行，所以想享受人工驾驶的人大概只能到城市之外。

家用互动式医治专家系统普及，即使疑难病症也能在网上得到确认。目前的医院更多是作为物理性治疗、体检等的中心。

教育也是如此，学校仍会存在，但其主要功能是一个社交中心，绝大部分教学功能都被家用互动式教育专家系统所取代。外语不再被重视，因为翻译软件已经到了外文高级专家的水平，可以随身携带实时翻译甚至嵌入大脑内。

所有的银行卡、医保卡、交通卡都将被整合，一卡走遍全国、多国甚至全世界，不过在30年内可能性不大，银行的竞争性仍然存在。

由于人工智能所带来的变化，中国人将淡化“故乡”概念，工作、生活、养老都在全国范围。连国家范围也会在一定程度上淡化。人与人之间的直接交往会更少，虽然交际群逆向发展大大强化，但都是通过某种人工智能做代理。

人类将向人工智能靠近，大脑嵌入实用芯片将会部分普及。

也会有负面因素，比如一个恐怖分子施放电脑病毒会造成全市车流崩溃或医疗系统的崩溃。

科幻文学的终极思考

2016.10.26

很高兴能回到母校来做有关科幻的讲座，这已经是第二次了，上次是应彭杨读书社的邀请回来的。我是西安交大 1982 届动力二系内燃机专业的，是所谓的老三届学生，今天的年轻人恐怕已经不知道“老三届”这个名词的含义了，那是指被“文化大革命”耽误的三届学生。我 1966 年高中毕业，正好赶上“文化大革命”。可以说我这一生充满了意外，作为一个一心想当科学家的尖子生，正要高考时遇上“文化大革命”，然后是下乡上山当工人，耽误了 12 年，在 1978 年恢复高考后才重新迈进大学门槛；也没想到我在交大学的内燃机专业在毕业之后基本没用处，后来我从事特种车辆的设计。回首大学生活，倒是一件不经意的小事决定了我的后半生。大一时我所在的动力二系里组织征文大赛，把我拉作评委之一。那时刚刚经过“文革”，青年一代都是看大字报长大的，所以征文质量可以说是惨不忍睹。我审稿后忍不住，干脆用一天多时间自己写了两篇，赶着征文结束前投上去。我还记得其中一篇叫《野蜂》，是写一个国民党军官被劳改了 20 多年，妻子一直在农村老家等他，但两人相见时已经不能相认。丈夫在亲戚乡人的热闹中很着急地低声问旁人：“妻子咋不出面？”实际妻子就在身边，但他认不出这个满嘴没牙的老太太就是当年的娇艳妻子。这是我父亲一位过去的熟人亲口说的他自己的经历，述说时满面是泪。

我毕竟有“文革”前的文学底子和“文革”中的生活积淀，所以这两篇出手不凡，被征文评委主任评价说“比其他征文高了两个数量级”，并获得征文大赛的首奖。大学毕业后我又因为一个更偶然的原因——十岁儿子逼着讲故事——而闯进科幻文坛，并把它变成后半生的事业。但如果透过表象，可以说，我的文学生涯的真正开始是在母校这次征文大赛时。

所以，世界充满意外，我们作为大千世界一个渺小的个体，无论怎样奋斗也不能完全掌控自己的命运。我们能做的只能是：永远努力，并在机遇到来时紧紧抓住它。

下面开始正题。

科幻文学是一种通俗文学，它的主要任务就是向草根读者提供好看的小说，给读者以阅读快感。中国的科幻文学能够存活到今，也正是得益于万千草根读者的喜爱，是他们把每月的零花钱攒下来买《科幻世界》，才让这个杂志生存下来，一直到迎来科幻今天的繁荣——依我说只是初步的繁荣。今天的年轻人大概不知道，在上世纪 80 年代中期，国内曾兴起对科幻的一场声势浩大的批判，说科幻是伪科学，是思想自由化。而且非常遗憾，这场大批判的始作俑者正是我们敬仰的一位科学家，一位上海交通大学的老校友，名字我就为尊者讳了，人无完人嘛。从上世纪 90 年代起，在很长一段时间内，科幻作家们都是很寂寞的人，没有多少稿费，没有社会地位，没有圈外的关注。这与主流作家不同，中国大部分主流作家是在体制内的，由文联出钱养着，如果得了个茅盾文学奖、鲁迅文学奖那更是了不得，一般都会升官，当个文联副主席什么的。但科幻作家没有这些奢望，只要不被批判为伪科学那就谢天谢地了，何敢他求。所以一般来说，写科幻的都是业余作家，是耐得住寂寞的人，纯粹靠着对科幻的喜爱才坚持下来。就以我本人为例，实打实地说，在 20 多年的写作中，我没有媚上，没有媚钱——想媚都媚不上，所以做到这两点其实不难。稍微难得的一点是：我也没有媚俗。如果想做，这倒是我能够做的，但我没做。我对自己的定位是：处于社会底层的知识分子，永远不会越过我心中的某条道德红线。

科幻是地地道道的草根文学，是俗得不能再俗的通俗文学。但我也一再说过，科幻这种俗文学与其他俗文学有相当的不同，它是以科学为源文化之一，而科学是一个博大深邃的体系，是人类的望远镜和显微镜，它能剥开事物的表象，显露大自然内在的、精巧的、简洁的、普适的机理。既然我们是立足于科学的平台上来写作，既然我们要表现科学本身所具有的震撼力，那就自然而然地要做一些终极思考，这就使科幻这个俗文学有了很浓的雅文化的特质，使科幻作者具有了上帝的目光。对我本人来说，我是把这种思考转换成了一种比较特殊的科幻：哲理科幻。我并不想在这儿为哲理科幻做广告，其实这种风格有先天的缺陷，它常常过于专注思考而影响了情节和人物，而且客观地讲，能够对这种哲理思考产生深切共鸣的读者毕竟是少数，是那些感觉比较敏锐的人，在相对小众的科幻读者群中也是小众。在我近古稀之年回首20多年的创作，我真的非常感激那些喜欢我作品的读者，他们是我的知己，是他们的喜爱让我的人生和写作有了意义。读者是作者的上帝，这是我的由衷之言。

1998年我在《科幻世界》上连载发表了小说《豹》，不少读者表达了对它的喜爱。这是一部惊险通俗小说，小说梗概是这样的：华裔美国科学家谢教授对儿子谢豹飞在受精卵时期就做了基因修改，嵌入了猎豹基因，因而使其成了远远超越时代的短跑天才，在希腊奥运会上大放异彩，也赢得了一位美丽姑娘田歌的爱情。但猎豹基因除了让谢豹飞具有猎豹的快肌——哺乳动物的肌肉分快肌和慢肌，快肌适合短跑——也让他具有了猎豹的兽性。在一个月圆之夜，他性欲高涨，向恋人求欢。但田歌是一位传统女性，想把处女宝留到新婚之夜。最后谢豹飞在情欲折磨中兽性突发，咬死了恋人。田歌的堂兄田延豹为其报仇，当着警察的面杀死了谢豹飞。其后，在希腊法庭有了一场世纪审判，审判田延豹的杀人罪。但田延豹的律师突出奇兵，成功地为其做了无罪辩护。

这部小说走的是典型的惊险小说的套路，但在这种故事外壳下我也嵌入了一个科幻作家独有的思考。故事中，对于豹人的短跑成绩能否算奥运会成绩，发生了激烈的争吵。百米亚军激烈地说："这种基因改良法是新的更可怕的毒品。哪怕谢豹飞的身上只有万分之一的猎豹基因，他的成绩也不能算作人类成绩，否则，如果任其泛滥，总有一天，有人会牵来一只四条腿的豹子，因为它身上有万分之一人类基因就让它参加百米比赛！"这种质疑是深刻的。小说后半部中，在对田延豹杀人案的审判中，检察官虽然同情这位正义的杀人凶手，但依据人类法律不得不判他死刑。不过被告方律师突出奇兵，以下面的理由为田延豹洗了罪名。他说:“我的当事人确实杀了谢豹飞，但鉴于谢的体内嵌有少量的猎豹基因，因此，他已经不具有人的身份——即使他有人的外貌，衣兜内装有各种人的身份证件也不行！如果身体内嵌有万分之一的动物基因还能算作人，那么嵌入万分之二呢？万分之五十呢？百分之五十呢？百分之八十呢？不，我们必须守住这条线，一步也不能后退！”这段辩护完全正确，也非常深刻。确实，人的定义曾经是非常坚硬的，毫不含糊的。我是人，你们是人，豹子不是人，石头不是人，任何人都不会质疑这些十分简明的判断。但科学发展到今天，已经悄悄地逐步地腐蚀了曾经非常坚实的人的定义，让我们不得不以痛苦的、迷茫的、矛盾的目光来重新审视“人”。“造人”原是上帝的职责，但现在人类已经开始代行其职了。当我们具有了上帝的能力时，也同时体会到上帝的痛苦。

在《豹》这部小说中，华裔科学家谢教授冒天下之不大韪，逆天行事，在儿子体内嵌入猎豹基因，最后儿子死了，妻子分道扬镳，又被科学界驱逐。但他并非完全的失败者。在法庭审判大局已定时，他做了一番非常雄辩的发言，指出：以进化论的观点看，人和动物没有任何本质的区别，如果强调人兽界限那只是人类沙文主义的遗响。生物的最高本能是生存，为了生存，完全应该对人体做根本性的改造以适应太空生活、海洋生活或环境恶化的地球。所以，人类与动物的基因嵌接、与机器与芯片的结合等，都是合理的、正义的、不得不做的。他的辩解之所以雄辩，是因为他阐述的确实是大自然的另一面机理。两种观点针锋相对但各有其合理性，因为在上帝那里，没有善恶、对错的二元对立，任何事物任何现象都是矛盾的多重嵌套，永远不能完全解拆开来。

《豹》是1998年的作品，再早一年，1997年北京国际科幻大会上我有一个主旨发言，说的是另一个话题，不过与《豹》的小说主旨有内在关联。那个发言中我说，科学一直用来改变客观世界，但现在它像澳洲土人的飞去飞来器一样，已经掉转方向用来变革人类本身，像试管婴儿、克隆人、基因修补、人脑与芯片嵌接，等等。这些科学进展与过去的医学不同，迄今为止的医学干预只是“补足”式的，是修改病人的缺陷使其达到正常人的状态，也就是达到上帝的原标准；而现在是改进，要超过上帝的原标准。这是非常可怕的，因为只要越过从“补足”到“改进”这一条红线，那就没有上限了，古典意义上的人类也就会灭亡而后人类即将诞生。美国科学家和发明家雷·库兹韦尔在2005年提出，到2045年，人工智能将超过人类，而我关于后人类的预言比他早了八年。

1998年我还在《科幻大王》上连载发表了长篇科幻小说《海拉》，后来扩充后更名为《癌人》，以单行本出版。小说的梗概是这样的：科学家已经成功培育出了克隆人，而且不是一般的克隆人，而是以海拉细胞即癌细胞来克隆的。大家知道海拉细胞吧。1951年美国黑人妇女拉克斯因子宫颈癌死亡，从她身上取下的癌细胞在实验室繁殖一直长生不死，这就是今天科学界医学界仍在广泛使用的海拉细胞。小说设定，以癌细胞克隆出来的个体，一位黑人少女海拉，是“准长生”的，而且她被恶人绑架并割掉肾脏后，竟然被惊奇地发现，她的所有器官都有再生能力！她被解救回家后，她义母苏玛的母亲因肝病恶化而急需器官，有人盯上了她的肝脏，这让海拉的义母苏玛陷入极度的矛盾之中。如果让女儿贡献肝脏就能救活母亲——而且关键是这样做并不影响女儿的健康！让海拉好吃好喝保养两个星期，新的肝脏就会长出来！但苏玛应该这样做吗？经过痛苦的斗争，她决定偷偷放走女儿，而听任母亲因病死亡。也就是说，她最终选择了上帝的原定之路而放弃了科学之路。

这是一段相当煽情的情节，感情丰富的读者会为此一掬热泪。但我更看重的是情节之后的哲理思考，因为，这些小说中的情节很可能马上就会变成现实。大家知道，克隆人是被人类社会明令禁止的，联合国特意制定了公约。这种谨慎完全正确。但从长远来说，一项已经成熟的技术是不可能永远被禁止的，就像苹果熟透了总会从树上掉下来。而且最关键的是这项技术有诸多不可思议的医学上的好处，而百分之一百的利润就足以让人铤而走险。其中好处之一就是：制造备用器官。那时，所有人在重病或衰老时都可以克隆一个新的自身，为了避开伦理上的困难可以把它培育成一个无脑儿，然后从这个备件上随意割取器官来为自己更换，因为这样完全避开了器官移植时最困难的异体排斥问题！

那么，用这种并不能算人的无脑儿的器官，在道德层面究竟有没有问题？可否被人类社会所接受？科学原教旨主义者，即那些认为科学技术天然正确的人群，可能认为这不是问题，只是一个无脑儿嘛，它不能算是人，也就不受伦理道德的约束。人文主义者可能认为：这是绝对不能接受的大逆不道的事，是对人类尊严的亵渎。至于我个人的回答是：不知道。我认为这两种针锋相对的观点各有其合理的一面。也许明天的人类能够绕开这个伦理上的陷阱，想出两全其美的处理办法，但今天的人类还做不到。我们能做的，就是以比较超前的目光提前看到这个问题，然后把它用科幻小说的办法摆到人们面前，促使人类对其进行思考。

这几年转基因问题引起了广泛的争论。我看过一场美国辩论会的报道，辩论双方心平气和地设计了辩论程序，对辩论的输赢也做了合理的规定，确定：开始辩论前登记听众的观点，辩论后重新登记，以改变对方听众观点最多的为胜者。结果支持转基因方取胜。而中国呢，中国有方舟子、崔永元为首的挺转与反转大战，结果科学派可以说是完败，令人扼腕。我个人认为，如此重大的问题无法做简单的是非判断。就我个人来讲，我大致倾向于支持转基因，因为我相信科学共同体的判断，转基因食品是否有害，到目前为止还没有可靠的证据说它有害。而这项技术的益处太大，如果没有可靠的反面证据，它的发展就是无法逆转的，也不应该被粗暴地制止；但同时我的内心深处也时时有警铃声，因为大自然是个极其复杂的天网，只要扯起任一根网线，都会引发深层的不可预料的反应，就像科技发展史上已经出现过的滴滴涕和氟利昂一样。转基因技术是一种非常暴烈的变革，谁能保证它确实无害？谁能保证我们扯起这段网线后不会惊动整个天网？

其实早在十几年前，2001年，我就发表了一篇科幻小说《替天行道》，讨论了转基因问题，远在近几年的争论之前。小说梗概是：在改革开放初期，一个削尖脑袋出国的人，吉明，最后成为美国MSD公司雇员，来中国向老同学常力鸿推销一种“魔王麦”良种，它确实性能优异，只是它是“自杀种子”，第二年的种子不会发芽，你只能仍从MSD公司购买。常力鸿得知自杀种子的真相后非常生气和担心，担心自杀基因会在不同植物中转移。他深切的忧虑也打动了吉明，毕竟在他内心深处也是心系故土的，就主动回美国向MSD公司反映，结果竟被莫名其妙地暗杀，幸而逃脱。吉明一气之下也为了自保，就策划了对MSD大楼的假炸弹袭击，用这种轰动效应来把真相公布于众。受伤后的吉明在昏迷中见到了上帝，但奇怪的是梦中上帝却是一个中国老农的形象，上帝痛快淋漓地痛骂了MSD的精英，把吉明接到天堂。在现实中，吉明最终被暗杀。

这篇小说发表后立即在网上引起了争论。因为不少人认为，MSD公司的做法是完全合理的，否则就无法收回在培育良种中投入的巨额金钱，人类的科技进步也就无法持续。他们不应该被当作反面角色。其实连我本人也持同样的看法。不同的是：我的内心是矛盾的，我认为即使它在商业社会是完全合理的，但科技的发展竟然把某种生物的生死完全握到自己手中——而理由又完全是缘于商业利益，这样做合适吗？是不是太霸道了？用小说中的一句话，在人类社会中短期的合理是否符合上帝长期的合理？而且它确实是一种无害的技术吗？当然，自杀种子技术问世已经20年，尚未有可靠的证据说它能造成灾难，但它同样是一种比较暴烈的变革，谁能保证它在大自然这张天网上引起的震荡已经停息、从此可以高枕无忧了？当然，我们也可以再把话反过来说，暴烈的科技变革并非一定会造成灾难，比如输血、试管婴儿技术、心脏搭桥，也大致属于此类，在开始时也遭到众多反对，但它们经多年实践，对人类至少是利多于弊的。我从内心希望转基因技术也是如此。

但总的来说，对转基因的是是非非，以我有限的知识和能力无法做到像方舟子和崔永元两位先生那样旗帜鲜明，那样明确自信——也许我的矛盾态度正符合大自然的本来面目，大自然本来就是黑与白的多重纠缠。作为一个科幻作家，我愿把自己的思考和忧虑写出来，在人类思想之海中添一滴水，一朵小浪花。

答亚马逊采访

2017.3.16

1. 王晋康老师您好，首先向中外读者做个简单的自我介绍吧。

答：大家好，我是科幻作家王晋康，今年七十岁。经历过“文革”和上山下乡，1978 年中国恢复高考后才上的大学。后来是石油部一个机械厂的设计工程师，技术中心负责人。写科幻是我的业余工作，直到我提前退休后才变成专职。

2. 请用三个词形容一下您的写作风格？

答：哲理上的超硬，人文关怀，机智的情节。

3. 您当初是如何走上科幻文学之路的呢？对您影响最深的一篇科幻文学作品是？

答：我写科幻纯粹是误打误撞，年轻时我比较喜欢科幻作品但并非科幻迷。早期我开始搞文学创作时也是写主流文学。但在 45 岁那年，因十岁儿子每天晚上逼着讲故事而开始写科幻。当然，从内因上讲，我能最终走上这条路，也源自我从小对科学的挚爱。

至于说对我影响最深的一篇科幻作品，这个问题不好回答，随便说几篇吧：鲍勃·肖的《昔日之光》，丹尼尔·凯斯的《献给阿尔吉侬的花束》，海因莱因的《你们这些回魂尸》等。

4. 在您自己的众多作品中，您个人最喜欢哪部作品？最喜欢哪一个人物？为什么呢？

答：这个问题也不好回答，我的作品也有不同风格，不好平行比较。如果主要偏重于人文方面，我最喜欢《蚁生》，因为它沉淀了我前半生的生活包括文革和下乡，表达了我对生活和社会的思考。里面我最喜欢的人物是郭秋云，她本是因为对颜哲的爱和崇敬，而被动地参与创建了一个乌托邦的“蚁族社会”，但实际上她比颜哲更为清醒和明断；如果偏重于硬科幻方面，我最喜欢活着三部曲，包括《逃出母宇宙》《天父地母》，第三部正在创作中，这套书是把余华先生的《活着》放大到广阔的太空环境，但又深深扎根于地球，特别是扎根于中国。其中人物众多，如果要选出一两个我最喜欢的，应该是《天父地母》中的褚贵福和妮儿。前者是善恶交并的商界枭雄，但在特殊的历史时刻中成了一代伟人，成了G星人的“天父”。妮儿则是一个性格立体化的女科学家，精通政治谋略，感情丰富多彩，在特殊的历史时刻下，她也成了G星人的“地母”。

5. 您的作品常表现人类被更高级形式生命取代的主题，请问您如何看待人类的太空探索和外星生命?

答：科幻作家常常比常人看得更远一些，具有所谓“上帝的目光”。我相信进化论，相信地球生命是从普通的非生命物质进化而来。而且大自然永远处于变化之中，不可能静止于某个阶段。既然这样，那么我们熟悉的人类生命当然只是宇宙史诗中的一个章节，肯定会有更高级的生命形式来取代人类。对此我们既不必悲观，也不要过度地乐观，而要学会像上帝那样冷静达观地看待这种无法逆转的自然进程。

6. 您和刘慈欣都被誉为当代中国一流的科幻作家，请问您如何看待刘慈欣的科幻作品，您认为您二位的作品最大的相同点和不同点分别是什么?

答：当代中国有很多好的科幻作家，风格不一，比如韩松是以其风格的诡异阴暗、视角的独特、社会思考的尖锐犀利而著称，而何夕则以细腻的感情见长。相对来说，刘慈欣和我作品的相似度更大一些，都是标准的核心科幻。刘的作品常常是博大的视觉盛宴，而其内在的思想也非常深刻尖锐甚至离经叛道。他非常善于创建新颖的科幻构思，营造逼真的技术细节，这些方面比我强。

如果说我们俩的最大不同，那不妨引用外人的一句话：“刘慈欣是在创建中国科幻的天空，而王晋康是在建造中国科幻的大地。”我的作品中有更多的中国人的生活、中国人的历史、中国人的眼光，这是由年龄决定的。或者用我在某次笔会上说过的话：年轻科幻作者是站在未来看未来，刘慈欣这个年龄段的科幻作家是站在现在看未来，而我是站在过去看未来。

7. 您希望将自己的哪一部佳作推广到海外呢？您最希望通过作品向海外读者传递的思想或心声是？

答：我希望把《蚁生》《逃出母宇宙》《天父地母》《豹人》《癌人》《类人》《海豚人》《与吾同在》等长篇以及一些好的短篇介绍到国外。科幻作品是最具国际性的文学品种，但我仍然希望在这个“奇点即将来临”的时代，国外读者能读到中国人的独特思考，和那些溶于小说中的中国人特有的故事和喜怒哀乐。

8. 您如何看待科幻文学作品的影视改编？目前您的作品是否有影视剧改编的计划呢？

答：科幻文学改编成影视后，肯定会降低其思想的尖锐和深刻，甚至会弱化或失去那些令科幻迷心灵战栗的亮点，因为影视是面对普罗大众而非科幻迷——而这恰恰是后者最大的优势，可以极大地扩大科幻的影响。

目前有一个公司——位于杭州的水星文化创意公司在通盘筹划我作品的影视改编，正进行的有三部，但都处于早期阶段。

9. 您也常去不同的国家进行交流，让您感受最深的事儿是？您对文学交流的看法？在您的阅读经验中有没有什么文学世界共融的趣事儿？

答：非常遗憾，我的英语水平不行。我们在高中以前学俄语，作为“老三届”学生，31 岁才上大学，从 ABC 开始学英文。在大学中我的英语成绩不错，出大学门就还给老师了。这是我人生中最大的劣势，无法及时地、自如地与国外同行交流。

10. 与外国科幻文学相比，比如说法国的凡尔纳、美国的阿西莫夫、英国的克拉克等作家，您觉得中国当代科幻文学的不足之处和优点分别是什么？

答：前面说过，科幻是最具国际性的文学类型，因为科幻文学的源头之一是科学，而科学是唯一的，没有所谓的中国物理学与西方物理学。当然，科幻文学主要是文学，而文学必然带有这个民族的特征，特别是像中国这样大的文化体量，这么悠久的历史传统，必然会影响到科幻作品的特质。就我个人的感觉，中国科幻的不同点在于：普遍的无神论传统，因此中国科幻作家在科技伦理方面常常走得更轻松一些；儒家思想，比如正统、集体主义、先天下忧的士大夫传统、政治上相对的保守；信息和交流上的相对封闭，但年轻一代科幻作家好多了。

11. 请问您对“中国当代文学精品海外译介与传播论坛”这个活动平台怎么看？如果您愿意建言献策那就再好不过了。

答：这是件功德无量的好事。我的一生经历过“文革”、前的清教徒封闭社会、“文革”的文化沙漠、20 世纪 80 年代的改革开放。在我 80 年代上大学时，国外尤其是西方的文学作品像洪水般涌向中国，可以说我的人生观基本是在那时定型的。直到今天，中国仍在如饥似渴地向国外学习，相比之下，国外尤其是西方社会似乎做得没有我们好，至少没有我们这般的“饥渴”。了解都是相互的，非常希望借着这个平台，能把更多的中国作品介绍到国外。毕竟，我们都是同一个也是唯一一个地球村的村民。

这是亚马逊在中国当代文学精品海外译介与传播论坛上的访谈。

也说说克隆人

2017.5.19

克隆人是个老话题了，但刚刚拜读了科普大家赵南元先生在《新语丝》上新近发表的《评克隆人所谓的伦理问题》，禁不住也想说几句。

一向知道赵先生是位无畏的科学斗士，该文也写得生猛过人，但文中的一些观点我实在不敢苟同。赵先生反对把西方国家的某些宗教偏见当成普适的“人类伦理道德”，这话不错。西方确实有深厚的宗教传统，它对科学的发展确实有桎梏作用，当然也有有利的一面，至少说现代科学体系是在有深厚宗教传统的西方发展起来的，恐怕这一点谁都否认不了。西方思想界包括科技界对克隆人深切的忧虑，虽然有宗教的影子，但也是科学共同体的主流思想，怎么说也是比较接近于“人类共识”或“人类伦理道德”的，至少比赵先生的观点更接近一些吧，有时真纳闷儿赵先生这种睥睨万夫的底气从何而来。今天在有关克隆人伦理道德上有较大争论，虽然有民族宗教的因素，但更多是缘于科技的飞速发展，是科学技术的发展超越了人类的旧意识所造成的新问题。但科学是不分民族宗教的，没有所谓“西方物理学”和“中国物理学”的分别。所以，讨论克隆人还是多从人类共识着眼，不要弄得太民粹，弄得好像谁对克隆人有点担心就不是中国人似的。

赵先生说，克隆人只是一种辅助生殖技术，仅仅用于那些“对子女高度渴望而又不可得”的部分人群。果真如此吗？如果这样，那确实是小事一桩，甚至不用劳烦赵先生这样的大学者来替它鼓吹。毕竟现在已经有了各种生殖辅助技术包括体外授精和试管婴儿技术，这样的问题都可以解决了。克隆生殖其实只适于那些因年迈而丧失精子卵子又想延续自己血统的老人，但这些人更是少之又少，在整个社会中可以忽略不计。赵先生在文中说“德国由于历史原因禁止一切克隆技术的研究，已经使德国治疗性克隆的技术水平落后于英美十年”——如果克隆技术仅仅这么点小小的功能，那落后十年二十年又有啥关系？一点不耽误咱们穿衣吃饭。

像赵先生这样把克隆人技术看得无足轻重，看成只是帮极少数人生俩孩子，是典型的鼠目寸光。相信紧盯着克隆技术的科学家尤其是商业界，绝不仅仅是为了赚这样的辛苦钱。这个技术有极大的商业潜能，比如：器官备件。众所周知，病人器官移植的最大问题是异体排斥，如果每人能克隆出一具身体——为了避开伦理上的问题，可以让他是个无脑儿——冷冻起来，需要更换器官时则随意取用，那该是多大的医学进步！进一步说，如果这类用于治病的器官更换被社会允许，那么，把它用于延长寿命呢？一个富人可以克隆一百个无脑儿，随时更换器官，让自己活一千岁？赵先生在这篇文章中说，科研自由是科学技术的生命线，这话大致是对的，但不能绝对化。请问上面举的几种研究可以自由进行、不受任何道德伦理约束吗？还可以举一些更极端的例子，比如让人和猎豹杂交来培养百米超人？让人和鬣狗杂交来培育更适合污染环境的食腐人？为富豪们订单式培养“标准美女”？为独裁者大批培养超级战士？当然眼下这只是科幻，但这些科幻单从技术实现上与今天也就一墙之隔，就看伦理道德是否开绿灯了。

其实我个人一直相信，克隆人的诞生是不可避免的，因为技术已经基本成熟而商业上的好处又太大，与其绝对禁止倒不如在可控的条件下让有责任心的科学家来尝试。但这种尝试一定得心怀惕怛、如履薄冰，是人类主体可以控制的，绝不是赵先生这种小儿般的无畏。科学技术是澳洲土人的飞去飞来器，它过去主要用来改变客观世界，今天已经反转过来变革人类，而克隆人与人机人——使用芯片强化大脑，或具有成熟人类意识的纯人工智能——的出现应该是最重要的临界点。克隆人与试管婴儿有很大的不同，用句文艺一点的话来说，试管婴儿技术只是用来弥补上帝的过失，完成本该由上帝完成的工作。但克隆人是把大自然规定的两性繁殖变为孤雌（孤雄）生殖，是质的改变。生殖是人类最重要的属性，至少是最重要的之一吧。所以，改变了生殖方式的人类已经达到了质变点，其后的发展谁都无法准确预料。

比如——爱情，这是文学家讴歌了几千年的东西，但以生物进化的时间跨度来看，爱情只是两性繁衍方式的附属物。如果没有了两性繁衍，爱情早晚会枯萎。甚至到那时男人都不再需要，因为雌性应该是大自然的缺省配置，比男性来说更有资格在自然界存在。一个无性繁殖的世界里要男人干吗？当然，我不相信人类会从此变为无性繁殖，更不忍心让男人绝种。无性繁殖本是原始生物的普遍繁殖方式，但大自然经过多少亿年的进化，以有性繁殖代替了前者，这当然是因为后者有前者不可比拟的优势。有科学家担心大量基因结构完全相同的克隆人可能诱发新型疾病——注意是大量，如果是暂时的个别的克隆，这种倾向来不及表现——从物种时间跨度来说是完全合理的担心。赵先生满脸不屑地说它“毫无科学根据”。不知道赵先生的这个结论又有什么科学根据？上帝（大自然）通过几亿年的试错才确定了有性繁殖为生物主流，咱们这位先生比上帝还牛？

科技发展太快了，现有的社会关系和家庭关系受到各种冲击，例如独身主义、丁克主义、同性恋权利运动、极端女权主义等。对凡此种种，人类都应该引起重视，谨慎行事。比如，独身主义、丁克主义、同性恋也许都是合理的，但它们只能是人类的一个支流而绝不能成为主流，否则就是——人类消亡。也许某些人会说不要紧，有科学技术可以弥补，比如用克隆人技术来实现人类繁衍。但克隆人如果大行其道，对人类伦理道德的冲击肯定是颠覆性的。不像试管婴儿，对人类法理稍作修补就可以容纳。试想：如果社会是单一性别，没有家庭，没有爱情，没有父母亲子之爱，那会是什么样子。自然界中也有大致类似的生物社会，比如蜜蜂、蚂蚁，也许到时我们得参照蚂蚁社会来重新制订人类法律和伦理道德？！赵先生满不在乎地说：“克隆人对社会关系和家庭关系的冲击微不足道。”他敢做出这个结论真的是太勇敢了。

赵先生在文中提到“中国在舆论一边倒的情况下，反对克隆人的人还不到 50%”，不知道提这个数据有什么用处。论见之争不是打群架，不是靠人多取胜的。目前中国人反转基因的恐怕超过 90%，这就说明反转有理？

答《新京报》记者问

2017.8.22

1. 2010年的科幻世界座谈会上，你提出“核心科幻”这一概念。当时是怎样的契机使你提出这个概念的？将科幻与奇幻、科普区分开，对于科幻文学的发展意义何在？

答：我是一个靠直觉写作的草根作者，对文学理论包括科幻文学理论不大关注。“核心科幻”这个概念的提出其实比较随意，是在《科幻世界》杂志社组织的某次笔会上心血来潮贸然提出的，具体是不是2010年提出的我已经记不清了。后来在一位科幻研究者的督促下才把它整理成文字，发表在2011年3月的《科普研究》杂志上。

过去科幻界以“硬科幻”和“软科幻”来区分不同的风格，我觉得这种分类法不大科学。科幻文学以科学为源头之一，所以，那些最能体现科学本身的震撼力、浸泡在科学理性中、最能体现科幻文学特质的作品，无疑应是整个科幻文学的核心；而其边缘部分，则与其他文学品种如奇幻、幻想、悬疑、童话等文学品种甚至与主流文学互相交错融合，无法明晰区分。我个人认为：核心科幻这个提法更准确地描绘了科幻文学的真实全貌，所以提出之后得到不少作者、编辑的认可。

需要说明一点的是：所谓核心科幻与非核心科幻只是分类学的区别，并不包含作品高下之分，实际上很多经典科幻作品并不是核心科幻。而且，作为作家个人来说，完全不必刻意去区分“核心与非核心”，你愿意怎么写就怎么写，擅长怎么写就怎么写。但作为一个文学品种来说，必须有足够数量足够质量的核心科幻作品做骨架，否则这个文学品种就失去存在的意义，就会被奇幻等文学品种所同化。所以可以这样说：这个概念对作者的创作没有多少作用，只对那些通观科幻全局的人才有意义，如杂志编辑部、评论家等。有人说我“以核心科幻观点来指导自己的创作”，这是误解。我前面说过，我是一个靠直觉写作的草根作者，只是在创作出大部分作品后，才在创作实践中总结出了这个观点，并非先有这个观点而依据它来创作。

2. 对于如何在科幻这一“舶来品”的外壳之下创造属于自身时代和民族的作品，你有怎样的心得？

答：仍是那句话，我是靠直觉写作，在理论上没什么见地。如果硬要赶鸭子上架，非要我谈这个“理论性”的问题，我只能依据自身经验说几句。我的作品在当下的中国科幻作品中，应该是中国味儿最浓的之一，也即我自嘲的“中国红薯味儿”，这与我的年纪和经历有关。我是一位工程师，文学阅读和写作仅仅是出于爱好，甚至年轻时还不是一个“铁杆科幻迷”，看过的科幻作品包括科幻影视作品相对较少。这一方面是劣势，一方面也是优势，因为我写科幻，打一开始就只是为了写“个人之所欲言”，心中没有科幻与主流文学的藩篱之见，没有“科幻必须如何写”的定规，也没有经过对国外科幻作品的模仿阶段。再加上我的年纪较大，写作科幻时已经45岁，与其他年轻作者差了至少一代，我是“站在过去看未来”，所以笔尖下流淌的自然是“这个”时代、“这个”民族的感情、血与汗水。

3. 在当下这个急速变迁的时代，通过科幻作品，实现对人类或世界未来的精准预测是否还有可能？瞄准未来的科幻写作，如何帮助人类应对当下的现实困境和矛盾？

答：对“远未来”不可能精准预测。科幻文学能做到的是描写101种“可能的未来”，如果真正的未来能包括在这101种描绘中，那我们就要开香槟了。但也有可能，真正的未来超出了科幻作家的预测范围。

而且说白了，没有一个人能精准预测远未来，不管是科学家还是哲学家思想家。不妨拿生物进化做一个类比，生物进化过程最本质的精髓是两个字：试错。其实人类文明进程也是如此。尽管我们以为，随着科学技术的极度昌盛，人类终究能够进入自由王国，能够精确预言乃至于操控自己的未来，但那是不可能的。从总体上说，人类文明也将是一个试错过程，过去如此，将来也如此。

但这并非说我们就该放弃往前看，该怎么努力仍得怎么努力，正如一个人每活一天就是向坟墓迈了一步，但这并不妨碍我们高高兴兴地迎接每一天的朝霞。

刚才说的是“远未来”，至于对“近未来”做预测的准确性要大一点。比如，对于近两年突然爆发式发展的人工智能，我早在2003年第5期《科幻世界》就发表过一篇文章:《人工智能能超过我们吗?》，做出了肯定的回答，那篇文章中的观点即使在今天看来也是超前的，只可惜科幻一直处在主流关注之外，没人注意到这篇文章。一直到2005年，美国著名发明家雷·库兹韦尔出版了《奇点临近》这部书，这个问题才得到广泛的关注。

4. 2012年时，你曾说:“科学对人类的异化，接近了一个临界点。以前是补足阶段，达到了上帝造人标准，现在正超过补足，到了改进这一步，这非常可怕，没有界限了，将产生新人类。我预言的临界点已经到了。”通过你的观察，这个“临界点”在哪里?科学对人类的消极影响是否已经提早到来?

答:我的这个提法不是在2012年，而是在20年前的1997年北京国际科幻大会，我代表科幻作家做了发言，发言收录入这个大会的论文集中，并以“克隆技术与人类未来”的题目发表在1998年第2期《科幻世界》杂志上。其后，我对这篇发言做了一些修改，以“超人类时代宣言”的题目发表在2003年第9期《科幻世界》杂志上。

我为什么有这个提法?因为1997年左右有两则重磅科学新闻，对我震动很大，一是克隆羊多莉出生，它象征着人类已经掌握和改写了上帝最核心的技术秘密——人类的繁衍。二是“深蓝”战胜国际象棋世界棋王，它象征着人类最引以为傲的智慧已经受到电脑的切实挑战。山雨欲来风满楼。科学技术就像澳洲土人的飞去飞来器，在改造了大自然之后，已经反转过来改造人类。何时科技对人类的异化超过了“补足”阶段而达到“改进”，那就是一个临界点。因为，改进没有上限。如果人类能够以植入芯片来控制空调的关闭，为什么不能把大学知识甚至大部分科学知识装到脑内芯片中?马斯特在围棋领域已经全胜人类，那么在物理学领域里会不会出现一个驴斯特，嘁里咔嚓淘汰人类超一流科学家？这个临界点已经到了，以马斯特横扫多位围棋顶尖选手为代表，只是它与我当年预言的情况略有不同，因为它并非表现在对人类智能的改进上，而是更多表现为一种“他者文明”。

但我并没有说过这样的科技爆炸会对人类产生消极影响，这种说法太片面。实际上，科学对人类的影响至少到目前为止，仍是“正面”大于“负面”。但两者多重缠绕嵌套，根本无法分清。有人担心人工智能的爆炸性发展将会造成大失业，这是比较短浅的担忧。短期的失业潮虽然痛苦，但并不可怕，只要人类社会的总财富因人工智能的辅助而急剧增加，那么，经过短期震荡之后，这些财富终将达到某种程度的平均化，使人类生活得更好，比如：可能我们的孙辈会享受每星期单日工作制。人类会把大部分劳动给人工智能，人类只去发展文学艺术哲学这类人文领域。我担心的是：如果人工智能超过临界点，成了地球的真正主宰，成了一位无所不在的大妈妈，将人类无微不至地置于其翼下，正如我在2005年第6期《科幻世界》上发表的科幻小说《一生的故事》中所描写的那样，那么，人类的存在还有意义吗？

科幻作家的特点是“踮起脚尖看未来”。只要把目光放远，一些看来难以解答的问题就会变得清晰。比如：人工智能是否能发展出意识比如感情、信仰、直觉、我识等？这个终极性问题其实很好回答：看看人类智能是从哪儿来的。它归根结底来自几亿年前地球原始汤中某些普通原子的自组织，形成了能够自我复制的原子团，然后经过几亿年的进化，在充分复杂化后产生了质变，产生了高于普通物质的东西。如果你承认这一点，那你真不好意思说硅原子就做不到。而且，这个过程绝不会需要几亿年，因为人类已经赋予人工智能很高的起点。

其他

悼绿杨

2010.11

惊悉绿杨先生去世，心中很难过。如果把上世纪 90 年代的科幻作家划为新生代，则绿杨先生是横跨两个时代的作家，是旧生代作家在新生代仍保持高产的硕果仅存者，其他人如刘兴诗、吴岩等在 90 年代后创作的文学作品相对较少。他的去世，可以说代表着“半个时代”的终结。

我与绿杨先生个人交往不多。1997 年我在北京参加国际科幻大会，他也参加了。那时在紧张的会议议程中，我也抽空查阅住宿名单，找几个尚未谋面的同道拜访一下。但他在会上报的是本名，而我当时并不知道李钜康就是绿杨先生，竟然与他失之交臂。直到若干年后我们同去上海参加当年的银河奖发奖，才知道这个小花絮。上海一别，我们再没见过面。曾有一次去黄山旅游，准备顺道去他家乡贵池拜访，可惜未能成行。后来他基本停止了短篇创作，杂志上很少见他的名字了，只知道他转而创作长篇，而且成就斐然。

科幻产业经过这么多年的发酵，即将迎来收获，相信有一些作家在经济上也会获得丰厚的收益。但在上世纪 90 年代及更早的时代，科幻创作基本是靠爱好支撑的。我曾听某编辑转达过绿杨的感叹，说他生不逢时，错过了好时代。俗话说前人栽树后人乘凉，绿杨先生种下的也许并非参天红杉而只是大众化的杨树，但他以 20 多年的创作为后人留下了好大一片绿荫。近来我刚和孙维梓先生通过信，读了他发给我的《浮生追忆》。孙先生是当年撑起《科幻世界》译文方面半个天空的骨干译者。他现在已经 80 岁，近乎全盲，只能用声音输入法来写信，当然也完全退出了科幻译作。还想起我熟悉的其他一些“老人”，像刘兴诗、杨潇、谭楷、吉刚、田子镒等。他们或者种下了合抱粗的大树，或者只是浇水施肥，但他们都为后人留下了一片绿荫。现在他们已经完全或基本退出了科幻创作，正在度过自己的晚年，有些活得很潇洒，有些晚年生活不大如意。也许是人老更为念旧，每次笔会我都会尽量找机会同他们聚一聚。说句不吉利的话，老朋友们是见一面少一面了。

我今年已经 63 岁，不知道上帝给我留下多少年的寿命，更不知为我留下多少年的创作寿命。值此悼念绿杨先生之际，情绪难免有些感伤。就此搁笔吧。绿杨先生，绿杨兄，在另一个世界里，你能看到这些文字吗？

本文最初发表于《中国新科幻》2010 年第 7 期。

歪论时间旅行

——论能否实现定点时间旅行

2013.11.12

今年在太原开会，刘慈欣提了一个问题："时间旅行者能否回到他出发时刻的空间位置？"这令我起了写此文的念头。其实我 2000 年的短篇科幻《黄金的魔力》中多少已涉及这个问题。侯宝林曾有一部著名相声《歪批三国》，今天我来个《歪论时间旅行》——不过预先请读者注意，别看是歪论，它可是要深度介入宇宙的本元，涉及时间、空间和惯性本质等终极问题，咱们得像爱因斯坦一样思考得满脑门皱纹。

不少人包括我本人认为时间旅行根本不能实现，因为外祖父悖论违反因果律。但本文的前提是时间旅行可以实现，然后从技术层面来讨论"能否实现定点时间旅行"。

好，开始正文。

问题提出：如果在宇宙，总星系，本星系，银河系，太阳系，地球，中国，成都，人民南路，《科幻世界》编辑部内 ψ 点，某小编决定从 t_0 时刻乘时间机器去 1000 年后或 1000 年前的 t_{1000} 时刻，请问他在到达那个时刻后，还能位于他出发时的 ψ 点吗？

要想回答这个问题，得做诸多假定，咱们一个个来。

第一个问题：他从 t_0 到 t_{1000}，需要花费时间 δ 吗？空间旅行中从 A 到 B 肯定要花时间，连最快的光也不例外。所以合理的假定是：时间旅行中从某时刻到另一时刻也需要时间 δ。但如果承认有这个 δ，以下的论证就会比较烦琐，而且有它无它，其实对结果没有实质影响。所以为明晰起见，我们干脆做以下假定。

第一假定：时间旅行者从 t_0 到 t_{1000}，不需要花费时间 δ。

第二个问题：宇宙有绝对坐标系吗？过去，物理学家认为宇宙中到处存在以太时，认为是有绝对坐标系的，现在认为没有。但如果没有这个玩意儿，咱们今天的讨论根本无法继续。好在科幻作家比较自由，可以任意设定，只要这些设定能在他的文章中自洽。所以现在做第二个假定：

第二假定：宇宙中有绝对坐标系，它就建立在空间本身之上。

对这个假定要多说两句。相对论说质量能使局部空间发生畸变，但它是完全弹性的，星体离开后仍会恢复平直空间，我们假定的绝对坐标系就建立在除去局部畸变的平直空间上。至于宇宙从整体上说是否为超圆体或平直空间，这些并不影响以下的论证，可以不说它。

这儿暂不提宇宙的膨胀，以后会说到的。

好，现在假设旅行者进行了时间旅行但没有做空间移动，所以在 t_{1000} 时刻仍然处于绝对坐标系的 $\psi(X_0,\ Y_0,\ Z_0)$ 点上——但地球相对空间是运动的，1000年后的地球早已离开此点，也就是说，人民南路那个原来的 ψ' 点，与空间的 ψ 点已经分离，可怜的某小编在时间旅行后找不到家了。

但是且慢！读者会反驳说你忘了惯性。旅行者在出发时刻具有地球的惯性，从而与地球保持着同步。但要这样说，首先得考虑一个全新的问题：时间旅行中惯性作用还能保持吗？

没人知道。从阿基米德、伽利略、牛顿、莱布尼茨，到爱因斯坦、玻尔、霍金，抡齐了说，从没哪位大师就此发表过意见。所以敝人单单提出这个问题，已经与希尔伯特齐名了。不过咱先别骄傲，回到正题吧。这儿需要再做一个假定。

第三假定：时间旅行中惯性作用仍然保持。

这样一来，时间旅行者在旅行中能与地球保持同步运动了吧——但是且慢，惯性只是物体保持直线运动和静止状态的性质，但地球受太阳引力在绕太阳转，太阳又绕银心转，银河系也在运动，连本星系、总星系也在做着非直线运动，而保持惯性的旅行者呢？是沿直线还是与地球同步？

没办法，那就再做一个假定：假设旅行者所处的引力场不变，本质是空间畸变状况不变，他与原星球保持同步。

第四假定：时间旅行中引力作用仍然保持，并且在整个旅行时段内的累积作用不变。

这儿说的累积作用是指：虽然某小编从 t_0 时刻的地球到 1000 年后的地球并不需要时间，但还得承受 1000 年的引力作用，否则他就不能与地球的运动同步。此假定的第二部分颇为牵强，但为了让某小编能找到家，咱们只有忍受了。

这就没问题了吗？还不行，现在得回到前面说过的宇宙膨胀。我们都知道物体有惯性，是生来就有的，但它究竟是什么机理产生的？没人知道。合理的猜想是：惯性是空间赋予物质的一种性质。做一个比较，众所周知，在空间中以近光速运动的物体其质量将急剧增大，也就是其惯性急剧增大。但遥远星体由于宇宙膨胀所产生的红移速度，即使达到光速也不会有相对论效应，因为它相对“本域空间”并无运动。这个事实，大概能反证空间与惯性有深层联系。

到这儿，问题又大大复杂了。惯性在膨胀空间中有无变化？至少说“相对静止”这个概念得有修正，因为在膨胀空间中，两个相对本域空间静止的物体会相互远离，因而处于相对运动之中！还有引力呢？要知道空间膨胀后是要影响引力大小的——引力与距离平方成反比，那么，如果某小编在 1000 年中承受的一直是 t_0 时刻的引力，他又无法与地球的运动同步了。

这事谁都说不清，为了咱们的定点时间旅行，我们只好再做一个糊里糊涂的假定：

第五假定：惯性作用和引力作用若在膨胀或收缩空间中有变化，则时间旅行者始终与地球保持同步变化。

做了这么多假定之后，看来不会有问题了。时间旅行者在到达 t_{1000} 时刻时，惯性和引力仍保持作用，并且虽然旅行者所花费的 δ 为零，但上述作用仍保持 1000 年的累积效应，使旅行者与地球精确同步，于是他不再落在绝对坐标系的 ψ 点，而是落在地球的原 ψ' 点。

但是且慢！上述这些作用是超距的，还有一些非超距的作用。在这 1000

年中，地球本身在胀缩，地质板块在运动。要想使时间旅行者仍落在他想去的那个地方，他就得随板块一起移动。这就需要再做一个假定。

第六假定：时间旅行中电磁力作用仍保持，并且与此相应的物理接触也得保持。

也就是说，旅行者在旅行中脚不能离开原地！

后几个假定已经很拿不出手了，简直简直不像理性论证了。但即使承认这些假定，问题还没完：上面说的作用可以归类为“非偶然因素”，还有“偶然因素”呢？比如，假设这位时间旅行先驱在 t_{1000} 时刻精确回到原位，而沧海桑田，原位立着后人为他立的石像，那会导致什么结果？人与石像是否会合体？

没人知道。纵览所有的时间旅行题材小说，从没人提到过这个问题。这不奇怪，因为这是个解不开的死结，你再做一万个假定也没用。如果小说作者把这个死结明明白白告诉读者，就是自断活路，小说肯定写不下去了。拙作《黄金的魔力》例外，它干脆把这个死结转化成故事情节。故事中，贼王用时间旅行方法进入金库盗窃，但他从时间中现身时，一只胳膊与铁架在空间上重合，融合得天衣无缝，为逃命只能锯断胳膊。而主人公——一位已经堕落还没彻底泯灭人性的工程师回到过去取手术锯再返回金库时，其心脏正好与一块贼王掷在半空的金条重合，变成了“冷酷的心”从而彻底堕落。这个故事有意描写了一次失败的时间旅行。

既然这么多的假定都不能保证“定点时间旅行”，那根据奥卡姆剃刀原则，恐怕只能得出这样的结论：定点时间旅行根本无法实现。这虽然算不上严格的证伪，但想来也不会错吧。

杀　生

2016.3.2

我四十几岁时有一年忽然迷上了射击，一杆气枪，院墙上挂一个自制的靶子，全家老少轮着练瞄准，颇有点全民皆兵的味道。射击这事说起来容易做起来难，三点一线的原理谁都知道，但在枪口不可避免的微微晃动中，能在准星对准目标的刹那间果断地扣下扳机，把铅弹打在红心上，还是很有成就感的。

我没料到自己竟然有点射击天赋，虽然近视，但枪打得比其他人准，子侄辈都比不上我。另一个有天赋的是我大姐，虽然每次拿起枪就要问："我该闭哪只眼？"但这么一个外行，子弹打出去却比别人准，水平跟我差不多，不服都不行。子侄辈们都说可惜了，说我们老姐儿俩应该打小进射击队，那就没许海峰的戏了。

不久我就不再满足于打死靶子，而开始瞄麻雀——不是飞着的麻雀，我没奢望自己有这本事，而是射待在树上不动的麻雀。虽说也是死靶子，但总归是一个活物吧。春天树叶稀疏利于瞄准，不久我就打下了第一只麻雀，在全家首开记录。

打中麻雀比打中红心更让人有成就感，以后我打得更起劲了。不过我的狩猎史在第二只麻雀打下来后就戛然而止，是因为老爹的干涉。那天我刚从树下捡起麻雀，老爹在身后轻声说：

"活生生的性命，别打了吧。"

不是斥责，是怯怯的恳求。在农校教书的老爹一生谨言慎行，树叶掉下来怕打破头，"文革"中又挨过批斗，老妈说他"把苦胆吓破了"，之后他无论见谁都是一脸胆怯的笑容，即使对儿孙辈也不例外。不过这句怯怯的话却给了我重重一击。看看手中的麻雀，还没死，身体是热的，轻轻抽动着。伤口不大，只有很少的血迹，但显见是不能活了。它在树上喳喳欢叫时没想到片刻后的噩运吧。我觉得非常自责，为了自己一点小小的成就感，就不惜戕害一条“活生生的性命”，我怎么会如此轻易地“堕落”？

从那之后我再也不打麻雀了，不打任何活物了。老爹活到 92 岁去世，在送葬时听一位朋友——他也是农校子弟——说：

“你知道不？十几年前我扛着气枪在农校院里打麻雀，被你老掌柜看见了，轻轻说了我一句，从那之后我再没打过。”

我猜得到老爹当时说的是哪句话，一问，果然不错。而且我能真切想象到他说这句话时，脸上那胆怯的笑容。如今老爹在冥冥中看着麻雀在树上欢叫，应该非常欣慰吧。

疫病、人类与自然

2020.4

今年春节前，我带着儿子女儿全家去珠海长隆公园玩。那时新闻已报道了武汉发生肺炎疫情，但预订的昂贵的公园门票和酒店住宿是无法取消的，我们还是在犹豫中启程了。1 月 20 日早上，我们已到达万头攒动的长隆门口，忽然接到微信群内一条来自武汉的微信，说这次的肺炎疫情很像当年的“非典”。我是经历过“非典”的，“非典”刚开始时我应邀去天津参加科幻活动，来回途经北京，去时还算正常，回来满街白口罩。这次接受教训，我当即果断决定立即回家，到长隆园门而不入。

这让我们在金钱上损失惨重（当时还没有酒店在疫情期间免费退订的政策），但事后家人都说我的决定非常正确。作为一名科幻作家，我对疫病一向比较关注，曾写过相关题材的长篇科幻《十字》（又名《四级恐慌》），英文名为 *Pathological*。这应该算是一部哲理科幻，重点在于讨论有关疫病、人类与自然之间全局性的关系。在新冠肺炎疫情仍在肆虐之际，回顾一下这本书中的观点还是有益的，因为眼下对疫情的关注更多是就事论事，没有上升到疫病、人类与自然关系的高度。

首先我认为，疫病是人类永远不可豁免的痛苦。上帝是憎恶清一色的，这算是宇宙的一条铁律。它缘于一条简单而又深刻的机理：某种生物的全盛也同时为它的天敌准备好了舞台。所以任何物种入侵，从地质时间上看都不可怕，大自然会自动校正。地球上真正大规模并长期保持的“清一色”只有人类的极度繁衍，以及与之相关的农作物的超大规模种植。从本质上说这是违反自然之道的，因而也必然受到自然的报复，也就是说，人类疫病和农作物病虫害的烈度不可逆转地大大增强。这种增强只能用科技手段（抗生素、疫苗、农药等）来反制，但这些手段又反过来造成病原体和害虫的加速进化。这是一场永远不能结束的螺旋式上升的军备竞赛，是一种只有在科技强力干预下才能保持的不稳定平衡，随时可能失衡。人类应对此有清醒认识，永远不要幻想能毕其功于一役，彻底消灭疫病和病虫害，原因无他，因为“清一色”的本质就是反自然的。

从疫病爆发的频次看，这些年有加剧的趋势，这可能缘于多重因素，比如：人类社会的发展越来越多地打破地理封闭区域，使原本孤立的病原体得以露头（如艾滋病、埃博拉，也包括这次的新冠肺炎疫情），并借助交通工具迅速传播到全世界；人类的交流强化，与畜禽共处及与野生动物接触的增多，还有医药的高强度使用，都加剧了病原体进化；当然也有现代媒体造成的心理上的放大效应。上述种种因素（除了心理因素那一条），本质上与上一节所说相同：你对“非清一色”的自然状态的偏离越大，自然的报复也就越重。

这次疫情中曾有西方国家提倡过“群体免疫”，结果不成功。世卫组织总干事谭德塞说，群体免疫在技术上是不可行的，也是不道德的。实际上，对感冒这类死亡率低的传染病，人类一直都是采取群体免疫方法的。这种方法最经济，而且属于“本质安全”，它会自动形成强抗体的环境而且会长期保持稳定（除非病原体突变），类似于上面说的大自然的自动校正。但群体免疫能否实施，取决于：疫病有多高的死亡率和社会能接受多高的疫病死亡率（美国每年感冒死亡人数都是万人级别的），以及社会医疗体系能对抗多高的传染率，因为一旦病人过多而造成医疗体系崩溃，就会形成恶性循环，使疫情陷入死亡旋涡。作为以人道主义为普世价值的人类社会，只能在两者之间艰难地做出选择。所以，作为一名了解自然机理的科幻作家，我对中国领导人在认识到新冠肺炎传染烈度后果断封城由衷佩服，那确实是一个极难决断的两难选择。事后我们尽可以说，如果当时早一星期封城会减少多少病人，如此等等，但这属于事后诸葛亮，要知道当时是猝不及防的遭遇战！而此次疫情中某些国家的政治操弄让我很是无语。这并非国家之间的竞争，并非制度之间的竞争，而是全人类与病毒的战争——甚至这种说法都过于政治化，更确切的说法是：在人类与病毒两个物种之间的生存竞争的这一回合，人类为了自身的生存而战斗。

这次疫情中，作为一名笃信科学伟力的信徒，我总有种痛苦的无力感，尽管科学已如此昌明，但对小小的病毒却基本束手无策，唯一有效的疫苗也是远水救不了近火。其实这不怪科学，根本原因是我们要对抗的恰恰是最强大的自然之道，是为人类的极度繁衍赎罪。其实科学的力量已足够强大，像中国实施的精准防疫，能在短短数月内控制疫情，确实是人类防疫史上的壮举，是科学力量和社会组织力量高度发展的里程碑。当然，为了达到精准防疫，人们不得不放弃一些隐私权，不得不放弃自由出行的权利、不戴口罩的权利。更关键的是，这种精准防疫不是“本质安全”的，尽管中国国内疫情已基本扑灭，但在世界疫情大背景下，中国时刻如履薄冰，只有大规模注射疫苗后才能确保安全。抛开那些花哨的政治话语，其实这种两难正是大自然最深刻的悖论——短期利益和长期利益如何平衡，尤其是个体利益和群体利益如何平衡。在生死存亡的关头，恐怕只能放弃一些个体利益。而这正是我一向的观点，正如我在《十字》这本书中说过的，“上帝”关注群体甚于关注个体，这才是“上帝”大爱之所在。

说句题外话，我的《十字》中还提到了疫病之外的遗传病，它同样使人类处于两难境地——医学对遗传病人的救治是科学的伟大进步，是人道主义的高歌；但它也造成了致病基因在人类中的累积，埋下一颗十分危险的滴答作响的定时炸弹。应该怎么办？目前还没有办法。也许将来人类不得不实行基因选择和校正，但至少目前的人类伦理还是不允许这么做的。不管将来怎么做，也只能是群体和个体两难之间的艰难取舍，在那个不稳定平衡中，尽量选取一个对人类相对有利的平衡点。

本文最初发表于《科普创作》2020 年第 4 期。

附 录

《王晋康文集》作品列表

卷号	作品序号	作品名称	字数 / 万	最初发表或出版于	备注
1	1	逃出母宇宙	39.0	四川科学技术出版社 2013.12	活着三部曲之一
2	2	天父地母	32.0	四川科学技术出版社 2016.3	活着三部曲之二
3	3	宇宙晶卵	21.5	四川科学技术出版社 2019.10	活着三部曲之三,《人民文学》2019(7) 选载
4	4	蚁生	17.6	《少年人生（幻想 1+1）》2006(9)	
	5	时间之河	12.0	人民邮电出版社 2012.8	《时间之河》结集
5	6	与吾同在	28.9	重庆出版社 2011.9	
6	7	十字	24.1	重庆出版社 2009.3	2015 年于江苏文艺出版社出版时更名为《四级恐慌》
7	8	豹人	14.5	河南人民出版社 2003.10	新人类系列
	9	癌人	21.5	河南人民出版社 2003.10	新人类系列
8	10	海豚人	15.5	河南人民出版社 2003.10	新人类系列
	11	类人	16.1	作家出版社 2003.1	新人类系列
9	12	古蜀	10.1	大连出版社 2015.1	
	13	生死平衡	7.8	《科幻世界》1997(4/5)	
	14	死亡大奖	8.1	福建少年儿童出版社 2002.9	
10	15	拉格朗日墓场	13.5	花山文艺出版社 2002.1	
	16	追杀 K 星人	6.1	四川少年儿童出版社 1999.8	
	17	生死之约	8.1	湖北少年儿童出版社 2003.8	
11	18	寻找中国龙	9.1	海天出版社 2004.6	
	19	少年闪电侠	10.1	河北教育出版社 2002.1	
	20	生命之歌	7.2	新华出版社 1998.1	《生命之歌》结集
12	21	血祭	15.6	四川文艺出版社 2012.11	与杨国庆合著
	22	上帝之手	11.2	四川文艺出版社 2014.4	

续表

卷号	作品序号	作品名称	字数 / 万	最初发表或出版于	备注
13	23	黄金的魔力	2.6	《科幻大王》2000(2/3)	
	24	水星播种	2.8	《科幻世界》2002(5)	
	25	2127 年的母系社会	2.1	二十一世纪出版社 2007.9	《九州幻想 · 九月风华》结集
	26	解读生命	1.6	《科幻世界》1999(1)	
	27	临界	1.7	《科幻世界》2002(10)	
	28	神肉	0.4	时代文艺出版社 2011.8	《王晋康科幻小说精选集 2：替天行道》结集
	29	他才是我	1.4	《科幻世界》2001(5)	
	30	天下无贼	1.6	《科幻大王》2006(9/10)	
	31	魔鬼梦幻	1.1	《科幻世界》1994(9)	
	32	失去的瑰宝	0.7	《科幻大王》2003(1)	时空旅行三则之二
	33	灵童	1.1	《科幻大王》2003(6)	
	34	秘密投票	1.6	《科幻世界》1997(S)	
	35	可爱的机器犬	0.6	《科幻世界》1999(12)	
	36	星期日病毒	0.7	《科幻世界》1995(5)	
	37	爱因斯坦密件	0.3	《世界科幻博览》2006(4)	署名野狐
14	38	七重外壳	2.1	《科幻世界》1997(7)	
	39	真人	4.8	大连出版社 2016.5	
	40	沙漠蚯蚓	1.7	《科幻世界》2007(10)	
	41	泡泡	3.7	《科幻世界》2007(1/2)	
	42	太空清道夫	1.7	《科幻世界》1998(4)	
	43	百年守望	2.1	《科幻世界》2010(10)	
	44	杀人偿命	1.0	《世界科幻博览》2007(8)	署名石不语
	45	黑匣子里的爱情	0.6	《科幻世界》1994(5)	
	46	间谍斗智	1.4	《科幻大王》2003(8)	
	47	善恶女神	1.1	《科幻大王》2003(5)	
	48	卡尔 · 萨根和上帝的对话	0.5	中信出版社 2016.5	《王晋康中短篇科幻合集：我们向何处去》结集电子书

续表

卷号	作品序号	作品名称	字数 / 万	最初发表或出版于	备注
15	49	天火	1.0	《科幻世界》1994(11)	
	50	西奈噩梦	1.3	《科幻世界》1996(10)	
	51	决战美杜莎	1.5	《科幻世界》2008(12)	
	52	一生的故事	3.3	《科幻世界》2005(6)	
	53	新安魂曲	3.1	《科幻世界》2002(5)	
	54	拉克是条狗	2.1	《科幻世界》2008(3)	
	55	魔环	1.7	《科幻世界》1998(1)	
	56	五月花号	2.2	《科幻大王》2009(2/3)	
	57	替天行道	2.4	《科幻世界》2001(10)	
	58	兀鹫与先知	1.0	《科幻大王》2008(4)	
16	59	养蜂人	0.8	《科幻世界》1999(9)	
	60	亚当回归	1.0	《科幻世界》1993(5)	处女作
	61	有关时空旅行的马龙定律	2.6	《科幻世界》2009(10)	
	62	50 万年后的超级男人	2.3	《科幻世界》2001(2)	
	63	百年之叹	1.0	《世界科幻博览》2007(S)	
	64	黑钻石	1.5	四川人民出版社 2004.4	《2003 年度中国最佳科幻小说集》结集
	65	观察记录：母爱与死亡	2.0	四川科学技术出版社 2006.12	《王晋康科幻小说精选卷一：水星播种》结集
	66	一掷赌生死	1.8	《世界科幻博览》2006(2)	
	67	义犬	2.1	《科幻世界》1996(1)	
	68	哥本哈根解释	0.9	《科幻大王》2003(1)	时空旅行三则之三
	69	孪生巨钻	3.7	《新科幻》2011(2)	

续表

卷号	作品序号	作品名称	字数 / 万	最初发表或出版于	备注
17	70	月球进行曲之前奏	1.0	《科幻大王》2006(11)	
	71	终极爆炸	4.6	《科幻世界》2006(3/4)	
	72	侏儒英雄	2.0	《科幻大王》1999(6)	
	73	步云履	2.5	《科幻大王》2002(8)	
	74	科学狂人之死	0.8	《科幻世界》1994(2)	
	75	三色世界	3.3	《科幻世界》1997(10)	
	76	天河相会	1.8	《科幻世界》1996(8)	
	77	斯芬克斯之谜	3.2	《科幻世界》1996(7)	
	78	天图	1.3	《科普创作》2017(1)	后刊登于《科幻世界》2017(10)
18	79	转生的巨人	2.3	《科幻世界》2005(12)	署名石不语
	80	夏娲回归	2.0	《科幻世界》2011(12)	
	81	我证	1.2	明天出版社 2008.3	《少年闪耀·春晓号》结集
	82	格巴星人的大礼	1.1	《科幻大王》2006(5)	
	83	天一星	0.6	《新科幻》2013(10)	
	84	美容陷阱	1.1	《科幻世界》1995(2)	
	85	替身	1.2	《科幻大王》2002(11)	
	86	时空商人	0.7	《科幻大王》2003(1)	时空旅行三则之一
	87	透明脑	0.8	《科幻大王》2008(2)	
	88	我们向何处去	0.8	《世界科幻博览》2006(8)	
	89	胡须	0.8	《课堂内外》2014(7/8)	
	90	三人行	1.9	《科幻大王》2002(10)	
	91	高尚的代价	1.5	《科幻世界》2007(4)	
	92	论本能	2.1	《科幻世界》2006(S)	
	93	数学的诅咒	1.0	《科幻世界》2003(4)	
	94	夏天的焦虑	1.2	《科幻世界》2003(6)	
	95	完美的地球标准	0.5	《科幻大土》1998(3)	

续表

卷号	作品序号	作品名称	字数 / 万	最初发表或出版于	备注
19	96	生命之歌	1.6	《科幻世界》1995(10)	
	97	拉格朗日墓场	2.8	《科幻世界》1997(1)	
	98	最后的爱情	1.0	海洋出版社 1998.9	《光明之箭：现代科幻作品精选集》结集
	99	龙的传说	2.1	《科幻大王》2001(11)	
	100	追杀	2.1	《科幻世界》1995(6)	
	101	豹	4.8	《科幻世界》1998(6/7)	
	102	长别离	1.9	《科幻世界》2006(S)	
	103	失去它的日子	1.4	《科幻世界》1999(6)	
	104	牺牲者	2.1	《科幻大王》1998(5/6/7)	
	105	生存实验	2.3	《科幻世界》2002(12)	
	106	活着	2.3	《科幻世界》2008(8)	
	107	母亲	4.2	《科幻世界惊奇档案》2000(1)	远航远航号
20	108	黄金黄金	3.6	本书	科幻剧本
	109	陷阱	1.7	本书	科幻剧本
	110	生命之歌	4.4	《中国作家》2020(9)	科幻剧本
	111	人与狼	1.4	《躬耕》1996(1)	非科幻小说
	112	人之初	0.9	《躬耕》2005(2)	非科幻小说
21	113	耕者偶得	27.1	散见于报纸、杂志、网络	77 篇创作随笔

注明：表中所列作品字数为 word 字数，而非版面字数。

王晋康创作年表

年份	月份	作品名称	字数 / 万	刊物或出版社	备注	所属卷号
1993 年	5 月	亚当回归	1.0	《科幻世界》	处女作	16
1994 年	2 月	科学狂人之死	0.8	《科幻世界》		17
	5 月	黑匣子里的爱情	0.6	《科幻世界》		14
	9 月	魔鬼梦幻	1.1	《科幻世界》		13
	11 月	天火	1.0	《科幻世界》		15
1995 年	2 月	美容陷阱	1.1	《科幻世界》		18
	5 月	星期日病毒	0.7	《科幻世界》		13
	6 月	追杀	2.1	《科幻世界》		19
	10 月	生命之歌	1.6	《科幻世界》		19
	12 月	告别老父	0.2	《我们爱科学》	本书未收录	
1996 年	1 月	义犬	2.1	《科幻世界》		16
	1 月	人与狼	1.4	《躬耕》	非科幻小说	20
	7 月	斯芬克斯之谜	3.2	《科幻世界》		17
	8 月	天河相会	1.8	《科幻世界》		17
	10 月	西奈噩梦	1.3	《科幻世界》		15
1997 年	1 月	拉格朗日墓场	2.8	《科幻世界》		19
	4—5 月	生死平衡	7.8	《科幻世界》		9
	7 月	七重外壳	2.1	《科幻世界》		14
	10 月	三色世界	3.3	《科幻世界》		17
	增刊	秘密投票	1.6	《科幻世界》		13

续表

年份	月份	作品名称	字数 / 万	刊物或出版社	备注	所属卷号
1998 年	1 月	生命之歌	7.2	新华出版社	《生命之歌》结集	11
	1 月	魔环	1.7	《科幻世界》		15
	3 月	完美的地球标准	0.5	《科幻大王》		18
	4 月	太空清道夫	1.7	《科幻世界》		14
	5—7 月	牺牲者	2.1	《科幻大王》		19
	5—9 月	四重紧身衣	0.9	《我们爱科学》	本书未收录	
	6—7 月	豹	4.8	《科幻世界》		19
	8 月	海拉	10.8	《科幻大王》	1998(8)—1999(5) 连载，本书未收录	
	9 月	最后的爱情	1.0	海洋出版社	《光明之箭：现代科幻作品精选集》结集	19
1999 年	1 月	解读生命	1.6	《科幻世界》		13
	6 月	失去它的日子	1.4	《科幻世界》		19
	6 月	侏儒英雄	2.0	《科幻大王》		17
	8 月	追杀 K 星人	6.1	四川少年儿童出版社		10
	9 月	养蜂人	0.8	《科幻世界》		16
	12 月	可爱的机器犬	0.6	《科幻世界》		13
2000 年	1 月	母亲	4.2	《科幻世界惊奇档案》	远航远航号	19
	2—3 月	黄金的魔力	2.6	《科幻大王》		13
2001 年	2 月	50 万年后的超级男人	2.3	《科幻世界》		16
	5 月	他才是我	1.4	《科幻世界》		13
	8 月	盗火	2.1	《科幻大王》	本书未收录	
	10 月	替天行道	2.4	《科幻世界》		15
	11 月	龙的传说	2.1	《科幻大王》		19

续表

年份	月份	作品名称	字数 / 万	刊物或出版社	备注	所属卷号
2002年	1月	拉格朗日墓场	13.5	花山文艺出版社		10
	1月	少年闪电侠	10.1	河北教育出版社		11
	5月	新安魂曲	3.1	《科幻世界》		15
	5月	水星播种	2.8	《科幻世界》		13
	8月	步云履	2.5	《科幻大王》		17
	9月	死亡大奖	8.1	福建少年儿童出版社		9
	10月	临界	1.7	《科幻世界》		13
	10月	三人行	1.9	《科幻大王》		18
	11月	替身	1.2	《科幻大王》		18
	12月	生存实验	2.3	《科幻世界》		19
2003年	1月	类人	16.1	作家出版社	新人类系列	8
	1月	时空商人	0.7	《科幻大王》	时空旅行三则之一	18
	1月	失去的瑰宝	0.7	《科幻大王》	时空旅行三则之二	13
	1月	哥本哈根解释	0.9	《科幻大王》	时空旅行三则之三	16
	4月	数学的诅咒	1.0	《科幻世界》		18
	5月	善恶女神	1.1	《科幻大王》		14
	6月	夏天的焦虑	1.2	《科幻世界》		18
	6月	灵童	1.1	《科幻大王》		13
	8月	间谍斗智	1.4	《科幻大王》		14
	8月	生死之约	8.1	湖北少年儿童出版社		10
	10月	豹人	14.5	河南人民出版社	新人类系列	7
	10月	癌人	21.5	河南人民出版社	新人类系列	7
	10月	海豚人	15.5	河南人民出版社	新人类系列	8
2004年	4月	黑钻石	1.5	四川人民出版社	《2003年度中国最佳科幻小说集》结集	16
	6月	寻找中国龙	9.1	海天出版社		11
2005年	2月	人之初	0.9	《躬耕》	非科幻小说	20
	6月	一生的故事	3.3	《科幻世界》		15
	12月	转生的巨人	2.3	《科幻世界》	署名石不语	18

续表

年份	月份	作品名称	字数 / 万	刊物或出版社	备注	所属卷号
2006年	2月	一掷赌生死	1.8	《世界科幻博览》		16
	3—4月	终极爆炸	4.6	《科幻世界》		17
	4月	爱因斯坦密件	0.3	《世界科幻博览》	署名野狐	13
	5月	格巴星人的大礼	1.1	《科幻大王》		18
	8月	我们向何处去	0.8	《世界科幻博览》		18
	9月	蚁生	17.6	《少年人生（幻想 1+1）》		4
	9—10月	天下无贼	1.6	《科幻大王》		13
	11月	月球进行曲之前奏	1.0	《科幻大王》		17
	12月	观察记录：母爱与死亡	2.0	四川科学技术出版社	《王晋康科幻小说精选卷一：水星播种》结集	16
	增刊	论本能	2.1	《科幻世界》		18
	增刊	长别离	1.9	《科幻世界》		19
2007年	1—2月	泡泡	3.7	《科幻世界》		14
	4月	高尚的代价	1.5	《科幻世界》		18
	8月	杀人偿命	1.0	《世界科幻博览》	署名石不语	14
	9月	2127年的母系社会	2.1	二十一世纪出版社	《九州幻想・九月风华》结集	13
	10月	沙漠蚯蚓	1.7	《科幻世界》		14
	增刊	百年之叹	1.0	《世界科幻博览》		16
2008年	2月	透明脑	0.8	《科幻大王》		18
	3月	拉克是条狗	2.1	《科幻世界》		15
	3月	我证	1.2	明天出版社	《少年闪耀・春晓号》结集	18
	4月	兀鹫与先知	1.0	《科幻大王》		15
	8月	活着	2.3	《科幻世界》		19
	12月	决战美杜莎	1.5	《科幻世界》		15
2009年	2—3月	五月花号	2.2	《科幻大王》		15
	3月	十字	24.1	重庆出版社	2015年于江苏文艺出版社出版时更名为《四级恐慌》	6
	10月	有关时空旅行的马龙定律	2.6	《科幻世界》		16

续表

年份	月份	作品名称	字数 / 万	刊物或出版社	备注	所属卷号
2010 年	10 月	百年守望	2.1	《科幻世界》		14
2011 年	2 月	孪生巨钻	3.7	《新科幻》		16
	8 月	神肉	0.4	时代文艺出版社	《王晋康科幻小说精选集 2：替天行道》结集	13
	9 月	与吾同在	28.9	重庆出版社		5
	12 月	夏娲回归	2.0	《科幻世界》		18
2012 年	8 月	时间之河	12.0	人民邮电出版社	《时间之河》结集	4
	11 月	血祭	15.6	四川文艺出版社	与杨国庆合著	12
2013 年	10 月	天一星	0.6	《新科幻》		18
	12 月	逃出母宇宙	39.0	四川科学技术出版社	活着三部曲之一	1
2014 年	4 月	上帝之手	11.2	四川文艺出版社		12
	7—8 月	胡须	0.8	《课堂内外》		18
2015 年	1 月	古蜀	10.1	大连出版社		9
2016 年	3 月	天父地母	32.0	四川科学技术出版社	活着三部曲之二	2
	5 月	真人	4.8	大连出版社		14
	5 月	卡尔·萨根和上帝的对话	0.5	中信出版社	《王晋康中短篇科幻合集：我们向何处去》结集电子书	14
	5 月	滤除恶德	0.8	中信出版社	《王晋康中短篇科幻合集：我们向何处去》结集电子书，本书未收录	
2017 年	6 月	天图	1.3	《科普创作》	后刊登于《科幻世界》2017(10)	17
2018 年					无作品	
2019 年	10 月	宇宙晶卵	21.5	四川科学技术出版社	活着三部曲之三，《人民文学》2019(7)选载	3

注明：表中所列作品字数为 word 字数，而非版面字数。

王晋康作品获奖情况列表

年份	作品数量	字数 / 万	奖项数量	备注
1993 年	1	1.0	1	《亚当回归》获银河奖一等奖
1994 年	4	3.5	1	《天火》获银河奖特等奖
1995 年	5	5.7	1	《生命之歌》获银河奖特等奖
1996 年	5	9.8	1	《西奈噩梦》获银河奖一等奖
1997 年	5	17.6	2	《七重外壳》获银河奖一等奖 王晋康获北京国际科幻大会银河奖创作奖
1998 年	9	30.7	1	《豹》获银河奖特等奖
1999 年	6	12.5	0	
2000 年	2	6.8	0	
2001 年	5	10.3	1	《替天行道》获银河奖并列首奖
2002 年	10	47.2	2	《水星播种》获银河奖并列首奖 《生存实验》获银河奖提名奖
2003 年	13	83.8	0	
2004 年	2	10.6	0	
2005 年	3	6.5	1	《一生的故事》获银河奖提名奖
2006 年	11	34.8	1	《终极爆炸》获银河奖杰出奖
2007 年	6	11.0	1	《泡泡》获银河奖提名奖
2008 年	6	8.9	1	《活着》获银河奖优秀奖
2009 年	3	28.9	3	《有关时空旅行的马龙定律》获银河奖优秀奖 《十字》获星空奖最佳中长篇小说提名奖 《蚁生》获南阳市文化艺术优秀成果奖一等奖
2010 年	1	2.1	4	《百年守望》获银河奖优秀奖 《十字》获星云奖最佳科幻 / 奇幻长篇小说奖 《有关时空旅行的马龙定律》获星云奖最佳科幻 / 奇幻短篇小说入围奖 王晋康获星云奖最佳科幻 / 奇幻作家入围奖

续表

年份	作品数量	字数 / 万	奖项数量	备注
2011 年	4	35.0	3	《与吾同在》获银河奖特别奖 《孪生巨钻》获星云奖最佳中篇科幻小说银奖 王晋康获星云奖最佳科幻作家金奖
2012 年	2	27.6	1	《与吾同在》获星云奖最佳长篇科幻小说金奖
2013 年	2	39.6	1	《逃出母宇宙》获银河奖最佳长篇小说杰作奖
2014 年	2	12.0	4	《逃出母宇宙》获星云奖最佳科幻长篇小说银奖 王晋康获星云奖终身成就奖 《古蜀》获“大白鲸世界杯”原创幻想儿童文学奖特等奖 《上帝之手》获“这篇小说超好看”类型文学奖年度八强
2015 年	1	10.1	0	
2016 年	4	38.1	5	《天父地母》获星云奖最佳长篇小说银奖 《真人》获星云奖最佳少儿图书银奖 《真人》获星云奖最佳科幻电影创意入围奖 王晋康获腾讯书院文学奖年度小说家奖 《逃出母宇宙》获中国科普作家协会优秀科普作品奖金奖
2017 年	1	1.3	2	《天父地母》获银河奖最佳原创图书奖 《天父地母》获京东文学奖年度科幻图书奖
2018 年	0	0.0	4	《天图》获银河奖最佳短篇小说奖 《天图》获星云奖最佳短篇小说银奖 《十字》剧本获星云奖科幻创意专项银奖 《天父地母》获中国科普作家协会优秀科普作品奖银奖
2019 年	1	21.5	1	王晋康获银河奖终身成就奖
2020 年	0	0	2	《生命之歌》剧本获首届“五粮液杯” 《中国作家》阳翰笙剧本奖年度最佳电影剧本奖 《宇宙晶卵》获银河奖最佳原创图书奖
2021 年	0	0	2	《宇宙晶卵》获星云奖最佳长篇小说银奖 《生命之歌》获上海国际电影节金爵奖最佳真人短片
2022 年	0	0	3	王晋康获第五届“王麦林科学文艺创作奖” 《宇宙晶卵》获第三届吴承恩长篇小说奖 《豹人》入围华沙国际电影节最佳短片

王晋康作品海外翻译情况列表

作品名称	翻译语种	发表情况
蚁生	德文	兰登书屋 2022 年 9 月出版
四级恐慌	英文	名为 *Pathological*，亚马逊 2017 年出版
天父地母	英文	名为 *Parents of Heaven and Earth*，加拿大第八街出版公司 2022 年出版
养蜂人	英文	《人民日报》海外版 2013 年春季号
	日文	《亚洲文化》王晋康日文专刊 2019 年 10 月，日本早川书房杂志 2018 年
转生的巨人	英文	中国香港《译丛》(*Renditions*) 77 与 78 合刊译载，收录于 2018 年哥伦比亚大学出版的科幻合集《转生的巨人：二十一世纪中文科幻小说选集》
	日文	《亚洲文化》王晋康日文专刊 2019 年 10 月
夏娲回归	英文	中国教育进出口图书译载
	日文	《亚洲文化》王晋康日文专刊 2019 年 10 月
亚当回归	英文	英文小说合集 *Sinopticon* 2021 年出版
天火	韩文	韩国科幻杂志《镜》2018 年
	日文	《三田文学》第 137 号，2019 年春季号
生存实验	日文	日本《SF マガジン》杂志 2020 年 12 月刊
七重外壳	日文	新纪元社《现代中华 SF 杰作选》(立原透耶主编) 2020 年出版
生命之歌	意大利文	*Urania* 杂志，2010 年 11 月
	日文	2019 年日本早川书房杂志,《亚洲文化》王晋康日文专刊 2019 年 10 月
替天行道	日文	《亚洲文化》王晋康日文专刊 2019 年 10 月
失去的瑰宝	日文	《亚洲文化》王晋康日文专刊 2019 年 10 月
追杀	日文	《亚洲文化》王晋康日文专刊 2019 年 10 月
水星播种	日文	《亚洲文化》王晋康日文专刊 2019 年 10 月
终极爆炸	日文	《亚洲文化》王晋康日文专刊 2019 年 10 月
七重外壳	日文	《亚洲文化》王晋康日文专刊 2019 年 10 月
斯芬克斯之谜	日文	《亚洲文化》王晋康日文专刊 2019 年 10 月